LES DAMES
DU LAC

CHEZ LE MÊME ÉDITEUR

Romans :

TROP BELLE OROVIDA
par Yael Guiladi

Une inoubliable histoire d'amour au temps
de l'Inquisition espagnole
« Un roman hallucinant » Paul Guth
« Un roman rare » Jean Prasteau

●

LE VIEIL HOMME ET LE LOUP
par Georges Bordonove

Quand les loups hantaient encore la forêt de Brocéliande...
Tirée d'une authentique histoire, l'aventure sublime
d'un vieux veneur entraîné dans une chasse mémorable.

●

LA REINE DE PAILLE
par Jacques Ph. Giboury

Pour sauver Marie-Antoinette, reine de France,
un gentilhomme vendéen se jette à corps perdu
dans la tourmente révolutionnaire.

●

LES ROSES ROUGES DU MEXIQUE
par Kurt Palka

Dans le sillage de la troublante et énigmatique
princesse Charlotte, devenue par la volonté éphémère
de la France, impératrice du Mexique en 1864...

●

L'HOMME AU CHEVAL GRIS
par Frédéric Hulot
Prix Jules Vernes 1984

L'irrésistible ascension d'un jeune paysan d'Auvergne
appelé aux plus hautes destinées
aux grandes heures de la Révolution et de l'Empire.

●

AGNÈS, PRINCESSE DE BYZANCE
par Régine Colliot

Au temps des Croisés
quand Agnès de France, sœur de Philippe-Auguste,
régnait à Byzance...

●

DEMANDEZ PLUTÔT À LA MER
par Pierre Lestrade

Pourquoi le docteur Antoine Eckart pense-t-il
pouvoir trouver refuge dans une île perdue du Pacifique ?
Quel indicible secret cherche-t-il à enfouir
pour avoir été jusqu'à modifier son visage ?

●

SACAJAWA
par Anna Lee Waldo

Le roman vrai d'une femme exceptionnelle
figure légendaire des Indiens d'Amérique.

●

LA DERNIÈRE PISTE DE SACAJAWA
par Anna Lee Waldo

Les ultimes péripéties de l'histoire de Sacajawa
et de sa destinée mouvementée.

MARION ZIMMER BRADLEY

LES DAMES
DU LAC

roman

Pygmalion
Gérard Watelet

Paris

Titre original : THE MISTS OF AVALON
traduit de l'américain par Brigitte Chabrol

Adaptation française réalisée avec le concours de Claude Bobin et Gérard Villers.

Sur simple demande adressée aux
Editions Pygmation/Gérard Watelet, 70 avenue de Breteuil, 75007 Paris,
vous recevrez gratuitement notre catalogue
qui vous tiendra au courant de nos dernières publications.

« ... *Morgane la Fée*
ne fut pas mariée, mais envoyée,
pour y être instruite, dans un couvent
où elle devint grande maîtresse de magie ».

THOMAS MALORY
La Mort d'Arthur

REMERCIEMENTS

Il est difficile, tant elles sont nombreuses, de dresser la liste exhaustive des sources ayant servi à l'élaboration de cet ouvrage. Je tiens néanmoins à évoquer le souvenir de mon grand-père, John Roscoe Conklin, qui m'avait fait connaître, dès l'âge de dix ans, des Histoires du Roi Arthur, grâce au vieil exemplaire de l'édition Sidney Lanier dont il m'avait fait cadeau. Ainsi en fut-il aussi des Tales of prince Valiant qui enflammèrent mon imagination et, lorsque j'eus quinze ans, des dix volumes du Golden Bough de James Frazer que je dévorais en cachette à Albany, dans la bibliothèque du ministère de l'Éducation, au lieu d'assister aux cours, ou des quinze tomes d'une histoire comparée des religions qui me révéla l'univers immense des Druides et des croyances celtiques.

Plus proche a été, sur cet ouvrage, l'influence de Geoffrey Ashe dont les travaux m'ont aidée à orienter et à poursuivre mes recherches ; je l'en remercie, ainsi que Jamie George, de Glastonbury : il a bien voulu m'initier à la géographie du Somerset et au site de Camelot — que j'ai accepté de situer, dans la perspective de mon livre et selon l'opinion communément admise, à l'emplacement de Cadbury Castle dans le Somerset ; il m'a aussi guidée dans les méandres du pèlerinage de Glastonbury en attirant mon attention sur les traditions, encore bien vivantes, relatives à son Puits du Calice, et sur l'ancienne croyance selon laquelle Joseph d'Arimathie y aurait planté la Sainte Epine. C'est à Glastonbury aussi que j'ai eu accès à la documentation concernant la tradition celtique d'un Christ enfant instruit dans la religion de la sagesse dans le cadre du temple qui s'élevait autrefois au sommet de l'île.

Pour la période du Christianisme pré-augustinien, j'ai été autorisée à utiliser un manuscrit non accessible au public : The Pre-Constantine Mass : a conjecture, *par le père Randall Garrett, une autre partie de ma documentation provenant des liturgies syro-chaldéennes — dont saint Serapion —, comme des liturgies propres aux communautés locales de Chrétiens de saint Thomas et des Catholiques prénicéens. Walter Breen a traduit pour moi, des testaments grecs, les passages des Écritures qui m'étaient nécessaires ; je dois enfin mentionner* The Western Mystery Tradition *de Christine Hartley et* Avalon of the Heart *de Dion Fortune.*

Une description des religions préchrétiennes dans les îles britanniques ne peut que relever du domaine de l'hypothèse, en raison des efforts acharnés de leurs successeurs pour en effacer les moindres traces ; les érudits divergent tant à leur sujet que je n'ai éprouvé aucune honte à choisir, dans un domaine aussi riche, les sources qui convenaient le mieux aux exigences de la fiction. J'ai lu de même, sans les suivre dans les détails, les œuvres de Margaret Murray. J'exprime ma gratitude aux groupes néo-païens locaux qui m'ont aidée pour les épisodes relatant des cérémonies ; à Alison Harlow et aux « Covenant of the Goddess », à Otter et Morning-Glory Zell, à Isaac Bonewits et aux Nouveaux Druides Réformés, à Robin Goodfellow et Gaia Wildwoode, à Philip Wayne et au Crystal Well, à Starhawk dont l'ouvrage, The Spiral Dance, *m'a été d'une aide inestimable dans le domaine de l'initiation des prêtresses. Je dis aussi toute ma reconnaissance, pour l'amitié et*

REMERCIEMENTS

le soutien qu'elles n'ont cessé de m'apporter au cours de la rédaction de cet ouvrage, à Diana Paxson, Tracy Blackstone, Elisabeth Waters et Anodea Judith, du « Darkmoon Circle ».

J'exprime enfin mon affectueuse gratitude à mon mari, Walter Breen, sans lequel, pour bien des raisons, ce livre n'aurait pu voir le jour ; au professeur Wollheim qui ne m'a jamais retiré sa confiance, et à sa femme Elsie ; à Lester et Judy-Lynn del Rey, encore et par-dessus tout, qui n'ont cessé de me soutenir dans ma démarche. A tous ceux-ci je joins le nom de mon fils aîné, David, pour le soin qu'il a apporté à la rédaction du manuscrit définitif.

PROLOGUE

Morgane parle...

« Jadis on m'a donné les noms les plus divers : ceux de sœur, d'amante, de prêtresse, de mage et de reine. Aujourd'hui, le temps de la sagesse venu pour moi, je pense proche le jour où ces choses devront être connues. Mais à dire la vérité, la vérité toute simple, je pense que ce sont les chrétiens qui raconteront la fin de l'histoire ; en effet, le monde des Fées se sépare à jamais du monde où le Christ règne en maître. Je n'ai rien contre le Christ, mais seulement contre ses prêtres, qui appellent démon la Grande Déesse et lui dénient tout pouvoir ici-bas. Au mieux, disent-ils, sa puissance lui vient de Satan, ou bien encore la revêtent-ils de la robe bleue de la Dame de Nazareth, prétendant de surcroît qu'elle fut toujours vierge.

13

Or que peut donc savoir une vierge des douleurs et des larmes de l'humanité ?

« C'est pourquoi maintenant, maintenant que le monde a tant changé et qu'Arthur, mon frère, mon amant — qui fut roi et qui le restera à jamais — repose, mort (endormi, dit-on), dans l'Ile Sacrée d'Avalon, cette histoire doit être contée telle qu'elle se déroula vraiment, avant que les prêtres du Christ Blanc ne l'effacent pour toujours avec leurs saints et leurs légendes.

« Oui, je le dis, le monde a changé. Il n'y a pas si longtemps encore, un voyageur, s'il en avait le désir et connaissait quelque peu les secrets, pouvait guider sa barge dans la Mer d'Été et accoster non pas sur le rivage de Glastonbury, l'île chrétienne des Moines, mais sur celui plus lointain de l'Ile Sacrée d'Avalon. En ce temps-là, en effet, les routes conduisant d'un monde à l'autre se croisaient dans les brumes et pouvaient s'entrouvrir au gré des pensées et des désirs de chacun. Oui, en ce temps-là, existait un grand secret, accessible à tous les hommes doués de connaissance, qui savaient que le monde, chaque jour renouvelé, ne peut se bâtir et survivre que spirituellement.

« Aujourd'hui, hélas ! les Chrétiens et leurs prêtres, jugeant que cette réalité empiète sur les pouvoirs de leur Dieu, unique créateur d'un monde immuable, ont refermé ces portes — qui n'existaient que dans l'esprit des hommes. C'est pourquoi les chemins ne mènent plus qu'à l'Ile des Moines qui étouffent et voilent, avec leurs cloches et leurs églises, d'autres voix, d'autres échos réfugiés désormais au-delà des brumes, aux confins de ce qu'ils appellent les ténèbres de l'enfer.

« J'ignore tout de ce que ce Dieu, leur Dieu, peut, ou non, avoir créé. En dépit de tout ce que l'on dit, je n'ai jamais su grand-chose de leurs prêtres, et n'ai jamais porté la robe noire d'une de leurs nonnes-esclaves. Si ceux qui vivent à la cour d'Arthur, à Camelot, ont cru devoir m'identifier à l'une d'elles sous prétexte que je portais là-bas la robe sombre d'Avalon, eh bien, qu'ils restent dans l'erreur. Je me garderai bien de les décevoir, ce qui d'ailleurs aurait été périlleux à la fin du règne d'Arthur. Sans doute ai-je baissé la tête comme jamais n'aurait accepté de le faire Viviane, la Dame du Lac, ma vénérée maîtresse, jadis la plus grande et fidèle amie d'Arthur, devenue ensuite, comme moi, l'une de ses pires ennemies Mais qu'importe. Aujourd'hui, la querelle est éteinte. Je peux enfin pleurer Arthur qui repose, mort, non pas comme mon ennemi et l'ennemi de ma Déesse, mais seulement comme mon frère — seulement comme un homme mort ayant besoin de toute l'aide de la Mère Suprême, comme tous les hommes en ont besoin un jour. Les prêtres eux-mêmes savent cela, avec leur Vierge Marie dans sa robe bleue, car elle aussi, à l'heure de la mort, devient la Mère Éternelle.

« Ainsi Arthur repose-t-il enfin. Je ne suis plus pour lui ni une sœur ni une amante, ni une ennemie, mais seulement, et pour toujours, la Dame du Lac. La Mère Éternelle veille sur lui désormais. Qu'il retourne en son sein, comme tous les hommes, un jour, finissent par retourner vers Elle. Peut-être, tandis que je guidais la barge qui l'emportait, non pas cette fois vers l'Ile des Moines, mais vers le seul, l'unique rivage de vérité, celui de l'Ile Sacrée d'Avalon qui s'estompe et s'éloigne là-bas de notre monde visible, peut-être Arthur s'est-il repenti de la cruelle inimitié qui nous a séparés. Peut-être...

« En relatant cette histoire, il m'arrivera sans doute de faire allusion à des événements survenus en mon absence ou lorsque j'étais trop jeune pour les comprendre. Certains donc doute-ront de leur authenticité, en ironisant sur mes soi-disant dons magiques. Or je ne peux changer la vérité. Oui, je l'affirme hautement, j'ai, dès mon plus jeune âge, reçu le don de vision, celui d'entrevoir, comme s'ils se déroulaient devant moi, des événements proches ou lointains, de me glisser dans les pensées les plus intimes des humains et c'est justement la raison pour laquelle je puis aujourd'hui raconter cette histoire.

« Un jour viendra sans doute où les prêtres aussi voudront la dire telle qu'ils l'auront comprise. Alors peut-être, entre les deux récits, une parcelle de vérité finira-t-elle par s'imposer d'elle-même.

« Car il y a une chose que les prêtres ignorent, avec leur Dieu unique, leur Vérité unique : c'est qu'une histoire véri-dique n'existe pas. La vérité a plusieurs visages. Elle ressemble à l'ancienne route d'Avalon : elle dépend de notre volonté, de nos pensées, du but vers lequel nous tendons, de celui où l'on finit par arriver, dans l'Ile d'Éternité ou bien dans celle des chrétiens avec leurs cloches et leur mort, leurs mensonges sur Satan, l'Enfer et la damnation... Mais peut-être suis-je finalement injuste à leur égard ! Même la Dame du Lac, qui comparait la langue de certains prêtres à celle de la plus venimeuse des vipères, me reprocha un jour d'avoir mal parlé de leur Dieu.

« "Tous les Dieux ne sont qu'un", me dit-elle alors, comme je l'ai moi-même enseigné maintes fois à mes propres novices, et comme le répétera chacune des prêtresses qui viendra après moi ; oui, toutes les Déesses ne sont qu'une, et il n'y a qu'un seul et unique Initiateur. Chaque homme possède sa propre vérité et Dieu se trouve dans chacune d'entre elles.

« Ainsi, la Vérité elle-même oscille-t-elle entre la route de l'Ile des Moines et celle d'Avalon, qui s'enfonce de plus en plus dans les brumes de la Mer d'Été.

« Telle est ma vérité, la vérité de Morgane, celle qu'on appelait, dans les temps qui s'éloignent irrémédiablement, la Fée Morgane. »

PREMIÈRE PARTIE

La Grande Prêtresse

La Grande France

I

Même au cœur de l'été, Tintagel avait des airs de château hanté. Accoudée au parapet du chemin de ronde, Ygerne, la jeune et belle épouse de Gorlois, duc de Cornouailles, contemplait mélancoliquement la mer immense. Le regard perdu dans la brume, elle cherchait vainement quelque signe annonciateur des fêtes de la nouvelle année.

Les orages du printemps avaient été exceptionnellement violents cette année-là. Depuis plusieurs mois le fracas de la mer n'avait cessé de gronder, jour et nuit, au pied des murailles du château, au point d'empêcher, à maintes reprises, hommes et bêtes de trouver le sommeil.

Tintagel... Étrange silhouette de granit dressée à l'extrémité d'un vertigineux à-pic rocheux surplombant l'océan, dernier vestige, aux yeux de certains, de l'antique civilisation d'Ys, la légendaire cité engloutie. Les rares habitants de la contrée voyaient, eux, dans cette sombre forteresse, presque toujours noyée dans d'épais brouillards et survolée par d'innombrables corbeaux, un lieu mystérieux et magique où tout était possible. Vieille croyance qui faisait rire à gorge déployée son propriétaire, le duc Gorlois : « Si j'avais possédé ne fût-ce qu'une infime parcelle de pouvoir surnaturel, disait-il, j'aurais commencé par empêcher la mer de ronger inexorablement la côte ! »

En effet, depuis quatre ans qu'elle était arrivée à Tintagel, jeune épousée du duc Gorlois, Ygerne avait vu plus d'une fois d'énormes blocs de rocher et d'immenses lambeaux de terre, de bonne terre, s'engloutir dans les flots. Seuls témoins de ces colères de l'océan, affleuraient, çà et là, de fines arêtes de roches noires et brillantes provoquant d'incessants remous d'écume qu'on distinguait de très loin à travers la brume.

Face à ce site grandiose, Ygerne ressentait plus intensément que jamais sa solitude. Et pourtant, songeait-elle en soupirant, tout ici est parfois si beau, si pur, si lumineux. C'était vrai. Dès que le soleil daignait se montrer, le ciel, les rochers, les landes, la mer, toute la nature se mettait à étinceler... comme les bijoux que lui avait offerts Gorlois en apprenant qu'elle attendait un enfant. Mais Ygerne les portait rarement. Elle leur préférait cette pierre de lune aux reflets changeants — souvenir de son île natale d'Avalon — qu'une chaîne d'or retenait à la naissance de ses seins, et qui captait, suivant les couleurs du jour, la nacre d'un nuage ou l'azur de la mer.

Ce matin-là, les sons portaient très loin dans la grisaille, et Ygerne crut soudain entendre, du côté de la plaine, comme un piétinement de chevaux accompagné d'une rumeur qui faisait penser à un grand nombre de voix humaines. Dans cet endroit isolé, où rien ne troublait la monotonie des jours, hormis les allées et venues des serviteurs du château, et de quelques bergers menant leurs troupeaux de chèvres ou de moutons, c'était un événement ! Aussi, oubliant à l'instant sa mélancolie, Ygerne gagna-t-elle en hâte l'escalier de pierre qui conduisait à la cour intérieure de la forteresse.

Quelle troupe peut bien chevaucher ainsi vers Tintagel ? s'interrogea-t-elle en descendant les marches. Des barbares venus des lointains rivages de l'Erin ? Une horde d'envahisseurs inconnus arrivés par la mer ? Ou tout simplement le duc Gorlois et son escorte revenant de guerroyer dans le Nord contre les Saxons ? Non, dans ce cas, son époux aurait certainement dépêché un messager pour lui annoncer son retour.

Ygerne n'avait d'ailleurs rien à craindre. Si par hasard ces cavaliers manifestaient des intentions hostiles, les gardes et les soldats, laissés sur place par Gorlois pour veiller à sa sécurité, sauraient les repousser. Seule une véritable armée pourrait avoir raison des hautes murailles et des défenses de Tintagel.

Il n'y a pas si longtemps, j'aurais cherché à savoir qui s'approchait du château en faisant appel à mes dons de voyance, se dit-elle avec un vague sentiment de regret. Aujourd'hui, je me contente d'essayer de deviner... Mais cette pensée ne la troubla pas outre mesure. Depuis la naissance de sa fille Morgane, elle avait cessé de se lamenter en songeant avec nostalgie aux jours heureux de son enfance dans l'Ile Sacrée d'Avalon. Elle accueillait même avec reconnaissance les marques d'attention que lui prodiguait son époux. A force de prévenances et de gentillesses il avait réussi à dissiper ses craintes, ses doutes, ses haines. Il lui avait offert de splendides cadeaux et ses plus glorieux trophées de guerre. Pour son service, il avait choisi avec soin des femmes de confiance et des jeunes filles d'agréable compagnie. Sauf en ce qui concernait les affaires de la guerre, il la traitait toujours comme une égale. Que pouvait-elle espérer de plus ?

Une fille de l'Ile Sacrée se devait entièrement à son peuple, même s'il lui fallait aller jusqu'au sacrifice de sa vie, ou épouser un homme qu'elle n'aimait pas, dans l'unique but de réaliser une alliance profitable aux intérêts d'Avalon. C'est ce qu'elle avait fait en devenant la femme de Gorlois, citoyen romain, qui vivait selon des lois et des coutumes totalement étrangères à cette vieille terre de Cornouailles.

A l'abri du vent il faisait presque doux dans la cour, et Ygerne laissa glisser pensivement la cape de laine qui couvrait ses épaules. Au même instant, une silhouette menue émergea soudain du brouillard à deux pas d'elle... C'était Viviane, sa demi-sœur, la Dame d'Avalon... Celle-ci chuchota : « Ygerne, ma sœur, est-ce bien vous ? » Ses paroles, emportées par une légère brise, semblèrent se diluer dans l'atmosphère ouatée. A travers la brume, le visage de Viviane, presque irréel, reflétait une expression grave, un air de reproche. Elle parla de nouveau à mots feutrés : « Est-ce de votre plein gré, Ygerne, que vous avez renoncé à votre don de voyance ?

— Mais que voulez-vous dire ? s'insurgea Ygerne d'une voix

23

pointue. N'est-ce pas vous qui m'avez contrainte à épouser le duc de Cornouailles ? Un chrétien ! »

Touchée au plus profond d'elle-même, en même temps que surprise par la violence de sa réaction, Ygerne lança autour d'elle un regard inquiet... Mais Viviane s'était déjà évanouie dans la grisaille... En vérité, était-elle seulement jamais apparue ?

Tout à coup frissonnante, Ygerne remonta sa cape sur ses épaules. Maintenant elle avait froid, très froid. Elle n'ignorait pas que pour provoquer une telle apparition Viviane avait dû puiser l'énergie nécessaire dans la chaleur et les forces vives de son corps. « Ainsi n'aurais-je rien perdu de mes dons de voyance depuis mon mariage avec Gorlois ? » s'étonna-t-elle avec un mélange de joie et de crainte. En effet, le père Colomba, qui avait en charge les âmes des habitants du château, considérant cette faculté occulte comme une manifestation du démon, elle devrait, ce soir même, lui confesser sa faute.

Certes, en ce coin retiré du monde, les prêtres n'étaient pas très exigeants, mais une vision non avouée risquait d'être jugée comme doublement impie. Fallait-il que les chrétiens ignorent tout des réalités de la vie spirituelle pour assimiler une simple visite de sa sœur à une œuvre démoniaque ! Quant au père Colomba, n'était-il pas devenu un prêtre du Christ simplement parce qu'il avait été rejeté par les Druides en raison de sa naïveté ? Décidément, le Dieu des chrétiens ne semblait guère se préoccuper de savoir si ses serviteurs étaient sages ou non, dès lors qu'ils se révélaient capables de marmonner leur messe et de griffonner quelques lignes. Elle-même n'était-elle pas plus savante que son confesseur ?

Ne trouvant pas de réponses satisfaisantes à ses furtives interrogations, Ygerne poussa la porte d'une petite salle qui donnait directement sur la cour. Assise près d'une étroite ouverture par où ne pénétrait qu'un pâle rayon de lumière grise, Morgause, sa jeune sœur de treize ans, faisait tourner un vieux rouet en enroulant nerveusement son fil autour d'une bobine branlante. Installée sur la marche de l'âtre, Morgane l'imitait en activant sa propre roue et en tapotant son fuseau de ses petites mains potelées.

« N'ai-je pas assez filé pour aujourd'hui, rechigna Morgause, mes doigts me font mal ! Et pourquoi, s'il vous plaît, dois-je filer toute la journée comme si j'étais la dernière de vos suivantes ?

— Toutes les femmes doivent apprendre l'art du rouet, la rabroua sèchement Ygerne, se souvenant de s'être elle-même bien souvent piqué les doigts à ses débuts. Persévérez, et vos articulations, croyez-moi, perdront leur raideur. »

Prenant la bobine et le fuseau des mains de Morgause, elle les fit tourner rapidement. Sous ses doigts habiles la laine rêche devenait comme par enchantement un fil régulier et presque soyeux.

« Vous voyez, dit-elle, qu'on peut faire un joli fil sans abîmer la navette... Mais vous pouvez maintenant laisser tout cela, ajouta-t-elle comme si elle était brusquement lasse de la leçon, nos hôtes vont bientôt arriver.

— De qui parlez-vous ? demanda Morgause en ouvrant de grands yeux. Je n'ai entendu venir personne, et aucun messager ne nous a annoncé de visite, que je sache.

— Sans doute, mais Viviane m'a avertie qu'elle était en route pour Tintagel... Au lieu de poser tant de questions, conduisez donc Morgane à sa nourrice, s'il vous plaît, et allez mettre votre plus belle robe, celle qui est teinte au safran.

— Mettre ma jolie robe safran pour recevoir ma sœur ? interrogea encore la jeune fille en abandonnant son fuseau.

— Non, pas pour notre sœur, expliqua gravement Ygerne, mais en l'honneur de la Dame de l'Ile Sacrée ! »

A ces mots, Morgause baissa les yeux. Grande et svelte jeune fille aux formes harmonieuses, elle était déjà presque une femme. Son opulente chevelure rousse rivalisait de beauté avec celle d'Ygerne. Le désespoir de Morgause, c'étaient les innombrables taches de son qui constellaient son visage et ses bras. Elle essayait tant bien que mal de les dissimuler en enduisant sa peau d'une fine couche de graisse. Espérant secrètement réussir un jour à les effacer, elle s'astreignait à d'interminables massages avec des décoctions de plantes sauvages.

A côté d'elle — la différence d'âge mise à part — Morgane paraissait si mince, si fragile, si brune, qu'elle faisait penser à l'un de ces minuscules oiseaux à tête noire qu'on rencontre parfois dans les landes, perchés sur un buisson d'ajoncs.

Ayant rangé sa laine et son fuseau avec mauvaise grâce, Morgause prit la petite Morgane dans ses bras sans ménagements et se dirigea vers la porte.

« Dites à la nourrice de lui mettre aussi sa plus belle robe et de bien lisser ses cheveux, recommanda encore Ygerne, et ne tardez pas à la ramener ici car je voudrais la présenter à Viviane qui ne la connaît pas. »

Morgause s'éloigna en marmonnant qu'elle ne voyait vraiment pas en quoi une gamine comme Morgane pouvait intéresser une grande prêtresse. Mais sa sœur ne l'entendit pas.

A sa suite, Ygerne franchit la porte basse et s'en fut vers ses appartements. Sa chambre, située en haut d'un étroit escalier de pierre, était horriblement froide et humide. On n'y allumait du feu qu'au cœur de l'hiver. Durant les absences prolongées de Gorlois, elle cherchait le soir un peu de tiédeur en partageant son vaste lit, garni de lourdes tentures et d'épaisses fourrures, avec sa plus fidèle suivante, Gwen, ou avec Morgane et parfois même avec Morgause.

Gwen, qui n'était plus toute jeune, s'était assoupie au coin de la haute cheminée comme si le souvenir des flammes pouvait réchauffer son pauvre corps perclus de douleurs. Se refusant à la réveiller, Ygerne échangea elle-même sa grosse robe de laine contre une autre plus élégante, couleur vert d'eau, par-dessus laquelle elle passa une jolie tunique d'une chaude teinte rouille. Elle enfila à ses doigts sept anneaux d'argent qu'elle possédait depuis longtemps, et accrocha autour de son long cou un somptueux collier d'ambre que Gorlois lui avait rapporté de Londinium.

Assise devant son miroir de bronze poli, elle entreprit ensuite de démêler patiemment son abondante chevelure aux reflets de cuivre à l'aide d'un peigne de corne sculptée. A cet instant, des pleurs et des cris d'enfant s'échappèrent de la pièce voisine : c'était la voix de Morgane qui détestait que sa nourrice la coiffe. Les cris de protestations ayant subitement cessé, Ygerne en déduisit que Morgause avait pris les choses en main. Lorsqu'elle voulait bien s'en donner la peine, Morgause se révélait d'une habileté et d'une patience dignes de tous les éloges. Hélas, son caractère à la fois susceptible et conquérant rendait leurs rapports souvent difficiles.

Une fois ses cheveux soigneusement nattés, Ygerne les releva d'un geste gracieux au-dessus de sa nuque et les maintint à l'aide d'une longue épingle d'os. Enfin, elle accrocha au pli de sa tunique une broche en or ciselé et, pour juger du résultat de ses efforts, elle se regarda longuement dans son miroir de bronze — cadeau de mariage de sa sœur Viviane — qui venait, disait-on, des meilleurs ateliers de Rome.

« Oui, estima-t-elle en jetant un œil critique sur son image, mes seins sont peut-être un peu plus lourds qu'avant la naissance de Morgane, mais ils sont toujours aussi fermes, et sans doute encore plus doux. Ma taille, elle, a parfaitement retrouvé son ancienne minceur », constata la jeune femme avec plaisir en resserrant légèrement les lacets de sa robe. Non, Gorlois ne manquerait sûrement pas de la prendre dans son lit dès le soir de son retour. La dernière fois qu'il était venu dans sa chambre, elle nourrissait encore Morgane, et il avait cédé à sa prière de continuer à l'allaiter jusqu'à la fin de l'été, saison où la chaleur causait chaque année la mort de centaines de bébés.

Les Romains attachant la plus haute importance à une descendance perpétuée par les mâles, Ygerne avait bien compris la profonde déception de Gorlois à l'annonce de la naissance d'une petite fille. Mais il ne lui en avait apparemment pas tenu rigueur. Il l'avait autorisée à prendre Morgane dans son lit et à l'allaiter comme elle le désirait. Afin de ne pas l'exposer à une grossesse prématurée, Gorlois avait accepté sans se plaindre de s'éloigner d'elle et de passer ses nuits avec sa suivante Ettarr. Lui aussi savait combien d'enfants en bas âge mourraient s'ils étaient sevrés avant d'être capables de mâcher de la viande et du pain dur. Ygerne n'avait pas oublié cette attitude conciliante de Gorlois ; c'est pourquoi elle se réjouissait à l'idée de lui donner bientôt un autre enfant. Un garçon, cette fois, espérait-elle.

Ettarr, elle, s'était rapidement retrouvée enceinte, et en avait été très fière. Mais Ygerne avait délibérément ignoré l'événement : Gorlois n'avait-il pas déjà plusieurs autres bâtards dont l'un l'accompagnait en ce moment même à la guerre ? D'ailleurs, la jeune suivante était tombée malade et avait perdu rapidement son enfant.

Ayant vérifié une dernière fois la bonne ordonnance de sa mise, Ygerne prit la direction des cuisines en laissant glisser doucement sa longue traîne sur les hautes marches de pierre avec une sorte de plaisir sensuel. Depuis le seuil de la vaste salle enfumée où s'activaient, aux tâches les plus diverses, de nombreux serviteurs, elle s'assura que ses ordres avaient été correctement exécutés : avait-on fait monter le vin des celliers ? Le pain serait-il cuit à temps ? Les agneaux étaient-ils prêts à rôtir ? Mais elle n'écouta que distraitement les réponses, car la cour intérieure, que Gorlois s'obstinait à appeler « atrium », retentissait déjà du pas des chevaux et d'un joyeux brouhaha.

Non, sa vision ne l'avait pas trompée : seule femme parmi les cavaliers mettant pied à terre, une frêle silhouette emmitouflée dans une longue cape et plusieurs châles se tournait vers elle : Viviane ! Leurs regards se croisèrent un instant à travers la foule bigarrée qui avait envahi le pavé humide de la cour. Mais, par déférence, Ygerne s'avança d'abord vers un vieillard de haute stature, drapé dans la robe bleue des bardes, une harpe à l'épaule, qui descendait péniblement d'une mule efflanquée.

« Je vous souhaite la bienvenue à Tintagel, seigneur Merlin ! dit Ygerne avec un léger mouvement de tête en croisant les mains sur sa poitrine. Votre présence ici est une joie et un honneur pour tous.

— Merci, mon enfant, répondit le vieil homme d'une voix grave et profonde. Merlin de Grande Bretagne te bénit, toi et tous les tiens. »

S'étant inclinée en guise de remerciement, Ygerne vola vers sa demi-sœur. Elle allait mettre un genou en terre, comme pour lui demander, à elle aussi, sa bénédiction, quand Viviane la retint d'un geste :

« Non, ma sœur, ce n'est là qu'une simple visite de famille. Vous aurez tout le temps de me témoigner plus tard votre respect... dit-elle en attirant Ygerne dans ses bras avant de l'embrasser sur la bouche. Ah ! Voici votre petite fille ! C'est bien Morgane, n'est-ce pas ? Comme elle ressemble à notre

28

mère ! On voit bien que le sang du Vieux Peuple coule dans ses veines ! »

Viviane, la Dame du Lac, avait une quarantaine d'années. Fille aînée de l'ancienne grande prêtresse de l'Ile Sacrée, elle avait succédé à sa mère dans ses hautes fonctions. Se penchant vers Morgane, elle prit l'enfant dans ses bras et l'embrassa en la berçant tendrement.

« Mais c'est à vous qu'elle ressemble ! » s'exclama soudain Ygerne, frappée de ne pas l'avoir remarqué plus tôt.

Il est vrai qu'elle n'avait pas vu la Dame du Lac depuis quatre longues années. Bien des choses s'étaient passées depuis lors. Elle-même n'était plus la timide jeune fille de quinze ans qu'on avait donnée à un homme deux fois plus âgé qu'elle !

« Mais je manque à tous mes devoirs d'hôtesse ! reprit-elle vivement en s'arrachant à ses pensées moroses. Venez, seigneur Merlin et vous aussi, ma sœur, entrez vous réchauffer ! »

Une fois débarrassée de ses vêtements et de ses voiles, Viviane paraissait étrangement petite. Guère plus grande qu'une fillette de dix ans, elle était également si menue que son ample tunique, retenue par une ceinture de cuir où pendait une petite faucille, semblait flotter autour de son corps. Des yeux noirs immenses, fascinants, donnaient une expression d'intense vie intérieure à son visage triangulaire mangé par une chevelure plus sombre que l'eau des mares au pied des roches.

Une servante ayant apporté une coupe de vin chaud cuit avec des épices, Viviane la prit cérémonieusement entre ses mains avant de l'élever lentement à la hauteur de ses yeux. Comme elle paraissait grande tout à coup ! N'aurait-on pas dit qu'elle venait de se saisir du Calice sacré des Druides ? Après avoir prononcé à voix basse quelques paroles rituelles, elle goûta le breuvage, puis, se tournant vers Merlin, elle lui tendit la coupe. A son tour, le vieil homme exécuta, avec gravité, le même cérémonial et passa la coupe à Ygerne.

Bien que peu initiée à ces rites ancestraux, elle comprit qu'elle se devait de participer sincèrement à cette brève cérémonie de bienvenue. Et, après un instant de retenue, elle se laissa aller au curieux sentiment de plénitude qui montait en elle. Mais dès qu'Ygerne reposa la coupe, l'impression étrange qu'elle venait de ressentir s'évanouit comme un rêve. Devant elle, Viviane n'était plus à nouveau qu'une petite femme épuisée, et Merlin un vieillard voûté par le poids des ans.

« Approchez-vous de l'âtre et asseyez-vous, dit-elle avec sollicitude aux arrivants. Le voyage est long depuis les rivages de la Mer d'Été, et sans doute très pénible à cette saison. Quelle raison urgente vous a donc poussés à vous mettre en route avant la fin des orages de printemps ? »

Ah ! Que n'êtes-vous venus plus tôt... songeait Ygerne tandis que Viviane et Merlin prenaient place sur deux étroits bancs de bois. Pourquoi m'avez-vous abandonnée si longtemps, seule pour apprendre mon métier de femme, seule pour porter un enfant dans l'angoisse, seule avec le mal du pays au fond de mon cœur ? Vous êtes là maintenant, mais il est trop tard. Je suis déjà soumise et résignée...

« Oui, la route est très longue et très dure », répondit Viviane d'une voix égale.

Mais, à son regard, Ygerne comprit tout de suite que la prêtresse avait surpris les pensées qu'elle venait de formuler au plus profond d'elle-même. Il en avait toujours été ainsi. Ygerne n'avait jamais pu avoir le moindre secret pour sa sœur.

« Je vois que ces quelques années vous ont été profitables, reprit Viviane ; vous êtes devenue une magnifique jeune femme. Sans doute ces années de vie solitaire vous ont-elles paru parfois bien longues, mais vous le savez, la solitude est indispensable à celles qui ambitionnent de devenir un jour prêtresses... Oui, bien sûr que vous pouvez venir sur mes genoux, petite ! poursuivit-elle de sa voix la plus douce en souriant à Morgane. Et vous, Morgause, venez m'embrasser aussi et parlez-moi un peu de vous. »

Morgane se blottit tout naturellement dans les bras de sa tante et Morgause vint s'asseoir aux pieds de Viviane en posant la tête sur ses genoux.

Elle nous tient tous sous son charme, pensa Ygerne. De quel sortilège peut-elle user pour exercer un tel pouvoir de séduction sur un être aussi rebelle que Morgause ? Certes, leur mère étant morte en mettant Morgause au monde, c'était Viviane qui l'avait élevée durant plusieurs années, mais cela ne suffisait pas à expliquer la transformation subite du comportement de la jeune fille.

« J'aurais aimé être à vos côtés lors de la naissance de Morgane, dit Viviane à mi-voix, mais à cette époque j'étais moi-même enceinte. Oui, j'ai porté un fils cette année-là. Je l'ai confié à une nourrice et je pense que sa mère adoptive l'enverra chez les moines, car c'est une chrétienne.

— Acceptez-vous vraiment que votre fils soit élevé en chrétien ? interrogea Morgause au comble de la surprise.

— Je ne m'y oppose pas, parce que son père est lui-même chrétien, et que Priscilla est une femme sérieuse et avisée. Mais je ne peux en dire davantage à ce propos.

— Est-il beau ? Comment s'appelle-t-il ? demanda Morgause, décidément très bavarde aujourd'hui.

— Je l'ai appelé Balan, répondit Viviane en souriant, et sa nourrice, qui venait elle aussi d'avoir un garçon, a appelé le sien Balin. N'ayant que dix jours de différence, ils seront élevés comme des jumeaux... » Puis, changeant brusquement de ton, elle dit en s'adressant à Ygerne : « Vous disiez tout à l'heure que le voyage était très long jusqu'à Tintagel. Oui, ma sœur, c'est vrai. Et il l'est encore bien davantage aujourd'hui qu'au temps de votre mariage avec Gorlois. Pas plus long, certes, si l'on part de l'Ile des Moines, mais beaucoup plus long maintenant lorsqu'on vient d'Avalon...

— Je ne comprends pas, bredouilla Ygerne soudain mal à l'aise, les deux routes sont pourtant toutes proches l'une de l'autre...

— Pour nous, les deux routes ne font qu'une, dit brusquement Merlin dont la voix grave résonna comme un gong faisant sursauter la petite Morgane qui se mit à pleurer. Mais les fidèles du Christ en ont décidé autrement. Ils prétendent qu'il n'existe pas d'autre Dieu que le leur. A les entendre, lui seul a fait le monde, lui seul gouverne la nature, lui seul a allumé les étoiles dans le ciel... »

Ygerne traça précipitamment dans l'air plusieurs signes sacrés pour conjurer le blasphème.

« Mais cela ne peut pas être ! s'indigna-t-elle. Un seul Dieu ne peut commander à toutes choses... Notre déesse à nous,

31

notre Mère Éternelle, ne compte-t-elle pour rien dans la marche du monde ?

— Les Chrétiens pensent que les déesses n'existent pas, répondit calmement Viviane. Pire, le principe féminin en lui-même représente à leurs yeux le Mal. C'est à cause de la Femme, disent-ils, que le Mal est apparu sur la terre. Les juifs racontent d'ailleurs à ce sujet une invraisemblable histoire de pomme et de serpent qu'ils présentent comme une vérité première.

— La Grande Déesse les punira ! s'ingurgea Ygerne horrifiée. Et quand je pense que vous avez osé me marier à un Chrétien !

— Nous ignorions alors l'étendue de leurs blasphèmes, reprit Merlin d'une voix sourde. Nous pensions que chacun pouvait croire à ses propres dieux tout en respectant les dieux des autres.

— Mais tout cela ne m'explique pas pourquoi le chemin qui mène jusqu'à Tintagel est plus long qu'autrefois, remarqua Ygerne avec impatience.

— J'allais y venir, répondit Merlin ; en toute chose il faut savoir attendre. Comme les Druides le savent depuis toujours, ce sont les croyances de l'humanité qui donnent son sens et sa réalité au monde. Ce monde, tel que nous le connaissons, a été le nôtre, le mien, depuis des siècles. Mais lorsque les Chrétiens sont arrivés dans notre île, j'ai tout de suite compris qu'il allait changer. »

Morgause leva vers le vieil homme un regard effrayé :

« Seriez-vous donc âgé de plus de quatre cents ans, Ô Vénérable ?

— Non, pas mon corps, répondit Merlin en souriant à la jeune fille, mais mon esprit, lui, compte des siècles et des siècles d'existence. Et puis, j'ai beaucoup lu sous la Grande Voûte, là où s'inscrit le souvenir de toutes choses.

— Tout cela est peut-être bien compliqué pour la petite, le réprimanda affectueusement Viviane. Elle n'est pas prêtresse ! Ce que Merlin veut dire, petite sœur, c'est qu'il était vivant lorsque les Chrétiens sont arrivés dans notre pays. Mais étant alors trop âgé, il a demandé aux Seigneurs de ce monde l'autorisation de se réincarner afin de poursuivre son œuvre sous une nouvelle enveloppe charnelle. C'est ainsi qu'il est revenu parmi nous. Mais ceci fait partie des mystères que vous avez tout le temps de comprendre... Continuez, Merlin, je vous en prie...

— J'ai donc su que nous étions parvenus au moment où l'histoire de l'humanité allait basculer, reprit-il imperturbable Les Chrétiens cherchent à supprimer toute forme de sagesse différente de la leur. Ils rejettent tout mystère étranger à leur religion. Ainsi ont-ils décrété hérétique notre croyance selon laquelle les hommes peuvent vivre plusieurs vies successives, réalité cependant enracinée au plus profond de notre peuple.

— Si les Chrétiens refusent de croire qu'il existe plusieurs vies, protesta Ygerne incrédule, comment peuvent-ils échapper au désespoir ? Quel dieu juste accepterait de créer certains hommes heureux et d'autres malheureux sans leur donner au moins l'espoir d'une seconde et meilleure destinée ?

— Je l'ignore, continua Merlin. Peut-être souhaitent-ils voir les hommes écrasés par leur sort, désespérés à jamais de l'existence terrestre, afin qu'ils n'aient d'autre issue que de venir se jeter aux pieds du Christ en le suppliant de les prendre dans son paradis. En vérité, je ne sais pas ce que pensent au fond d'eux-mêmes les disciples du Christ, je ne comprends pas ce qu'ils espèrent ! »

Merlin ferma les yeux, les traits de son visage soudain empreints d'une grande amertume. Après un instant de silence, où l'on entendit craquer les bûches dans la haute cheminée, il reprit avec gravité :

« Quelles que soient leurs croyances, celles-ci modifient le monde dans sa spiritualité et aussi dans sa réalité matérielle. Ils nient le monde de l'esprit : le royaume d'Avalon cesse donc d'exister pour eux. Il existe encore, bien sûr, mais il ne fait déjà plus partie de leur univers. Avalon, l'Ile Sacrée, se détache chaque jour un peu plus de la terre de Glastonbury, où nous, ceux de l'ancienne foi, avions permis aux moines de construire leur chapelle et leur monastère. Hélas, tout montre que notre sagesse et la leur ne peuvent s'accorder...

« Voilà pourquoi le monde, notre monde, celui que vous connaissez, celui de toutes les vérités, est lentement repoussé hors des limites du temps. Aujourd'hui, si un voyageur se met en route sans guide pour l'Ile d'Avalon, il n'a que fort peu de chance d'y parvenir. Seule, l'Ile des Moines lui restera facilement accessible.

« Pour la plupart des hommes, notre monde est maintenant perdu dans les brumes de la Mer d'Été. Il le sera de plus en plus au fur et à mesure que la Grande Bretagne se couvrira d'églises... Voilà pourquoi il faut désormais voyager aussi longtemps pour venir jusqu'ici : les routes et les villes du vieux peuple ne sont plus là pour guider nos pas ; elles s'effacent inexorablement. Certes, les deux mondes se côtoient encore par moments mais, comme deux anciens amants, ils s'éloignent chaque jour un peu plus l'un de l'autre. Ils vont dériver... dériver... jusqu'à se perdre à jamais.

— Laissez-les dériver ! interrompit fougueusement Viviane. Oui, laissons-les se séparer ! Je ne veux pas vivre dans un monde où les Chrétiens rejettent notre Mère Éternelle...

— Mais qu'adviendra-t-il de nos frères ? Que deviendront ceux qui vivent dans le désespoir ? questionna Merlin de sa voix caverneuse. Un seul chemin doit subsister, et une seule vérité doit unir tous les hommes. Hélas ! Les Saxons s'attaquen† aux deux mondes à la fois, et nos guerriers sont de plus en plus nombreux à croire au Christ. Les Saxons...

— Les Saxons sont des barbares d'une inimaginable cruauté ! intervint Viviane. Et les tribus, seules, ne peuvent en venir à bout. S personne ne leur prête main-forte pour les aider à rejeter ces sauvages à la mer, sachez que nos jours sont comptés. C'est pourquoi, avant de mener la grande bataille des âmes, celle qui doit empêcher notre monde spirituel de disparaître à jamais, nous devons d'abord défendre nos terres contre les envahisseurs : les Saxons, bien sûr, mais aussi les Jutes, les Scots, et toutes ces hordes descendues du Nord pour nous asservir... »

Viviane, qui s'était laissé un instant emporter, fit une longue pause avant de reprendre, d'une voix plus calme :

« Merlin et moi avons été avertis... enfin, nous savons... grâce à certains signes annonciateurs... que le Haut Roi de Grande Bretagne, Ambrosius Aurelianus, va bientôt mourir. Qui lui succédera ? Le duc de Pendragon, Uther. Mais le pays tout entier ne le suivra pas ; il se heurtera à de nombreuses oppositions, et se révélera incapable de réaliser l'unité de nos peuples sans laquelle il est impossible de défendre notre vieille terre.

— Rome ne peut-elle nous aider ? avança timidement Ygerne. Les Romains ne sont-ils pas les meilleurs combattants du monde ? N'ont-ils pas construit à nos frontières un grand mur pour nous protéger des barbares ? »

De nouveau, la voix de Merlin vibra dans le silence comme le bronze d'une cloche :

« J'ai regardé au fond du Puits Sacré, et j'ai vu l'Aigle s'envoler. Jamais plus il ne reviendra dans nos régions.

— Croyez-moi, Rome ne peut rien pour nous, poursuivit Viviane. Notre survie exige que nous ayons notre propre chef. Un homme hors du commun qui pourra entraîner derrière lui tout le pays. Peut-être alors les deux mondes pourront-ils à nouveau se rejoindre. Peut-être alors notre Mère Éternelle et le Christ nous aideront-ils, ensemble, à nous retrouver, et à refaire de nous un seul peuple uni et fraternel.

— Mais comment trouver un tel roi ? » demanda Ygerne qui, sans trop savoir pourquoi, regretta aussitôt d'avoir posé cette question.

Comme deux flèches, les regards de Viviane et de Merlin convergèrent sur la jeune duchesse de Cornouailles... et soudain, Ygerne eut peur. Tout son corps se mit à trembler, tandis qu'une sueur glacée perlait à ses tempes... Au bord de l'évanouissement, elle entendit Viviane annoncer d'une voix étrangement douce :

« C'est vous, Ygerne, c'est vous qui mettrez au monde ce Grand Roi... »

Un terrible silence s'abattit sur la pièce où, pendant un instant, l'on n'entendit plus que le crépitement des flammes vacillantes dans l'âtre. Puis Ygerne parut reprendre son souffle, lentement, profondément, comme si elle s'éveillait à peine d'un trop long sommeil.

« Que venez-vous de dire ? Que Gorlois serait bientôt le père de ce Grand Roi ?

35

— Non, Ygerne, répondit Viviane, Gorlois est romain et les Tribus n'adopteront jamais un homme né dans la grande capitale. Le Haut Roi auquel elles s'attacheront doit être un enfant de l'Ile Sacrée, un enfant véritable de la Déesse, comme le sera votre fils. Les Tribus ne seront pas seules à combattre les Saxons et les hordes venues du Nord : il y aura aussi les Romains, les Celtes et les Gallois, et ceux-ci n'accepteront de suivre que leur duc, leur Pendragon, celui en qui ils ont toute confiance, le fidèle lieutenant de celui qui a régné sur eux sagement. Quant à notre peuple, il acceptera aussi de marcher derrière lui, car vous serez la mère de l'enfant. Oui, votre fils, Ygerne, aura pour père Uther Pendragon ! »

Incrédule, la jeune femme essaya de comprendre. Puis, brusquement, elle sentit une rage folle éclater en elle :

« Non ! J'ai un époux et je lui ai déjà donné un enfant ! s'exclama-t-elle avec colère. Je ne vous permets pas de jouer une fois encore avec ma vie ! Je me suis mariée, comme vous me l'avez ordonné, et jamais, jamais vous ne saurez... »

Les mots s'étranglèrent dans sa gorge : non, jamais elle ne pourrait leur dire ce qu'elle avait enduré cette première année... Elle avait eu si peur, elle avait été si désemparée et si seule... Le viol eût été préférable. Au moins aurait-elle pu s'enfuir ensuite et se laisser mourir ! Mais à quoi bon parler de tout cela ? Viviane ne lui avait-elle pas dit souvent autrefois : « Si vous cherchez à échapper à votre destin, Ygerne, ou à fuir la souffrance, sachez bien que vous vous condamnez à souffrir beaucoup plus encore dans une autre vie. » Ces mots résonnaient encore au fond de son cœur.

« Ygerne, écoutez-moi, dit alors Merlin d'une voix changée. Le moment est venu de vous faire une révélation : je suis votre père... Oui, c'est moi qui vous ai engendrée, Ygerne. Cela ne me donne aucun droit sur vous car, vous le savez, le sang de la Dame du Lac et lui seul confère toute royauté. Mais vous comprendrez mieux maintenant pourquoi je me préoccupe tout particulièrement de votre destin. C'est au double titre de messager des Dieux et de père... Il est écrit dans les étoiles, mon enfant, que cette terre ne retrouvera son unité que sous la main d'un roi issu des deux royautés, celle des anciennes Tribus qui honorent la Grande Déesse, et celle obéissant à

36

Rome. La paix est à ce prix, l'alliance du dragon et de la croix. Alors, Ygerne, ceux-là mêmes qui suivent la croix parviendront à entrevoir nos Mystères : leurs vies, déchirées entre le péché et la souffrance, le ciel et l'enfer, s'en trouveront adoucies, et l'espoir d'une seconde vie sur terre renaîtra en eux. Voulez-vous voir la Déesse et son œuvre rejetées ? Refuserez-vous de donner aux hommes cette dernière chance, vous qui êtes née de la Dame de l'Ile Sacrée et de Merlin de Grande Bretagne ? »

Ygerne baissa la tête, bien décidée à ne pas se laisser gagner par l'insinueuse tendresse couvant sous la voix du vieil homme. Elle s'était toujours doutée, sans que jamais on ne le lui ait vraiment dit, que Merlin avait partagé avec sa mère l'étincelle de vie qui lui avait donné naissance. Mais une fille de l'Ile Sacrée ne pouvait faire allusion à ses origines, et elle s'était conformée à la règle. La tête obstinément baissée, refusant de regarder le vieillard, elle dit entre ses dents :

« Si vous avez besoin d'un roi, pourquoi n'avoir pas utilisé vos sortilèges en faveur de Gorlois, duc de Cornouailles ? Ainsi, à la naissance du fils qu'il souhaite, auriez-vous eu votre Haut Roi. »

Merlin secoua négativement la tête, mais ce fut Viviane qui parla. Tous deux semblaient s'être ligués contre elle, et Ygerne en ressentit une grande amertume.

« Ygerne, vous ne donnerez pas de fils à Gorlois, redit Viviane d'une voix toujours aussi paisible.

— Ainsi vous voulez donc décider de tout ! répliqua Ygerne d'un ton acide. Gorlois a déjà eu des fils avec d'autres femmes. Ne pourrai-je, moi-même, son épouse légitime, lui donner l'héritier qu'il désire ?

— Aimez-vous Gorlois, Ygerne ?

— Cela ne concerne que moi, répondit la jeune femme les yeux rivés au sol. Gorlois a été bon pour moi. Il m'a laissé Morgane lorsque je n'avais qu'elle pour combler ma solitude. Il désire maintenant un fils, je ne le lui refuserai pas, c'est une question d'honneur. Si je porte un enfant, ce sera donc celui du duc Gorlois et non celui d'un autre. Oui, je le jure par le feu et par...

— Non ! cria Viviane d'une voix impérieuse. Non, Ygerne ! Ne prononcez surtout pas ce serment car vous seriez parjure.

— Je tiendrai ma parole ! hurla Ygerne, ne cherchant plus à contenir sa colère. Moi aussi je suis fille de l'Ile Sacrée et vous n'avez pas le droit de me traiter comme vous pourriez traiter Morgane innocente dans vos bras, et qui ne peut encore comprendre ce qu'est un serment... »

Entendant prononcer son nom, la petite fille sursauta sur les genoux de sa tante qui lui sourit tendrement pour l'apaiser.

« Ne croyez surtout pas qu'elle ne comprenne rien à ce qui se passe autour d'elle. Les enfants savent et devinent beaucoup plus qu'on ne croit sous prétexte qu'ils ne peuvent s'exprimer. Morgane sera peut-être, elle aussi, un jour, une grande prêtresse...

— Jamais ! cria de nouveau Ygerne. Jamais je ne vous laisserai décider de son destin comme vous l'avez fait pour moi-même !

— Calmez-vous, Ygerne ! intervint Merlin. Vous êtes libre, comme est libre chaque enfant des Dieux. Notre rôle, à nous, est de suggérer, pas d'ordonner. Non, Ygerne, non, vous n'êtes pas le jouet du destin, vous êtes libre ! Je suis sûr cependant que vous suivrez, de votre plein gré, la route qui s'imposera à vous. »

Mais la jeune femme n'écoutait plus. Désemparée, elle contemplait, l'envie au cœur, l'émouvant tableau que formait sous ses yeux sa propre fille s'abandonnant de nouveau au sommeil sur les genoux de Viviane. Oui, le pouvoir de sa sœur sur les êtres était réellement magique... Submergée par une irrépressible vague de jalousie, Ygerne se précipita et arracha l'enfant des bras de sa tante. Puis elle s'assit et réalisa aussitôt que Morgane semblait être devenue une étrangère, comme si les quelques instants passés au contact de Viviane l'avaient métamorphosée et éloignée d'elle. Des larmes brûlantes lui montèrent aux yeux. Morgane était tout ce qu'elle possédait au monde. Allait-elle devoir y renoncer aussi à cause de la Dame du Lac ?

Se tournant subitement vers Morgause, toujours assise aux pieds de Viviane, la tête abandonnée sur ses genoux, elle l'apostropha sèchement :

« Allons, Morgause, levez-vous et regagnez votre chambre ! Vous êtes presque une femme maintenant. Ne vous conduisez pas comme une petite fille à traîner ainsi dans les jupes de votre sœur. »

Puis elle reprit, à l'intention de Viviane et de Merlin, avec une amabilité un peu forcée :

« Vos chambres seront bientôt prêtes. J'ai demandé qu'on vous apporte des boissons et de l'eau pour vous laver. Le repas sera servi au coucher du soleil. »

Ayant elle-même regagné sa chambre, Ygerne coucha Morgane et se mit à arpenter nerveusement la pièce, la tête pleine de tout ce qu'elle avait entendu. Uther Pendragon... Elle ne le connaissait pas, mais Gorlois ne cessait de lui parler de ses mérites et de son courage. Neveu du Haut Roi Ambrosius Aurelianus, il n'avait pas la moindre goutte de sang romain dans les veines. Nul doute que les Tribus n'hésiteraient pas à le suivre s'il succédait à son oncle. Ambrosius n'était plus tout jeune et ce jour était peut-être tout proche. « Deviendrai-je ainsi moi-même reine, entendit-elle, contre son gré, murmurer son cœur... Trahirai-je Gorlois et mon honneur ? »

Se penchant instinctivement sur son miroir de bronze, elle aperçut derrière elle, dans l'embrasure de la porte, la silhouette de sa sœur. Viviane avait troqué ses lourds vêtements de voyage contre une élégante robe de laine, et ses cheveux dénoués, sombres et lissés, semblaient aussi doux que la toison des moutons noirs. Elle paraissait plus petite, plus fragile que jamais. Mais ses yeux, où dansait une lueur étrange, étaient bien ceux de la prêtresse des profondes cavernes d'initiation, aussi vieilles que le monde, aussi mystérieuses que l'univers lui-même.

Viviane s'approcha et se pencha sur la jeune femme jusqu'à effleurer sa joue de ses cheveux.

« Ygerne, murmura-t-elle tendrement, petite Ygerne devenue grande, depuis quand n'avez-vous pas honoré la Déesse de Beltane ? »

Celle-ci esquissa un vague sourire et répondit précipitamment :

« Gorlois est romain et chrétien ! Pensez-vous donc que sa maison s'adonne aux rites des Feux de Beltane ͻ

39

— Non, bien sûr, répondit Viviane sarcastique. Mais à votre place, je n'oserais jurer que vos suivantes, en quête de longues étreintes, ne se glissent pas hors du château au plus chaud de l'été pour allumer ces feux. Gorlois et vous ne pouvez vous permettre ces mêmes ébats sous la lune, à la face de vos prêtres et de leur Dieu austère et rancunier.

— Je vous en prie, ne parlez pas ainsi ! Le Dieu de mon époux est un dieu d'amour ! s'exclama Ygerne avec flamme.

— Un dieu d'amour ? Lui qui a déclaré la guerre à toutes les divinités, lui qui a tenté de massacrer tous ceux qui ne croient pas en lui ? Puisse le sort nous épargner un tel amour ! Au nom des vœux que vous avez prononcés il y a longtemps, Ygerne, je vous demande de me répondre : avez-vous renoncé à l'appel de la Déesse et de l'Ile Sacrée ?

— L'appel de la Déesse ! ricana Ygerne. L'appel me demandant de jouer les courtisanes, avec la bénédiction de Merlin et de la Dame du Lac ! Est-ce là votre question ? »

Viviane sursauta, fit un pas en avant, et Ygerne crut que la prêtresse allait la frapper au visage. Mais elle se reprit instantanément :

« Vous vous méprenez, Ygerne ! Pensez-vous que Gorlois soit immortel ? J'ai tenté seulement de lire dans les étoiles l'avenir de ceux qui doivent changer le destin de la Grande Bretagne. Son nom n'était présent nulle part. »

Ygerne sentit ses genoux se dérober, et les murs de sa chambre semblèrent soudain vaciller autour d'elle :

« Uther ... Uther le tuera donc ?

— Non, Uther ne sera en rien responsable de sa mort. Vous devez cependant savoir que Tintagel est une place forte qui compte, et que le jour où Gorlois ne sera plus en mesure de la défendre, Uther Pendragon n'hésitera pas à en prendre le commandement. Peut-être aussi en fera-t-il cadeau à l'un de ses ducs, avec la femme qui habite ses murailles ... Ygerne, petite Ygerne, reprit Viviane de sa voix la plus tendre, nul n'échappe jamais à son destin. Acceptez-vous le chemin de votre destinée ou préférez-vous que les Dieux vous y maintiennent de force ? Ambrosius Aurelianus est mourant. Uther sera son successeur, il sera le Haut Roi, et il lui faut un fils.

Ygerne tressaillit. Ainsi le piège se refermait sur elle...

« S'il faut une mère pour ce fils du Haut Roi, pourquoi n'assumez-vous pas ce rôle ? se risqua-t-elle à demander. Pourquoi n'utilisez-vous pas vos pouvoirs magiques pour attirer Uther et porter vous-même notre futur Grand Roi ? »

A sa grande surprise, Viviane répondit sans détour :

« J'y ai pensé. Mais je ne suis plus assez jeune. J'ai maintenant trente-neuf ans ; c'est plus que l'âge d'Uther, et c'est trop pour enfanter. »

Dans le miroir de bronze, l'image de la prêtresse s'anima imperceptiblement, puis se troubla et disparut comme le reflet d'un visage à la surface d'une eau agitée par la brise.

« Cette année est la dernière où je participerai aux rites de Beltane », annonça-t-elle, revenue au milieu de la pièce. Puis, s'arrêtant auprès du lit où dormait la petite Morgane, elle caressa les cheveux de soie de l'enfant, en murmurant comme pour elle seule : « Comme je vous envie, Ygerne ! Toute ma vie, j'ai désiré une fille. Une fille pour partager mes joies et me remplacer un jour auprès de la Déesse ! Il y a bien Morgause, mais son destin est ailleurs. Il y a eu aussi cette autre petite que j'ai portée, mais elle est morte. Quant à mes fils, ils sont partis loin de moi. Telle est ma destinée, je dois la suivre comme vous suivrez la vôtre, Ygerne. C'est là tout ce que je vous demande. Pour le reste, je m'en remets à notre Mère à tous. Gorlois va revenir à Tintagel. Il repartira aussitôt à Londinium pour élire le Haut Roi. Vous l'accompagnerez. Il le faut !

— Vous me demandez l'impossible, répliqua Ygerne avec un sourire forcé. Pensez-vous vraiment que Gorlois et ses hommes accepteront de s'encombrer d'une femme sur la route de Londinium ? Même si je le supplie de l'accompagner, je doute fort qu'il y consente.

— Ygerne, vous devez partir ! Arrivée à bon port, regardez bien Uther Pendragon.

— Un sortilège, bien sûr, l'enchaînera à moi ?

— Vous êtes jeune, Ygerne, et vous ignorez à quel point vous êtes belle ! Uther n'aura besoin d'aucun charme pour vous aimer.

— Peut-être est-ce moi alors qui en aurai besoin pour ne pas lui échapper ! » ajouta la jeune femme dont le corps tout entier venait de se tendre sous l'effet d'une curieuse frayeur.

Viviane s'approcha d'elle, les yeux rivés sur la pierre de lune qu'elle portait au cou. Elle y posa la main.

« Ce n'est pas Gorlois qui vous l'a donnée. Vous souvenez-vous ?

— Je sais. Vous me l'avez offerte le jour de mon mariage. Elle appartenait à notre mère, m'avez-vous dit.

— Donnez-la-moi, Ygerne, et n'oubliez pas : lorsque cette pierre reviendra à vous, il vous faudra aussitôt accomplir ce que la Déesse vous ordonnera de faire. Vous êtes l'élue. Celle qui fera le don de sa vie pour le salut de notre peuple. »

II

II

Depuis combien de temps Ygerne chevauchait-elle sous la pluie ? Une éternité, lui semblait-il... Jamais elle n'arriverait à Londinium !

Il est vrai qu'elle avait jusqu'ici peu voyagé sauf, quatre années plus tôt, pour venir d'Avalon à Tintagel, pauvre adolescente désemparée, promise à un destin qu'elle n'avait pas choisi. Aujourd'hui, belle et sereine, elle était aux côtés de Gorlois qui s'appliquait à lui commenter chacune des régions traversées. Heureuse, elle riait et plaisantait sans retenue, et la nuit dernière, dans la tente qu'ils partageaient à chaque halte, elle n'avait pas hésité à le rejoindre sur sa couche. Côtoyer ces farouches guerriers, attentifs à satisfaire ses moindres caprices, lui procurait un plaisir inconnu et exaltant de liberté que la bruine, qui n'avait cessé depuis leur départ de noyer les lointaines collines, ne parvenait pas à altérer.

Gorlois, malgré quelques fils grisonnants dans sa chevelure et dans sa barbe, les cicatrices de son visage témoignant de sa vie de combats, sa grosse voix et ses manières un peu rustres, n'avait rien de l'ogre épouvantable qui l'avait tant terrifiée au

45

début de son mariage. Il l'aimait, à sa façon, sans doute un peu maladroite, mais il l'aimait, c'était certain. Comment avait-elle pu l'ignorer si longtemps, ressentir à son égard tant de frayeur et de méfiance ? En fait, une grande affection et un profond désir de lui plaire se cachaient derrière les apparences un peu rudes de Gorlois.

« Êtes-vous lasse, Ygerne ? dit-il en lui prenant la main.

— Nullement. Avec vous j'irais au bout du monde. Mais ne risquons-nous pas de nous égarer dans cet épais brouillard ?

— Ne craignez rien : mes guides connaissent le chemin. Avant la nuit nous aurons atteint notre but et nous dormirons sous un toit, dans un vrai lit ! »

Dans un vrai lit, une fois encore dans les bras de Gorlois ! Comme elle le désirait, comme elle le chérissait ! Et pourtant, ses jours auprès de lui étaient comptés, elle le savait. Sans cesse elle revoyait l'affreuse vision : Gorlois amaigri, vieilli, l'air hagard, réclamant d'une voix mourante un cheval, une escorte, la poitrine traversée par un glaive. « Gorlois !... » avait-elle hurlé. Et voyant l'intolérable souffrance qui déformait son visage, elle s'était jetée sur lui balbutiant à travers ses larmes des mots de tendresse et de désespoir. Mais elle n'avait étreint que le vide. Dans la cour du château inondée de soleil, il n'y avait personne, rien que les hauts murs lui renvoyant l'écho de ses propres cris.

La journée suivante, elle avait tenté en vain de se rassurer. Mais elle avait dû se rendre à l'évidence : cette soudaine apparition ne pouvait être que l'ombre de son mari, son double, la projection de son âme, qui annonçait sa mort.

Pourtant, lorsqu'il était revenu du combat, bien en vie, sans blessure, riant aux éclats, les bras chargés de cadeaux, elle avait cru pouvoir tout oublier : l'ombre immense sur la pierre, l'épée, la détresse de son regard...

« Tenez, avait-il lancé gaiement à Morgause en lui jetant dans les bras une grande cape rouge. Regardez ce que je vous ai rapporté de chez les Saxons. »

Mais le lendemain, alors qu'ils prenaient ensemble la première collation de la journée, il avait déclaré d'une voix grave :

« Ambrosius Aurelianus est mourant. Le vieil aigle bientôt ne sera plus et il n'a pas de fils pour le remplacer. Haut Roi, il a été pour tous un souverain juste et magnanime. Je dois me rendre à Londinium prendre part aux votes qui décideront de sa succession. Voulez-vous m'accompagner ?

— A Londinium ?

— Oui, j'ai été trop longtemps séparé de vous. »

« Il vous faudra absolument l'accompagner », avait dit Viviane. Ainsi n'avait-elle pas même eu à le demander. Consciente de ne pouvoir échapper aux forces d'un inéluctable destin, elle avait bredouillé quelques mots de remerciements, acquiescé sans autre explication à sa demande, consenti à se séparer le temps du voyage de Morgane et de Morgause.

Arrivée le soir même, comme l'avait promis Gorlois, aux portes de la grande cité, la petite troupe, cheminant dans un dédale de ruelles obscures empuanties par l'odeur fétide du fleuve, avait rapidement gagné la maison préparée à son intention.

Lorsqu'ils se retrouvèrent enfin seuls devant un grand feu de bois, véritable luxe à cette époque de l'année, Ygerne demanda négligemment :

« Qui, d'après vous, Gorlois, sera le prochain Haut Roi ?

— Qu'importe à une femme celui qui gouvernera le pays ? »

Elle lui sourit, consciente du plaisir qu'il éprouvait à la voir dénouer et coiffer longuement sa somptueuse chevelure pour la nuit :

« Bien que femme, Gorlois, je vis sur cette terre, et j'aimerais savoir quel homme suivra mon mari, dans la paix et dans la guerre.

— Dans la paix... J'ai bien peur de ne plus connaître la paix ! Du moins, tant que tous ces sauvages continueront à faire irruption sur nos rivages et qu'il faudra unir nos forces pour nous défendre. Or, il y en a beaucoup qui aimeraient porter le manteau d'Ambrosius et nous mener au combat : Lot des Orcades, par exemple... C'est un homme dur, un soldat courageux et bon stratège, on peut lui faire confiance. Mais il n'est pas marié, il n'a pas d'héritier, et il est bien jeune encore pour être sacré Haut Roi malgré son ambition démesurée. Il y a aussi Uriens des Galles du Nord. Lui a plusieurs fils mais il est sans imagination. En outre, je le soupçonne de n'être pas bon chrétien.

— Quel serait votre choix, à vous ?

— Je l'ignore, répondit Gorlois en soupirant. J'ai suivi Ambrosius toute ma vie et je suivrai l'homme qu'il aura choisi. C'est une question d'honneur ! Or, Uther est l'homme d'Ambrosius, c'est aussi simple que cela ! Non que je l'aime. C'est un débauché, il a douze bâtards au moins, et n'envisage pas de se marier. Il ne va à la messe que parce qu'il faut y aller. J'aurais préféré un honnête païen à ce faux chrétien !

— Et pourtant vous le soutiendrez.

— Oui, car c'est un chef idéal. Il a tout pour lui : l'intelligence, la vaillance. Il est si populaire que l'armée le suivrait en Enfer ! Je le soutiendrai, mais je ne l'aime pas. »

S'étonnant que Gorlois ne fasse aucune allusion à sa propre candidature, Ygerne se risqua à dire :

— Mais vous êtes duc de Cornouailles, et Ambrosius vous estime ; n'avez-vous jamais pensé que vous pourriez être désigné comme Haut Roi ?

— Non, Ygerne, j'ai d'autres ambitions que la couronne. Mais peut-être souhaitez-vous être reine ?

— Pourquoi pas ? répondit-elle presque malgré elle, se souvenant de la prophétie de Merlin.

— Vous êtes trop jeune pour savoir ce que cela signifie ! Croyez-vous vraiment qu'on gouverne un pays comme vous gouvernez vos serviteurs à Tintagel ? Non, Ygerne, je ne veux pas passer le reste de ma vie à guerroyer ! Certes, je défendrai ces rivages aussi longtemps que ma main pourra tenir une épée, mais maintenant que j'ai une femme sous mon toit, je veux un fils pour jouer avec ma fille, je veux jouir de la paix, pêcher dans les rochers, chasser et m'asseoir au soleil en regardant les paysans rentrer leur moisson. Je veux aussi faire la paix avec Dieu, afin qu'il me pardonne tout ce que j'ai pu faire de mal dans ma vie de soldat. Mais assez parlé de tout cela », conclut-il, en l'attirant à lui dans la douce tiédeur des peaux de bêtes amoncelées sur leur couche.

Le lendemain à l'aube, Ygerne, réveillée en sursaut par un fracas de cloches, se dressa en poussant un grand cri.

« N'ayez pas peur, expliqua Gorlois en la prenant tendrement dans ses bras, ce ne sont que les cloches de l'église

LA GRANDE PRÊTRESSE

voisine annonçant qu'Ambrosius va bientôt se rendre à la messe. Habillons-nous vite et allons le rejoindre ! »

Comme ils s'apprêtaient à sortir, on vint les prévenir qu'un étrange petit homme demandait à parler à Ygerne, femme du duc de Cornouailles. Introduit dans la chambre, il s'inclina et elle eut l'impression immédiate de l'avoir déjà rencontré.

« Votre sœur m'a prié de vous remettre ceci de la part de Merlin. Elle vous demande de le porter et de ne pas oublier votre serment... »

Puis le petit homme s'inclina de nouveau et disparut.

« Mais... c'est la pierre bleue que vous portiez à notre mariage. Que veut dire ceci et quel serment avez-vous fait à votre sœur ? Pourquoi, d'ailleurs, la pierre était-elle en sa possession ? »

Le ton courroucé de Gorlois prit de court la jeune femme. Rassemblant rapidement ses esprits, elle décida de mentir pour la première fois de sa vie :

« Lorsque ma sœur est venue me rendre visite, je lui ai donné la pierre. Je l'avais laissée malencontreusement tomber et elle était légèrement fêlée. Elle m'a proposé de la faire réparer en Avalon. Je lui ai alors promis d'en prendre, à l'avenir, le plus grand soin. »

Acceptant apparemment l'explication, Gorlois n'insista pas. Il ajusta sa tenue, saisit son épée et marmonna entre ses dents : « Bien, hâtons-nous maintenant ! Les prêtres n'apprécient pas que l'on arrive en retard à l'office. »

L'église était petite, et les torches accrochées au mur impuissantes à combattre l'humidité glaciale qui régnait à l'intérieur.

« Le Roi est-il ici ? demanda Ygerne à voix basse.

— Oui. Il a pris place devant l'autel », souffla Gorlois en baissant la tête.

Elle le reconnut aussitôt à son manteau d'un rouge profond, à l'épée incrustée de pierres précieuses qu'il portait au côté. Ambrosius Aurelianus, pensa-t-elle, doit avoir dépassé soixante ans. De haute mais frêle stature, voûté comme s'il était la proie d'une intolérable souffrance intérieure, il semblait à la dernière extrémité. Sans doute avait-il été séduisant, mais il ne subsistait aujourd'hui dans son visage décharné et cireux que l'éclat vacillant d'un regard prêt à s'éteindre.

Autour de lui faisaient cercle ses proches conseillers qu'Ygerne aurait aimé identifier, mais les prêtres avaient entamé leurs litanies et elle préféra baisser la tête comme son mari, et faire semblant d'écouter une liturgie qu'en dépit des leçons du père Colomba elle continuait d'ignorer.

Brusquement, un léger mouvement se fit dans l'assistance. La porte de l'église avait grincé et un homme vigoureux et svelte, ses larges épaules recouvertes d'une étoffe de laine à grands carreaux, pénétra à grandes enjambées dans la nef. Escorté par plusieurs hommes d'armes, il se fraya un passage parmi les fidèles. Parvenu à la hauteur d'Ygerne, il s'agenouilla dans une attitude de profond recueillement, non sans s'être assuré au préalable de la bonne tenue de sa troupe.

Pas une fois, au cours du service, il ne releva la tête, et ce n'est que l'office terminé, quand prêtres et diacres quittèrent l'autel en portant la Croix et le Livre saint, qu'il s'approcha de Gorlois. Celui-ci marmonna un vague acquiescement avant de répondre à la question que lui posait l'inconnu :

« Oui, c'est ma femme. Ygerne, voici le duc Uther que les Tribus appellent Pendragon, à cause de sa bannière. »

Stupéfaite, elle fit une révérence rapide. Uther Pendragon, ce grand guerrier, aussi blond qu'un Saxon ? Était-ce lui qui allait succéder à Ambrosius, cet homme qui avait paru si absorbé dans ses prières ? Elle leva les yeux et surprit le regard d'Uther posé sur sa gorge. Que regardait-il avec une telle insistance ? La pierre de lune, bien visible à la naissance de ses seins ou sa peau blanche à l'échancrure de sa cape ?

Ce regard n'avait pas échappé à Gorlois qui entraîna sa femme sans attendre, sous prétexte de la présenter au Haut Roi.

« Je n'aime guère les yeux qu'il a portés sur vous. A l'avenir, évitez cet homme, je vous prie, glissa-t-il à son oreille en sortant de l'église.

— Ce n'est pas moi qu'il regardait, mon cher Seigneur, mais le joyau que je porte. Peut-être est-il amateur de bijoux ?

— Il est amateur de tout ! répliqua Gorlois d'un ton sans réplique, en s'éloignant si rapidement qu'Ygerne en le suivant trébucha sur les pavés disjoints de la chaussée. Venez, le Roi nous attend ! »

LA GRANDE PRÊTRESSE

Trois jours après avoir reçu dans son palais Gorlois et son épouse, le vieux roi était mort. Enterré en grande pompe le lendemain au lever du soleil, sa succession avait donné lieu à d'ultimes affrontements, plusieurs clans s'étant subitement dressés les uns contre les autres pour imposer leur champion à tout prix. A quelques voix seulement de majorité, Uther Pendragon l'avait finalement emporté. Son élection cependant avait provoqué la fureur d'un de ses principaux rivaux, Lot des Orcades, qui, de dépit, avait quitté la cité sur-le-champ, entraînant avec lui nombre de ses partisans.

« Est-ce possible ? interrogea Ygerne à qui son époux racontait l'incident le soir-même.

— Oui, Lot est parti. Mais il vous faut dormir maintenant. Les fêtes du couronnement auront lieu demain. La journée sera longue et fatigante », dit-il en se retournant sur sa couche, montrant ainsi qu'il n'était pas disposé aux jeux de l'amour.

Ayant à son tour sombré dans le sommeil, Ygerne fit, cette nuit-là, un rêve extraordinaire qui influença définitivement ses pensées et le cours de son destin. Dans une immense plaine, au centre d'un grand cercle de pierres qu'effleuraient à peine les premières lueurs de l'aube, s'avançait au-devant d'elle une lumineuse silhouette vêtue de bleu. Malgré un visage irréel et différent de celui qu'elle avait entrevu jusqu'alors, une étrange coiffure de reptiles entrelacés, et les poignets ornés de serpents sacrés, elle reconnut Uther Pendragon, les bras tendus vers elle.

« Morgane... murmura Uther, posant doucement les mains sur ses épaules. Morgane, ils nous l'avaient prédit, mais je n'y croyais pas ! »

Quelques instants Ygerne se demanda pourquoi Uther lui donnait le nom de sa fille, mais se rappelant que c'était aussi le nom d'une prêtresse, signifiant « femme venue de la mer », elle s'approcha de lui confiante et soumise.

Uther alors l'attira tendrement à lui et l'embrassa avec ferveur.

« Morgane, dit-il, j'aime cette vie de la terre, et je vous aime d'un amour plus fort que la mort. Si le péché doit être le prix de notre union, alors je pécherai joyeusement et sans regret, car ce péché me rapprochera de vous, ma bien-aimée... »

51

Jamais encore Ygerne n'avait connu un baiser d'une telle violence, d'une telle passion. Un lien indestructible venait de les unir, d'une essence sans commune mesure avec le vulgaire désir des mortels.

« J'aime cette terre, répéta-t-il, et je donnerais volontiers ma vie pour que rien, jamais, ne vienne la menacer. »

Frissonnante, Ygerne détourna son regard des feux mourants sur l'Atlantide qui irradiaient faiblement très loin à l'Ouest.

« Regardons vers l'Est, supplia-t-elle, là où s'embrase toute promesse de renaissance. »

Et ensemble, serrés l'un contre l'autre, ils regardèrent s'élever doucement dans le ciel l'astre flamboyant, tirant de l'ombre peu à peu la plaine tout entière.

« Voilà la seule vérité du monde. Le grand cycle de la vie et de la mort dans sa marche immuable, murmura-t-il, les lèvres enfouies dans sa chevelure. Un jour, tout sera oublié et il ne restera ici sur le sol qu'un cercle de pierres. Mais, moi, je me souviendrai, et je reviendrai vers vous, ma bien-aimée, je vous le jure !

— Prenez garde à vos paroles ! dit alors derrière eux la voix reconnaissable entre toutes de Merlin, car vous ne manquerez pas d'obtenir ce que vous demanderez... »

Il y eut ensuite un grand silence, un éclair dans le ciel, et Ygerne se réveilla en sursaut, agrippée à l'épaule de Gorlois qui ronflait paisiblement en lui tournant le dos. S'écartant de lui promptement, elle s'étonna de n'éprouver aucun sentiment de culpabilité à son égard, se demandant si ces instants qu'elle venait de vivre en rêve si intensément dans les bras d'Uther ne reflétaient pas simplement la réalité de leur vie antérieure.

Non, ce n'était pas un rêve ; leurs mains, leurs cœurs, leurs bouches avaient dit vrai. Ils s'étaient retrouvés au Pays de toute vérité, au Pays des âmes, unis non par un songe éphémère, mais de toute éternité, par-delà un très ancien souvenir.

Oui, Uther et elle s'étaient connus dans un passé enfoui à l'aube des temps, et cette certitude confirmait le sentiment de plénitude et de félicité qu'ils avaient mutuellement ressenti en se retrouvant face à face. Comme autrefois, ils allaient œuvrer ensemble pour la sauvegarde d'une terre menacée par les hordes barbares et les peuples du Nord.

LA GRANDE PRÊTRESSE

Elle devait s'incliner devant la volonté de Viviane et de Merlin ; elle ne pouvait se dérober à la mission sacrée d'enfanter le héros d'une telle aventure, le roi appelé à régner à jamais, dans le passé, le présent et le futur, et à sauver définitivement son peuple, sa foi et ses mystères. La Vierge Marie des chrétiens n'avait-elle pas fait de même ? Mais Gorlois alors ?... Gorlois n'avait-il été pour elle qu'un jalon dans sa vie ? Oui, il n'avait été qu'un lien indispensable mais temporaire dans l'accomplissement de sa destinée imposée par la Mère Éternelle. Sa destinée s'appelait Uther, depuis la lointaine époque où le Vieux Temple avait disparu sous les eaux. Gorlois n'avait servi qu'à la préparer, à la réunir à l'homme qu'elle avait aimé des siècles auparavant, à la rendre suffisamment mûre pour pouvoir, le moment venu, le reconnaître... « Je ne suis pas prêtresse, mais je suis prête à obéir. Comme une prêtresse, je me livrerai à la volonté divine pour donner au monde celui qu'attend l'humanité. »

Étendue immobile aux côtés de Gorlois, les yeux grands ouverts, Ygerne ne cherchait pas le sommeil. Sereine et légère, son âme vagabondait dans les sphères éthérées d'une nuit lumineuse qui semblait ne devoir jamais prendre fin. Quand le moment viendrait, toutefois, elle serait prête.

Aussi, lorsque Gorlois bougea à ses côtés en l'attirant dans ses bras, n'opposa-t-elle aucune résistance. Elle savait désormais que le duc de Cornouailles ne déposerait jamais en elle le germe d'une nouvelle vie, que son destin était ailleurs, qu'un fils lui viendrait d'un autre homme. Ce corps étranger noué à son corps, comme s'il voulait boire sa vie, n'entrait en rien dans le mystère auquel elle se préparait déjà à participer de toute son âme.

Le matin venu, Ygerne se leva en chantonnant. Jamais elle ne s'était sentie aussi bien dans son corps. Elle enfilait sa plus belle robe, celle qui avait des franges brodées autour du col et des manches, lorsque Gorlois, lui-même en train de revêtir ses habits de fête, lança d'un ton réprobateur :

« Je crains fort que ces cérémonies de couronnement ne

donnent lieu à des pratiques païennes qui n'ont plus de raison d'être dans un pays chrétien où l'onction de l'évêque devrait suffire au sacre du Haut Roi.

— Tout le monde n'est pas apte à pénétrer les plus grands Mystères, répliqua Ygerne calmement. Les Sages, bien sûr, savent que les symboles ne sont pas nécessaires, mais les gens des campagnes ont besoin de dragons, des feux de Beltane et du Grand Mariage d'un Roi s'unissant à la Terre...

— Non ! Tout ceci est interdit aux chrétiens, s'exclama sévèrement Gorlois. "Un seul nom, sous le ciel, a dit l'Apôtre, peut sauver l'humanité." Tout autre signe ou symbole doit être rejeté. Je ne serais cependant pas étonné d'apprendre qu'Uther n'a pas renoncé définitivement à toutes ces folies. Souhaitons qu'un jour règne enfin sur cette terre un Haut Roi qui ne sera fidèle qu'aux seuls rites chrétiens !

— Je ne sais si ce jour viendra car, comme le disent vos Livres Saints, chacun s'abreuve à la source qui lui convient. Chez nous, certains ont besoin de leurs Puits Sacrés, de leurs guirlandes de Printemps, de leurs danses rituelles. Quelle tristesse si les feux de Noël ne brûlaient plus, si plus aucune guirlande ne tombait au fond des Puits Sacrés !

— Nos Livres Saints conseillent aussi aux femmes de garder le silence dans les églises en raison de leur tendance à tomber dans l'erreur ! persifla Gorlois d'un ton cassant. L'âge venant, Ygerne, votre jugement deviendra meilleur... Pour l'instant, préparez-vous et contentez-vous d'être belle ! »

Pour cela il n'avait rien à craindre ! Ygerne, ce matin-là, était mieux que belle. Elle était rayonnante.

Gorlois ayant tenu à arriver très en avance à l'église pour assister en bonne place à la cérémonie, Ygerne s'intéressa prodigieusement à son déroulement et les hymnes lui parurent cette fois moins sinistres, presque joyeux même. Ils ne parlaient plus du courroux de Dieu mais de joie et de louanges. Dehors, les cloches sonnaient à toute volée. La plus grande animation régnait au palais où ducs et seigneurs viendraient après l'office jurer allégeance à leur nouveau souverain et participer aux agapes organisées en son honneur.

Ygerne y prit pleinement part aux côtés de son mari, mais étourdie bientôt par le tourbillon de la fête et la ronde des nouveaux visages qui se pressaient autour d'elle et pour lesquels il fallait sans cesse inventer de nouveaux sourires, elle s'écarta de la foule des invités en quête d'un peu d'air frais et de solitude.

Comme elle s'apprêtait à descendre quelques marches menant à un petit patio ombragé, une voix derrière elle, mélodieuse et envoûtante, qu'elle reconnut avec bonheur, arrêta ses pas :

« Ma Dame de Cornouailles...

— Mon Roi », répondit-elle sans se retourner.

Une main s'était posée sur son épaule d'un geste si identique à celui de son rêve qu'elle ne put s'empêcher de tourner la tête pour voir si les torques d'or en forme de serpents enlaçaient vraiment les poignets d'Uther.

« Vous ne portez pas votre pierre de lune ? s'étonna-t-il, l'ayant fait pivoter doucement sur elle-même. Cette pierre est si étrange... C'est en rêve que je l'ai vue sur vous pour la première fois, avant même de vous avoir jamais rencontrée. Au risque de vous paraître insensé, je n'ai jamais cessé de me battre depuis pour tenter de retrouver votre image perdue et le souvenir de la pierre de lune au creux de votre cou.

— Je crois que cette pierre possède la vertu de réveiller la mémoire des âmes. Moi aussi j'ai rêvé... avoua la jeune femme en baissant les yeux.

— Hélas, je ne me souviens plus très bien de ce rêve... Il me semble pourtant vous voir porter un objet d'or autour du poignet... continua-t-il, laissant glisser sa main le long de son bras ! Possédez-vous un bracelet en forme de... dragon ?

— Non, murmura-t-elle, effrayée de constater la similitude de leurs réactions comme s'ils possédaient un passé similaire et confus.

— Je ne sais ce qui m'arrive, poursuivit Uther Pendragon sans la quitter des yeux ! Tout, depuis quelques jours, me semble irréel : la mort d'Ambrosius, les querelles entre les ducs, mon élection au trône du Haut Roi, vous enfin, Ygerne... Connaissez-vous à l'Ouest une plaine où se trouve un grand cercle de pierres ? On dit que dans les temps anciens s'élevait là-bas un grand temple druidique ! Merlin affirme même qu'il existait bien avant l'arrivée des Druides ! En avez-vous entendu parler ?

— Non... pas dans ma vie présente, Seigneur.

— Je voudrais tant vous le montrer, Ygerne ! J'ai rêvé que je m'y trouvais avec vous... Oh, je vous en supplie ! Ne me prenez pas pour un esprit dérangé par des songes ou de vaines prophéties. Je ne suis qu'un guerrier devenu par la volonté des Dieux Haut Roi de Grande Bretagne, mais peut-être suis-je en train de perdre la tête... Parlons de vous, des choses simples de la vie...

— De la vôtre plutôt, enchaîna Ygerne s'efforçant de sourire.

— Si vous saviez comme ma vie est vide. Peut-être me trouvez-vous bien âgé pour n'être pas encore marié... Et pourtant, j'ai rencontré tant de femmes ! Trop sans doute pour la santé de mon âme.. Pardonnez-moi d'évoquer devant vous mes faiblesses. J'ai honte de me confier ainsi à la femme du plus chrétien de mes pairs ! Mais les femmes m'ont tellement déçu, Ygerne ! Pas une, jamais, n'est parvenue à me retenir, une fois hors de sa couche. L'amour n'est-il donc rien d'autre que ce brutal assouvissement suivi d'un inexprimable désenchantement ? Ne peut-il subsister de lien plus profond entre un homme et une femme ? Existe-t-il un feu qui ne s'éteint jamais ? Ygerne, aimez-vous Gorlois ?

— Non, chuchota-t-elle, comme pour se libérer, non ! On m'a donnée à lui très jeune et sans se soucier des sentiments que je pouvais nourrir à son égard.

— Ah, pourquoi, au nom de tous les Dieux, suis-je attiré par vous, irrésistiblement, vous qui êtes enchaînée à l'un de mes plus fidèles partisans par les liens du mariage ? » se désespéra Uther en détournant son regard.

Ainsi Merlin exerçait sur lui aussi son pouvoir magique... Il n'y avait plus rien à faire ni à regretter : ce qui devait advenir, adviendrait. Mais devait-elle, à ce point, trahir Gorlois ? Où était son devoir ? Où commençait la réalité ? Où finissait le songe ? Là-bas, à l'ombre du grand cercle de pierres, ou auprès de cette silhouette immobile à ses côtés, vers laquelle se tendait tout son corps, toute son âme ? Ygerne cacha son visage dans ses mains et éclata en sanglots :

« Qu'allons-nous faire ?

— Qu'allons-nous devenir, Ygerne ? »

L'irruption du duc de Cornouailles les dispensa de s'interroger davantage. L'air courroucé, il apostropha Ygerne sans aucun ménagement :

« Eh bien, ma Dame ! Je vous cherchais par toute l'assemblée ! Qu'avez-vous donc et pourquoi ces larmes ? Mon Roi en serait-il la cause ? Je le savais de mœurs légères et de peu de piété, mais je n'imaginais pas qu'il aurait le front, le jour même de son couronnement, d'importuner la femme d'un de ses nouveaux vassaux !

— Ne criez pas ainsi, supplia Ygerne, consciente d'être le point de mire de tous les regards, tout en tentant d'échapper à Gorlois qui l'avait saisie brutalement par le poignet.

— Dame Ygerne a sans doute quelques raisons de s'émouvoir, mais je les ignore, intervint impétueusement Uther. Je vous en prie, Gorlois, cessez de la brutaliser. Je n'admets pas que l'on maltraite une femme sous mon toit ! »

Des murmures et des chuchotements s'élevèrent autour d'eux. Décontenancé, Gorlois lâcha prise, considéra quelques instants, hébété, l'empreinte bleuâtre laissée par ses doigts sur la peau de sa femme. Rouge de colère et de confusion, Ygerne essuya furtivement ses yeux et rabattit son voile sur son visage pour échapper à la curiosité des convives. Jugeant alors qu'il était de son intérêt de mettre au plus vite un terme à l'algarade, Gorlois, fendant la foule, quitta les lieux sans autre éclat, poussant sa femme devant lui.

Arrivés chez eux, sa colère contenue à grand-peine le temps du trajet explosa comme un ouragan :

« J'attends vos explications ! hurla-t-il. Uther vous a regardée avec des yeux qui ne trompent pas !

— Vous êtes fou ! Oubliez-vous qu'Uther est votre Roi et votre ami ?

— Mon ami ? Peut-être l'a-t-il été, mais maintenant c'est fini ! Imaginez-vous que je puisse apporter mon soutien à un homme qui ose courtiser ma femme devant tous et me couvrir de honte devant mes frères d'armes ? J'ai vu vos yeux quand vous le regardiez, et je sais que depuis le premier jour où vous l'avez rencontré, vous n'avez eu de cesse de le retrouver ! Vous vous éloignez de moi un peu plus chaque nuit. Voulez-vous que je vous dise : vous n'êtes qu'une prostituée, sans foi, ni loi !

— Comment osez-vous me traiter ainsi ! hurla Ygerne. Retirez ce mot, ou je vous jure de me précipiter dans la rivière avant que vous n'ayez de nouveau tenté de me toucher ! »

Folle de rage, partagée entre l'indignation et le chagrin, elle lança à travers la pièce un miroir d'argent qui effleura la tête de Gorlois avant d'aller s'écraser contre le mur. En quelques secondes, le collier d'ambre, les bracelets, les bijoux, puis la robe elle-même, tous les cadeaux que lui avait offerts Gorlois, suivirent le même chemin. Elle se retrouva à moitié déshabillée, haletante au milieu de la pièce, hurlant à travers ses larmes :

« Je ne veux plus rien de vous, rien ! Je ne veux plus vous voir, je ne veux plus vous entendre...

— Assez ! cria Gorlois hors de lui. Taisez-vous ou je vous étrangle pour avoir osé regarder un autre homme que votre époux !

— Je n'ai que faire de vos menaces. Je me moque de ce que votre droit et votre religion vous autorisent à faire de moi. Je n'ai rien à me reprocher. C'est la jalousie qui vous aveugle au point de m'injurier, de m'humilier, de me prêter les pensées les plus noires, alors que je suis totalement innocente... »

La voix d'Ygerne était si désespérée tout à coup que Gorlois recula d'un pas, baissa le bras qui, prêt à frapper, était levé sur elle. Après un instant de silence, il dit d'une voix altérée par l'émotion et la colère contenues :

— Êtes-vous bien sûre d'être vraiment innocente, Ygerne ? Si vous n'avez vraiment rien fait de mal... alors, jurez-le-moi !

— Pensez-vous que je m'abaisserais à vous mentir à ce sujet ? A vous...

— Ygerne, murmura-t-il, la voix brisée, je sais que je suis trop âgé pour vous... Je sais qu'on vous a donnée à moi contre votre gré... Pourtant, il me semblait depuis quelque temps qu'une certaine amitié vous liait à moi, et que même, vous vouliez bien me témoigner un peu de tendresse... Alors, comprenez-moi : vous voir là, pleurant aux côtés d'Uther... Je n'ai pu le supporter... Vous, les yeux levés, comme fascinée par ce débauché, ne m'accordant qu'un regard indifférent et résigné... Comme j'ai souffert, Ygerne, au cours de ces quelques secondes ! Si je vous ai blessée, c'est parce que je vous aime...

Pardonnez ma maladresse, ma violence... Pardonnez-moi, Ygerne...

— Oui, vous m'avez blessée, mais je ne vous pardonnerai que le jour où nous verrons ensemble les enfers émerger de la mer occidentale, et la terre s'y précipiter ! En attendant, au lieu d'implorer mon pardon, vous feriez mieux de courir faire la paix avec Uther : vous l'avez quitté tout à l'heure dans de telles conditions qu'il est probablement très irrité contre vous ! Désormais il est le Haut Roi de Grande Bretagne, et vous ne pouvez rester ainsi... à moins... acheva-t-elle avec une ironie glacée, à moins d'acheter ses faveurs comme vous avez tenté d'acheter les miennes... en multipliant les cadeaux !

— Taisez-vous ! ordonna Gorlois dont le visage s'était de nouveau enflammé ! Taisez-vous et habillez-vous !

— Bien, inutile de crier, je vais m'habiller. Mais sachez que je ne porterai plus désormais que des vêtements tissés par moi-même, et que rien de ce que vous m'avez offert ne touchera plus jamais ma peau ! »

Sans même jeter un coup d'œil aux bijoux ni à la robe neuve que Gorlois avait ramassés et posés sur le lit, Ygerne enfila la plus vieille de ses robes qu'elle défripa et laça avec la volonté manifeste de ne pas presser le mouvement. Ensuite, elle s'installa tranquillement devant son miroir et commença à brosser soigneusement ses longs cheveux couleur de cuivre. Gorlois la considéra quelques instants en silence puis, lui tournant brusquement le dos, il sortit en claquant la porte.

Restée seule, Ygerne entassa dans sa sacoche de selle ses effets personnels, à l'exclusion des cadeaux de Gorlois, tout en s'interrogeant sur ce qu'elle allait faire. Jamais son mari ne lui pardonnerait ce qu'elle lui avait dit ce soir-là, jamais non plus elle n'oublierait ses insinuations, ses injures, sa violence ! Le mieux ne serait-il pas d'aller trouver Merlin ? Après tout, c'était lui le responsable de ce qui était arrivé.

Non, jamais elle ne pourrait plus vivre sous le même toit que Gorlois... L'idée seule de partager sa couche lui faisait désormais horreur. Il ne restait qu'une solution : s'enfuir. Mais elle pensa soudain avec angoisse qu'ils étaient mariés selon la loi romaine et que celle-ci donnait tout pouvoir à Gorlois sur leur fille. Mieux valait donc simuler la bonne entente jusqu'à ce qu'elle trouve un endroit sûr où envoyer Morgane... Chez Viviane, peut-être, dans l'Ile Sacrée... Ygerne venait de s'asseoir au bord du lit pour réfléchir, lorsque Gorlois fit brutalement irruption dans la pièce. Voyant son sac fermé et ses affaires rangées, il dit sèchement :

« C'est bien, vous êtes prête ! Nous partirons avant le coucher du soleil.

— Que voulez-vous dire, Gorlois ?

— J'ai jeté mon serment à la figure d'Uther Pendragon ! Je lui ai crié tout ce que j'aurais dû lui dire depuis longtemps ! Désormais nous sommes ennemis. Maintenant, je dois organiser d'urgence la défense des terres de l'Ouest contre les Saxons et j'ai dit à Uther que s'il avait le front d'amener ses armées dans mon pays de Cornouailles, je le pendrais comme le félon qu'il est !

— Vous êtes devenu fou, Gorlois ! lui répondit calmement Ygerne. Comment les gens de Cornouailles pourront-ils seuls se défendre si les Saxons attaquent en force ? Au nom de Dieu, Gorlois, et au nom des peuples qui espèrent en vous pour les aider à lutter contre les envahisseurs, je vous supplie d'abandonner cette querelle et de ne pas rompre, à cause d'une inexplicable jalousie, votre serment envers Uther. Lot est déjà parti. Si vous l'abandonnez à votre tour, qui soutiendra le Haut Roi pour défendre la Grande Bretagne ?... Je suis prête à vous jurer que je n'ai jamais même effleuré les lèvres d'Uther Pendragon. Allez-vous briser l'alliance pour laquelle Ambrosius est mort à cause d'une histoire de femme ?

— A vous entendre, on croirait qu'Uther n'a jamais posé les yeux sur vous !... Sachez que je refuse de suivre un homme qui manque à ce point de morale et de vertu chrétiennes ! Je n'ai jamais eu confiance en Lot, mais je sais maintenant qu' Uther n'en mérite pas davantage. Ma décision est prise... Veuillez, je vous prie, mettre mes affaires dans l'autre sac le plus vite possible : j'ai déjà envoyé chercher nos chevaux et notre escorte. »

Devant le visage dur et fermé de Gorlois, Ygerne comprit qu'il était inutile de poursuivre la discussion. Il était trop tard pour qu'elle songe à s'enfuir. Plus tard elle déciderait...

Docile, elle finissait d'empiler dans la seconde sacoche les chemises et les tuniques de son mari lorsque le tocsin se mit brutalement à sonner : une seule main semblait secouer toutes les cloches de la ville ! Gorlois sortit rapidement en lui recommandant de ne pas bouger.

Lorsqu'elle eut achevé ses rangements, elle ne put résister à l'envie de se rendre aux nouvelles. Quelle ne fut pas sa surprise, en atteignant la grande porte d'entrée, de constater qu'un des hommes de Gorlois, sa lance posée en travers du seuil, lui interdisait la sortie ! « C'est un ordre du duc », expliqua-t-il dans son dialecte rugueux de Cornouailles.

Sa dignité lui interdisant de discuter avec un homme d'armes, Ygerne ne put que s'incliner. Elle se retira donc dans sa chambre, l'oreille tendue vers les clameurs qui montaient de la ville, les pas précipités qui résonnaient sur les pavés, tandis que les cloches continuaient de sonner à toute volée. Il lui sembla même entendre, non loin, des cliquetis d'épées : les Saxons avaient-ils choisi cet instant de flottement au sein du Conseil d'Ambrosius pour investir la cité ? Uther et Gorlois s'étaient-ils de nouveau querellés ? Comme le jour baissait, Ygerne céda à la peur : qu'adviendrait-il d'elle et de Morgane si Gorlois était tué ?

Lorsque celui-ci rentra précipitamment, l'air sombre, les traits creusés, elle fut presque heureuse de le revoir.

« Nous chevaucherons toute la nuit ! » dit-il d'une voix brève, comme s'il donnait un ordre à ses soldats et sans même regarder du côté de sa femme.

En silence Ygerne noua ses cheveux et s'enroula dans sa cape la plus épaisse. Maintenant la nuit était complètement tombée. « Il n'y a pas de temps à perdre », marmonna son époux en la guidant vers leurs montures, au milieu des soldats, torches et lances au poing.

Il la hissa sur son cheval avant d'enfourcher le sien et d'un coup d'éperon, donna le signal du départ. Ygerne emboîta le pas suivie d'une douzaine de cavaliers.

Gardant un silence prudent, elle regardait avidement la vie nocturne de cette grande cité qu'elle ne reverrait probablement jamais. Quelque part, au loin, des lueurs d'incendie embrasaient le ciel : était-ce une maison en flammes ? le campement des marchands ambulants, sur la place du marché ? Elle connaissait mal la ville et n'arrivait pas à déterminer dans quelle direction l'entraînait Gorlois à travers le dédale des ruelles obscures. Cependant, une odeur fétide de marécage lui fit bientôt comprendre qu'ils approchaient de la rivière. Très vite, en effet, elle entendit le grincement du treuil qui actionnait le lourd radeau faisant office de bac.

A peine avait-elle engagé sa monture sur les planches glissantes et mal jointes — suivie de Gorlois qui ne la quittait pas d'une longueur — que des cris hostiles retentirent sur le rivage d'en face. Ils ne distinguaient rien dans l'obscurité, mais depuis l'autre côté on devait voir leurs silhouettes se découper sur le ciel sombre. Pressant le mouvement, Gorlois ordonna à ses hommes de mettre leurs chevaux à l'eau.

Moqueuses ou haineuses, les voix se faisaient de plus en plus proches :

« Regardez ! Ils fuient ! Après Lot des Orcades, c'est le duc de Cornouailles qui nous abandonne maintenant !

— Tous les soldats quittent la ville ! On dirait qu'ils ont peur ! Que se passera-t-il si les Saxons débarquent ?

— Couards que vous êtes !

— Lâches ! »

Enfin ils atteignirent le rivage et s'enfoncèrent dans la nuit, poursuivis par les injures, accompagnés d'une pluie de cailloux. Sans échanger une parole, la troupe chevaucha jusqu'au petit jour...

Lorsqu'enfin l'aube se leva, teintant de rose le brouillard, on s'arrêta pour permettre aux hommes de se reposer et aux chevaux de souffler. Gorlois étendit par terre, à l'intention d'Ygerne, son propre manteau et lui tendit, toujours en silence, un morceau de pain dur, du fromage et un gobelet de vin : la ration habituelle du soldat en campagne ! Fatiguée par cette marche forcée, elle ne protesta pas. Mais lorsque Gorlois voulut la remettre en selle, elle se rebella :

« Je ne repartirai que lorsque vous m'aurez dit pourquoi nous avons fui Londinium comme des voleurs, en pleine nuit. Que s'est-il passé ? Je vous préviens que si vous refusez de me répondre, vous m'entendrez gémir jusqu'à Tintagel !

— J'ai surtout envie de vous attacher sur le dos de votre cheval, avec un bâillon sur la bouche ! Croyez bien que je le ferai si vous me poussez à bout ! A cause de vous, je viens de rompre avec toute une vie d'honneur et de mérite...

— Non, pas à cause de moi !... Dites plutôt à cause de votre jalousie stupide ! Je suis innocente de tout ce dont vous m'accusez, et tout ce qui arrive est uniquement de votre faute...

— Taisez-vous ! Uther, lui aussi, a juré que vous étiez innocente... Je suis allé le voir pour tenter d'en finir avec cette querelle et... savez-vous ce que ce brigand, ce fou, ce rustre a osé me demander ? Il m'a demandé de divorcer et de vous donner à lui !...

— Si vraiment je suis la sorcière, la prostituée, la menteuse que vous dites, que n'avez-vous profité de l'occasion pour vous débarrasser de moi ?

— Pourquoi ? Parce que vous m'avez juré que vous n'étiez pas adultère, et que c'est là la seule raison qui autorise un chrétien à répudier sa femme. »

Ygerne se réfugia dans le silence en se demandant si Gorlois croyait vraiment en son innocence ou s'il faisait seulement semblant d'y croire afin de ne pas ternir son image de chef devant ses soldats. Ceux-ci devaient ignorer absolument que leur seigneur n'était plus capable de garder sa très jeune femme.

« Gorlois... tenta-t-elle alors d'appeler.

— Trêve de discours ! Nous devons maintenant nous remettre en selle. Une fois à Tintagel, vous oublierez toutes ces bêtises, et Pendragon, lui, aura suffisamment à s'occuper avec les Saxons ! Si, comme je le crois, vous vous êtes entichée de lui, cela vous passera vite. Vous êtes jeune et vous connaissez peu de chose du monde et des hommes. Je ne vous ferai plus de reproches. Bientôt vous aurez un fils et vous ne penserez plus à celui qui n'a que trop enflammé votre imagination ! »

Ils reprirent la route en silence, Ygerne songeant aux paroles d'Uther. Pourquoi s'était-il permis de penser qu'on pouvait disposer d'elle sans lui demander son avis ? Était-elle une bête de ferme pour qu'on se la renvoie ainsi, de l'un à l'autre ? Et n'était-ce pas suffisant qu'une fois déjà Gorlois l'ait demandée à la Dame d'Avalon ? Partagée entre le plaisir de savoir qu'Uther l'aimait assez pour engager ouvertement la lutte à son propos avec le duc de Cornouailles, et la fureur de constater qu'il ne l'avait pas priée, elle, de quitter Gorlois pour le rejoindre de son plein gré, elle ravala ses larmes. Tous deux s'étaient retrouvés, selon la volonté des Dieux. Et pourtant... ne s'éloignait-elle pas de lui en cet instant, aux côtés d'un époux bien décidé à ne plus laisser son rival jeter le moindre regard sur elle ? A cette pensée, Ygerne se couvrit le visage avec un pan de sa cape et ne put retenir ses pleurs, se laissant bercer par le pas de son cheval...

La seconde nuit, lorsqu'ils plantèrent des tentes pour prendre quelques heures de véritable repos, elle sut qu'elle ne pourrait éviter les ardeurs de Gorlois. Elle était sa femme depuis quatre ans, et elle n'avait ni la force ni le courage de se battre avec lui, surtout dans ces circonstances où elle se savait surveillée par ses hommes d'armes. Mieux valait céder à ses désirs en serrant les dents.

Ygerne pleurait encore lorsqu'elle rejoignit Gorlois sur leur couche. Résignée, elle ne le connaissait que trop pour savoir qu'il allait essayer de la posséder jusqu'à chasser d'elle le souvenir de tout autre homme. Le corps de son mari, son visage contre le sien dans l'obscurité, lui semblaient ceux d'un étranger auquel elle se serait livrée, passive, indifférente. Elle ne sortit de sa torpeur qu'en l'entendant pousser un juron furieux :

« Sorcière, m'avez-vous jeté un sort ? cria-t-il en la repoussant brutalement. Ne voyez-vous pas que je suis impuissant à vous aimer ? Que m'avez-vous fait ?

— Rien, en vérité. Si j'avais cependant pu vous jeter un sort, je l'aurais fait, croyez-moi, sans y manquer ! répondit-elle si ironiquement que Gorlois, fou de rage, leva la main sur elle.

— Frappez-moi donc ! lui lança Ygerne. Cela ne sera qu'une fois de plus et vous aidera peut-être à vous sentir enfin un homme ! »

Étouffant un juron, il lui tourna le dos, marmonna quelques mots incompréhensibles et s'endormit aussitôt. Elle, les yeux ouverts dans le noir, savourait sa vengeance.

III

A leur retour, Ygerne trouva Morgane grandie et transformée : docile, réfléchie et curieuse de tout. Morgause, en revanche, lui parut plus agressive et insolente que jamais. Avant tout préoccupée de plaire, elle passait le plus clair de son temps à se draper dans les tissus rapportés de Londinium, à mettre et à enlever les bijoux d'Ygerne, et surtout, à adresser à Gorlois des coups d'œil d'une coquetterie qui frisait la provocation, allant même jusqu'à poser sa tête sur son épaule avec un air langoureux qui en disait long sur ses intentions. Gorlois, lui, ne restait évidemment pas insensible au manège de la jeune fille, ce qui avait le don d'exaspérer Ygerne.

« Pourquoi me regardez-vous avec cet air furieux ? lui demanda un jour Morgause. Craignez-vous que Gorlois ne m'aime plus que vous ?

— Ma pauvre petite, Gorlois est déjà trop vieux pour moi... Il l'est encore plus pour vous, répondit calmement Ygerne. En vous voyant, il s'imagine me voir au même âge, douce et docile... C'est cela qui lui plaît en vous !

— Dans ce cas, reprit Morgause avec effronterie, vous feriez bien de veiller sur lui si vous ne voulez pas qu'une autre femme lui offre ce que vous lui refusez !

— Je me soucie fort peu des personnes que Gorlois attire dans son lit, rétorqua Ygerne en se retenant de la gifler, mais je préférerais que ma propre sœur ne fasse pas partie du lot ! Vous êtes trop jeune pour Gorlois, Morgause, et vous feriez mieux de réfléchir sérieusement avant de vous tortiller devant lui comme vous le faites. Gorlois est chrétien, vous le savez. Cela signifie que si vous deveniez grosse de lui, il devrait vous marier en hâte à l'un de ses hommes d'armes, car sa religion lui interdit de me répudier et de vous prendre pour épouse ! Les Chrétiens attachent beaucoup d'importance à la virginité. On vous couvrirait de honte, et l'homme qui aurait accepté de vous épouser vous en voudrait toute sa vie de n'être pas le père de votre enfant ! Je sais que les choses se passent très différemment dans notre île d'Avalon. Là-bas, une jeune fille peut mettre au monde un bébé sans que personne ne s'en offusque. Mais les Romains ne sont pas comme vous. Aussi auriez-vous tort de gâcher votre existence pour le seul plaisir de me provoquer...

— Non... bégaya Morgause, non... ce n'est pas ce que je voulais... je ne savais pas... pardonnez-moi », dit-elle en se jetant dans les bras de sa sœur.

Ygerne l'embrassa sachant qu'elle disait vrai. Réfléchie et calculatrice, la jeune fille ne cédait jamais à une impulsion. Ambitieuse de surcroît, elle s'était juré d'être reine... Dépourvue comme elle l'était de toute capacité d'amour, comme il lui serait facile de réussir sa vie, songea sa sœur aînée en la regardant s'éloigner...

Gorlois ne resta que quatre jours à Tintagel, et remonta en selle un matin entouré d'une troupe nombreuse, laissant la garde du château à une douzaine d'hommes d'armes :

« Ainsi vous serez en sécurité, lui lança-t-il en prenant congé, du ton cassant qui était devenu le sien. Je pars rassembler tous les hommes de Cornouailles contre les pillards irlandais et les Peuples du Nord. Contre Uther aussi, au cas où l'envie lui viendrait de s'intéresser d'un peu trop près à ce qui ne lui appartient pas, femme ou château... »

Ygerne serra les dents et ne répondit rien, regardant son

68

époux s'éloigner dans le petit matin sans même un geste d'adieu.

Durant tout l'été, Uther occupa le cœur et l'esprit d'Ygerne. Passant sans cesse de l'exaltation à l'abattement, elle s'épuisait un jour dans les lourdes tâches domestiques du château, et se promenait le lendemain, solitaire, du matin au soir à l'extrémité de la falaise dominant la mer. Il lui arrivait parfois d'avaler la moitié d'un lièvre en un seul repas, puis de ne plus rien manger durant plusieurs jours. Ne sombrait-elle pas doucement dans la folie depuis son retour de Londinium ? Que faisait-elle d'autre, à longueur de journée, que de rêver d'un homme, plus beau et plus jeune que son mari ? Sa vie n'était-elle pas entre sa fille et Gorlois, une vie bien remplie de femme honorable, aux côtés du maître auquel on l'avait donnée ? N'était-elle pas en train de gâcher son existence pour un vague souvenir, un rêve sans lendemain ?...

Bientôt le soleil perdit de son ardeur, les nuits devinrent plus longues que les jours, les gelées firent leur apparition. C'est alors que parvinrent à Tintagel les premières rumeurs de la guerre : des pirates irlandais avaient débarqué, ils avaient brûlé un village et une église, enlevé des femmes. Des armées marchaient vers l'Ouest et le Pays d'Été, et au Nord vers les Galles. Or ce n'étaient pas les troupes de Gorlois.

« Quelles sont ces troupes ? » interrogea en vain Ygerne la gorge serrée.

Mais nul ne le savait : certains affirmaient que leurs bannières portaient des aigles comme celles des anciennes légions romaines ; d'autres prétendaient qu'on y voyait un dragon rouge rappelant l'emblème d'Uther...

Cette nuit-là, Ygerne interrogea fièvreusement son vieux miroir dans l'espoir d'apprendre ce qui se tramait au loin. Elle avait besoin des conseils de Viviane ou de Merlin. Mais aucune vision ne vint troubler la surface de bronze poli. L'avaient-ils abandonnée, eux aussi ? Estimaient-ils que leur plan avait échoué ?... Avaient-ils trouvé une autre femme de grand lignage pour porter le fils d'Uther, le roi, le pacificateur, l'unificateur tant espéré ?

Ygerne aurait voulu sortir de la forteresse, se rendre au marché du village pour tenter d'y glaner elle-même quelques

69

nouvelles mais, fidèles aux ordres de leur maître, les hommes de Gorlois l'en empêchaient fermement, prétextant l'insécurité de la région. Un matin, elle vit s'approcher de la citadelle un cavalier qui s'arrêta pour parlementer avec l'homme de guet. Puis il fit demi-tour et repartit. Était-ce un messager d'Avalon ou un envoyé d'Uther que l'homme de garde avait ainsi renvoyé ?

Ygerne avait maintenant parfaitement conscience d'être prisonnière derrière les murailles de Tintagel : protection, danger, prudence... des mots pour la tromper... La vérité, elle se trouvait tout simplement dans la folle jalousie de Gorlois. En eût-elle douté qu'un bref dialogue avec l'une des sentinelles l'en eût bientôt convaincue :

« J'aimerais faire porter un message à Avalon pour demander à ma sœur de venir... Pouvez-vous désigner quelqu'un ?

— Non, je n'en ai pas le droit, répondit l'homme en détournant les yeux. Le duc de Cornouailles a bien précisé qu'il ne fallait laisser personne quitter le château : les chemins sont incertains et en cas de siège...

— Bien... Pouvez-vous alors trouver au village quelqu'un qui accepterait la mission ? Je le paierais largement.

— Je ne peux, Madame, le duc l'a également défendu. »

Ygerne enrageait : comment de simples soldats osaient-ils lui répondre ainsi, à elle, la Duchesse de Cornouailles, la sœur de la Dame d'Avalon ?

Lorsque les feuilles jaunirent, Ygerne appela le chef des hommes d'armes de Gorlois et tenta une dernière fois sa chance :

« Je dois absolument me rendre à la foire avant l'hiver ; nous avons besoin de nourriture, de fils et d'aiguilles, de teintures et de beaucoup d'autres choses ! Pouvez-vous me donner une escorte ?

— C'est impossible. Non, Madame... J'ai reçu l'ordre de ne pas vous laisser sortir...

— C'est bien ! Dans ce cas, j'enverrai l'une de mes femmes, Ettarr ou Isotta, et Morgause avec elles : cela vous convient-il ?

— C'est à leurs risques et périls », acquiesça le chef des

gardes, visiblement heureux de n'avoir pas à enfreindre les consignes seigneuriales.

Le cœur serré, Ygerne regarda s'éloigner les femmes à cheval : Morgause, enveloppée dans le manteau écarlate rapporté par Gorlois, Ettarr et Isotta riant aux éclats à l'idée de la journée qui les attendait, puis deux filles de cuisine destinées à porter les paquets, suivies de quelques hommes d'armes. Aucune de nous n'est sortie de Tintagel de tout l'été, songea-t-elle avec envie. Les bergers qui conduisent leurs troupeaux sur les landes sont plus libres que nous !

« Maman, demanda à côté d'elle la petite voix de Morgane, pourquoi n'allons-nous pas, nous aussi, à la foire ?

— Votre père ne le veut pas...

— Il a peur que nous fassions des bêtises ?

— Oui, c'est cela », répondit-elle en souriant, se penchant pour embrasser la petite fille qui, les sourcils froncés, semblait réfléchir profondément.

L'enfant menue aux grands yeux sombres, trop sérieux pour son âge, aux cheveux mal retenus dans le dos par une petite natte qui laissait toujours s'échapper quelques boucles, était son unique joie. Elle ressemblait davantage à un lutin, à une petite bête sauvage, à une enfant des fées, qu'à une enfant des hommes, et montrait déjà un goût très prononcé pour l'indépendance. A quatre ans, elle parlait déjà presque comme une adulte et s'habillait toute seule.

Morgane s'échappa des bras de sa mère et courut dans la grande salle où elle s'installa sagement sur son siège, le fuseau à la main. Elle filait déjà avec beaucoup d'habileté et tordait le fil épais entre ses petits doigts avec une application qui faisait sourire Ygerne.

« Mère, je ne me souviens plus très bien de mon père... Où est-il ?

— Il est loin, avec ses soldats... dans le Pays d'Été.

— Quand reviendra-t-il ?

— Je l'ignore. Aimeriez-vous le voir revenir ?

— Je ne sais pas, avoua la petite fille après un instant de réflexion. Quand il est là, je dois coucher avec Morgause et j'ai peur dans sa chambre ; elle est trop grande et toute noire ! Mais maintenant je suis grande ! annonça-t-elle fièrement en

71

redressant le buste. Et puis... quand mon père est là, il vous fait pleurer et je n'aime pas quand vous êtes triste... »

Comme Viviane avait raison quand elle disait que les petits enfants comprenaient parfaitement ce qui se passait autour d'eux...

« Pourquoi n'avez-vous pas un autre bébé, comme toutes les autres dames ? J'ai déjà quatre ans et j'aimerais bien avoir un petit frère pour jouer avec lui... »

Ygerne hésita un instant et se contenta de répondre :

« La Mère Déesse ne juge pas utile de m'envoyer un fils pour l'instant. »

Ce soir-là, Morgause rentra fort tard de la foire avec les nombreux achats dont l'avait chargée Ygerne qui jugea qu'elle-même n'aurait pas mieux fait. Mais elle rapportait surtout de nombreuses nouvelles glanées auprès des marchands et des rencontres faites à la foire.

« Une grande réunion se tient dans le Pays d'Été, annonça la jeune fille. On raconte que Merlin a fait la paix entre Uther et Lot, et que Ban d'Armorique, qui s'est allié avec eux, leur envoie des chevaux achetés en Espagne. On dit aussi qu'il y a eu une bataille avec les Saxons et qu'Uther y était avec sa bannière et son dragon. A la foire, il y avait un chanteur avec sa harpe qui récitait une ballade racontant comment le duc de Cornouailles avait enfermé sa femme à Tintagel... »

Comme Morgause hésitait à poursuivre, Ygerne, dans l'ombre de sa chambre où elles s'étaient installées, sentit que ce silence cachait une sorte d'anxiété.

« Ygerne... reprit alors la jeune fille à voix très basse, dites-moi la vérité : Uther a-t-il été votre amant ?

— Non, petite sœur, mais Gorlois l'a cru et c'est pour cela qu'il s'est querellé avec lui, répondit Ygerne dans un soupir.

— Il paraît que le roi Lot est plus beau qu'Uther et qu'il cherche une femme... On dit aussi qu'il serait prêt à lancer un défi à Uther pour le titre de Haut Roi. Dites-moi, Ygerne, est-ce vrai qu'Uther est plus beau qu'un dieu ?

— Je ne sais pas, Morgause...

— Tout le monde, pourtant, dit qu'il a été votre amant, et les ménestrels...

— Je me moque des ménestrels ! Quant à ce qu'on raconte

sur Uther... Ce n'est nullement pour sa beauté que je l'ai préféré à tous...

— Pourquoi alors ? » interrogea la jeune fille avec une passion qu'elle semblait contenir difficilement.

Ygerne soupira longuement et garda le silence. Puis, heureuse de pouvoir enfin partager avec quelqu'un ne serait-ce qu'une bribe du secret qui lui pesait si lourd, elle murmura :

« Pourquoi ?... C'est bien difficile à expliquer ! C'est... comme si je l'avais connu depuis le commencement du monde... comme s'il avait toujours fait partie de moi-même et devait toujours en faire partie...

— Même s'il ne vous a jamais embrassée ?

— Cela est sans importance, l'interrompit Ygerne avec impatience ; puis elle fondit en larmes, avant d'avouer ce qu'elle savait, au fond de son cœur, être désormais la vérité fondamentale de son existence. Même si je ne devais jamais revoir son visage, je resterais liée à lui jusqu'à ma mort. Mais je veux croire que la Déesse, après avoir ainsi bouleversé ma vie, me permettra de le retrouver un jour... »

Elle vit alors, ou devina plutôt, que Morgause la regardait avec une sorte de respect craintif, mêlé d'envie, comme si, à ses yeux, elle était brusquement devenue l'héroïne de quelque ancienne légende, ou d'une lointaine et romantique histoire d'amour telles qu'en colportaient les troubadours venus du continent. Non, ma petite sœur aurait-elle voulu lui dire, il ne s'agit ni de roman, ni de légende, mais tout simplement de la réalité, telle que je suis en train de la vivre. Cependant Ygerne préféra en rester là car Morgause était trop jeune pour la comprendre.

Ainsi, Ygerne, depuis le départ de Gorlois, avait-elle l'impression de progresser lentement sur une voie qui était désormais la sienne. Viviane lui avait parlé de deux mondes qui se séparaient. Il lui semblait en avoir déjà quitté un. Ce monde ordinaire, celui de Gorlois, de ses droits, de sa femme-esclave... Seule Morgane la rattachait encore à ce monde-là.

Le lendemain matin, lorsqu'Ygerne se réveilla, ayant passé une partie de la nuit à réfléchir, sa décision était prise. Elle ne s'enfuirait pas dans l'espoir de retrouver Uther. Elle n'enverrait pas davantage Morgause porter un message secret à

Avalon. Il était maintenant de notoriété publique qu'elle était prisonnière à Tintagel, et si sa sœur avait voulu venir à son secours, elle serait déjà venue. Pour ne pas sombrer dans le désespoir, elle devait donc, au plus vite, entrer en contact avec elle par le seul moyen à sa disposition : son don de voyance.

Certes, elle n'était pas très experte dans l'art de la transmission de pensée et si, petite fille, elle l'avait pratiquée spontanément, elle ne s'y adonnait plus depuis son mariage. Elle allait donc tenter à nouveau d'interroger le destin, tout en sachant à quel point cette initiative pouvait se révéler dangereuse. Mais c'était pour elle l'unique façon de « savoir ».

Au petit matin, à l'heure où le ciel s'embrase à l'est, il lui sembla qu'une voix, résonnant au plus profond d'elle-même, lui disait : « Écarte de ta présence aujourd'hui l'enfant et tes femmes, et tu sauras ce que tu dois faire ! »

Curieusement, quelques instants plus tard, alors qu'elles partageaient ensemble, dans la haute salle voûtée, le premier repas de la journée — fromage de chèvre et pain à peine sorti du four — Morgause s'exclama, en regardant avec envie la mer étincelante sous le tiède soleil d'automne :

« Comme je m'ennuie entre ces murs ! Si nous retournions à la foire ?

— Prenez Morgane avec vous, et allez toutes les deux rejoindre les femmes des bergers ! Ainsi vous pourrez rester dehors jusqu'à ce soir », s'empressa de répondre Ygerne, presque malgré elle.

Sitôt seule, Ygerne gagna les cuisines où elle demanda à ses femmes, à leur grand étonnement car il faisait très doux, de faire du feu dans sa chambre. Elle prit du pain, de l'huile et du sel, un peu de vin et, dans l'intention de leur faire croire qu'elle emportait là son déjeuner, elle y ajouta un morceau de fromage tout en pensant qu'elle le jetterait plus tard aux mouettes !

Dans le jardin, elle cueillit des fleurs de lavande, quelques fruits d'églantiers, coupa avec son petit couteau sept rameaux de genièvre et une petite branche de noisetier. Puis elle monta dans sa chambre, poussa le verrou, et se mit nue devant la cheminée.

LA GRANDE PRÊTRESSE

Elle jeta le genièvre dans le feu et, comme la flamme s'élevait, elle ceignit son front de la branche de noisetier. Ygerne posa ensuite devant l'âtre les fruits et les fleurs, frotta sa poitrine d'un mélange d'huile et de sel, avala une bouchée de pain et une gorgée de vin, puis, la main tremblante, déposa le miroir par terre, dans la lumière dansante des flammes. Enfin, elle prit un peu d'eau de pluie dans le tonneau réservé au lavage de ses cheveux et la répandit goutte à goutte sur toute la surface du miroir en murmurant : « Par l'ordinaire et par l'extraordinaire, par l'eau et le feu, le sel, l'huile et le vin, par les fleurs et par les fruits, O Déesse, je vous le demande, que ma sœur Viviane m'apparaisse ! »

Alors, la surface de l'eau, où couraient d'étranges reflets rouges et verts, se troubla. Ygerne frissonna comme si un courant d'air glacé venait de traverser la pièce : l'incantation allait-elle échouer ? N'avait-elle rien oublié de la formule ? Se livrait-elle bien à la sorcellerie, ou était-elle tombée dans le blasphème ?

Un visage se dessina lentement dans les reflets changeants du miroir : c'était le sien... Puis les traits se faisant et se défaisant modelèrent un autre visage, un visage impressionnant avec des baies de sorbier accrochées aux sourcils ; celui de la Grande Déesse. Ygerne se pencha pour mieux voir mais, au même instant, l'image se transforma à nouveau et elle reconnut aussitôt la chambre de sa mère à Avalon. Des femmes allaient et venaient, toutes vêtues de la robe sombre des prêtresses, et il lui fut d'abord impossible de distinguer Viviane. Puis elle la vit, l'air fatigué, marchant à pas lents, lourdement appuyée au bras d'une des femmes. A ce moment précis, Ygerne dut se rendre à l'évidence malgré l'horreur que lui inspirait cette vision : Viviane, le visage ravagé par la souffrance et la lassitude, était grosse ! La rondeur de son ventre se devinait parfaitement sous sa robe de laine.

« Non ... non ... O Mère Ceridwen, Déesse bénie, pria-t-elle avec ferveur, ne permettez pas cela... Notre mère est morte ainsi et Viviane, elle aussi, va mourir. A son âge on ne peut survivre à une telle épreuve. Pourquoi, lorsqu'elle a su qu'elle portait un enfant, n'a-t-elle pas pris la potion qui l'en aurait débarrassée ? Tous ses projets risquent d'échouer. Et moi, qui ai ruiné ma vie à cause d'un rêve, que vais-je devenir ? »

Aussitôt Ygerne se sentit honteuse d'avoir songé à ses propres malheurs alors que sa sœur, sur le point d'accoucher, allait peut-être mourir loin d'elle. Elle fondit en larmes, incapable de détourner ses yeux de la surface du miroir où elle vit soudain Viviane lever la tête et regarder dans sa direction. La surprise, puis la tendresse, semblèrent remplacer, sur le visage de sa sœur, l'angoisse et la fatigue, et ses lèvres remuèrent... Quel message, quel secret, voulait-elle lui communiquer ? Aucun son ne lui parvint, mais une voix douce résonna à cet instant au plus profond d'elle-même : « Petite fille ... petite sœur ... Ygerne... »

Elle aurait voulu hurler, confier à sa sœur ses angoisses, ses chagrins, ses doutes. Mais, se refusant à augmenter encore la souffrance de Viviane, elle mit tout son cœur dans un seul cri : « Je vous entends, ma mère, ma sœur, ma prêtresse, ma déesse...

— Ygerne, reprit la voix mystérieuse, il ne faut jamais désespérer. Apprenez que toutes nos souffrances ont un sens. Ne vous découragez pas. »

Il lui sembla alors qu'un baiser furtif, léger comme l'aile d'un invisible oiseau, lui effleurait la joue. « Petite sœur... » murmura-t-elle, désespérée, comme pour appeler au secours. Dans le miroir, le visage de la Dame du Lac se tordit de douleur, et Ygerne vit, avec effroi, à l'instant même où l'image s'effaçait, Viviane s'écrouler dans les bras d'une prêtresse...

Penchée sur la surface brillante du miroir, Ygerne, désemparée, ne rencontrait plus maintenant que son propre regard, son visage baigné de larmes... Glacée jusqu'aux os, elle jeta les fleurs, les fruits et les branches dans les flammes mourantes puis, enveloppant son corps tremblant du premier vêtement venu, elle s'assit sur son lit et laissa couler ses pleurs. Comment ne pas désespérer ? Viviane allait mourir, et elle resterait dans la vie, une vie où tout, désormais, n'était plus que chaos et confusion.

Lorsqu'elle sortit de sa torpeur le soleil glissait doucement vers l'horizon, teintant de rose les murailles de Tintagel. Un étrange silence régnait autour d'elle. Son premier geste, presque irréfléchi, fut d'accrocher à son cou la pierre de lune que lui avait donnée Viviane. « Je dois surmonter ma faiblesse et sortir victorieuse de cette épreuve », pensa-t-elle en plongeant son visage dans une bassine d'eau froide.

A cet instant, un léger remous d'air dans son dos la fit sursauter. Elle se retourna et vit... Uther ! Non pas Uther en chair et en os — comment aurait-il franchi les portes si bien gardées du château ? — mais la silhouette auréolée d'une pâle lumière qui reflétait toutes les couleurs de l'arc-en-ciel.

« Ma bien-aimée... dit-il dans un souffle. Ma bien-aimée, je reviendrai, je vous le jure. Je reviendrai lors du solstice d'hiver et rien ne nous séparera plus... Souvenez-vous-en et soyez prête... »

Puis la voix s'évanouit et Ygerne se retrouva seule dans la pénombre de sa chambre où les dernières brindilles de noisetier achevaient de se consumer dans l'âtre avec d'imperceptibles crépitements. Dehors, dans la grande cour, résonnaient déjà les voix et les rires de Morgause et de Morgane rentrant du marché. Ygerne but d'un trait le reste du vin, s'habilla rapidement, remit un peu d'ordre dans la pièce, et descendit l'escalier, sereine, pour aller à leur rencontre.

Ygerne était encore sous l'effet de sa double vision lorsque, le lendemain matin, un cavalier arriva à Tintagel annonçant le retour de Gorlois. Le soir même, le duc de Cornouailles était là, fatigué, affamé, poussiéreux, plus sombre que jamais. Ygerne ne put cacher sa désillusion. Elle n'était pas encore libre ! Néanmoins, elle apporta, sans mauvaise grâce, l'eau chaude pour le bain et les vêtements propres que réclamait Gorlois. Ces détails n'avaient pour elle plus aucune importance. Déjà, elle était ailleurs. Comme Gorlois achevait son repas en silence, Morgane vint le saluer avant d'aller se coucher.

« Comme elle devient jolie ! s'exclama-t-il en repoussant sa coupe de vin. Mais elle ressemble à une sylphe, aux filles de ces mystérieux habitants des cavernes qui vivent on ne sait où dans le flanc des collines... D'où lui vient donc ce sang qui n'appartient pas à mon peuple ?

— Ma mère était de cette race et Viviane aussi, dont le père était probablement un de ces êtres...

— Ainsi, vous ne savez même pas qui était le père de Viviane ! l'interrompit Gorlois en haussant les épaules. Grâce au ciel, les Romains sont en train de mettre un terme à l'existence de ces populations souterraines, terrées au creux des montagnes. Avec leurs cercles enchantés, leurs décoctions capables de vous faire errer des centaines d'années à l'intérieur d'une forêt, leurs sortilèges, leurs lutins qui bondissent hors des ténèbres et vous envoient aux Enfers d'un coup de baguette magique, je les redoute plus encore que des hommes armés. Ces génies malfaisants ne peuvent être que l'œuvre du Démon, et le Dieu des Chrétiens devrait s'acharner à les détruire tous. Il peut compter sur moi pour lui prêter main-forte !... »

Ygerne se taisait, songeant aux tisanes miraculeuses que les femmes du Vieux Peuple savaient confectionner pour guérir les maladies, aux flèches empoisonnées qui venaient à bout de n'importe quel gibier, à l'espérance qu'offrait à chacun la certitude de plusieurs vies successives, à sa propre mère, au père inconnu de Viviane, qui tous deux avaient dans leurs veines du sang des fées... Ainsi c'était tout cela, tous ces mystères, toute cette magie, que les Romains et Gorlois voulaient détruire à jamais...

« Il en sera comme le veut votre Dieu, fit-elle en évitant de le contrarier.

— Lorsque Morgane sera plus grande, mieux vaudra la faire élever par de saintes femmes dans un couvent afin de la protéger contre le poison dont elle a hérité de vos ancêtres à travers votre sang, lança Gorlois sur le ton de la plaisanterie. Les Écritures Saintes disent que les femmes porteront en elles le poids du péché d'Ève jusqu'à la fin des temps. En revanche, le même sang peut couler dans les veines de l'enfant mâle, comme dans celles du Christ créé à l'image de Dieu son père, sans qu'il en soit affecté. Si nous avons un fils, Ygerne, nous n'aurons donc rien à craindre, il n'aura rien de commun avec ces êtres malfaisants qui hantent nos bois et nos collines !

Ygerne ne prit même pas la peine de répondre. Avait-il

oublié qu'il était désormais incapable de lui donner un enfant ? Le sien, celui qu'elle devait mettre au monde, appartiendrait à un tout autre lignage. Aussi, d'un ton conciliant, elle détourna la conversation :

« Mais dites-moi donc ce qui vous a ramené aujourd'hui à Tintagel, d'une façon aussi précipitée ?

— Qui voulez-vous que ce soit ? Uther, bien sûr ! Il exige que tous les hommes de Cornouailles passent immédiatement sous son commandement sinon il menace de venir les chercher lui-même, de gré ou de force ! Voilà pourquoi je suis revenu si vite. Leodegranz a signé une trêve avec lui jusqu'au départ des Saxons, mais moi je m'y refuse et j'ai prévenu Uther que s'il mettait le pied en Cornouailles, je n'hésiterais pas à le combattre !

— Gorlois, tout cela est folie ! Leodegranz a raison. Si vous vous querellez entre vous, les Saxons, pendant ce temps-là, s'empareront de vos royaumes et bientôt de la Grande Bretagne tout entière !

— Paix, Ygerne ! Il n'appartient pas aux femmes de se préoccuper de ces questions, la coupa sèchement Gorlois. Venez plutôt vous coucher maintenant ! »

Encore une fois Gorlois tenta de prouver qu'il n'était pas dépouillé de toute virilité, mais il dut bientôt abandonner la lutte. Épuisé, hors de lui, il alla jusqu'à battre et injurier sa femme avant de s'écrouler sur le lit, vaincu, les bras en croix. Alors, Ygerne sentit monter en elle une incontrôlable vague de haine et se prit à espérer violemment qu'Uther le tuerait en lui traversant le corps de son épée.

Laissant une demi-douzaine d'hommes à Tintagel, le duc de Cornouailles repartit le lendemain à l'aube, dans l'espoir de surprendre son rival à l'instant où il déboucherait des landes avec son armée pour atteindre la vallée.

« Comme ces Chrétiens ont un curieux sens de l'honneur ! se dit Ygerne en regardant la petite troupe s'éloigner. Pour une femme qui leur échappe, ils sont prêts à mettre une province entière à feu et à sang ! »

Les travaux domestiques, la couture, les rangements, les provisions d'hiver, les leçons de rouet à Morgane et de teinture à Morgause, aidèrent la Dame de Tintagel à tromper son inquiétude et son ennui durant un temps. Toutefois Ygerne restait à l'affût de la moindre rumeur rapportée du marché par les bergers ou quelques voyageurs égarés. Mais ces derniers étaient rares et la mauvaise saison resserrait chaque jour plus étroitement son étreinte autour des murailles solitaires de la forteresse, tandis que l'angoisse et le désespoir s'installaient plus profondément dans le cœur d'Ygerne. Elle restait parfois des journées entières cloîtrée dans sa chambre comme une bête malade au fond de son terrier. Viviane était-elle morte ? Que devenait Uther ? Les lois de la sorcellerie lui interdisant de renouveler l'expérience du feu et du miroir, elle devait donc assumer seule son destin désormais... et attendre.

Un matin pourtant, une colporteuse se présenta à la porte du château. C'était une vieille femme en haillons, trébuchant de fatigue et de faim, dont les pieds, mal enveloppés avec des morceaux de chiffons, laissaient entrevoir un mélange repoussant de crasse et de meurtrissures. Attendrie, Ygerne la conduisit près du feu où elle lui fit servir un repas de viande et de fromage de chèvre, avant de lui laver et de lui bander proprement les pieds. Puis, tout en choisissant quelques aiguilles parmi les marchandises que la pauvre femme avait étalées sur les dalles, elle lui demanda d'un air apparemment indifférent :

« Savez-vous ce qui se passe dans le Nord ?

— Des soldats, des soldats partout, ma noble Dame ! répondit la vieille de sa bouche édentée. Des Saxons sur toutes les routes... la bataille partout, même dans l'Ile Sacrée !

— Comment ? Vous venez de l'Ile Sacrée ? cria presque Ygerne.

— Oui, ma belle Dame, et je me suis même perdue dans les brouillards. Les moines m'ont donné du pain sec, ils voulaient que j'aille à la messe pour que mes péchés soient pardonnés ! Mais où sont les péchés d'une vieille femme comme moi ? continua-t-elle en ricanant comme si elle n'avait pas tous ses esprits. Alors, je me suis enfuie et puis, un jour, sur un lac, j'ai vu une barge qui m'a emmenée jusqu'à l'Ile Sacrée. Les femmes de la grande prêtresse m'ont donné du feu et du pain, comme vous.

— Vous avez vraiment vu la Dame du Lac ? l'interrompit

80

Ygerne au bord de la défaillance. Oh... donnez-moi vite des nouvelles de ma sœur !

— Votre sœur, oui, et elle m'a donné un message pour vous... Mais voilà... ce qu'elle m'a dit... pauvre de moi, je l'ai oublié ! »

Elle s'arrêta, la tête brusquement courbée sur la poitrine comme si elle allait s'endormir.

« Faites un effort ! Essayez de vous souvenir ! la supplia Ygerne en posant une main sur sa maigre épaule.

— Attendez... je l'ai vue, oui, je l'ai vue votre sœur ! Elle ne vous ressemble pas. La vieille releva la tête et son regard sembla s'éclairer : Si, maintenant je me souviens... "Dites à ma sœur Ygerne qu'elle n'oublie pas ses rêves et ne perde pas espoir"... Elle a dit aussi qu'elle avait mis au monde, à l'époque des moissons, un beau bébé. Enfin, je dois vous dire qu'elle se porte bien... et que son fils s'appelle Galaad. »

Ainsi Viviane avait survécu à l'épreuve !

« Et elle a dit encore... que c'était un fils de roi et qu'il était bon qu'un fils de roi en serve un autre. Avez-vous compris, ma belle Dame ? Cela ressemble à des paroles de rêve, à des ombres de lune... »

Elle s'arrêta de parler, et se mit à triturer en ricanant ses haillons. Il n'y avait plus rien à tirer de la pauvre femme, mais Ygerne avait saisi l'essentiel du message. Un fils de roi pouvant en servir un autre ? Viviane avait donc eu un fils de Ban d'Armorique, lors du Rite du Grand Mariage, et si la prophétie s'avérait juste, elle, Ygerne, mettrait au monde le fils du Roi Uther Pendragon. L'un servirait l'autre.

Longtemps, très longtemps, Ygerne tenta d'imaginer, les yeux clos, l'avenir de ces deux petits êtres qu'un lien si étrange allait unir : frères amis ou frères ennemis ? Fils de deux rois sous une même bannière, ou fils de deux rois croisant le fer ? Lorsqu'elle ouvrit les yeux, la vieille femme, enroulée dans un châle de laine, dormait près du foyer avec un petit sifflement de la bouche.

L'hiver s'étirait tristement, sans que rien ne vienne interrompre l'interminable cours des jours. Il faisait de plus en

81

plus froid et Ygerne devait dépenser des trésors d'imagination pour chauffer les grandes salles de Tintagel. Déjà le bois manquait et il fallait brûler dans les cheminées une sorte de tourbe qui noircissait les plafonds, ou des algues séchées qui répandaient dans tout le château une horrible odeur de poisson mort. Si les gelées continuaient, il faudrait bientôt se restreindre sur la nourriture...

Un jour, la rumeur courut dans le pays que les armées d'Uther Pendragon approchaient de Tintagel et s'apprêtaient à traverser les grandes landes. Qu'allait-il se passer ? Ne fallait-il pas tenter de le prévenir que Gorlois allait lui tendre une embuscade, au lieu de rester ainsi, inutile, assise près du feu à broder ou à filer ? C'étaient les Romains qui avaient cantonné les femmes dans les tâches domestiques, car avant leur arrivée elles assistaient aux conseils et étaient écoutées. Il y avait même une île, dans le Nord, où elles fabriquaient des armes et apprenaient leur usage aux chefs de guerre !

Le lendemain, une tempête d'une rare violence s'abattit sur la contrée. D'énormes nuages noirs galopaient furieusement dans le ciel orageux comme une armée de sombres cavaliers lancés à la poursuite d'un ennemi en déroute. Toute la journée des rafales de vent glacé, accompagnées de bourrasques de neige, déferlèrent sur la lande, tandis que la mer s'élançait en grondant à l'assaut des murailles de Tintagel comme si elle voulait l'engloutir.

Loin de se calmer, la tourmente redoubla de violence à l'arrivée de la nuit. Le vent semblait se précipiter en tornade à l'intérieur de la forteresse par toutes les ouvertures à la fois. Il sifflait sous les portes et se ruait en hurlant dans les couloirs et les escaliers, comme une meute de loups furieux.

Comment des êtres humains peuvent-ils résister à un pareil déchaînement des éléments ? se demanda Ygerne avec angoisse, en pensant aux malheureux qui n'avaient pour se protéger qu'une pauvre hutte de branchage et de terre, et aux soldats sous leur légère tente de peau. Comment joindre Uther ? Comment lui faire parvenir le message qui le mettrait en garde contre les pièges de Gorlois ?

Elle était seule, une fois encore, assise sur le siège le plus proche des braises, ayant envoyé Morgane et Morgause se coucher après avoir tenté de les distraire avec d'anciennes, de très anciennes histoires de son enfance à Avalon.

Avalon... N'était-ce pas là, dans l'Ile Sacrée, il y avait bien longtemps de cela, alors qu'elle était une toute petite fille, n'était-ce pas là qu'elle avait entendu dire que l'âme et le corps n'étaient pas indissolublement liés l'un à l'autre, et que, pendant le sommeil, il arrivait à l'âme de quitter le corps pour s'échapper vers le pays des rêves ? Pays d'illusion et de folie, pour certains, mais pour d'autres, comme les Druides, Pays de la seule Vérité. Et une fois, lors de la naissance de Morgane, alors que tout son corps peinait et souffrait pour mettre au monde ce premier enfant, elle se souvenait, en effet, de s'être comme coupée en deux : une partie d'elle-même flottait, libre et légère, tandis que l'autre restait soumise aux douleurs de l'enfantement. Puis elle était revenue pour aider cette moitié qui luttait pour la vie. Revenue d'où ? Elle n'en savait rien, mais revenue d'ailleurs, de ce monde invisible où voyagent les âmes et les esprits.

Si elle était parvenue, alors, à séparer son âme de son corps, pourquoi ne pas tenter de nouveau l'expérience, ce soir de grande tempête où il était si important pour elle de partir dans cet ailleurs des vérités éternelles ? Aussi commença-t-elle à fixer le feu, l'esprit tendu vers cet unique but, cette idée fixe qui, peu à peu, envahissait tout son être : partir ailleurs... ailleurs...

Il lui sembla d'abord que son âme ne pouvait parvenir à quitter ce corps blotti au coin de la cheminée : des liens étroits semblaient l'enchaîner à ce monde terrestre. Puis, des images se précisèrent lentement pour s'évanouir aussitôt. Plus Ygerne cherchait à les retenir, plus elles fuyaient rapidement. « Non, il faut laisser agir les forces spirituelles, ne pas les contraindre », se dit-elle en s'efforçant de rester calme.

Enfin, elle fut ailleurs, et tout ce qui l'entourait cessa d'exister. Mais où se trouvait-elle ? Une vague lueur dansait sur la crête d'une pierre grise... Il y avait une tête... des têtes... celle de Gorlois, entouré de ses hommes, tous blottis dans une de ces petites huttes dispersées sur la lande. Puis une voix, sa voix, qui disait :

« J'ai suffisamment combattu aux côtés d'Uther, sous Ambrosius, pour savoir qu'il compte sur son courage et sur un effet de surprise. Mais il ne connaît pas le climat de Cornouailles Il ignore que si le soleil se couche au milieu de cette tempête, il fera clair aussitôt après minuit. Il attendra donc le lever du soleil dans l'espoir de nous surprendre aux premières lueurs de l'aube. Mais, si nous encerclons son camp dès maintenant, nous aurons de bonnes chances de le surprendre avant que ses hommes aient eu seulement le temps de sortir leurs armes. Nous les taillerons en pièces, et si Uther n'est pas lui-même massacré, il n'aura plus qu'à fuir la Cornouaille pour n'y jamais revenir ! S'il est tué, ses armées s'éparpilleront comme un essaim qui a perdu sa reine. » D'une voix forte qui dominait la tempête, Gorlois lança des ordres...

Mais Ygerne était déjà loin. Elle avait rejoint d'imprécises frontières qui séparent la vie de la mort. Le royaume des âmes, des ombres et des spectres. Elle avait si froid maintenant qu'elle aspirait presque à retrouver Tintagel, son monde de chair et de feu. Là où elle errait, tout était trop incertain, trop insaisissable. Comment allait-elle joindre Uther pour le prévenir des intentions de Gorlois ?

Même si elle s'imaginait qu'ils étaient liés l'un à l'autre pour toujours, aucun lien réel n'existait entre eux. Il fallait pourtant parvenir jusqu'à lui, dans cet univers des ténèbres, où elle n'était sans doute rien d'autre qu'un reflet, une chimère parmi des millions d'autres. Où était-il ? Avait-elle le droit de le poursuivre ainsi ? Ne serait-elle pas châtiée d'avoir voulu atteindre un personnage de chair et de sang avec les seuls yeux de l'esprit ?

Soudain, Ygerne aperçut, enroulés à ses bras, les serpents d'or qu'elle avait déjà portés une fois, au cours d'un songe étrange. Elle poussa un grand cri et, presque aussitôt, les yeux des reptiles se mirent à scintiller avant de se transformer en quatre pâles lueurs jaunes... des chandelles à mèche de jonc dans des boîtes de bois, mal protégées par des morceaux de corne... Elles éclairaient un petit abri presque en ruines, couvert de roseaux, où des ombres humaines s'agitaient en tentant d'échapper aux bourrasques glacées. Ces ombres, ces formes, Ygerne les reconnaissait : c'étaient celles qui entouraient Uther à Londinium, des rois, des chevaliers, des soldats. Lui, était

84

là au milieu d'eux, épuisé, amaigri, les mains couvertes d'engelures. Sa grande couverture à carreaux, presque en loques était étroitement serrée autour de lui. Où était le Roi beau et fier qu'elle connaissait, le courageux fils adoptif d'Ambrosius ? Devant elle chancelait un pauvre homme abattu, les yeux creux, le regard perdu, les cheveux trempés. Une bête aux abois !

« Uther ! hurla Ygerne en tendant les bras. Uther ! répétat-elle avec une force et une émotion telles que la distance qui les séparait s'abolit aussitôt. Uther... »

Alors il releva la tête, frissonna, fit, du regard, le tour de la petite hutte et s'exclama : « Comme il fait froid ! » Un instant, Ygerne crut effleurer sa joue rugueuse et glacée, sentir glisser sur sa propre peau le souffle des serpents qu'il portait, comme autrefois en rêve, enroulés à ses poignets. Mais Uther était-il vraiment conscient de sa présence invisible ? Devinait-il que c'était elle, Ygerne, qui lui tendait les bras dans l'espoir insensé de lui transmettre son message ?

« Uther ! Bougez ! Sortez de cette hutte ! Soyez prêts pour le combat, si vous ne voulez pas être tous massacrés », voulut-elle crier. Les mots — ou la peur ? — lui battaient aux tempes. Elle ne savait plus si elle les hurlait ou si elle les pensait seulement : « Gorlois vous sait terrés dans cette cabane, il va vous attaquer par surprise et vous tailler en pièces. Prenez garde... Ne vous laissez pas massacrer ! »

Ayant lancé son avertissement, Ygerne sentit décroître en elle la force prodigieuse qui l'avait poussée jusqu'à cette hutte perdue dans la lande et la tempête, jusqu'à ces hommes condamnés dont elle ne savait même pas s'ils avaient entendu son appel. Il lui sembla que son corps, brusquement, devenait le carrefour des éléments déchaînés, de l'orage, des ténèbres, de l'épuisement et de l'incompréhension.

Quand elle revint à elle, Ygerne gisait sur les dalles de la grande salle, devant l'âtre aux cendres refroidies, les bras en croix, les cheveux épars. Tout son corps tremblait. L'ouragan qui l'avait accompagnée durant toute sa vision continuait de faire rage, non pas seulement en elle, mais autour d'elle. Des rafales de vent s'engouffraient à travers les ouvertures de la pièce charriant d'énormes gerbes d'eau glacée, des branches et des feuilles arrachées aux plus hauts arbres de Tintagel. Elle avait froid. Jamais elle n'avait eu aussi froid. Jamais elle n'aurait la force de bouger, de se lever. N'était-il pas plus simple de se laisser mourir ? Peut-être était-ce là son châtiment pour avoir voulu forcer les arcanes interdits de la magie, pour avoir tenté de sauver Uther ?

Longtemps Ygerne resta entre la vie et la mort. Combien de temps exactement ? Elle n'aurait su le dire. Les jours et les nuits se ressemblaient, remplis des mêmes frissons, des mêmes étouffements, des mêmes brûlures, des mêmes souffrances. Les décoctions amères d'herbes sauvages succédaient à des tisanes douceâtres dont elle avait oublié les noms. La fièvre délirante l'entraînait dans une ronde infernale d'hallucinations, qui la laissait pantelante et trempée de sueur. Un soir, elle aperçut dans un coin de sa chambre, immobile, le visage terrifiant de la Mort, sous les traits d'une vieille femme qui semblait la guetter. Uther apparaissait aussi parfois comme par enchantement. Il faisait le tour des murs silencieusement, s'approchait du lit et s'éloignait en semblant se perdre dans les hautes tapisseries de laine. Ou peut-être était-ce Gorlois ?

Non, elle ne voulait plus voir Gorlois, ni dans la vie, ni dans la mort, et son seul souvenir la faisait trembler sous ses couvertures de fourrure. Morgane entrait et sortait par la porte, toujours en larmes. Peut-être lui avait-on dit que sa mère allait mourir ? Le père Colomba lui non plus n'avait pas manqué de se manifester. Il s'était penché sur elle, avec son visage sinistre, en marmonnant des prières en latin : celles des derniers sacrements !

Enfin, le mot « Solstice d'Hiver » la sortit brusquement, un matin, de ce long cauchemar. Il entra dans ses oreilles, fit sauter les barrières de l'inconscient et traversa comme une étoile filante son cerveau endormi pour la faire se dresser sur sa couche, comme sous la morsure d'un coup de fouet.

« Quel jour sommes-nous ? interrogea-t-elle en ouvrant grand les yeux.

— Dans dix jours, ce sera le solstice d'Hiver, répondirent

les deux servantes installées à son chevet, constatant avec joie que leur maîtresse posait enfin une question cohérente.

— Avez-vous des nouvelles de... notre maître, le duc de Cornouailles ? s'enquit-elle d'une voix assez ferme, n'osant encore prononcer le nom d'Uther Pendragon.

— Non, Madame, nous savons qu'il y a eu bataille, mais aucune nouvelle n'est encore parvenue jusqu'à nous. Mais vous ne devez pas vous fatiguer ! Prenez un peu de ce gruau chaud, buvez cette tisane et reposez-vous maintenant. Reposez-vous... »

IV

La veille du solstice d'Hiver, le temps se radoucit brutalement. La neige fondante s'égoutta au bord des toits de Tintagel ; les chemins de ronde durcis par le gel se transformèrent en bourbiers, et un léger brouillard s'étendit sur la mer enfin calmée. L'après-midi, un timide soleil réchauffa les hautes murailles et Ygerne, pour la première fois depuis bien longtemps, sortit dans la cour pour humer avec bonheur cet air presque printanier. Uther lui avait juré de revenir la nuit du solstice d'Hiver... Mais comment le pourrait-il, alors que l'armée de Gorlois surveillait les alentours ? Toute la journée, elle se sentit préoccupée, nerveuse. Même la présence de Morgane, qui tournait autour d'elle comme un petit chien excité par le changement de climat, l'irritait.

En fin d'après-midi, le père Colomba vint demander à Ygerne d'interdire aux gens de Tintagel d'allumer des feux comme ils le faisaient habituellement à cette date, et de les inviter à se rendre à la messe qu'il célébrerait dans la soirée. Ygerne qui, depuis qu'elle avait reçu les derniers sacrements, était de plus en plus hostile à la nouvelle religion, ne dissimula pas sa

91

réticence ! Puis, elle finit par céder : Ambrosius s'était révélé un bon chrétien, les adeptes du Christ étaient chaque jour plus nombreux, et la foi chrétienne ne manquerait pas de s'étendre à tout le pays ! Uther, de son côté, observait strictement, en apparence du moins, les divers rites du christianisme. Ne devait-elle pas se soumettre à son tour ? Elle se rendit donc à la chapelle du château. Mais, Uther accaparant toutes ses pensées, elle n'entendit pas un mot de l'homélie du père Colomba.

Lorsqu'elle gagna les cuisines, la nuit était tombée. Elle s'entretenait avec ses femmes du repas du soir, lorsqu'un bruit de chevaux, au loin, la fit sursauter. Elle se couvrit la tête à la hâte et se précipita dehors. Pressés contre l'une des hautes grilles de bois de la cour, elle aperçut des hommes, vêtus à la romaine comme ceux du duc de Cornouailles, discutant véhémentement avec les gardes qui leur barraient l'entrée en les menaçant de leurs lances.

« Le Seigneur Gorlois a laissé des ordres, hurlait le chef des gardes ! Personne, en son absence, n'a le droit de franchir ces portes !

— Je suis Merlin de Grande Bretagne, résonna dans la brume la voix grave reconnaissable entre toutes. Oserez-vous refuser le passage au messager des Dieux, au conseiller du Roi ? »

Les gardes firent mine de reculer, mais une autre voix s'éleva alors :

« C'est moi qui oserai vous le refuser, vieux sorcier ! Le duc de Cornouailles a particulièrement insisté pour que vous n'entriez pas à Tintagel. Au nom du Christ, je vous l'ordonne, éloignez-vous d'ici, et regagnez le royaume des ténèbres dont vous n'auriez jamais dû sortir ! »

Ygerne, malgré le peu d'estime qu'elle lui portait, ne put s'empêcher d'admirer le courage avec lequel le père Colomba — car c'était lui — se dressait contre Merlin. Il n'était pas facile de défier ainsi le vieux magicien, ni de brandir dans sa direction, comme il le fit au même instant, la croix de bois qui pendait à sa ceinture. Mais Merlin, sans se laisser démonter, partit d'un grand éclat de rire dont l'écho se répercuta jusqu'au sommet des murailles :

« Vous êtes mon frère dans le Christ ! s'exclama-t-il. Votre

Dieu et mon Dieu ne font qu'UN... Pensez-vous vraiment m'intimider avec vos exorcismes ? Et me prenez-vous vraiment pour l'un de ces démons sortis des enfers ? Ces hommes qui m'accompagnent ne sont pas des diables non plus, mais simplement de malheureux soldats qui ont froid et faim après avoir longtemps chevauché dans la bruine. Et oserez-vous interdire aussi l'entrée au maître de ces lieux, au duc Gorlois lui-même ? lança Merlin d'une voix de stentor à l'approche d'un cavalier sortant au galop des profondeurs de la nuit enveloppé d'une vaste cape rouge brodée d'or. Place ! Qu'on apporte une torche ! Et voyez s'il ne porte pas à son doigt le sceau du duc de Cornouailles ! »

À ces mots, Ygerne serra rageusement les poings.

« Laissez-moi voir cet anneau, ordonna-t-elle sèchement en fendant la foule des soldats, précédée d'un porteur de torche. Est-ce vraiment le sceau du duc ?

— Oui, Madame, voyez, je vous prie. Ne reconnaissez-vous point votre mari ! »

Et Ygerne, se baissant pour regarder l'anneau à la lumière vacillante de la torche, reconnut au même instant la voix bien-aimée, les longues mains et les serpents familiers tatoués en bleu autour du poignet. Ainsi, il était venu... Il était venu au soir du solstice d'Hiver comme il l'avait promis. Mais pourquoi Uther portait-il au doigt le sceau du duc de Cornouailles ? Gorlois serait-il mort ? se demanda Ygerne tandis que ses genoux se dérobaient et que tout se mettait à tourner autour d'elle.

Lui, le visage toujours dissimulé derrière les plis de sa cape, mumura vivement tout près de son oreille :

« Allons, Madame, ressaisissez-vous, je vous en prie, et arrangez-vous vite pour que nous soyons seuls ! Ce prêtre a le regard perçant et j'aimerais qu'il continue de croire que je suis bien Gorlois. »

Ygerne, retrouvant aussitôt toute sa lucidité, donna rapidement des instructions pour que les soldats, maintenant tous entrés dans le château, et Merlin soient convenablement restaurés. Puis elle ordonna qu'on porte dans sa chambre le vin, les gibiers froids et le fromage que le duc de Cornouailles était censé avoir réclamés.

Une légère bousculade se produisit lorsque Morgause, croyant reconnaître Gorlois, se précipita pour le saluer alors que la haute silhouette s'éloignait déjà vers l'escalier.

« Non, pas ce soir, Morgause, Gorlois est fatigué, vous le verrez demain ! intervint Ygerne. En attendant, prenez Morgane dans votre chambre, elle dormira avec vous cette nuit ! »

Après avoir échangé un coup d'œil complice avec Merlin, dont les enchantements n'étaient certainement pas étrangers au fait que tout le monde croyait voir Gorlois là où était Uther, et laissant les soldats à leur souper, elle gagna sa chambre le cœur battant. Une fois dans la pièce, elle tira le verrou et se tint le dos appuyé contre la porte, bouleversée, stupéfaite, incrédule : Uther était bien là, devant elle, ses cheveux et sa barbe encore humides, une lueur amusée dans ses yeux clairs, les bras tendus vers elle.

« Ne vous avais-je pas promis de revenir au solstice d'Hiver ? Me voici...

— Oui, c'est bien vous... mon Roi... Uther ! balbultia la jeune femme éperdue. Mais avant tout... expliquez-moi. Comment vous êtes-vous procuré l'anneau de Gorlois ? »

Le visage d'Uther se durcit brusquement et il répondit d'un ton sévère qu'elle ne lui connaissait pas :

« Je le lui ai arraché au cours de la bataille... Comprenez-moi bien, Ygerne, je viens ici en maître absolu, et non comme un voleur profitant de la nuit. Mon déguisement n'avait pour but que de préserver votre réputation : je ne voulais pas que l'on puisse vous accuser d'adultère. Mais je suis ici de mon plein droit ! Gorlois a trahi le serment de vassalité qu'il avait fait autrefois à Ambrosius et qu'il m'avait renouvelé. Il s'est rendu parjure et doit être châtié comme tel... Quel Haut Roi pourrait tolérer qu'un seigneur lui ayant juré fidélité reprenne sa parole et bafoue son autorité ? Gorlois est déjà responsable de l'échec d'une année de lutte contre les Saxons : lorsqu'il a quitté Londinium avec ses hommes, je n'ai pu tenir seul contre eux, et j'ai dû me replier en abandonnant la ville au pillage, laissant massacrer ses habitants que j'avais juré de défendre... »

Uther resta quelques instants silencieux, une expression de profonde amertume sur son visage fatigué. Puis il poursuivit :

« Lot... lui... c'est autre chose : il a refusé de me prêter serment, et je réglerai bientôt cette affaire avec lui. Ou il acceptera de combattre à mes côtés, ou je lui retirerai son trône. Mais il n'est ni traître, ni parjure. Gorlois m'avait donné sa parole et il m'a trompé... Par sa faute, l'unité de nos peuples qu'Ambrosius avait passé sa vie à élaborer est compromise ! Voilà pourquoi je viens lui reprendre Tintagel. Bientôt je lui ôterai aussi la vie... »

Les traits de son visage marquaient une résolution et une volonté si indomptables qu'Ygerne d'abord hésita à l'interrompre. Elle s'y risqua enfin.

« Ainsi voulez-vous lui prendre aussi sa femme... en signe de victoire et de plein droit... au même titre que vous reprenez Tintagel ?

— Oui, Ygerne, car je sais vers lequel de nous deux penche votre cœur. La nuit de la tempête, lorsque vous m'avez prévenu de l'attaque de Gorlois, grâce à vous j'ai sauvé ma vie et celle de mes hommes ! Grâce à vous, au moment où il vint me surprendre, j'étais prêt, l'épée à la main. C'est ce jour-là que je lui ai coupé trois doigts et enlevé son anneau. J'aurais voulu trancher toute la main, et la tête... mais le traître est arrivé à s'enfuir ! »

Oui, elle avait fait son choix, et si Tintagel appartenait désormais au Haut Roi, elle lui appartenait aussi, corps et âme, de son plein gré, pour le temps de la vie comme pour celui de la mort.

Uther se leva, repoussa le siège sur lequel il était assis et s'approcha d'Ygerne, si près qu'elle sentit son haleine sur sa joue :

« Vous ne dites rien, Ygerne ! Êtes-vous heureuse que je sois là ou... seriez-vous encore fidèle à Gorlois ?

— Non, Uther, c'est vous que j'attendais, que j'espérais... mais...

— Alors, venez ! murmura-t-il en l'attirant dans ses bras. Venez... il y a si longtemps que j'attends cette minute... Aurais-je seulement rêvé que vous m'aimiez, que vous me désiriez ?

— Non », répondit-elle dans un souffle abandonnant sa tête sur son épaule, emportée dans un tourbillon de sentiments contradictoires : la certitude, l'émerveillement, la joie, la confiance, mais aussi la peur, une sorte de panique soudaine en se sentant glisser sur une voie qui lui interdirait tout retour en arrière. Car, désormais, elle le savait, elle appartiendrait tout entière à ces mains solides qui venaient d'enserrer sa taille, à ce regard qui se perdait dans le sien après avoir pris possession de tout son corps.

« Comme vous êtes mince et fragile ! Comme vous êtes jeune aussi ! Est-ce vraiment votre fille, l'enfant brune que j'ai vue tout à l'heure dans le grand vestibule ?

— Oui... c'était Morgane... »

Ygerne réalisa soudain qu'Uther était intimidé, et que malgré toutes les rumeurs qui couraient sur sa vie amoureuse, il paraissait indécis, hésitant, cherchant ses mots. Mais brusquement il se pencha sur elle, prit son visage presque brutalement entre ses mains, et l'embrassa fougueusement sur les lèvres en murmurant :

« Ne craignez rien... Ygerne, ma Reine... ne craignez rien, mais je vous désire depuis si longtemps... »

Non, elle ne craignait rien. Elle s'étonnait seulement de cette chaleur étrange qui l'envahissait, de cette irrésistible attirance qui soudait son corps à celui d'Uther, comme si elle avait voulu se fondre en lui à jamais. Alors, soudain, elle eut peur de cette extraordinaire pulsion qui venait de s'emparer d'elle, annihilant sa volonté. Elle devait lutter pendant qu'il en était encore temps, pendant qu'elle était encore un peu elle-même.

« Ces serpents, dit-elle en se dégageant de l'étreinte d'Uther pour lui prendre les poignets, je les ai vus en rêve, et j'ai cru alors qu'ils n'existaient que dans mon rêve !

— Ces deux serpents ont été tatoués dans ma chair le jour où j'ai été sacré Roi des Tribus, sur l'Ile du Dragon. Moi aussi j'ai rêvé d'eux bien avant de les porter ! Dans mes songes, vous aviez vous aussi autour des bras des reptiles semblables à ceux-ci... Mais ils étaient en or ! »

Comme Uther riait et dessinait d'un doigt léger, autour des poignets d'Ygerne, de mystérieuses arabesques les évoquant enroulés sur eux-mêmes, elle frissonna en réalisant que ce qu'elle avait considéré jusqu'ici comme un songe était, en réalité, une vision venue du Pays de la Vérité.

« Oui, dans ce rêve, continua Uther, le regard perdu dans le lointain, nous étions debout côte à côte au milieu d'une grande plaine, au centre d'un cercle de pierres... Dites-moi, Ygerne, dites-moi, lorsque deux êtres partagent le même songe, cela a-t-il une signification ?

— Cela veut dire, Uther, que nous sommes destinés l'un à l'autre... Uther... mon Roi... mon amour.

— Ygerne, ma Reine, mon amour, le temps des rêves est passé, maintenant. »

Alors il se rapprocha d'elle, commença à enlever une à une les épingles qui retenaient ses cheveux, tout en caressant la peau blanche de son cou à travers les boucles aux reflets de feu qui s'écroulaient doucement sur le col brodé de sa robe.

« Ygerne... Ygerne... Est-ce donc cela l'amour ? Ygerne... ai-je enfin trouvé l'amour ? » balbutia-t-il en lui baisant longuement les lèvres, longuement, comme pour apaiser une soif très ancienne.

Enfin, il la souleva dans ses bras et la porta sur le lit. Comme il était fort ! Comme elle se sentait bien avec lui ! Qu'elle aimait cette douce chaleur qui, une fois encore, montait en elle, comme les flots montent à l'assaut des plages un jour de grande marée...

Curieusement Uther, jusque-là brûlant de désir, se trouva un instant désemparé au spectacle d'Ygerne, alanguie sur les fourrures, les yeux fermés, abandonnée. Jamais il n'avait ressenti pareille émotion devant une femme si totalement offerte à lui. Bouleversé au plus profond de son être, il tomba à genoux auprès d'elle.

« Ygerne... chuchota-t-il, je voudrais vous dire, vous dire ce que je n'ai jamais dit à personne... depuis le jour où nous nous sommes rencontrés pour la première fois à Londinium — vous souvenez-vous ? — Mon regard n'a pas seulement été attiré par celle qui resplendissait dans toute l'assistance... Mon cœur en vous voyant s'est arrêté de battre... J'ai eu le sentiment de vous connaître depuis toujours, peut-être même depuis le commencement du monde... Ygerne, comprenez-vous cela ?..

— Oui, moi aussi j'ai ressenti cette impression à l'instant même où vous vous êtes agenouillé auprès de moi dans l'église, répondit Ygerne sans ouvrir les yeux. Viviane m'a expliqué que tous nous avions des réminiscences de nos vies antérieures. Mais peu y prêtent attention. Sans doute avons-nous vécu déjà

97

plusieurs existences avant celle-ci, une vie où nous étions proches l'un de l'autre... Aussi les Dieux ont-ils sans doute voulu que nous nous retrouvions pour nous aimer encore une fois, mon amour, mon Roi, mon seigneur...

— Ygerne, mon amour, ne m'appelez plus jamais ainsi », la réprimanda tendrement Uther, en écrasant sa bouche d'un baiser passionné et tendant la main vers sa gorge pour délacer sa robe.

Mais sentant sa brusque réticence et voyant des larmes couler sur ses joues, il dit doucement en lui embrassant le cou et les épaules :

« N'ayez crainte, ma bien-aimée. Vous a-t-on tellement fait violence dans le passé pour que vous redoutiez ainsi l'amour que je vous offre ce soir ? Dieu m'est témoin que vous n'avez rien à craindre de moi, Ygerne, hormis ce regret que vous ayez été la femme d'un autre avant d'être mienne. Jamais je ne vous ferai de mal. Vous êtes mon amour, ma femme et ma reine, et je vous jure sur ce que j'ai de plus sacré au monde que vous le resterez toute ma vie... Jamais aucune autre femme ne prendra votre place. Jamais je ne me séparerai de vous... de toi... »

Sa voix tremblait de passion ; ses mains entrouvraient fiévreusement, délaçaient la longue robe brune d'Ygerne qui n'opposait plus désormais la moindre résistance. Elle était nue, dans ses bras, consentante, follement heureuse de l'être. Plus rien ne les séparait. Elle était avec lui comme elle l'avait tant rêvé, tant attendu.

— Je t'aime, Ygerne, je t'aime ! ne se lassait pas de murmurer Uther, la bouche perdue dans ses cheveux.

— Mon amour... mon amour... mon cher amour », répétait-elle haletante, incapable dans son abandon d'articuler un autre mot...

Malgré cinq ans de mariage, elle ignorait encore tout de cette communion intense et miraculeuse qui existe parfois entre un homme et une femme. Ensemble ils n'étaient plus qu'un, corps et âmes parfaitement unis, se laissant submerger par une joie immense qui déferlait en eux...

Lorsqu'enfin Uther s'endormit, la tête sur son épaule, anéantie de bonheur, elle continua longtemps à caresser sa peau frémissante encore des ondes de l'amour ! Elle ne ressentait plus ni angoisse, ni honte, gagnée par un indicible sentiment de plénitude et de fierté. En se donnant à Uther, elle venait de découvrir une partie d'elle-même qu'elle ne connaissait pas. Lovée dans les bras de son amant, les yeux grands ouverts dans le noir, elle avait l'impression de naître une seconde fois.

L'obscurité était encore profonde lorsque des hurlements accompagnés de piétinements semblant venir de la cour la firent sursauter. D'un bond hors du lit, elle se vêtit en hâte et ramena sommairement d'une main tremblante ses longs cheveux sur le côté. Quelque chose de grave se passait, elle en était certaine. Il fallait descendre sur-le-champ, même mal coiffée, même pieds nus. Mon Dieu ! Si c'était lui, Gorlois, qui revenait ! Que ferait-elle pour éviter un carnage ? Se tuer en se précipitant dans la mer du haut de la falaise ?

Affolée, elle se précipita dans la cour où régnait un grand tumulte. Des cris fusaient de toutes parts, dominés par les injonctions du chef des gardes :

« Place ! Place ! Laissez-nous passer et apportez des torches... Place... place ! Le duc de Cornouailles est mort ! »

L'agitation était à son comble. Ygerne, sur le point de défaillir, distingua non loin d'elle la voix du père Colomba qui, deux torches brandies à bout de bras, essayait de se faire entendre au milieu du vacarme et du va-et-vient de la troupe et des habitants de Tintagel.

« Impossible... C'est impossible, ne cessait-il de déclamer ! Le duc est rentré cette nuit même avec plusieurs de ses hommes, et doit être là-haut, dans sa chambre, avec son épouse...

— Non, l'interrompit alors Merlin, d'une voix calme mais si puissante qu'elle résonna comme un gong aux quatre coins de la cour. Non ! Gorlois, le duc parjure, n'est jamais revenu à Tintagel. Celui qui se repose là-haut est votre suzerain, votre Haut Roi, Uther Pendragon. »

Des cris et des imprécations montèrent de toutes parts à l'annonce de cette nouvelle. Puis, le silence revenu, on se rua dans le vestibule où l'on venait de déposer le corps de Gorlois enveloppé dans des peaux de bêtes hâtivement assemblées. Les hommes d'armes et les serviteurs commencèrent à défiler, des torches à la main, pour rendre un dernier hommage à leur seigneur, mais soudain là, le père Colomba, brandissant sa croix de bois, se mit à hurler :

« Cette femme est une sorcière ! Je l'ai toujours dit ! L'arrivée du duc Gorlois, hier, n'était qu'une manifestation de ses pouvoirs diaboliques. Le magicien était bien sûr d'accord avec elle ! Tous deux nous ont bernés en nous égarant sur les chemins de l'illusion !

— Non, mon Père, intervint alors Merlin de sa voix grave, il n'y avait dans tout ceci aucune sorcellerie. Vous avez vu, dans l'homme qui rentrait chez lui hier, celui que vous vouliez bien voir, votre seigneur, le duc de Cornouailles. Maintenant, mon Père, remplissez votre office de prêtre : nous avons besoin d'un enterrement pour le duc et aussitôt après, d'une messe nuptiale pour consacrer l'union de votre Haut Roi et de Dame Ygerne, qu'il a choisie pour reine. »

Le prêtre hésita longuement. On le sentait prêt à s'insurger, à exploser de colère contre ces nouveaux maîtres qui refusaient manifestement de lui témoigner le moindre respect. Mais, seul contre tous, il préféra se taire, et crachant par terre avec mépris, il se retira en jetant à Ygerne et à Merlin un regard rempli de haine.

Près du cercueil improvisé de Gorlois, Ygerne, à genoux, tentait de prier. Gorlois avait peut-être mérité une mort de traître, mais il l'avait aimée, à sa façon un peu rude, sans doute, mais il l'avait vraiment aimée. C'était pour elle qu'il s'était querellé avec Uther, pour elle qu'il avait renoncé à son duché, à son honneur... Soudain, elle sentit la présence d'Uther dans son dos. Il s'agenouilla près d'elle en disant simplement, comme s'il voulait partager sa peine :

« Ce n'est pas moi qui l'ai tué... Il est mort pour l'unité des peuples de Grande Bretagne. »

Ygerne comprit à cet instant qu'Uther et elle supporteraient ensemble désormais tout le poids du royaume. Jamais plus, elle le savait, elle n'aurait Uther pour elle toute seule, comme elle l'avait tenu cette nuit, endormi dans ses bras. Oh bien sûr, elle aurait volontiers cédé à la tentation de le détourner des devoirs de sa charge, afin de le garder pour elle seule, et faire en sorte qu'il ne se préoccupe que de son bonheur. Mais

100

la Grande Déesse ne les avait pas réunis pour satisfaire uniquement ses propres désirs.

Agenouillée entre son mari mort et son amant vivant, entre l'homme qu'elle n'avait jamais aimé et celui qu'elle avait toujours aimé et aimerait jusqu'à la fin des temps, Ygerne, duchesse de Cornouailles, pleura la tête penchée sur le côté, ses longs cheveux trop hâtivement noués déroulés sur ses joues en lourdes mèches désordonnées. Elle pleurait, et elle aurait pleuré encore longtemps si une main amicale ne s'était posée sur son épaule, l'obligeant à lever les yeux. C'était Merlin qui, tendrement penché sur elle, lui souffla avec compassion :

« Votre destin vous avait été annoncé, Ygerne, acceptez-le avec courage. Je ferai tout pour vous aider. »

Elle sourit à travers ses larmes et répondit :

« Merci, Vénérable... Désormais, cependant, croyez bien que j'en ai fini à tout jamais avec la sorcellerie ! Que la volonté de Dieu soit faite ! »

Le regard du vieux magicien se fit plus tendre encore lorsqu'il reprit, d'une voix si douce qu'elle en fut presque surprise :

« Pensez-vous vraiment, ma petite enfant, que toute notre sorcellerie peut avoir d'autre but que la seule volonté de Dieu ? »

Ygerne se leva, et voyant approcher le père Colomba venu accompagner la dépouille de Gorlois, emportée par quatre soldats, en direction de la chapelle, elle toucha le bras du prêtre en lui confiant tout bas à l'oreille :

« J'ai une pénible confession à vous faire, mon père, avant que mon mari ne soit mis en terre et que le roi Uther ne me prenne pour épouse... Voulez-vous m'entendre ? »

Il la regarda, surpris, et marmonna sans que personne d'autre ne puisse l'entendre :

« Non, Madame, plus tard. Je vous attendrai à la tombée de la nuit. »

Puis, sans ajouter un mot de plus, il s'éloigna pour rejoindre le cortège funèbre.

Avant tout, Ygerne devait maintenant s'occuper des serviteurs du château qui attendaient ses ordres et aussi réveiller Morgane pour lui annoncer la mort de Gorlois : heureusement celle-ci était trop jeune pour en souffrir vraiment. Très vite, elle oublierait jusqu'au visage même de son père.

Le soleil se levait à peine lorsqu'elle appela ses femmes, leur demandant de préparer sa robe la plus somptueuse et ses plus beaux bijoux. Comme elle se retrouvait nue devant son miroir, quelque chose l'incita à poser ses mains sur son ventre. Dans un ultime sursaut de prescience magique, le dernier avant l'abandon définitif de toute forme de sorcellerie, Ygerne sut, avec certitude, que depuis la nuit passée elle portait en son sein le fils d'Uther.

« Mon premier véritable souvenir, raconta Morgane des années plus tard, est celui du mariage de ma mère avec Uther Pendragon. Quant à mon père, je me le rappelle très peu. Il m'apparaissait, dans mes chagrins de petite fille, comme un homme lourd, à la barbe et aux cheveux sombres, une longue chaîne d'argent pendant à son cou. Devenue plus grande, lorsque j'étais malheureuse, que ma mère me grondait, je me consolais en pensant que si mon père avait été en vie, il m'aurait aimée et m'aurait prise sur ses genoux. Mais maintenant que je suis vieille, et que je sais quel homme il était, je crois qu'il m'aurait plutôt enfermée dans un couvent dès la naissance d'un frère.

« Non qu'Uther eût été méchant avec moi, mais il ne portait aucune attention à la petite fille que j'étais. Son épouse l'accaparait totalement, comme lui-même occupait Ygerne tout entière, et je compris très vite que ce grand géant blond m'avait définitivement pris ma mère. Bien sûr, lorsqu'Uther était à la guerre — et il y était souvent à cette époque — elle s'occupait de moi davantage, me gâtait, m'apprenait à coudre et à teindre les tissus. Mais dès que les hommes d'Uther étaient en vue, on me renvoyait dans ma chambre où l'on m'oubliait jusqu'à ce qu'un autre combat le rappelât au loin ! Non seulement je lui en voulais, mais je le détestais. C'est avec un profond déplaisir que je voyais le dragon rouge de ses bannières flotter à la tête de ses troupes sur le chemin du retour.

« Ce fut pire encore lorsque naquit mon frère. Ah, cette

102

petite chose hurlante, toute rouge, suçant le sein de ma mère...
En outre, elle me demandait d'en prendre soin, comme elle le
faisait, et je devais l'aimer sous prétexte qu'il était "mon petit
frère" ! L'aimer... Je le haïssais, oui, de toute mon âme. Je le
haïssais, car depuis sa naissance j'étais devenue "trop grande"
pour tout : trop grande pour venir embrasser ma mère, trop
grande pour poser ma tête sur ses genoux lorsque j'étais triste,
trop grande pour lui demander d'attacher les rubans de ma
robe ! J'aurais voulu le pincer, lui faire mal, mais je me serais
fait horriblement gronder ! Je me demande d'ailleurs parfois
si, de son côté, elle ne me détestait pas.

« Quant à Uther, non content de ne s'intéresser qu'à son
fils, il souhaitait ardemment en avoir un autre. Certains racon-
taient que cet enfant n'était pas le sien, mais celui du duc de
Cornouailles. Moi, je ne l'ai jamais cru car Gorlois était très
brun, avec un nez aquilin et des yeux noirs, tandis que mon
frère était, comme Uther, blond avec des yeux gris et un nez
plutôt retroussé. D'ailleurs, lorsqu'il était bébé, on l'appelait
Gwydion, le brillant, à cause de la blondeur de ses cheveux.
Dès l'âge de six ans, on l'envoya chez Ectorius, l'un des
vassaux d'Uther, dans le Nord, près d'Eboracum, et Uther
demanda qu'il fût élevé en chrétien. On le baptisa alors en lui
donnant le nom d'Arthur.

« Mais du jour de sa naissance jusqu'à son départ, l'enfant
ne m'a pas quittée. Ma mère me l'amenait en disant chaque
fois : "C'est ton petit frère, tu dois l'aimer et en prendre bien
soin !" Moi, j'aurais voulu le jeter du haut de la falaise...

« Je me souviens qu'un soir où l'on attendait le retour
d'Uther à Tintagel, Ygerne avait mis sa plus belle robe, son
collier d'ambre et sa pierre de lune, puis elle nous avait
embrassés distraitement, mon frère et moi, uniquement préoccupée de voler dans les bras de son mari. Elle avait les joues
roses, l'œil brillant, la respiration rapide que je lui connaissais
comme à chaque fois qu'elle savait Uther sur le point d'arriver.
Comme je les détestais tous, elle, Uther et mon frère ! Je
m'étais assise, en larmes, sur la dernière marche de l'escalier,
attendant que notre nourrice vienne nous chercher, lorsque
mon frère se mit à courir à la suite d'Ygerne qui s'éloignait
vers la cour. Encore incertain sur ses petites jambes, il trébucha

et se blessa en tombant. Je criais alors pour faire revenir ma mère : mais elle était si pressée d'aller au-devant de son roi qu'elle se contenta de se retourner en me lançant avec agacement : "Morgane ! Je t'ai déjà dit mille fois de veiller sur ton frère !" Je dus donc le relever seule, le consoler, l'essuyer avec mon voile et l'asseoir sur mes genoux ! Il s'était ouvert la lèvre et sanglotait en appelant à grands cris sa mère ! Mais celle-ci ne revenant pas, il mit, en désespoir de cause, ses deux bras autour de mon cou, sa tête au creux de mon épaule et finit par s'endormir. Ses cheveux étaient doux, mouillés de larmes, et tout à coup j'ai senti que puisque notre mère nous abandonnait tous les deux, je devais la remplacer auprès de lui. J'étais trop grande pour pleurer et il me fallait protéger maintenant plus petit que moi.

« Je devais avoir sept ans...

« Lorsque Morgause épousa le roi Lot des Orcades, l'occasion me fut offerte de porter ma première belle robe, avec un collier d'ambre et d'argent. J'aimais bien Morgause, parce qu'elle s'était souvent occupée de moi à la place de ma mère et qu'elle me parlait parfois de mon père contrairement à Ygerne qui, après sa mort, ne prononça jamais plus son nom. Mais Morgause me faisait aussi un peu peur : elle me pinçait, me tirait les cheveux et se moquait de moi à tout propos : "Vous êtes une enfant des Fées ! me disait-elle en riant, vous devriez vous peindre le visage en bleu et porter des peaux de bêtes, Morgane la Fée !"

« Je n'ai jamais très bien compris pourquoi Morgause s'était mariée si jeune, ni les raisons de cette union. Ma mère fut cependant heureuse de la voir partir. Sans doute parce qu'elle trouvait que sa jeune sœur regardait Uther d'une drôle de façon. Morgause cherchait à séduire tous les hommes qui passaient à sa portée, une véritable chienne en chaleur.

« Toujours est-il que le jour du mariage, j'entendis chacun se féliciter sur les bonnes raisons qu'avait eues Uther de mettre un terme à sa mésentente avec Lot des Orcades, allant jusqu'à lui donner sa propre belle-sœur en mariage. Lot était, à mon avis, un homme plein de charme. Quant à Morgause elle semblait l'aimer, ou du moins elle se comportait comme si elle l'aimait.

« C'est à ce jour que remonte ma première rencontre avec la Dame d'Avalon. J'étais arrivée un peu en retard dans la grande salle où se déroulait le repas de noces et il n'y avait plus un seul siège libre autour de la table. Je commençais à errer, désappointée, m'attendant d'une minute à l'autre à être renvoyée par ma mère ou rappelée par ma nourrice, ou casée dans n'importe quel petit coin où l'on ne me remarquerait pas, car si en Cornouailles, j'étais princesse, là, à Caerleon, cour d'Uther, je n'étais rien d'autre que la fille de la Reine et d'un homme qui avait trahi son Haut Roi.

« C'est alors qu'une petite femme, assise sur un banc recouvert de coussins brodés, m'appela en m'ouvrant les bras :

"Venez-là, Morgane. Vous souvenez-vous de moi ?"

« Non, bien sûr, je n'en avais aucun souvenir, mais lorsque je regardai ce visage à la peau sombre, resplendissant de gaieté, il me sembla que je la connaissais depuis toujours. Pourtant je fis la moue tant j'avais peur qu'elle me demande de venir m'asseoir sur ses genoux comme un bébé. Mais non ! Elle me sourit, se poussa pour me faire de la place sur le banc en me disant :

"Nous ne sommes pas bien grosses, ni l'une ni l'autre, et ce siège nous conviendra très bien."

« Elle était toute petite, brune, débordante de vitalité, avec des rubans rouges dans les cheveux, plus très jeune, sans doute, mais encore très belle. Elle possédait une voix basse, très chaude, que j'écoutais avec une sorte de ravissement. Et ce qui me plaisait par-dessus tout, c'est qu'elle me parlait comme à une adulte, et non pas de ce ton faussement enjoué, et très niais, que les grandes personnes se croient obligées d'adopter lorsqu'elles s'adressent à des enfants.

« Je restai donc assise à côté de Viviane durant toute la cérémonie du mariage. Elle m'apprit qu'elle avait servi de mère à Morgause et l'avait allaitée comme sa propre fille, après la mort de sa mère. Ceci me fascinait, car j'avais été furieuse lorsqu'Ygerne avait refusé de confier mon petit frère à une nourrice, et préféré le nourrir elle-même, chose tout à fait inhabituelle pour une reine, disait lui-même Uther, et là, j'étais tout à fait d'accord avec lui ! Je détestais tant voir Gwydion téter le sein de ma mère ! En réalité, je devais être jalouse, mais pour rien au monde je ne l'aurais avoué !

« Votre mère était-elle une reine ? demandai-je à Viviane, qui était vêtue aussi richement qu'Ygerne et que toutes les reines du Nord.

« — Non, Morgane, elle n'était pas reine, mais Grande Prêtresse, Dame du Lac, et moi, je suis la Dame d'Avalon, comme elle l'était avant moi. Peut-être, un jour, serez-vous prêtresse à votre tour, car vous avez en vous le sang du Vieux Peuple, et probablement, possédez-vous le Don.

« — Qu'est-ce que le Don ?

« — Comment ! Ygerne ne vous en a jamais parlé ? s'indigna Viviane. Dites-moi, petite Morgane, vous arrive-t-il de voir des choses que les autres ne peuvent voir ?

« — Tout le temps ! répondis-je en riant. Mais le père Colomba dit que c'est l'œuvre du Démon, et Mère m'a demandé de n'en parler à personne, car c'est un sujet interdit dans une Cour chrétienne. Si Uther l'apprenait, il m'enfermerait dans un couvent ! Je ne veux pas aller dans un couvent ! Ni porter une robe noire, et ne plus jamais rire.

« — Votre mère a raison de vous interdire de parler de vos visions au père Colomba !

« — Oui, mais il est très mal de mentir à un prêtre !

« — Écoutez-moi, mon enfant : si vous mentez à un prêtre, il sera certainement furieux. Mais le Grand Créateur, lui, a d'autres choses à faire que de se fâcher contre les enfants, soyez rassurée à ce sujet ! Dorénavant, évitez donc d'en dire plus qu'il n'en faut au père Colomba, et faites toujours confiance au Don, car c'est le moyen utilisé par la Déesse pour vous parler directement.

« — La Déesse est-elle la même que la Vierge Marie, Mère de Dieu ?

« — Tous les Dieux ne sont qu'un, et toutes les Déesses ne sont qu'une seule et même déesse ! La Grande Déesse ne vous en voudra pas si vous l'appelez Marie, car celle-ci fut bonne et on l'aima. Mais ce n'est pas là une conversation pour un jour de fête, mon enfant ! Sachez seulement que, moi vivante, vous ne mettrez jamais les pieds dans un couvent, quel que soit l'avis d'Uther à ce propos. Et maintenant que je vous sais en possession du Don, je vais remuer ciel et terre, s'il le faut, pour vous emmener à Avalon. Mais que cela reste un secret entre nous... promettez-le-moi, Morgane !

« — Je vous le promets, répondis-je spontanément avec le plus grand sérieux. »

« De ce jour, j'ai aimé Viviane et je l'ai aimée à tel point qu'il m'est arrivé souvent de me sentir coupable, car le père Colomba, confesseur attitré d'Ygerne, ne cessait de me répéter qu'en vertu de je ne sais plus quel commandement de Dieu, je devais honorer mon père et ma mère plus que quiconque au monde. »

V

C'était un soir de printemps, à l'heure du crépuscule, la septième année du règne d'Uther Pendragon. Viviane, prêtresse d'Avalon, était penchée sur son miroir magique, sous la voûte du ciel, car, à l'image des Druides, elle refusait d'interroger les grandes forces de l'Univers dans une maison faite de main d'homme.

Derrière elle se découpaient les murs de pierre grise de l'ancien Temple du Soleil, construit par les Brillants venus d'Atlantide, des siècles auparavant. A l'opposé, s'étendait le grand lac, entouré de hauts roseaux bruissants, noyé dans l'éternelle brume mauve qui enveloppait tout le pays d'Avalon. Au-delà, se devinaient d'autres îles, d'autres lacs... Le Pays d'Été était la plupart du temps couvert de marécages mais, à la belle saison, ces mares d'eau saumâtre et malodorante séchaient au soleil, laissant place à une terre fertile qui permettait d'abondantes récoltes. Cette mer intérieure avait d'ailleurs tendance à se retirer au fil des ans, faisant place à un sol de plus en plus sec qui formerait un jour une région de riche culture.

Mais l'Ile d'Avalon, elle, restait perpétuellement perdue dans les brouillards, cachée aux regards des profanes, et lorsque des pélerins venaient au monastère que les moines chrétiens appelaient Glastonbury, le Temple du Soleil leur restait invisible car il faisait partie d'un autre monde. Grâce au Don, Viviane cependant apercevait parfois l'église qu'ils avaient construite là-bas. Elle savait, sans y avoir jamais mis les pieds, qu'elle s'y dressait depuis longtemps. Des siècles auparavant, en effet, lui avait dit Merlin, des prêtres étaient venus du Sud, accompagnés de leur prophète, et l'on disait même que Jésus en personne avait été élevé là, chez les Druides, et qu'il avait tout appris de leur sagesse. Plus tard, racontait-on aussi, leur Christ avait été immolé, réalisant ainsi le très ancien Mystère du Dieu sacrifié. Après sa mort, un de ses parents était revenu au pays d'Été. Il avait planté son bâton dans le sol de la Montagne Sacrée, et celui-ci s'était transformé en aubépine, cette aubépine qui fleurit non seulement au printemps, mais aussi au cœur de l'hiver. Et les Druides, en souvenir du prophète qu'ils avaient connu et aimé, autorisèrent Joseph d'Arimathie à construire une chapelle et un monastère en l'honneur de leur Dieu, sur le sol de l'Ile Sacrée : car tous les Dieux ne sont qu'un seul.

A cette époque reculée, Druides et Chrétiens avaient vécu côte à côte, adorant l'Unique. Puis les Romains étaient arrivés dans l'Ile. Ils s'étaient montrés impitoyables envers les Druides, coupant et brûlant leurs bosquets sacrés, racontant qu'ils se livraient à des sacrifices humains. Mais leur plus grand crime, aux yeux des nouveaux venus avait été d'encourager les populations à refuser les lois romaines, la paix romaine. Alors, pour sauvegarder le dernier et précieux refuge de leur sagesse, ces Druides s'étaient livrés à un ultime acte de magie effaçant l'Ile d'Avalon du monde des hommes ! Voilà pourquoi maintenant elle repose au cœur de brumes éternelles qui la dissimulent au regard des humains, sauf à celui des initiés élevés en ce lieu, auxquels on a montré les chemins secrets permettant de traverser le Pays des Lacs. Les hommes des Tribus eux aussi connaissaient l'Ile et venaient y accomplir les rites de leur religion. Quant aux Romains, chrétiens depuis le jour où l'empereur Constantin avait converti sur la foi d'une vision toute son armée peu avant une bataille, ils croyaient les Druides définitivement vaincus par leur Christ. Or quelques-uns avaient pu subsister sur cette terre cachée où ils vivaient, se transmettant leur doctrine et leurs secrets.

Depuis le Pays d'Avalon, Viviane pouvait, grâce à son don de double vue, apercevoir la tour que les chrétiens avaient élevée au sommet de la Montagne Sacrée. Ils l'avaient dédiée à Michel, un de leurs anges juifs, dont l'ancienne mission consistait à surveiller le monde inférieur des Démons. Pour Viviane, c'était là véritable blasphème, mais elle se consolait en se disant que ce monde n'était pas le sien. Si les Chrétiens, à cause de leur esprit étroit, s'obstinaient à considérer les anciens Dieux comme des démons, libre à eux. La Déesse vivait, et continuerait à vivre, malgré eux.

Bien qu'il ne fît pas encore tout à fait nuit, la Dame du Lac portait avec elle une petite lampe à la flamme tremblotante. Elle tourna le dos aux marécages et s'engagea lentement sur le chemin bordé d'ajoncs qui longeait le rivage, puis elle dépassa les vestiges des huttes sur pilotis construites autrefois au bord du lac. La petite flamme vacillait, bien visible maintenant dans l'obscurité, tandis que le mince croissant de la lune virginale s'élevait doucement au-dessus des arbres, aussi brillant que le torque d'argent sur la poitrine de la prêtresse. Après avoir suivi le chemin des anciennes processions, elle parvint enfin au bord d'une mare paisible cernée de hautes pierres.

Le clair de lune se reflétait dans l'eau transparente, et Viviane se pencha sur la surface limpide. Au creux de sa main, elle goûta l'onde fraîche. Elle avait une légère odeur de métal et, comme à chaque fois qu'elle accomplissait ce geste, elle ressentit une émotion intense : cette source jaillissait là depuis l'aube des temps, et continuerait à sourdre, généreuse et magique, éternel miracle de vie, don de la Grande Déesse.

La Dame d'Avalon déposa la lampe sur une roche plate, au bord du miroir limpide, afin que sa lumière puisse, comme le croissant de lune, se refléter dans l'eau. Ainsi se trouvaient réunis les quatre éléments : le feu de la lampe, l'eau qu'elle avait bue, la terre où elle se tenait agenouillée, et l'air qui semblait courir au-dessus de l'onde depuis l'instant où elle avait commencé à invoquer les puissances aériennes.

S'étant assise, elle médita, puis formula les questions qui la tourmentaient : Que se passe-t-il en terre des hommes ? Que deviennent ma sœur Ygerne et sa fille, prêtresse-née ? Que devient son fils, espoir de toute la Grande-Bretagne ?

Pendant quelques instants, le vent sembla prendre plaisir à brouiller la surface de l'eau où n'apparurent que des images confuses, nées peut-être de sa propre imagination : une bataille, le dragon de la bannière d'Uther, les hommes des Tribus combattant à ses côtés. Tout était flou, mais elle distingua soudain Ygerne, belle et couronnée près de Morgane en larmes ! La vision alors se précisa, vision terrifiante : un petit garçon blond gisait inconscient ! N'était-ce pas le fils d'Ygerne ?

Brusquement la lune disparut happée par la brume qui avait lentement pris possession du paysage, et malgré ses efforts, Viviane ne put rien distinguer de plus que quelques images imprécises et fugaces : Morgause tenant son second fils par la main, Lot et Uther dans un grand vestibule, hurlant des mots de colère, et de nouveau, très trouble, l'enfant, le corps meurtri, en train de mourir. Tout cela avait-il donc déjà eu lieu, ou bien s'agissait-il d'événements à venir ?

Décontenancée, Viviane se mordit les lèvres. Puis, ayant versé dans l'eau les dernières gouttes d'huile de la lampe, qui ne devait jamais être utilisée à des buts profanes, elle reprit lentement, dans l'obscurité, le chemin de la maison des prêtresses.

Dès le seuil de sa porte franchi, elle demanda à sa servante de tout préparer pour lui permettre de partir, à cheval, le lendemain matin à l'aube. Avant qu'un nouveau jour se lève, dit-elle, il me faut prendre la route de Caerleon. Puis elle ajouta : « Faites prévenir Merlin. »

Ils effectuèrent la plus grande partie du voyage aux premières heures du jour, puis se cachèrent durant la journée pour ne repartir qu'au crépuscule. La région était calme, les combats s'étant déplacés vers l'Est, mais on y redoutait les bandes de maraudeurs, qui pillaient les villages isolés et détroussaient les voyageurs sans escorte armée.

Viviane espérait trouver la cour d'Uther vide de toute présence masculine, et habitée seulement par les femmes et les enfants. Aussi, lorsqu'elle aperçut, au loin, flotter la bannière et son dragon, elle comprit, avec déplaisir, que le Haut Roi était chez lui. Elle savait, en effet, que celui-ci n'appréciait guère les Druides de l'Ile Sacrée. Mais, tout en lui portant peu d'amitié, elle reconnaissait cependant en Uther Pendragon le meilleur chef militaire de Grande Bretagne. Et puis, n'étant pas un chrétien très convaincu, il n'irait sans doute jamais jusqu'à chasser du pays les autres religions.

Depuis sa dernière visite à la cour d'Uther, les murs d'enceinte de la forteresse avaient été surélevés. Aux créneaux, des sentinelles, placées à intervalles réguliers, surveillaient les environs. N'ayant pas de temps à perdre en longues civilités, Viviane avait recommandé à ses hommes de l'annoncer simplement comme la sœur de la reine, ce qui fut fait à la première interpellation. Elle entra donc sans difficulté et se trouva bientôt au cœur de la forteresse. Dans une ruelle résonnaient des coups frappés sur une enclume : un armurier ou un forgeron... Plus loin, des vachères, des bergères, vêtues d'épaisses tuniques de peau, rentraient en hâte leurs troupeaux pour la nuit, et l'on sentait un peu partout, à mille détails reconnaissables, que l'on se préparait à un siège.

Quelques années auparavant, à Tintagel, Ygerne serait venue à sa rencontre en courant, mais une reine, bien sûr ne pouvait maintenant se conduire de la sorte. Un chambellan solennel, richement vêtu et ne possédant qu'un seul bras — quelque vétéran des armées d'Uther ? — conduisit Viviane tout en haut du château. La place manquait, et il lui faudrait cette nuit partager sa chambre avec deux des suivantes de la reine.

« C'est sans importance, approuva Viviane qui ajouta, après avoir demandé un peu d'eau pour se laver : Quand pourrai-je voir ma sœur ? »

L'homme bredouilla une vague réponse, puis une excuse et un prétexte non moins vagues qui finirent par éveiller les soupçons de la Dame du Lac : un malheur était-il survenu ?

Avec mille précautions, elle parvint à délier la langue du chambellan qui finit par avouer que le jeune prince Gwydion était, le matin même, tombé de cheval. La reine ne quittait pas son chevet et ne voulait voir personne. Bien sûr, lorsqu'elle saurait que sa sœur était là... Mais oserait-il la déranger pour l'en prévenir ?

« Par la Déesse ! s'écria Viviane sans écouter davantage, je suis arrivée trop tard. J'ai quelques connaissances dans l'art de guérir... Vite, conduis-moi à Dame Ygerne. Si elle savait que je suis sous son toit, elle m'aurait depuis longtemps fait chercher. Allons ! Ne perdons pas de temps », acheva-t-elle, s'élançant hors de la chambre sans même prendre le temps de quitter les grosses braies de toile qu'elle avait l'habitude de mettre pour voyager à cheval, et de passer une robe mieux adaptée aux circonstances.

Peu désireux d'assumer la responsabilité d'un acte si contraire aux ordres de sa maîtresse, le chambellan s'effaça devant elle à la porte du malade, et la Dame du Lac se glissa discrètement dans la pièce. La chambre était plongée dans la pénombre. Près du lit, agenouillée telle une statue de pierre, se tenait Ygerne, blafarde, les yeux rougis, les vêtements en désordre. Dans un coin, un prêtre en robe noire marmonnait des prières.

Si discrète qu'ait été l'entrée de la Dame du Lac, Ygerne dut l'entendre car elle leva les yeux l'air courroucé. Mais, reconnaissant sa sœur, elle esquissa un pâle sourire, si las, si découragé que Viviane se jura aussitôt de mettre toute sa science, toute sa magie aussi, au service de l'enfant.

« Oui, j'ai eu le pressentiment que vous pouviez avoir besoin de moi, expliqua-t-elle hâtivement. Puis elle ajouta, voyant les yeux ruisselants de larmes d'Ygerne : Non... Non... Il ne sert à rien de pleurer ainsi. Laissez-moi plutôt voir s'il s'agit de quelque chose de grave.

— Le médecin du Roi..., tenta de dire sa sœur.

— Un vieux fou, certainement, qui ne connaît rien d'autre que des potions à base d'excréments de chèvre ! J'ai soigné ce genre de blessures alors que vous étiez encore dans vos langes, Ygerne ! Allons, montrez-moi cet enfant ! »

Immobile sur son lit, elle le trouva plutôt grand pour ses six ans, bien musclé, les jambes et les bras écorchés par les

116

ronces comme tous les garçons de son âge vivant au grand air. Repoussant les lourdes couvertures, elle se pencha sur les ecchymoses et les blessures qui meurtrissaient tout son corps.

« A-t-il craché du sang ?

— Non, le sang sur sa bouche provient d'une dent qui, de toute façon, était destinée à tomber. »

On voyait nettement, en effet, la lèvre contusionnée et le trou encore sanguinolent. Plus inquiétant paraissait la marque bleuâtre sur la tempe gauche, et Viviane en la découvrant ressentit une véritable frayeur.

Effleurant du bout des doigts le front de l'enfant, parvenue à hauteur de la meurtrissure, elle le vit tressaillir : « Il n'a donc pas de sang à l'intérieur de la tête, pensa-t-elle, car alors il n'aurait pu ressentir la moindre douleur. » Pour vérifier qu'elle ne se trompait pas, elle pinça légèrement la peau et l'enfant de nouveau sursauta. Au grand soulagement de Viviane, mais à l'affolement d'Ygerne, il se mit à geindre.

« Non, expliqua Viviane, je ne lui fais pas de mal ! Mais je dois m'assurer qu'il est encore vivant. Donnez-moi une chandelle maintenant, s'il vous plaît. »

Lentement, elle promena la lumière de long en large devant le visage du petit Gwydion qui entrouvrit les yeux et suivit quelques instants la flamme avant de les refermer avec un gémissement.

« Vous n'avez rien à craindre, je vous le promets, conclut-elle. Votre fils va bien ! Il devra se reposer quelques jours, sans rien avaler d'autre que de l'eau et de la soupe. Surtout pas de pain trempé dans du vin !

— Comment savez-vous tout cela ? demanda d'un ton hargneux le prêtre qui avait assisté à la scène. N'êtes-vous pas une habitante de l'Ile des Sorcières ?

— Non, Père ! Je suis simplement une femme qui, comme vous, a passé une partie de son existence à étudier les choses sacrées et à qui Dieu a bien voulu accorder aussi un certain talent dans l'art de guérir, répondit-elle courtoisement. Maintenant, Ygerne, suivez-moi, j'ai à vous parler !

— Mais... et Gwydion ? Il me réclamera à son réveil ! s'inquiéta Ygerne d'une pauvre petite voix suppliante.

117

— Sa nourrice est là, voyons ! Ce que j'ai à vous dire est de la plus grande importance. Faites chercher Isotta ! »

Aussitôt seules dans le vestibule, Viviane interrogea Ygerne sans chercher à cacher son inquiétude :

« Dites-moi exactement ce qui s'est passé.

— Gwydion a voulu monter l'étalon de son père ! Lorsqu'on l'a ramené, il était comme mort.

— C'est ainsi qu'Uther veille sur la vie de son fils unique !... Estimez-vous heureuse qu'il s'en tire à si bon compte !

— Ne vous fâchez pas, Viviane, j'ai tout fait pour lui donner d'autres enfants... Sans doute est-ce là le châtiment de mon adultère !

— Trêve de balivernes... murmura simplement la Dame du Lac, sans insister outre mesure, le moment étant mal choisi. Ygerne, je suis venue vers vous, car il me semble qu'un danger vous guette, vous ou votre enfant. Nous en reparlerons, mais pour l'instant je désirerais me laver et prendre un peu de nourriture. Vous aussi, je pense ? Allons donc toutes deux endosser une tenue convenant à des dames, nous nous retrouverons tout à l'heure. »

Un bon feu pétillait dans sa chambre. Près de la cheminée, sur un petit tabouret de bois, était assise une jeune fille vêtue d'une robe si simple que Viviane crut d'abord qu'il s'agissait d'une des petites servantes du château. Mais en s'approchant, elle remarqua que le tissu était d'une trame des plus délicates et que le voile court qui lui couvrait la tête était très finement brodé. Alors, seulement, elle reconnut Morgane.

« J'ai appris votre arrivée, tante, et je suis venue vous saluer. Mais vous étiez déjà auprès de mon frère. Comment va-t-il ?

— Tout son corps est très meurtri, mais sans autre traitement qu'un bon repos il sera debout dans quelques jours. Dès son réveil, il me faudra surtout convaincre Ygerne et Uther d'éloigner les médecins de la Cour car s'ils s'obstinent à le nourrir et à lui administrer leurs ridicules potions, les choses empireront. Morgane, dites-moi, vous, comment tout ceci est arrivé ? Personne ne surveillait donc cet enfant ?

— Mon frère veut toujours monter des chevaux trop impétueux pour lui ! Uther ne l'autorise à sortir qu'avec un palefrenier, mais comme son poney boitait ce matin, il a demandé

118

une autre monture. Comment a-t-il pu enfourcher l'étalon d'Uther ?... personne ne le sait ! Il n'a d'ailleurs pas le droit d'approcher Tonnerre, et il paraît que personne ne l'a vu faire. Uther a juré de pendre le valet qui l'a aidé, mais celui-ci s'est enfui, j'imagine. Gwydion, semble-t-il, se tenait très bien sur le dos de Tonnerre quand, tout à coup, quelqu'un a lâché sur ses traces une jument en chaleur. Qui ? on l'ignore ! L'étalon est donc parti au grand galop à la poursuite de la jument et c'est alors que mon frère est tombé... Êtes-vous bien sûre qu'il ne va pas mourir ?

— Oui, tout à fait sûre ! Mais dites-moi, Morgane, quel âge avez-vous maintenant ? Les jours passent si vite !

— J'aurai onze ans à la Saint-Jean. »

L'âge idéal pour commencer son éducation de prêtresse... songea Viviane tout en enfilant, avec l'aide de la jeune fille, une robe d'une somptueuse couleur verte... teinte avec de la guède. La guède, expliqua-t-elle, préparée selon une formule secrète, produisait ce vert incomparable, au lieu de l'habituel bleu indigo. Puis, revenant à ses préoccupations du moment, elle demanda :

« Le jeune Gwydion se lance-t-il souvent dans ce genre d'aventures ?

— Non, il est plutôt intrépide, mais assez obéissant. A quelqu'un qui se moquait de son petit poney, il a répondu qu'il serait un jour un grand guerrier et que le premier devoir d'un soldat était d'obéir aux ordres. Or son père lui avait interdit de monter des chevaux trop difficiles pour lui. C'est pourquoi je n'arrive pas à comprendre comment il a bien pu se retrouver sur le dos de Tonnerre. D'ailleurs, rien sans doute ne serait arrivé si...

— C'est probable, l'interrompit Viviane, et je voudrais bien savoir qui a pu lâcher cette jument, et surtout pourquoi. Mais dites-moi encore, Morgane, lui est-il déjà arrivé de frôler ainsi la mort ?

— Non, il a eu la fièvre d'été, mais tous les enfants l'ont eue l'année dernière. Ah, c'est vrai, il y a eu aussi l'empoisonnement...

— L'empoisonnement ?

— Oui, Isotta a juré qu'elle n'avait mis que de bonnes herbes

119

dans sa soupe. Pourtant Gwydion, une fois, a été aussi malade que s'il avait avalé un champignon vénéneux ! » Morgane s'arrêta brusquement sur ces mots, les yeux grands ouverts, comme si, tout à coup, elle prenait conscience des implications de son récit. « Pensez-vous vraiment que quelqu'un ait déjà voulu tuer mon frère ? interrogea-t-elle avec angoisse.

— C'est la raison pour laquelle je suis là. J'ai eu un avertissement ! Je ne sais pas encore d'où vient le danger, mais... Viviane s'interrompit, et demanda en hésitant à la jeune fille : Morgane... avez-vous encore le Don ? Souvenez-vous, nous en avions parlé ensemble et vous m'aviez avoué qu'il vous arrivait...

— Oui, je m'en souviens, l'arrêta Morgane en regardant par terre d'un air gêné. Vous m'aviez même interdit d'en parler...

— Bien sûr, on ne doit parler de ces choses au premier venu. Mais, à moi, vous pouvez et vous devez tout dire. Si le Don, en effet, me permet de voir à l'avance tout ce qui concerne l'Ile Sacrée, il n'en va pas de même pour ce qui se passe ici. Vous, en revanche, qui êtes étroitement liée à Gwydion, devriez pouvoir m'aider, grâce à votre Don de seconde vue, à éloigner les dangers qui le menacent.

— Oui, peut-être... réfléchit Morgane tout haut, mais je ne sais pas utiliser ce Don.

— Je peux vous l'apprendre ! »

Morgane lui jeta un regard d'effroi :

« Uther a interdit la sorcellerie à sa Cour !

— Uther n'est pas mon maître, et nul n'est autorisé à diriger la conscience d'autrui ! N'avez-vous pas envie de savoir si cet accident n'est dû qu'à un malheureux hasard ou si quelqu'un menace réellement la vie de votre frère ? Voyez-vous dans cette curiosité une offense faite à Dieu ?

— Non, et je sens que vous ne m'entraînerez jamais vers le mal ! »

Qu'ai-je fait pour mériter cette confiance.. se demanda Viviane, brusquement mélancolique. Pourquoi cette enfant, si grave, si réfléchie, n'est-elle pas ma propre fille, celle que j'aurais tant voulu offrir à l'Ile Sacrée et que jamais je n'ai été capable de mettre au monde malgré mes nombreuses grossesses ? N'est-ce pas là le signe attendu de la Déesse ? Ne me

120

l'envoie-t-elle pas pour me succéder dans mes fonctions de grande prêtresse ? Sinon, pourquoi posséderait-elle le Don ? Dois-je donc, d'ores et déjà, la traiter avec toute la rigueur qu'imposent ses futures responsabilités... ou bien dois-je me laisser aller à la tendresse qu'instinctivement j'éprouve à son égard ?

Viviane, attendant quelques instants que son émotion s'apaise, reprit à voix haute :

« C'est bien ! Apportez-moi un récipient d'argent ou de bronze parfaitement propre. Remplissez-le d'eau fraîche, de l'eau de pluie et non celle du puits, et veillez à n'adresser la parole à quiconque dès l'instant où le récipient sera plein. »

La fillette revint vite, portant une grande coupe étincelante remplie jusqu'au bord d'eau claire.

« Maintenant, Morgane, vous allez dénouer vos cheveux, enlever vos bijoux, les poser le plus loin possible de la coupe, et ne plus me poser de questions. »

S'exécutant en silence, Morgane enleva d'abord les longues épingles d'os qui retenaient ses cheveux, puis les petits anneaux dorés qu'elle portait aux doigts, enfin la broche qui agrafait sa tunique. Ses cheveux s'écroulèrent alors en longues boucles sombres et sa tunique tomba à ses pieds, la laissant vêtue de sa seule robe de dessous.

Aussitôt fait, Viviane sortit d'un petit sac accroché à son cou une poignée d'herbes froissées qui emplirent sans tarder la chambre d'une odeur âcre et légère, puis elle en jeta quelques pincées dans l'eau en murmurant d'une voix neutre :

« Regardez dans l'eau, Morgane... Ne pensez à rien d'autre, et dites-moi ce que vous voyez. »

Spontanément Morgane s'agenouilla, plongeant son regard dans le liquide transparent. Un silence total s'était installé dans la chambre et, bientôt, la voix de la jeune fille s'éleva, lointaine, étrangement froide et détachée :

« Je vois un bateau noir... avec quatre femmes à son bord... quatre Reines, car elles portent des couronnes... l'une d'entre elles est vous... ou bien, est-ce moi ?

— C'est la barge d'Avalon, acquiesça Viviane. Je sais ce que vous voyez là... »

Elle passa une main légère à la surface de l'eau qui ondula doucement.

« Morgane, dites-moi maintenant ce que vous voyez ! »

La jeune fille attendit longtemps avant de parler, puis elle reprit de la même voix absente :

« Je vois des cerfs... un grand troupeau de cerfs, et un homme parmi eux... il a le corps peint... ils approchent leurs ramures de lui... Oh ! il est par terre... ils vont le tuer ! »

La voix de Morgane tremblait et Viviane, agitant de nouveau la surface de l'eau pour effacer la vision, lui demanda de chercher si elle voyait son frère.

Un nouveau silence envahit la pièce, plus lourd, plus angoissant que les précédents. Viviane, pour ne pas troubler la jeune fille, s'efforça de ne plus respirer. De nouveau, la voix de Morgane s'éleva :

« Il est encore couché... mais il respire et va se réveiller... Je vois ma mère... non, ce n'est pas elle, c'est... Morgause, avec tous ses enfants... il y en a quatre et... comme c'est étrange... ils portent tous des couronnes... Ah, il y en a un autre, avec une épée à la main... Est-ce son propre fils ?... Oh !... il va le tuer... il va le tuer... oh non ! »

Sa voix se brisa dans un sanglot et Viviane, lui touchant l'épaule, ordonna à Morgane de se réveiller.

« Ai-je vu quelque chose ? demanda-t-elle aussitôt.

— Un jour, répondit Viviane, vous saurez à la fois voir et vous souvenir ! Mais c'est assez pour aujourd'hui. »

Maintenant, Viviane le savait, elle pouvait affronter Uther et Ygerne. Lot des Orcades était un homme honorable qui avait juré de soutenir Uther. Mais si celui-ci mourait sans héritier ?... Morgause avait déjà mis au monde deux fils, et probablement en aurait-elle d'autres puisque Morgane en avait vu quatre. Or il était certain que le Royaume des Orcades n'était pas suffisamment grand pour quatre princes... Morgause était ambitieuse, nul ne l'ignorait, et si Uther mourait sans héritier, Lot, mari de la sœur de la Reine, serait tout désigné pour prendre sa suite... Morgause serait-elle donc capable d'intriguer contre la vie d'un enfant ? Cette Morgause qu'elle avait nourrie de son propre lait, élevée comme sa propre fille ?...

Quoi de plus facile, en effet, que d'introduire un espion à la cour d'Uther, avec l'ordre de mettre la vie de l'enfant en danger le plus souvent possible ! Certes, il y avait la nourrice choisie parmi les femmes les plus sûres de la Reine. Mais on pouvait aussi la droguer ou la faire boire plus que de coutume pour l'amener à relâcher sa vigilance ! Et quel cavalier de six ans peut rester sur le dos d'un étalon lorsqu'on lâche à ses trousses une jument en chaleur ? Tous nos plans pouvaient être détruits en un instant...

L'heure du souper venue, Uther se trouvait seul à la haute table, vassaux et serviteurs se serrant autour de la table basse. Lorsqu'il vit entrer Viviane, il se leva et la salua courtoisement :

« Ygerne n'a pas voulu quitter son fils. Elle souhaite être à ses côtés lorsqu'il se réveillera. A propos... vous lui avez, paraît-il, affirmé qu'il ne risquait plus rien ? Est-ce bien sage de votre part ? Imaginez qu'il meure après cela ? »

Uther avait les traits tirés et semblait très las. Pourtant, remarqua Viviane, il n'avait guère changé depuis le jour de son mariage avec Ygerne : il semblait toujours aussi jeune et ses cheveux étaient toujours aussi blonds. Richement vêtu, à la mode romaine, et rasé comme les Romains, il ne portait pas de couronne mais, autour de ses bras, deux torques d'or. Un lourd collier, également en or, pendait à son cou.

« Ne craignez rien, il ne mourra pas ! répliqua-t-elle avec assurance. J'ai l'expérience des blessures à la tête. Dans un ou deux jours, il galopera de nouveau !

— Ah ! si seulement je tenais celui qui a libéré la jument ! En attendant, je corrigerai comme il convient mon fils pour avoir désobéi à mes ordres en montant Tonnerre !

— Est-ce vraiment indispensable ? Croyez-moi, il a payé assez cher sa désobéissance ! Vous devriez plutôt veiller de très près sur lui !

— On ne peut le surveiller nuit et jour, ni l'attacher aux jupes de sa nourrice ! Sans doute avez-vous oublié que je passe le plus clair de mon temps à combattre les hordes venues du Nord ? Savez-vous d'ailleurs que ce n'est pas la première fois, que nous manquons de le perdre ?

— Oui, Morgane m'a dit...

— Pour un roi, n'avoir qu'un fils, sans cesse exposé aux caprices du destin, est un perpétuel tourment... Mais je manque à tous mes devoirs, Viviane ! Prenez place près de moi, et partagez mon repas. Voyez-vous, j'avais donné à Ygerne la permission de vous envoyer chercher, mais vous êtes arrivée avant même que le messager soit parti. Est-il vrai que les sorcières de l'Île Sacrée peuvent voler ?

— Je le souhaiterais vraiment ! sourit Viviane. Ainsi aurais-je évité d'abîmer deux paires de bottes dans les bourbiers ! Hélas, comme tout un chacun, le peuple d'Avalon, et Merlin lui-même, ne se déplacent qu'à pied ou à cheval ! Allons, Uther, vous qui portez des serpents à vos poignets, avez mieux à faire que de colporter de semblables balivernes ! Un lien du sang existe entre Ygerne et moi, et lorsqu'elle a besoin de ma présence, je le pressens !

— C'est possible, mais à l'avenir, j'aimerais ne plus entendre jamais parler de toutes ces histoires de sorcellerie ! » répliqua violemment Uther.

Viviane jugea plus opportun de ne pas répondre, préférant porter son attention sur un petit baril de bois où elle prit du beurre, qu'elle entreprit d'étaler calmement sur une tranche de pain de froment. Puis, elle se servit un morceau de mouton salé en même temps qu'Uther, et tous deux mangèrent en silence. Uther le premier reprit la conversation :

« Dites-moi, Viviane, dans le cas où vous seriez un peu sorcière, j'aimerais vous demander de donner à Ygerne un charme contre la stérilité. Je pensais, lorsque nous nous sommes mariés, qu'elle me donnerait beaucoup d'enfants. Mais, hélas, nous n'en avons qu'un et il a déjà six ans ! »

« Il est écrit dans les étoiles que vous n'aurez pas d'autre fils », murmura intérieurement Viviane, qui répondit à haute voix :

« C'est entendu, je m'assurerai qu'il n'y a pas, en elle, quelque chose l'empêchant de concevoir.

— Elle conçoit bien, mais Ygerne ne porte pas ses enfants plus de deux lunes, expliqua Uther. Le seul qui soit né à terme a saigné à mort quand on a coupé le cordon. Il était mal formé. Aussi est-ce sans doute mieux ainsi. J'aimerais donc beaucoup que vous fassiez en sorte qu'elle puisse, une fois encore, mettre au monde un bel enfant. Je ne crois guère à tous ces sortilèges, mais c'est mon dernier espoir, et je m'y accroche désespérément !

— Je ne suis pas sûre de posséder ce genre de pouvoir, dit Viviane, sensible à sa détresse. Je ne suis pas la Grande Déesse, pour vous donner ou vous refuser des enfants. Et quand bien même le pourrais-je, cela me donnerait-il le droit de m'élever contre le destin ? Votre prêtre ne vous a-t-il pas dit la même chose ?

— Le père Colomba me conseille de me soumettre à la volonté de Dieu. Il n'a pas de royaume à gouverner, qui risque de sombrer dans le chaos si son roi meurt sans héritier. Je ne peux croire que ce soit là la volonté de Dieu !

— Aucun de nous ne connaît la volonté de Dieu, ni vous, ni moi, ni le père Colomba. Une chose est certaine, et il n'est pas besoin de magie ni de sorcellerie pour le comprendre : vous devez protéger à tout prix la vie de votre fils unique. Un jour, c'est lui qui vous remplacera sur le trône.

— Non, je ne le crois pas ! Cet enfant promet beaucoup, mais il ne sera jamais sacré Haut Roi de Grande Bretagne. Personne n'ignore, en effet, qu'il a été conçu alors qu'Ygerne était encore la femme de Gorlois, et qu'il est venu au monde une lune trop tôt pour pouvoir être mon fils. Certes, il était petit et très frêle comme de nombreux bébés nés avant leur temps. Mais je ne peux pas courir aux quatre coins de mon royaume pour expliquer cette vérité à ceux qui comptent sur leurs doigts ! Il sera sans doute duc de Cornouailles, mais je n'ai aucun espoir de le voir me succéder sur le trône.

— Pourtant il vous ressemble, Uther, et votre Cour n'est pas aveugle au point de ne pas le constater.

— La Cour, oui... mais tous ceux qui n'y viennent jamais ? Non, Viviane, je dois, comprenez-moi bien, je dois engendrer un héritier au sujet duquel personne n'élèvera la moindre contestation. Cet héritier... ce fils... Ygerne doit me le donner !

— Je comprends vos raisons, mais vous ne pouvez ni forcer la volonté de Dieu, ni mettre en péril la vie de Gwydion... Dans ces conditions, pourquoi ne pas l'envoyer à Tintagel, chez votre plus fidèle vassal ? Il l'élèverait comme le fils du duc de Cornouailles, en persuadant chacun que vous n'avez pas l'intention d'en faire un Haut Roi. Ainsi les complots contre lui cesseraient d'eux-mêmes.

— Non, Viviane, sa vie sera toujours en danger, où qu'il se trouve, même à Rome !

— Alors, Uther, je vous propose une autre solution : confiez-le moi et je l'élèverai à Avalon. Dans l'Ile Sacrée, votre fils apprendra tout ce qu'il doit savoir sur l'histoire de son pays et sur son propre destin. Personne ne sachant où se situe exactement Avalon, il ne courra là-bas aucun danger.

— Sans doute, répondit Uther sans hésitation, mais c'est impossible. Mon fils doit être élevé en chrétien. L'Église est toute-puissante, et jamais elle n'acceptera un roi qui...

— Mais vous venez de me dire à l'instant que Gwydion ne serait jamais Haut Roi à votre suite ! l'interrompit la Dame du Lac avec impatience.

— Il est vrai, mais il faut néanmoins envisager cette éventualité au cas où Ygerne ne pourrait avoir d'autre enfant, soupira Uther. Si Gwydion est élevé parmi les Druides, ceux-ci lui enseigneront leur philosophie, leur magie, lui inculqueront leur vision très particulière de l'univers, et plus tard, les prêtres le traiteront de démon !

— Sérieusement, Uther... suis-je un démon à vos yeux ?

— Mais non, répondit Uther, mal à l'aise, détournant son regard des yeux interrogateurs de Viviane. Non, mais j'ai vu tant de choses sur cette île capables d'horrifier n'importe quel bon chrétien ! poursuivit-il, caressant nerveusement les serpents tatoués autour de ses poignets. Je pense, en outre, que lorsque mon fils aura atteint l'âge d'homme, Avalon sera devenue, elle aussi, terre chrétienne et qu'un roi n'aura plus à se préoccuper de se faire reconnaître par les Tribus. »

« Insensé... songea Viviane contenant sa colère. Il ignore que ce ne sont pas ses prêtres et ses évêques qui l'ont placé sur le trône, mais bien Merlin et moi-même... »

« Agissez selon votre conscience, Uther, reprit-elle à voix haute. Mais je vous conseille vivement d'éloigner votre fils en proclamant bien haut que c'est dans le dessein de le tenir éloigné des flatteries et des facilités de la Cour. Faites croire à votre entourage qu'il est parti en Armorique, où il a des cousins, et envoyez-le en réalité chez l'un de vos plus pauvres vassaux — l'un des vieux courtisans d'Ambrosius, Uriens, par exemple, ou Ectorius...

— Cette séparation sera terrible pour Ygerne, soupira Uther. Mais il est vrai qu'un prince doit être élevé en prévision de son destin, et de façon très stricte. Même vous, Viviane, ne saurez jamais où il est parti ! »

Seul un sourire énigmatique sur les lèvres entrouvertes de la Dame du Lac répondit à l'observation du Haut Roi de Grande Bretagne, et s'il avait possédé le Don, il aurait pu entendre les paroles suivantes : « Pensez-vous vraiment pouvoir me cacher la moindre chose, mon pauvre Uther... surtout si je meurs d'envie de savoir... » Mais, diplomate avant tout, Viviane se contenta de changer de sujet.

« J'ai une autre faveur à vous demander, poursuivit-elle de sa belle voix basse. Laissez-moi emmener Morgane à Avalon.

— C'est impossible ! répliqua aussitôt Uther d'un ton tranchant. Je ne vois pour elle que deux solutions : ou bien elle épousera un homme qui me sera entièrement soumis, ou bien elle entrera dans un couvent pour prendre le voile !

— Elle n'est pas assez pieuse pour faire une nonne !

— Je la doterai, et n'importe quel couvent sera heureux de l'accepter ! »

Une véritable fureur s'empara alors de Viviane qui lança d'une voix rauque :

« Uther, imaginez-vous vraiment pouvoir conserver ce royaume contre la volonté des Tribus ? À l'époque où ces serpents ont été tatoués sur votre peau, elles ont juré d'obéir à Pendragon. Si Avalon se détourne de vous, les Tribus vous quitteront aussi, et si haut que nous vous ayons placé, Uther, nous ne pourrons empêcher votre chute !

— Sont-ce là des menaces ? » interrogea le Haut Roi sur la défensive.

Un long moment ils se dévisagèrent en silence, semblant se défier. « Dieu que j'aimerais avoir dix ans de moins..., pensait Viviane. Comme nous aurions bien gouverné ensemble, lui et moi... » Voilà un homme vraiment digne de ses exigences, un homme à sa mesure. Il y en avait si peu ! Mais il était également vrai aussi que tous deux devaient sauvegarder ce royaume jusqu'à ce que l'enfant prédestiné au trône soit devenu adulte, et rien ni personne, même Morgane, ne devait contrarier ce projet. Le plus sage, à propos de la jeune fille, était donc d'essayer de faire entendre raison à Uther.

« Uther, écoutez-moi ! Cette enfant a le Don, elle est née avec lui, il la suivra toute sa vie et, en aucune façon, elle ne pourra échapper à l'Invisible...

— Ygerne saura élever sa fille comme une bonne chrétienne, protesta Uther. Au pire, Morgane sera enfermée dans un couvent jusqu'à la fin de ses jours !

— Non, Uther, non ! protesta avec véhémence la Dame du Lac. Cette enfant est une prêtresse-née... Si vous la cloîtrez ainsi, elle deviendra folle ! Vous n'avez pas le droit de la condamner à une longue vie de souffrance. Écoutez-moi bien, Uther, j'ai parlé à Morgane et je suis sûre qu'elle serait capable de se tuer si vous preniez la décision de l'enfermer dans un couvent. »

L'argument avait fait mouche : Uther ferma les yeux comme sous l'effet d'une brusque panique, et Viviane en profita pour pousser son avantage d'un ton plus convaincant :

« Oui, elle est née avec le Don... Laissez-la donc s'épanouir au gré de ses talents, en respectant ses goûts profonds. Est-elle donc si heureuse ici, ou si indispensable à votre Cour que vous hésitiez à la laisser partir ?

— J'ai pourtant essayé de l'aimer, expliqua Uther en hochant la tête avec découragement, par égard pour Ygerne, mais cette enfant est tellement... insaisissable...

— Uther, admit Viviane, comme moi, comme notre mère, elle n'est faite ni pour les murailles d'un couvent, ni pour les cloches d'une église !

— Ainsi vais-je devoir arracher à Ygerne ses deux enfants à la fois... murmura pensivement Uther.

— Ygerne, elle aussi, est prêtresse avant tout, Uther ! reprit doucement Viviane non sans remords devant un tel désarroi. Mais peut-être redoutez-vous la colère de l'homme de Dieu qui fait office de prêtre dans cette maison ? Veillez seulement à ne dire à personne où vous enverrez Morgane. Inventez une histoire de couvent, expliquez qu'elle doit être élevée loin des amours faciles, des ragots de la Cour, que sais-je ?... Quant à Ygerne, si elle sait ses enfants heureux et vivant leur destin en toute securité, elle sera la première à s'en réjouir et vous retrouverez à vos côtés la compagne sereine que vous aimez. »

Avec l'instinct très sûr qui la caractérisait, Viviane comprit qu'elle avait gagné la partie. Uther, en effet, inclina la tête en signe d'assentiment, sans pour autant se départir de son expression douloureuse :

« Eh bien.. il en sera donc ainsi ! L'enfant sera confié à mon plus humble et plus fidèle vassal... Mais comment le lui enverrai-je sans danger ?

— Par des chemins détournés, répondit la Dame du Lac avec sa tranquille assurance, ou bien en utilisant le même procédé magique que lors de votre arrivée à Tintagel la veille du retour de Gorlois. Si sur ce point vous ne me faites pas entièrement confiance, j'espère au moins que vous ne mettez pas en doute la compétence de Merlin ?

— C'est entendu ! Laissons Merlin s'occuper de Gwydion, et emmenez Morgane à Avalon. »

Uther, en prononçant ces dernières paroles, prit sa tête dans ses mains, comme si bruquement le poids de l'existence lui était devenu insupportable.

De l'autre côté de la haute table, Viviane resta longtemps songeuse. Devinant les multiples contradictions qui assaillaient soudain l'âme du Haut Roi, elle comprenait, et partageait sa peine, mais il n'était plus en son pouvoir de changer son destin. Elle se leva donc discrètement et quitta la salle pour rejoindre Ygerne.

VI

IV

Elles arrivèrent en vue du Lac au coucher du soleil, Viviane devant, sur son grand cheval, Morgane légèrement en retrait, sur un poney, les traits tirés par la fatigue et la faim. Viviane avait volontairement forcé l'allure pour mesurer la résistance de la jeune fille. Elle était satisfaite de son expérience : Morgane n'avait pas laissé échapper une plainte. Le courage était une qualité primordiale pour une future prêtresse d'Avalon qui aurait à endurer de grandes fatigues et de pénibles épreuves. Viviane ralentit le pas pour permettre à sa nièce d'arriver à sa hauteur, et lui annonça :

« Voici le Lac. Nous serons bientôt arrivées. Êtes-vous fatiguée :

— Un peu, avoua Morgane timidement. C'est la première fois que je fais un aussi long voyage. »

Elles arrêtèrent leurs chevaux au bord de l'eau, et la Dame d'Avalon laissa errer son regard sur le paysage bien-aimé : les eaux du Lac d'un gris argenté, les grands roseaux sur le rivage, bruissant d'une intense vie animale, les nuages bas que le soleil couchant ourlait de feu... Si pour la Dame du Lac c'était le

133

plus beau paysage du monde, nul doute que pour une enfant de onze ans, ces lieux de solitude étaient empreints d'une indicible mélancolie.

« Comment gagne-t-on Avalon ? Je ne vois pas de pont. Doit-on mettre les chevaux à l'eau comme lorsqu'il a fallu passer le gué gonflé par les pluies de printemps ?

— Non, je vais appeler la barge. »

Viviane porta ses deux mains jointes à sa bouche et émit un léger sifflement, comme un cri d'oiseau. Presque aussitôt, une embarcation noire apparut sur le Lac désert. Elle glissait dans le plus grand silence et semblait à peine effleurer la surface de l'eau sombre. Bientôt Morgane étonnée distingua les rameurs : c'étaient de petits hommes, à moitié nus, la peau tatouée de mystérieux dessins bleuâtres, qui agitaient leurs pagaies sans le moindre bruit, sans même rider l'onde tranquille.

Les petits hommes silencieux ayant amarré l'embarcation avec une corde de roseaux tressés, les deux chevaux s'y engagèrent suivis de Viviane et de Morgane. Quelques instants plus tard, la barque glissait de nouveau sur l'eau, légère et silencieuse. Au loin, sur la ligne d'horizon, se découpait l'Ile, et sa haute tour consacrée à l'ange Michel, d'où parvenaient des sons étouffés de cloche. Morgane frissonna : n'était-ce pas derrière les hauts murs de ce monastère qu'elle apercevait là-bas, derrière une forêt de roseaux, qu'on allait la conduire ? Et l'Ile des prêtres n'allait-elle pas devenir la prison dont elle ne pourrait plus jamais s'échapper ? Elle esquissa un signe de croix, mais suspendit son geste devant le regard courroucé du rameur le plus proche. Oui, elle avait peur, peur d'être contrainte de terminer ses jours dans ce couvent hostile perdu au milieu des eaux.

« Allons-nous à l'église qui se trouve dans l'Ile ?

— Non, nous n'allons pas à l'église. Morgane, tant que vous serez dans cette phase d'initiation, mieux vaut que vous ne posiez pas de questions ! »

La voix de Viviane était calme, presque indifférente, et Morgane sentit redoubler son angoisse : où était-elle et qu'allait-on faire d'elle ?

Frêle silhouette immobile à la proue du bateau, Viviane ne prêtait plus aucune attention à la jeune fille. Elle concentrait son esprit sur l'acte magique qu'elle s'apprêtait à accomplir. Tendant ses deux bras écartés vers le ciel, les paumes tournées vers les nuages, elle resta ainsi figée, tendue comme la corde d'un arc, durant un long moment. Puis elle les abaissa, sans hâte, en expirant très légèrement. Au même instant, un épais brouillard envahit toute la surface du Lac, faisant disparaître entièrement le paysage aux yeux des voyageurs.

La barque, cependant, poursuivait sa course silencieuse à travers une ombre de plus en plus épaisse qui ressemblait maintenant aux ténèbres de la nuit. Viviane, toujours debout à la même place, serrée dans son châle de laine, écoutait à ses côtés Morgane respirer et trembler comme un petit animal affolé : elle devait maintenant apprendre à surmonter la peur, comme elle savait déjà surmonter la faim et la fatigue.

Puis, brusquement, comme un rideau qui se déchire, la brume se dissipa, dévoilant une étendue paisible d'eau ensoleillée bordée d'herbe. Non loin se trouvait la Montagne, le Tor, autour de laquelle s'enroulait, telle une spirale, le chemin réservé aux processions. A son sommet, Morgane, stupéfaite, aperçut, étincelant sous le soleil couchant, un cercle de pierres immenses dressées vers le ciel. Au pied de la Montagne étaient groupés les bâtiments réservés aux prêtres et, comme accrochés aux premières pentes, le Puits Sacré et le reflet miroitant d'une pièce d'eau. Des bosquets de pommiers bordaient le rivage et, légèrement en retrait, Morgane distingua de grosses boules de gui suspendues en plein ciel aux branches des hauts chênes.

« Comme c'est beau... murmura-t-elle, j'ai l'impression de rêver. Tout cela est-il bien réel ?

— Beaucoup plus réel que tout ce que vous avez pu connaître jusqu'à ce jour, répondit Viviane. Tout vous paraîtra d'ailleurs plus beau encore lorsque vous en aurez pénétré les mystères ! »

Enfin la barge atteignit le rivage. Les petits hommes silencieux la hissèrent sur le sable, aidèrent la Dame du Lac à en descendre, puis tirèrent les chevaux sur la terre ferme. Morgane sauta à son tour.

Jamais elle ne devait oublier cette première vision d'Avalon dans l'or du couchant, si resplendissante, si émouvante qu'elle sentit les larmes lui monter aux yeux. Non, jamais elle ne devait oublier, tel qu'il lui apparut ce soir-là dans toute sa splendeur, ce paysage de nulle part noyé dans le silence, la quiétude et l'harmonie : les cygnes, tels des ombres pâles, glissant doucement sur les flots immobiles, les pentes d'herbe douce venant mourir au pied des algues et des roseaux, la bâtisse allongée de pierre grise, et un peu plus loin, les silhouettes en longues robes blanches passant et repassant inlassablement entre les colonnes, le son d'une harpe enfin, comme s'il voulait à lui seul faire chanter le silence dans une lumière diaphane, presque irréelle...

Petites et brunes, au teint très sombre, ou grandes et minces, aux cheveux blonds ou roux, et à la peau très blanche, des femmes descendaient à leur rencontre. Elles portaient des tuniques de peaux de bêtes sur leur robe, et tandis qu'elles s'approchaient pour saluer Viviane à tour de rôle, Morgane put voir que certaines d'entre elles avaient un croissant de lune tatoué en bleu sur le front, entre les sourcils.

La Dame du Lac leva la main en signe de bénédiction et prit la parole :

« Voici ma nièce, Morgane. Elle fera désormais partie des vôtres ; accueillez-la parmi vous. »

Puis, se tournant vers la jeune fille qui tremblait de fatigue et de froid, ou peut-être de peur, elle lui dit d'un ton encourageant :

« Votre épreuve se termine ici pour aujourd'hui. Demain, vous vous rendrez à la Maison des Vierges. Sous ce toit vous ne serez ni princesse, ni nièce de la Haute Prêtresse. Vous n'aurez droit à aucune faveur particulière ; seuls vos mérites seront pris en compte. Cependant, ce soir encore, vous resterez avec moi. »

Elle tendit alors une main rassurante à Morgane qui s'y raccrocha désespérément. Oui, elle avait soudain peur de tous ces regards fixés sur elle, de ces robes noires et de ces signes bleus et mystérieux sur les fronts, qui l'effrayaient beaucoup plus que toute la cour d'Uther réunie... Elle avait peur de Viviane aussi, qui avait le pouvoir de faire se lever la brume, peur de toutes ces prêtresses qui s'éloignaient maintenant, et possédaient peut-être, elles aussi, d'étranges et inquiétants pouvoirs !

A l'entrée du verger, entre deux pommiers en fleurs, taches

136

claires dans la nuit, se trouvait une petite maison de bois et de torchis. Elles y entrèrent. A l'intérieur, un feu brûlait dans l'âtre, et une jeune femme, vêtue comme les autres d'une robe sombre et d'une tunique de peau de daim, les accueillit en s'inclinant respectueusement. Sur un signe de Viviane, elle les débarrassa sans mot dire de leurs vêtements de voyage et de leurs chaussures boueuses, leur apporta de l'eau pour se laver, puis du pain d'orge et des viandes séchées accompagnés d'une eau dont la fraîcheur et la pureté émerveillèrent Morgane.

« On l'a tirée du Puits Sacré, expliqua la Dame du Lac. Nous ne buvons rien d'autre ici car elle nous aide à mieux voir l'Invisible. Quant à cette jeune femme, c'est Raven ; elle vit avec nous depuis quatre ans et a fait vœu de silence. Savourez bien votre viande, Morgane, car ici, les prêtresses en sont privées pendant toute la période d'initiation. »

Devant le regard étonné de la jeune fille, elle s'interrompit un instant avant de poursuivre :

« Oui... si vous voulez utiliser au mieux le Don et assumer pleinement vos pouvoirs magiques, il est préférable d'éviter la chair animale et de vous nourrir uniquement, comme le font les jeunes Druides nouvellement initiés, de pain, de fruits, parfois d'un peu de poisson du Lac. De même, vous ne boirez que l'eau du Puits, qui développe en nous la connaissance des êtres et des événements à venir.

— Mais à Caerleon, ma tante, ne buviez-vous pas que du vin ?

— Il existe un temps pour toute chose : un temps pour boire le vin, un temps pour s'abstenir d'en boire. »

Lorsque Morgane eut dîné à sa convenance, terminant sa collation par le miel des nombreuses ruches d'Avalon, Viviane la fit asseoir sur une banquette basse devant la cheminée en lui expliquant qu'elles ne parleraient plus ensemble avant très longtemps :

« Désormais, vous ne me verrez plus qu'au cours des cérémonies rituelles, jusqu'à ce que vous ayez suffisamment d'expérience pour participer, avec les prêtresses plus anciennes, au service et à l'entretien de ma maison. Vous devrez alors prononcer vos vœux de silence absolu. Aussi, pendant qu'il en est encore temps, posez-moi toutes les questions que vous souhaitez.

— Pourquoi certaines de vos compagnes ont-elles des marques bleues sur le front ? interrogea alors vivement Morgane.

— Le croissant bleu signifie qu'elles se sont définitivement vouées au service de la Déesse, et soumises à son unique volonté. Celles qui s'essayent seulement dans la pratique du Don, ne prononcent pas ces vœux. Dans votre cas, ce sera à vous de choisir et de comprendre si la Déesse désire étendre sa main sur vous. Ici, nous ne sommes pas chez les Chrétiens qui enferment leurs vierges et leurs veuves dans des cloîtres contre leur gré !

— Comment saurai-je que la Déesse veut bien de moi ?

— Lorsque vous l'entendrez, vous saurez infailliblement que c'est Elle qui vous a appelée ! Et quoi qu'il arrive par la suite, jamais vous ne pourrez échapper à cette voix !

— Votre mère n'était-elle pas déjà prêtresse à Avalon avant vous ? demanda Morgane insatiable.

— Oui, mais ce n'est pourtant pas une question de lignée. La Déesse, voyez-vous, n'a appelé ni votre mère, ni Morgause... Et j'ai marié Ygerne à Gorlois, puis à Uther, pour servir les desseins de la Grande Déesse.

— Les prêtresses qui lui sont consacrées ne se marient donc pas ?

— En principe, non ! Elles ne se donnent à aucun homme, sinon à l'occasion du Grand Mariage où prêtres et prêtresses s'unissent pour symboliser l'union du Dieu et de la Déesse. Les enfants qui naissent alors ne sont pas ceux d'un mortel, mais ceux de la Déesse. C'est là un Grand Mystère que vous comprendrez le moment venu. Ainsi moi-même suis-je née, sans avoir de père terrestre.

— Vous voulez dire que votre mère aurait ... serait ... avec un Dieu ?

— Non, avec un prêtre seulement, représentant la puissance de Dieu ! Un prêtre dont elle n'a jamais su le nom, car, en la circonstance, il était habité, possédé par le Dieu au point de perdre toute identité. »

Fascinée, Morgane écoutait ce langage étrange, extraordinaire, et les yeux fixés sur le feu, croyait voir danser l'ombre immense du Grand Cornu. Elle frissonna, serra ses voiles autour d'elle et interrogea encore :

« Êtes-vous née à Avalon ? — Oui, mais j'ai été élevée sur l'Ile des Druides, loin vers le Nord. C'est là-bas que la Déesse m'a appelée à elle, car le sang d'une prêtresse-née coulait vraiment dans mes veines, comme je crois qu'il coule dans les vôtres. »

La voix de Viviane tremblait, comme tremblait sa main lorsqu'elle l'éleva doucement pour caresser la joue de Morgane.

« Ah ... petite Morgane, reprit-elle, peut-être aurais-je dû vous laisser à votre mère ! Vous n'avez connu jusqu'ici qu'une vie douce et facile. Mais la Mère Éternelle a posé la main sur vous. Elle exigera beaucoup de vous, autant peut-être, sinon plus, que ce qu'elle m'a demandé. Le culte de Ceridwen, je ne vous le cacherai pas, ma fille, est une rude tâche. Car si la Mère Éternelle est mère de l'Amour et de la Naissance, elle est aussi la Dame des Ténèbres et de la Mort. Elle est aussi Morrigan, la Messagère des querelles, le Grand Corbeau... Oh ! Morgane, mon enfant ... comme j'aurais aimé vous avoir pour fille ! Mais, même si cela était, je ne pourrais vous épargner le destin qui vous attend, car je dois user de vous comme la Déesse l'ordonne, comme elle a déjà usé de moi... Sachez cependant que je vous aime infiniment, Morgane. Pourtant, un jour viendra où vous me haïrez autant que vous m'aimez ce soir...

— Non, non, je vous aimerai toujours ! sanglota Morgane. Je suis, je veux rester entre vos mains, et entre celles de la Déesse...

— Puissiez-vous n'avoir jamais à regretter ces mots ! reprit Viviane d'une voix si grave que l'enfant se jeta à ses genoux en cachant la tête dans les plis de sa robe. Voyez mes mains, elles ont mis des enfants au monde et elles ont aidé des âmes à s'échapper de corps sans vie. Ells ont aussi trahi un homme, un homme que j'avais serré dans mes bras et que j'avais juré d'aimer. Et je l'ai fait mourir ... et maintenant voici que ces mains viennent de vous arracher à votre mère ... Morgane, me haïssez-vous et me craignez-vous ?

— Oui, j'ai un peu peur, gémit faiblement Morgane, son

139

petit visage grave illuminé par les lueurs dansantes du feu, j'ai peur, mais jamais, jamais, je ne pourrai vous haïr. »

Alors, chassant résolument de son esprit toutes appréhensions et pressentiments qui l'envahissaient, Viviane murmura dans un souffle :

« Petite fille, ce n'est pas moi que vous craignez, c'est la Grande Déesse. Toutes deux sommes entre ses mains... Rappelez-vous que votre virginité est sacrée. Gardez-la intacte jusqu'à l'instant où elle vous fera connaître sa volonté. »

A l'aube, Morgane se rendit à la Maison des Vierges. Elle allait y rester de nombreuses années.

Morgane parle ...

« Que dire, qu'écrire de l'initiation d'une prêtresse ? Le propre d'un mystère n'est-il pas de rester inconnu ? Seuls ceux qui ont suivi la même route que moi, sauront de quoi je parle. A moins ... à moins, que je ne consigne ici certaines choses que je ne devrais dévoiler...

« Sept fois déjà les Feux de Beltane se sont allumés. Sept fois, les hivers sont revenus avec leurs frimas. Viviane dit que je suis prêtresse-née. Le Don de double vue est en effet en moi, mais il n'est pas aisé de l'utiliser à ma guise. Il m'arrive même de me laisser encore surprendre par des visions que je n'ai pas désirées. La pratique de la magie est délicate, car elle oblige l'esprit à s'engager sur des chemins inaccoutumés. Appeler le feu et le faire jaillir sur commande, faire se lever les brouillards, faire tomber la pluie, tout cela est en soi relativement simple. La vraie difficulté est de déterminer l'instant propice pour appeler la pluie ou la brume, d'évaluer aussi s'il faut en laisser le libre choix aux Dieux. Parfois, il arrive même que le Don de seconde vue ne sert à rien : dans la connaissance des herbes et dans l'art de guérir, par exemple, ou bien à propos de ces longues litanies où pas un mot ne peut être couché par écrit, la révélation des Tout-Puissants ne pouvant s'exprimer par l'intermédiaire de la main humaine.

Certains apprentissages cependant sont un réel plaisir : jouer de la harpe et fabriquer son propre instrument avec du bois sacré et les boyaux d'une chèvre tuée au cours d'un rituel. D'autres, en revanche, sont de véritables cauchemars. Le pire est peut-être de voir à l'intérieur de soi, sous l'effet de drogues contraignant l'esprit à se séparer du corps pour franchir ensuite les limites du temps et de l'espace, afin de lire dans le passé et de prévoir l'avenir. Mais de tout cela je ne peux rien dire...

« Vint le jour enfin où je fus chassée d'Avalon, vêtue seulement d'une simple chemise et munie pour tout viatique de mon petit poignard des prêtresses — avec ordre formel d'y revenir seule, si j'en étais capable. Si tel n'était pas le cas, me dit-on, on me pleurerait comme une morte, et les portes me seraient fermées à jamais. A moins que ma seule autorité ou volonté parviennent à les rouvrir...

« Les brumes se sont donc refermées sur moi, et solitaire, j'ai entamé une longue errance sur les rives du Lac, l'oreille tendue vers les cloches et les hymnes funèbres des moines. D'horizon en horizon, les pieds sur terre, la tête dans les étoiles, j'ai finalement retrouvé mon chemin, et suis parvenue à exercer mon "pouvoir".

« Les brouillards s'étaient dissipés. Devant moi étincelait le rivage ensoleillé où la Dame du Lac m'avait amenée sept années auparavant. Parvenue sur l'Ile Sacrée, j'ai pleuré, comme jadis j'avais pleuré quand j'étais arrivée sur cette terre, enfant éperdue de peur et de fatigue.

« Alors, on a appliqué sur mon front la petite marque bleue en forme de croissant de lune : c'est la main de la Déesse elle-même qui l'y a apposée. Mais de cela, une fois encore, je ne puis en dire davantage. C'est un Mystère qui ne peut être livré aux non-initiés. Tous ceux qui, une fois dans leur vie, ont senti leur front brûlé par le baiser de Ceridwen, sauront de quoi je parle.

« C'est alors, au cours du second printemps qui suivit ces événements, que Galaad, déjà célèbre par ses victoires

141

contre les Saxons, sous la bannière de son père le Roi Ban d'Armorique, que Galaad, donc, revint à Avalon. En ce temps-là toutefois, je n'étais plus tenue à respecter mes vœux de silence. »

VII

Sept ans après son arrivée dans l'Ile Sacrée, Morgane avait trouvé sa taille définitive : à peine plus haute que la Dame du Lac, elle n'était pas grande et ne le serait jamais. Ses longs cheveux bruns lui tombaient jusqu'au bas des reins, et elle portait l'habituelle robe sombre des prêtresses sous une tunique de daim. Entre ses sourcils, brillait le croissant bleu, symbole de sa consécration à la Grande Déesse. Menue, délicate, il lui arrivait parfois, en exerçant son office de prêtresse, de paraître plus grande, majestueuse même. Mais elle était déjà sans âge, comme elle le serait plus tard lorsque sa chevelure commencerait à se teinter de fils d'argent.

« On ne peut dire qu'elle soit réellement une beauté », songea Viviane en regardant la jeune fille qu'elle avait fait appeler et qui l'attendait, debout, silencieuse, à l'entrée de sa chambre. « Non, elle est sans éclat apparent, et sans doute en souffre-t-elle un peu, comme j'ai moi-même souffert, jadis, de l'arrogante beauté d'Ygerne. »

« Morgane, commença-t-elle, j'aimerais que ce matin vous preniez la barge. »

145

Cette requête n'avait rien d'exceptionnel. L'embarcation d'Avalon était en effet souvent confiée aux prêtresses qui savaient reconnaître leur chemin à travers les brouillards. Aussi Morgane acquiesça-t-elle en silence.

« Il s'agit d'une mission ... familiale, précisa Viviane. Mon fils, mon dernier fils, va arriver dans l'Ile et j'aimerais qu'il soit accueilli par un membre de sa famille. Un fils du Grand Mariage a droit à certains égards !

— Galaad n'est donc plus en Armorique ?

— Non. Il vient d'y passer presque sept ans, et une vision, la nuit dernière, m'a avertie de son retour. Son père, Ban d'Armorique, était décidé à lui donner terres et fiefs, mais son cœur est ici, je le sais depuis toujours, au bord de ce Lac. Allez maintenant, Morgane, prenez la barge et ramenez-moi mon fils, qui est aussi votre cousin, ne l'oubliez pas ! »

En se dirigeant à pas lents vers la rive du Lac, Morgane tenta de se remémorer les traits du petit garçon brun aux yeux farouches qu'elle avait croisé lors de son arrivée à Avalon. Galaad ? Oui ce nom n'évoquait en elle rien d'autre que cette intensité du regard. Il devait avoir presque dix-sept ans maintenant...

Les petits hommes sombres s'inclinèrent respectueusement et, sur un signe de Morgane, qui avait pris place à l'avant de l'embarcation, ils saisirent leurs rames. La barge glissa doucement à travers les brouillards, si épais que des lambeaux de brume presque palpables semblaient vouloir à tous mouvements s'accrocher aux sourcils et aux longs cheveux de la jeune prêtresse. Le silence était total et pas un mot ne fut prononcé durant tout le trajet.

Lorsqu'enfin le bateau émergea de la grisaille pour accoster sur la rive la plus lointaine du Lac, Morgane, surprise, émue malgré elle, se figea dans la contemplation du jeune cavalier qui attendait, impassible au milieu des roseaux, auréolé par les premiers rayons du soleil levant. La beauté de Galaad coupait le souffle, et elle ne put s'empêcher d'admirer, tandis qu'il descendait de son cheval pour venir à sa rencontre, la grâce naturelle qui émanait de tous ses gestes. A n'en point douter, c'était un prince, qui possédait, de surcroît, le charme infini et nostalgique des enfants du Vieux Peuple.

146

Il était mince, brun de peau avec des cheveux très sombres, un nez aquilin, et surtout de magnifiques yeux noirs où dansait une lueur espiègle. Sa grande cape aux reflets chatoyants épousait avec souplesse sa silhouette harmonieuse, et en le voyant approcher, la jeune fille pensa qu'il ne marchait pas, mais semblait danser. Arrivé tout près d'elle, — elle aurait pu toucher la plume d'aigle piquée dans sa chevelure — le jeune homme s'immobilisa, faisant virevolter joliment le tissu brillant autour de ses épaules, puis il s'inclina, et Morgane l'entendit murmurer comme dans un rêve : « Ma Dame... »

Mais elle n'écoutait pas... Pour la première fois de sa vie, elle ressentait, brutal, déchirant, inutile aussi, elle le savait, le regret torturant d'avoir fait don de sa virginité à la Déesse, devant se garder chaste jusqu'au jour où celle-ci lui ferait connaître sa volonté. Pour la première fois, elle ressentait comme totalement injuste cette loi rigoureuse des Dieux, l'obligeant à ne paraître aux yeux d'un étranger que sous les traits de la future Haute Prêtresse d'Avalon, sûre d'elle-même, maîtresse absolue de son cœur et de ses sens.

Morgane détourna la tête pour dissimuler son trouble.

« N'êtes-vous pas Morgane, interrogea la voix chaude et musicale de Galaad, celle que j'appelais autrefois Morgane des Fées ?

— Oui, je l'étais et le suis encore, mais tant d'années ont passé...

— Peut-être, mais Avalon n'a pas changé, poursuivit-il pensivement. La brume, les roseaux, le cri des poules d'eau, sont toujours semblables. Cette barge elle-même, qui glisse sans bruit sur l'eau et vous mène furtivement de l'autre côté du Lac, est toujours aussi mystérieuse. Je sais que ma place n'est pas ici, et pourtant chaque fois j'y reviens avec le même et étrange plaisir. »

Morgane ne répondit pas. Les yeux perdus dans le lointain, elle s'étonnait, s'émerveillait une nouvelle fois de l'atmosphère presque mystique qui accompagnait le cours tranquille de l'embarcation voguant entre deux mondes.

Elle était maintenant debout, à l'avant du bateau, prête à accomplir l'acte magique qui allait diluer l'univers qui les entourait. Lentement, elle éleva ses deux bras, comme pour rejoindre l'arche immobile du ciel, puis les abaissa, semblant imperceptiblement entraîner de ses larges manches des nappes immenses de brouillard aux reflets irisés.

Derrière elle, un bras passé autour de l'encolure de son cheval, Galaad la regardait. Elle sentait son regard sur sa nuque, sur ses seins, sur tout son corps... Ah, comme elle aurait voulu n'être pour lui qu'une femme parmi les autres, une simple femme, libre de son cœur et de son corps. Ne lui suffisait-il pas de se retourner, de tendre les bras vers lui, qui n'attendait qu'un geste de sa part, elle le sentait, pour venir à elle et l'attirer à lui ?

Mais déjà les rives d'Avalon se devinaient à travers les brumes qui commençaient, sur son ordre, à se dissiper. Galaad alors murmura avec émotion : « Voici la terre du Peuple des Fées... et vous-même, Morgane, êtes toujours Morgane des Fées. Mais maintenant vous êtes devenue une femme, une femme belle et désirable ! »

Elle serra les lèvres, se raidit, s'écarta de lui comme si sa présence la brûlait soudain. Mais déjà la barge accostait doucement, le nez dans les roseaux. « Suis-je donc vraiment belle, se demanda-t-elle, ou bien est-il déjà prisonnier du charme magique d'Avalon ? »

Ils mirent pied à terre ensemble sans avoir prononcé d'autres paroles, semblant éviter de s'approcher trop près l'un de l'autre. Galaad portait avec précaution, comme un véritable trésor, la selle, d'un modèle inconnu, qu'il avait enlevée du dos de sa monture.

« A quoi servent ces longues courroies de cuir ? interrogea Morgane redevenue très maîtresse d'elle-même, mais heureuse de faire diversion.

— C'est une invention des Scythes : on appelle cela des étriers. Ils aident le cavalier à se tenir en selle, et lui donnent plus d'assise dans le combat. »

Galaad émit un soupir admiratif, puis reprit :

« Plus tard, je voudrais avoir une légion de chevaux équipés d'étriers. Je pourrais alors tenir tête à tous les Saxons réunis !

— Je sais, par votre mère, que vous êtes déjà un valeureux chevalier, sourit Morgane. Mais hâtons-nous maintenant, car la Dame du Lac n'aime guère attendre.

— Ah ! Morgane des Fées, s'exclama Galaad d'un ton moqueur, je vois que vous n'aimez pas contrarier la Grande Prêtresse d'Avalon ! Moi aussi, lorsque j'étais enfant, je me pliais à toutes ses volontés, comme si elle avait été la plus grande des Reines.

— Mais elle l'est, en vérité, affirma Morgane d'un ton sans réplique.

— Certes, je n'en doute pas, mais j'ai connu depuis maints pays où les hommes ne s'inclinent guère devant les femmes ! L'air soudain pensif, Galaad poursuivit d'un ton étrangement amer : Voyez-vous, Morgane, j'aurais tant aimé avoir à mes côtés une mère aimante, une mère comme les autres, pas une Grande Prêtresse austère dont chaque geste peut être un arrêt de vie ou de mort !... »

Telle la Déesse en personne accueillant un pèlerin de qualité, Viviane avait choisi de recevoir son fils revêtue de ses plus riches atours. Elle avait vraiment l'air d'une reine. Morgane ne put s'empêcher d'admirer sa fière beauté et la noblesse de son maintien. Cependant, comme Galaad s'inclinait devant sa mère en prononçant les paroles d'usage, il lui sembla que les traits du jeune homme se durcissaient soudain, que les jointures de ses doigts devenaient blanches sous l'effet d'un violent effort.

Un poisson du Lac, servi tiède avec des herbes et du beurre fondu, du pain d'orge et des fruits de l'Ile, attendaient le nouveau venu.

« Parlez-moi un peu de l'Armorique, Galaad !

— Je n'y suis guère resté ces derniers temps, mère. J'ai passé toute cette année à rechercher des chevaux pour la cavalerie romaine. Et j'arrive maintenant de la cour de Pendragon auquel j'ai porté la nouvelle d'un nouveau rassemblement des Saxons : ils vont passer très probablement à l'attaque avant le milieu de l'été. J'espère pouvoir alors réunir autour de moi les meilleurs cavaliers !

— Galaad, ne croyez-vous pas que vous seriez plus heureux en vous fixant définitivement à Avalon et en devenant Druide, sage parmi les sages ? Vous auriez pour vous tous les chevaux de l'Ile.

— Mère, depuis l'âge de douze ans je sais que ma place n'est

149

pas ici. J'ai mieux à faire, je crois qu'à jouer de la harpe parmi les prêtresses de l'Ile Sacrée !

— Vous êtes encore bien jeune, Galaad, pour savoir ce qui est bon pour vous ou ce qui ne l'est pas, intervint sèchement Viviane.

— Personne ne m'appelle plus Galaad, sachez-le, hormis vous-même et les Druides qui m'ont donné ce nom. En Armorique, et sur les champs de bataille, je suis maintenant Lancelot : c'est là mon nom, mon seul nom, mon nom réel.

— Voulez-vous insinuer que le monde d'Avalon n'est pas le monde réel ?

— Mère, peut-être l'est-il à vos yeux, répondit Lancelot sans chercher à réprimer un mouvement d'impatience. Le pays des Fées, la Paix éternelle, les brumes du Lac... oui, bien sûr, c'est là ma patrie ! Il me semble pourtant que le soleil ne brille pas ici avec autant de force qu'ailleurs. Non, mère, pour moi, la réalité n'est pas ici. Elle est là-bas, dans le vaste monde, là où les hommes travaillent, aiment, se battent... Merlin lui-même sait tout cela !

— Il a fallu des années à Merlin pour apprendre à distinguer ce qui est réel de ce qui ne l'est pas, mon fils, et il en sera de même pour vous ! Vous allez rester maintenant sept ans à Avalon pour réfléchir à votre avenir !

— Je ne puis. Les voies de l'Ile Sacrée ne sont pas les miennes, pas plus que la magie ou les mystères des Druides. Non, ma mère, je suivrai mon destin. Je continuerai à pourchasser les Saxons en compagnie d'hommes qui sont des hommes, non les esclaves des femmes. Avant sept ans, je vous le promets, j'aurai libéré une grande partie de la Grande Bretagne de ses envahisseurs. Pour atteindre ce but, je ne peux laisser courir le temps. »

Pâle de rage, Viviane se leva. Ses yeux étincelaient.

« Êtes-vous en train de défier la Dame d'Avalon, Galaad du Lac ? siffla-t-elle d'un ton glacial.

— Non, Madame, plus Galaad, mais Lancelot du Lac, je vous prie... »

Lui aussi était très pâle et faisait visiblement un effort surhumain pour rester aussi calme que sa mère :

« Autrefois, j'aurais obéi à vos injonctions, mais je ne suis

150

plus un enfant, et la vie des Druides ne me convient en aucune façon. Le mieux serait pour vous d'accepter cette double évidence. Toute querelle entre nous à ce propos me semble dépassée.

— Seriez-vous devenu chrétien, par hasard ?

— Non, bien qu'il m'eût été facile, à la cour de Ban d'Armorique, de faire comme si je l'étais. Je n'ai foi en aucun Dieu, sauf en celui-ci, continua-t-il en posant la main sur son épée. Ni le Dieu des Chrétiens, ni le vôtre, en admettant qu'ils existent, ne m'ont appelé à leur service. Pourquoi faudrait-il que je devienne prêtre ou Druide ?

— Peut-être avez-vous raison, murmura Viviane, visiblement décontenancée, en se laissant tomber sur son siège. J'aimerais cependant que vous parliez sérieusement de tout cela avec Merlin. »

Un silence pesant s'abattit sur la pièce et l'on n'entendit plus que le crépitement des flammes dans la cheminée. Tous trois, chacun pour soi, poursuivaient le cours tortueux de leurs pensées. Morgane, pour la première fois depuis son arrivée à Avalon, s'interrogeait sur la Dame du Lac : connaissait-elle vraiment les volontés de la Grande Déesse, ou bien poursuivait-elle des buts personnels ? Les apparences pouvaient laisser croire qu'elle venait de céder à son fils, mais la jeune fille connaissait suffisamment Viviane pour savoir qu'il n'en était rien.

Morgane dirigea son regard vers Lancelot. La grâce et le charme qui émanaient du jeune homme la frappèrent à nouveau, ainsi que certains détails qu'elle n'avait pas remarqués jusqu'alors : une barbe naissante au menton, preuve qu'il n'avait pas adopté les coutumes romaines, des mains parfaites, fines et délicates, une petite cicatrice blanchâtre sur l'un de ses avant-bras, une autre en forme de croissant à la joue gauche, et de longs cils, presque ceux d'une fille... Et pourtant, se dit-elle, pourtant, je n'ai jamais vu un garçon de cet âge aussi viril. On dirait un jeune cerf, un jeune mâle prêt à bondir, la tête haute à travers la forêt qu'il aurait choisie pour territoire...

La voix de Viviane arracha la jeune femme à ses douces pensées, déjà prête en rêve à répondre aux avances du beau chevalier lors de quelque lointain Feu de Beltane...

151

« Morgane, ordonna-t-elle, emmenez mon fils. Qu'il parcourt l'Ile à son gré en votre compagnie. Je vous libère de toutes vos tâches pour aujourd'hui. Ce soir, Galaad soupera avec Merlin et partagera la demeure des jeunes serviteurs de la Déesse. Demain, s'il le désire, il repartira. »

Tous deux s'inclinèrent et sortirent. Le soleil était haut dans le ciel et ils longèrent lentement les bords du Lac, jouant comme des enfants à lever le gibier d'eau en jetant de petites pierres de couleur dans les grands roseaux. Puis ils s'engagèrent en silence sur le chemin des processions. Morgane sentait que son cousin avait envie de lui parler, mais il semblait hésiter. Enfin, il dit d'un ton faussement enjoué :

« En Armorique, à la Cour de mon père, les femmes ne s'occupent que de leur toilette, de leurs bijoux, de leurs enfants, et quelquefois aussi, lorsqu'elles n'en ont pas, de trouver un mari ! Je ne connais pas grand-chose aux femmes, mais je crois que vous ne ressemblez à aucune de celles que j'ai connues.

— Je suis prêtresse, comme votre mère, ne l'oubliez pas !

— Sans doute, mais vous êtes si différente d'elle. Elle est belle et imposante, mais distante, lointaine, comme un rêve admirable qu'on ne peut toucher du doigt. On l'adore, on la redoute, mais on ne l'aime pas ! Vous, Morgane, vous êtes humaine. La vie palpite en vous malgré tous les mystères qui vous entourent. C'est vrai, vous avez toutes les apparences d'une prêtresse, mais quand je regarde vos yeux, c'est une véritable femme que j'y découvre. Dites-moi, Morgane, dites-moi que vous êtes bien réelle... interrogea-t-il anxieusement, prenant d'un élan spontané les mains de la jeune fille dans les siennes.

— Oui, je suis réelle, je vous le promets, aussi réelle que la terre que vous foulez, aussi réelle que les oiseaux qui chantent dans ces arbres.

— Ce chemin n'est-il pas sacré ? s'inquiéta Lancelot tandis qu'ils franchissaient les premières pentes du Tor. N'est-il pas interdit de gravir cette montagne si l'on n'est ni prêtre ni druide ?

— Non, le Tor n'est interdit que lors des grandes fêtes expliqua Morgane. Aujourd'hui, vous pouvez m'y accompagner sans crainte. Il n'y a là-haut que des moutons qui paissent. Ce sentier nous y mènera en pente douce. »

Mais Lancelot préféra grimper tout droit à travers rochers et broussailles, et ils s'élancèrent dans le soleil, heureux, s'arrêtant parfois pour reprendre leur souffle, cueillir une fleur, une herbe, respirer les innombrables et mystérieuses senteurs dont l'air était rempli, ou regarder l'Ile s'allonger à leurs pieds au fur et à mesure qu'ils gravissaient la montagne. Arrivés au sommet du Tor, ils se laissèrent tomber dans l'ombre du grand cercle de pierres.

« Sur l'Ile des prêtres, ces pierres existent-elles ? interrogea Lancelot.

— Non, il n'y a qu'une église et son clocher dont nous pourrions, si nous le voulions, entendre les cloches avec les oreilles de l'esprit. Dans ce monde des prêtres, nous ne sommes que des ombres, comme ils ne sont eux-mêmes, ici, que des ombres à leur tour ! N'est-ce pas la raison profonde pour laquelle leurs grandes fêtes ont toujours lieu en même temps que les nôtres ? Il serait gênant, en effet, et très irritant pour ces prêtres, de sentir palpiter autour d'eux un autre monde dont ils se plaisent à nier l'existence. Il est vrai pourtant que je soupçonne certains d'entre eux de posséder plus ou moins le don de seconde vue.

— Et vous, possédez-vous le Don ? Voyez-vous au-delà du voile qui sépare les deux mondes ? interrogea avidement le jeune homme.

— Toutes les prêtresses possèdent le Don, et moi-même peut-être plus que les autres, en effet, Galaad.

— Non, je vous en prie, ne me donnez jamais plus ce nom choisi par ma mère. Je le hais. Appelez-moi désormais Lancelot !

— Partagez-vous cette vieille croyance du Peuple des Fées : celui qui connaît le véritable nom d'un être a tout pouvoir sur lui ? Eh bien, puisque vous-même connaissez mon vrai nom, Morgane, moi-même je vous appellerai désormais Lancelot ! »

Elle s'approcha de lui et posa délicatement un doigt entre ses deux sourcils. C'était un point, elle le savait, très sensible au Don. Puis elle souffla doucement en arrondissant les lèvres et aussitôt, elle vit les yeux de Lancelot s'agrandir sous l'effet

153

de l'étonnement : le cercle de pierre s'évanouissait lentement dans une ombre opaque, laissant place à une église de torchis avec son clocher de pierres autour de laquelle déambulaient à pas comptés des silhouettes vêtues de noir.

« Peuvent-ils nous voir ? demanda Lancelot à voix basse.

— Certains, oui ! Ils nous entrevoient comme des ombres, sans bien discerner ou savoir si nous faisons partie des leurs ou s'ils sont aveuglés par le soleil. »

En fait, il était interdit à Morgane de révéler ces mystères à qui que ce soit, mais vis-à-vis de Lancelot, tout était différent. Il lui semblait parler avec un être qui, depuis toujours, partageait avec elle les secrets d'Avalon. De nouveau, elle souffla doucement : l'église s'effaça peu à peu et le cercle de pierres se reforma autour d'eux.

A leurs pieds s'étendait le Lac scintillant dans la brume bleutée. Au loin, une barque glissait sur les flots ; plus loin encore, se devinaient d'autres îles, à travers le halo magique séparant Avalon du reste du monde.

« L'Ile Sacrée est belle, chuchota Lancelot, comme s'il craignait de briser la fragilité d'un songe. Pourtant, serait-il possible de passer ma vie au bord de ce Lac en jouant de la harpe alors que les Saxons pillent et ravagent nos terres ? Avez-vous déjà vu, Morgane, un village mis à sac par les armées venues du Nord ? Non.. c'est abominable ! Ici, à Avalon, vous vivez en paix, loin de toutes ces horreurs. Mais elles existent, et je suis soldat. Je dois donc m'opposer à elles et défendre notre pays contre tous ses envahisseurs.

— La guerre est affreuse, acquiesça Morgane. Pourquoi ne pas trouver refuge ici ? Beaucoup de Druides, très vieux, sont morts. Ils possédaient les secrets de la grande magie et gardaient à ces lieux leur caractère sacré. Nous avons tant besoin de nouveaux Druides, de jeunes Druides !

— L'Ile d'Avalon est un lieu de quiétude, et je voudrais, à son image, faire de tout le royaume un royaume de paix. Jamais je n'accepterai pourtant de demeurer ici dans la tranquillité, alors que des hommes se battent pour sauvegarder leur liberté. Je vous en prie, ne parlons plus de tout cela, Morgane. Je suis très las ; j'ai chevauché si longtemps... et je souhaiterais prendre un peu de repos.

— Étendez-vous sur cette terre bénie, l'invita paisiblement Morgane. Elle vous transmettra toute son énergie et vous remplira d'une force nouvelle. »

Tout près l'un de l'autre, ils s'allongèrent, le visage enfoui dans l'herbe, sentant monter en eux une chaleur bienfaisante, une vigueur faite de feu et de bonheur, cadeau de la Déesse elle-même, leur transmettant la puissance profonde et mystérieuse de la terre d'Avalon.

Après un long moment de silence, Lancelot prit la main de Morgane dans la sienne et lui demanda doucement sans la regarder :

« Avez-vous déjà participé aux Feux de Beltane ?

— Non, je dois rester vierge tant que la Déesse le désire, et me garder pure pour le Grand Mariage. »

Mais, devait-elle vraiment rester chaste ? Et que répondrait-elle si Lancelot lui demandait sa virginité ? Cette volonté de la Déesse (ou de Viviane) lui paraissait soudain intolérable, comme une épée de feu fichée entre leurs deux corps étendus pour les séparer.

Brusquement Lancelot se leva. Abandonnant sa main, il posa un baiser furtif — mais brûlant comme une flamme — à la place exacte où, sur son front, se trouvait la marque du croissant bleu, et il lui dit :

« Vous m'êtes aussi sacrée que la Déesse elle-même, et puisqu'elle vous a désignée pour lui appartenir en propre, je ne peux aller contre sa volonté. »

Lancelot tremblait-il d'émotion ou de regret ? Morgane l'ignorait. Elle s'approcha de lui, posa la tête sur son épaule. Une joie fulgurante et immense l'envahissait. Face à Lancelot, elle venait de connaître les affres de la souffrance et de la tentation, éternel combat entre l'amour et le devoir. Mais elle en sortait victorieuse, submergée par le plus pur des bonheurs.

Le paysage étincelait sous le soleil, et de légers nuages blancs s'effilochaient dans le ciel, ailes palpitantes soumises aux caprices du vent. De chaque feuille, de chaque brin d'herbe, de chaque fleur, montait une présence amicale et complice. Innombrables, elles formaient autour d'eux un univers vibrant et chaleureux en harmonie parfaite avec l'indicible instant de bonheur qu'ils vivaient pour la première fois. Oui, elle était

155

belle, oui, il la désirait de toutes ses forces, mais par amour, par respect pour elle, il avait lui, Lancelot du Lac, choisi de rester pur aux côtés de Morgane la Fée...

Lorsqu'enfin ils sortirent de leur bienheureuse torpeur, le soleil était très bas sur l'horizon et l'ombre des pierres s'allongeait démesurément sur le sol.

« Hâtons-nous ! s'exclama Lancelot. Je vais rapporter à ma mère, en gage de paix, un gibier du Lac !

— Voulez-vous utiliser un bâton comme les Pictes ou une flèche empoisonnée ? Ou bien préférez-vous un piège ?

— Le gibier souffre moins quand il est pris au filet, et qu'on lui casse le cou sans tarder ! »

Ils dévalèrent joyeusement le Tor et se retrouvèrent rapidement en bordure du Lac. C'était l'heure où les oiseaux viennent boire avant la nuit, et ils n'eurent pas longtemps à attendre avant qu'une poule ne se prenne les ailes dans le filet dont Morgane ne se séparait jamais. Tendu par Lancelot, ils en capturèrent une pour Viviane, deux pour Merlin, puis s'éloignèrent des roseaux pour cueillir les dernières baies d'aubépine oubliées par l'hiver.

« Comme tout est calme ici ! soupira Lancelot en s'arrêtant pour jeter un dernier regard sur le Lac. On se croirait hors du temps et de l'espace... Cette journée devrait ne jamais finir ! Morgane, vous pleurez ? »

Il l'attira dans ses bras et, de nouveau, elle laissa aller son visage au creux de l'épaule du jeune homme. A travers sa tunique, elle sentait battre son cœur, et une même chaleur, née de leurs deux corps, les unissait intimement. Oui, pourquoi cette journée devait-elle s'achever ? Pourquoi appartenait-elle à la Déesse ? Pourquoi... ?

« Puissiez-vous n'avoir jamais été donnée à la Grande Déesse ! » balbutia Lancelot, les lèvres perdues dans ses longs cheveux.

Le serment prêté par Morgane à la Déesse semblait brusquement se diluer dans le temps. Oui, des milliers d'années auparavant, à des milliers de lieues d'ici, oui, peut-être, en effet, avait-elle juré de rester chaste... Mais en cet instant allait-elle succomber, obéir à cette vague de fond qu'elle sentait déferler en elle, annihilant sa mémoire et sa volonté ?

156

Que serait-il advenu d'elle, et de lui, si, à l'instant précis où leurs lèvres se joignirent pour la première fois, un bruit étrange n'avait frappé les oreilles de Lancelot...

« Morgane... entendez-vous ?

— Non, je n'entends rien... c'est le clapotis de l'eau, ou le vent dans les roseaux, ou peut-être un poisson sautant hors de l'onde. »

Mais le bruit recommença : on aurait dit une plainte, un gémissement.

« N'est-ce pas quelqu'un qui pleure ? s'interrogea tout haut Lancelot. Quelqu'un qui souffre ou qui est perdu ? On dirait une voix d'enfant ! »

« Ou de quelque jeune prêtresse, pensa aussitôt Morgane, qui, malgré l'interdiction, se sera éloignée de la Maison des Vierges et aura perdu son chemin ? Elles sont toutes d'une telle étourderie ! De véritables petites filles, des cervelles d'oiseaux. »

Ensemble ils se dirigèrent vers l'endroit d'où venaient les plaintes, qui s'arrêtaient et reprenaient à intervalles réguliers. Autour d'eux, la brume se levait en vagues laiteuses et Morgane se demanda, non sans anxiété, s'il s'agissait là du brouillard dû à l'humidité qui accompagnait chaque coucher de soleil, ou du rideau de brume qui enveloppait le royaume magique.

Soudain, Lancelot s'élança en direction du Lac en criant :

« Là... c'est par là ! »

Morgane le suivit et ils furent aussitôt dans les hautes herbes d'où émergeait une forme ruisselante et trébuchante, secouée de sanglots. Non, ce n'était pas une prêtresse, ni une novice. Alors, qui était-ce donc ?

Apparemment très jeune, frêle et menue, elle était, dans sa robe trempée qui lui collait au corps, avec ses yeux remplis de larmes et ses cheveux dégoulinants, l'image même du désespoir. Mais elle était très belle aussi. Morgane, en la regardant davantage, ne put s'empêcher d'évoquer quelque très ancienne statuette de déesse ou de fée aquatique. Sa peau était si blanche qu'elle en devenait, çà et là, presque transparente ; ses cheveux blonds avaient des reflets d'or pâle, et ses yeux étaient plus bleus qu'un ciel de printemps. La malheureuse s'accrochait à des touffes de roseaux pour tenter de s'extraire de l'eau, et de temps à autre, rabattait sur ses chevilles, d'un geste navré, le bas de sa longue robe qui s'obstinait à remonter au-dessus de ses genoux. Lancelot, qui était resté stupéfait devant cette apparition, se décida enfin à lui venir en aide.

« Qui êtes-vous ? Êtes-vous perdue ? »

Elle leva vers lui un regard plein de· détresse et articula péniblement entre deux sanglots :

« Voilà des heures que j'appelle les sœurs à mon secours, mais personne n'est venu. Je ne comprends pas ce qui m'est arrivé. Tout d'un coup la terre a tremblé... et je me suis retrouvée dans l'eau jusqu'aux épaules. Mais... où sommes-nous ? Quel est ce lieu que je ne connais pas ? Voici pourtant plus d'un an que j'habite le couvent... »

Morgane, elle, avait compris : le voile séparant les deux mondes avait subitement perdu son opacité — cela arrivait parfois aux endroits où se concentraient les forces cosmiques — et l'enfant, particulièrement sensible, et peut-être dépositaire du Don, avait entr'aperçu l'autre univers. Elle y avait pénétré, ce qui, en revanche, était exceptionnellement rare.

Lancelot, qui avait pris la jeune fille dans ses bras, la déposa sur la rive.

« Qui êtes-vous ? interrogea-t-il de nouveau.

— Mon père est le roi Leodegranz. Et moi je suis ici, à l'école dans le couvent. Mais où est-il ? Je ne le vois plus... et je ne vois plus l'église ! »

Sa voix tremblait et elle fondit à nouveau en larmes, le visage caché dans ses mains.

« N'ayez pas peur, lui dit doucement Morgane, nous ne vous ferons aucun mal. Nous allons vous aider à retrouver votre chemin, venez avec moi. »

Mais la jeune fille, la voyant s'avancer vers elle, fit un brusque bond en arrière :

« Ce signe bleu sur votre front... seriez-vous une fée ? »

Elle se signa rapidement, une fois, deux fois, trois fois et conclut incrédule :

« Vous n'êtes pas un démon puisque vous ne disparaissez pas lorsque je fais le signe de la croix. Pourtant, vous êtes petite, et quelconque pour être une fée. »

« Petite... quelconque... Morgane la Fée ! » Ces mots, elle les entendait depuis son enfance. Des coups de poignard dans le cœur ne lui auraient pas fait plus mal ! Oui, petite, noiraude, avec une marque barbare entre les deux yeux ! Qu'était-elle, en effet, comparée à cette ravissante et gracieuse jeune fille ? Qu'étaient ces cheveux noirs à côté de la soie dorée ruisselant sur des joues roses et délicates ? Quelle qu'elle fût, cette jeune fille, il est vrai, était très belle, et Lancelot avait raison de la contempler d'une telle manière : avec admiration, adoration, désir, passion...

« Morgane, aidons-la à retrouver sa route ! »

L'instant d'un éclair, elle eut l'irrésistible tentation de les conduire par les sentiers les plus dangereux des marécages à une mort certaine. Ainsi, auraient-ils erré des jours et des nuits dans une brume opaque, seraient-ils morts de faim, ou auraient-ils péri noyés. Comme il aurait été simple de les perdre à jamais : une pensée, un simple geste aurait suffi. Mais elle était prêtresse d'Avalon avant d'être femme, et elle répondit d'un ton ferme :

« Suivez-moi, et soyez très prudents, car le sol est très instable par ici. »

Elle les précéda donc sur des sentes secrètes, connues d'elle seule, ouvrant la voie à travers mille pièges des marais. Confiants, eux la suivaient en riant, et leurs voix claires résonnaient haut dans le silence du soir.

« Je m'appelle Guenièvre ! lança-t-elle.

— Quel joli nom, et comme il vous va bien !

— Mais... vous ne vivez pas dans cet horrible endroit, j'espère ? Vous ne semblez pas du tout appartenir au Peuple des Fées. Vous n'êtes ni terne, ni petit ! »

« Terne... petit... encore ! Morgane aurait voulu être sourde ! Où était donc son grand bonheur d'il y a quelques instants ? La tranquille assurance, la tendresse, le regard merveilleux de Lancelot ? Tout cela, c'est à elle qu'il l'offrait maintenant !

Le soleil avait presque disparu et Morgane les entendait deviser amicalement dans la pénombre derrière elle :

« J'aurais aimé vous accompagner, mais j'ai promis de dîner avec l'un de mes parents, disait la voix de Lancelot. Non, bien

159

sûr, je ne vis pas à Avalon ! Elle ? Oh ! c'est une cousine de ma mère... Rien de plus ! »

Le cœur de Morgane se serra. Elle aurait voulu se laisser tomber là, dans la vase, et mourir tout de suite. Mais surmontant son émotion, elle se contenta de dire de sa voix la plus neutre :

« Nous arrivons, voici votre couvent ! Suivez bien le chemin jusqu'au bout sans vous en écarter, sinon vous vous égarerez de nouveau.

— Remerciez Morgane, ordonna avec un sourire Lancelot. Elle seule pouvait nous sortir d'affaire. Sans elle, nous nous serions cent fois perdus. »

La jeune fille s'inclina devant Morgane qui ne put s'empêcher d'accomplir l'acte magique par excellence, l'acte propre aux prêtresses : elle prit une profonde inspiration, et, devant leurs yeux médusés, elle devint soudain grande... très grande... majestueuse... fascinante... Puis, elle fit demi-tour et s'éloigna lentement, les laissant tous deux pétrifiés.

Lorsqu'elle se retourna, les brouillards s'étaient refermés sur la jeune fille. Lancelot, lui, marchait sur ses traces sans mot dire. Au bout d'un moment, il ne put s'empêcher de demander :

« Comment avez-vous fait cela, Morgane ?

— Cela ?

— Oui, tout d'un coup... vous avez ressemblé à ma mère ! Grande, distante, lointaine, irréelle. Vous avez complètement affolé cette pauvre Guenièvre !

— Lancelot, répondit simplement Morgane d'une voix grave, je suis ce que je suis, sachez-le ! »

Puis, impatiente de retrouver la solitude apaisante de la Maison des Vierges, elle disparut dans la nuit.

VIII

Aux premiers jours du printemps, par une soirée pluvieuse, Merlin se fit annoncer chez Viviane. Contrairement à son habitude, il n'avait pas demandé la barge et s'était rendu dans l'Ile par les voies secrètes sillonnant les marais. La Grande Prêtresse le vit donc soudain devant elle, les pieds mouillés, la barbe humide de brume, les yeux clignotants d'avoir long-temps scruté l'obscurité. Quelle mauvaise nouvelle apportait donc le vieux magicien pour se présenter à une heure aussi tardive ?

Après avoir échangé ses vêtements contre la robe sèche mais trop petite pour lui d'un jeune druide, il s'installa près du feu sans donner aucune explication à sa visite inopinée. Sachant qu'il ne fallait jamais brusquer Merlin, Viviane lui fit apporter une coupe d'argent ciselé remplie de vin, puis un poisson froid et des fruits de l'Ile. Quand il se fut restauré, estimant le moment venu, elle l'interrogea courtoisement :

« Dites-moi tout, Père, maintenant !

— Pourquoi ce nom de Père, Viviane ? Ai-je pris les ordres chrétiens depuis ma dernière visite ?

— Non, mais je me sens triste et vieille ce soir. J'ai besoin de prononcer ce mot à voix haute, comme une incantation qui me soulagerait... Et puis, n'êtes-vous pas le père de mes deux sœurs ? N'avez-vous pas été l'amant de ma mère, de celle qui, avant moi, fut la Dame du Lac ? N'avons-nous pas aussi servi, tous deux, la Déesse d'Avalon avec un égal dévouement ? Tant de liens nous unissent... Suis-je vraiment trop vieille pour être votre fille ?

— Non, Viviane, vous êtes sans âge et vous n'en aurez jamais ! Pour moi, vous êtes et resterez toujours une enfant... et je pense, ajouta-t-il avec sourire entendu, que vous pouvez encore avoir autant d'amants que vous le désirez.

— Aucun homme n'a jamais représenté pour moi autre chose qu'un très fugace instant de plaisir ou, à la rigueur, un simple devoir. Il n'en est qu'un devant lequel j'aie envie de m'incliner : c'est vous, Merlin. Si j'avais eu dix ans de moins, ne pensez-vous pas que j'aurais pu être reine aux côtés du Haut Roi, pour donner ensuite le trône à mon fils ?

— Non, Galaad, ou plutôt Lancelot comme on l'appelle maintenant, n'a pas l'étoffe d'un roi. C'est un jeune roseau secoué par la tempête...

— Même s'il avait été le fils d'Uther Pendragon ?

— Non, Viviane ! Votre fils suit les hommes, il ne les précède pas ! Si je suis venu ce soir sans m'annoncer, c'est justement pour vous parler d'Uther. Il est mourant. Ayant voulu conduire lui-même ses troupes au combat, il a été blessé et sa blessure s'est infectée. J'ai offert mes services à Ygerne, mais elle les a refusés sur le conseil de ses prêtres ! De toute façon, je ne peux rien pour lui, j'ai lu dans ses yeux que l'heure de sa mort allait bientôt venir.

— Uther est encore bien jeune pour mourir... murmura Viviane. Son destin s'achève-t-il déjà ? Comment se comporte Ygerne ?

— Parfaitement ! Elle est belle, pieuse, digne, et continue de pleurer les enfants qu'elle a perdus. Elle en a en effet mis un autre au monde à la Toussaint qui n'a vécu que quatre jours. Les prêtres voient dans cette succession de malheurs le châtiment de ses péchés. Aussi a-t-elle l'intention de se retirer dans un couvent... Je lui ai proposé de venir à Avalon près de sa fille, mais elle prétend que ce lieu ne convient nullement à une reine chrétienne.

— Qui aurait imaginé cela d'Ygerne ? s'exclama Viviane d'un ton railleur.

— Ne lui en veuillez pas, Viviane ! Tout cela n'est-il pas finalement un peu notre œuvre ? Peut-on la blâmer de trouver un peu de réconfort dans une foi certes plus élémentaire que la nôtre ? Mais tous les Dieux ne sont-ils pas Un ?

— Ainsi ce que nous redoutions tant est déjà sur le point de se produire... soupira Viviane. Uther va mourir... Son fils, Arthur, est-il prêt à lui succéder ?

— Il devra être prêt, poursuivit Merlin. Uther ne vivra pas au-delà du solstice d'été, et déjà les intrigues vont bon train, comme lorsque Ambrosius approchait de sa fin. Quant à son fils... l'avez-vous vu ?

— Oui, je le vois de temps à autre dans le miroir magique. Il paraît fort et en bonne santé, mais je sais peu de chose à son sujet.

— Je lui ai rendu visite, à la demande d'Uther, reprit Merlin. J'ai constaté qu'il avait entre les mains les mêmes ouvrages grecs et latins que ceux utilisés par votre propre fils en matière de stratégie militaire. Ectorius est romain avant tout : les conquêtes de César, les exploits d'Alexandre n'ont pas de secrets pour lui, et il a élevé ses deux fils pour en faire des guerriers. Le jeune Caïus a connu son premier combat l'année dernière. Arthur a pleuré de ne pouvoir le suivre, mais il s'est incliné sagement devant les ordres d'Ectorius qui veille à ne pas le laisser exposer sa vie.

— Si Arthur est devenu à ce point romain, s'inquiéta Viviane, acceptera-t-il d'être aussi le sujet d'Avalon ? N'oubliez pas qu'il devra régner sur les Tribus et sur le Peuple des Pictes.

— Je le sais, et lui ai conseillé de rencontrer le petit peuple qui est l'allié d'Uther contre les ennemis de notre île. Avec lui, il a appris à se déplacer silencieusement à travers la bruyère, les landes, à traquer le cerf aussi. Il ne craint pas de se retrouver seul pami eux.

— Il est pourtant encore bien jeune... chuchota Viviane comme pour elle-même.

— Ne savez-vous pas que la Déesse choisit toujours les plus

jeunes et les plus forts pour conduire ses guerriers ? demanda Merlin.

— Sans doute, mais Arthur doit avant tout être mis à l'épreuve ! Faites-le venir ici le plus rapidement possible.

— Non, il ne viendra qu'après la mort d'Uther. Alors seulement nous lui montrerons la route d'Avalon, et les deux royaumes sur lesquels il devra régner.

— A l'Ile du Dragon alors ? insista Viviane.

— Pourquoi cet ancien défi ? Uther, lorsqu'il fut sacré roi, ne connut pas une telle épreuve.

— Uther était un guerrier, rectifia Viviane. Arthur, lui, est très jeune et ne sait pas encore ce qu'est le sang : il doit être mis à l'épreuve !

— Et s'il échoue ?

— Il n'échouera pas ! répondit Viviane en serrant les dents.

— Et si malgré tout il échouait ? questionna une seconde fois Merlin en la regardant droit dans les yeux.

— Alors... je suis certaine que Lot serait prêt à prendre sa place !

— Vous auriez dû adopter l'un des fils de Morgause et l'élever ici, à Avalon, commenta le vieil homme. Gauvain, par exemple. Lui a l'étoffe d'un roi ! Impétueux et querelleur, ce garçon promet ! Il me fait penser à un jeune taureau ; le fils d'Uther n'est qu'un jeune cerf. Lui aussi est un enfant de la Déesse puisque Morgause, sa mère, porte en elle le sang royal d'Avalon.

— Je n'ai aucune confiance en Lot, et moins encore en Morgause, répliqua Viviane d'un ton critique.

— Lot a pourtant bien en main les divers clans du Nord du pays. Je suis sûr que les Tribus l'accepteraient, poursuivit calmement Merlin.

— Non, pas ceux qui sont alliés à Rome, enchaîna vivement la Dame du Lac. Avec Lot Haut Roi, le pays serait divisé en deux royaumes toujours en guerre et jamais assez forts pour chasser les Saxons et les hordes du Nord. Non, c'est le fils d'Uther qui doit régner, et il n'échouera pas à moins que la Déesse n'en décide autrement.

— Ainsi, Viviane, vous prétendez que ce garçon sera suffisamment fort pour conduire le pays entier sous sa bannière...

Méfiez-vous de l'orgueil, mon enfant : êtes-vous la seule à prévoir le destin de chaque homme et de chaque femme vivant sur cette terre ?...

— Si vous saviez surtout combien je me sens vieille... Un jour, bientôt, je...

— Non, non, ce temps n'est pas encore venu ! l'interrompit gravement Merlin. Moi aussi, je suis soumis à la loi de la vie et de la mort, mais je sais que nous ne sommes, ni l'un ni l'autre, arrivés au terme de cette existence. Nous avons encore beaucoup de lunes à vivre, beaucoup de choses à faire ensemble. Mais laissons cela pour l'instant. Je mènerai donc l'enfant à l'Ile du Dragon à la fonte des glaces. Nous verrons alors s'il est prêt à devenir le Roi. Alors seulement, vous lui remettrez la coupe et l'épée, gages du lien éternel qui relie Avalon à l'autre monde.

— L'épée, sans doute, mais faudra-t-il lui donner la coupe ? Je ne sais pas encore...

— Je laisse à votre sagesse, Viviane, le soin de décider. Vous seule êtes la voix de la Déesse !

— Avant tout, il devra prouver sa valeur, et rencontrer la Chasseresse Vierge... et quoi qu'il puisse advenir alors, ajouta-t-elle, un sourire énigmatique aux lèvres, nous ne prendrons plus les mêmes risques qu'avec Uther et Ygerne. Nous nous assurerons cette fois que l'enfant à naître soit bien de sang royal. »

Merlin sourit à son tour d'un air entendu, puis se leva et, s'appuyant lourdement sur son bâton, se retira pour la nuit. Restée seule, les yeux perdus dans les flammes de la cheminée, Viviane regarda longtemps se faire et se défaire images et visions, tour à tour précises et confuses, d'un passé proche ou lointain.

Elle aussi, bien des années auparavant, avait abandonné sa virginité au Dieu Cornu, le Grand Chasseur, le Maître de toute vie. Quelle serait la nouvelle élue de la prochaine cérémonie ? Quel roi serait conçu ? se dit-elle, se rappelant, sans joie particulière, toutes les fois où, elle-même, avait joué le rôle de la Déesse à l'occasion de Grands Mariages. Cela n'avait été qu'un devoir parmi d'autres, sans plaisir particulier, mais toujours elle avait obéi à la Mère Éternelle. Elle avait gouverné sa vie depuis le premier jour de son arrivée dans l'Île.

Aujourd'hui, cependant, elle enviait Ygerne, tout en se demandant pourquoi elle avait perdu tous ses enfants. « Oui, je lui envie le grand amour qu'elle a connu... je n'ai pas eu de filles, mes fils me sont totalement étrangers... je n'ai jamais aimé personne, et personne ne m'a jamais aimée. Je n'ai suscité autour de moi que la crainte, le respect, l'admiration, mais jamais l'amour... Oui, sans hésiter, je donnerais tout cela pour sentir se poser sur moi, ne serait-ce qu'un instant, un regard comme celui qu'Uther posait sur Ygerne le jour de leur mariage. »

Ressentant soudain tout le poids de sa solitude, elle soupira tristement, mais surmontant rapidement cet accès de faiblesse, elle se répéta intérieurement ce que Merlin lui avait si souvent répété : « Rien ne sert de se tracasser, passé la dernière neige de l'année. »

La nouvelle lune brillait, lointaine, dans le ciel d'Avalon, éclairant de sa pâle lumière le sentier qui s'enroulait en spirales à l'assaut du Tor. Une silhouette silencieuse gravissait le chemin, les cheveux dénoués, la robe ouverte, les pieds nus sur le sol caillouteux. C'était Morgane qui montait dans le clair de lune, les yeux baissés. Raven-le-Corbeau la suivait, pieds nus et cheveux dénoués elle aussi.

Au sommet, les attendait le cercle de pierres, inquiétant dans la demi-obscurité du ciel indigo piqueté d'étoiles. Au centre du cercle brillait une lueur, feu de sorcière ou feu follet, qui sembla s'envoler un instant pour briller plus loin sur la surface argentée du Lac immobile, avant de s'évanouir. Mais déjà une enfant s'avançait, portant une coupe d'or étincelante qu'elle offrit à Morgane. La jeune prêtresse but lentement son contenu. Il avait un goût étrange, sucré et amer à la fois. Puis, des mains invisibles lui tendirent une longue et lourde épée. Avec sa pointe elle traça un cercle sur le sol, à l'intérieur de celui que formaient les hautes pierres. Raven s'en saisit à son tour et ficha l'arme au centre du cercle. La lueur magique brilla de nouveau. Un morceau d'étoupe y fut aussitôt allumé et, l'une derrière l'autre, à pas lents et comptés, Morgane et Raven firent le tour de la figure inscrite sur la terre, portant à bout de bras des torches enflammées.

Enfin, elles revinrent au milieu des pierres, et là, immense, sans âge, presque irréel, illuminé par un feu intérieur, le visage de la Déesse leur apparut... Ce ne fut qu'un éclair, un bref et extraordinaire éblouissement aussitôt disparu, laissant place à des milliers de regards trouant la nuit sans qu'on ne puisse vraiment distinguer un visage. Un silence profond régnait autour des deux jeunes filles qui tendaient parfois la main l'une vers l'autre pour se rassurer, pour bien se persuader qu'elles n'étaient pas seules au cœur des mystères du Tor.

Le temps semblait s'être arrêté mais les étoiles brillaient toujours dans le ciel glauque. Immobiles, indécises, dans l'attente d'un mot, d'un signe, toutes deux restaient pétrifiées.

Morgane elle, se sentait flotter étrangement entre deux mondes, prête à recueillir entre ses mains tous les pouvoirs, tous les mystères de la vie concentrés soudain à l'intérieur de ce cercle de pierres.

Derrière ses yeux fermés, défilait une succession d'images colorées : un troupeau de cerfs au galop, des ténèbres profondes envahissant la terre, puis un froid glacial, figeant tout à coup un coucher de soleil éclatant... En elle, se dévidait sans fin le cycle éternel des années, de la naissance à la mort, du néant à la résurrection. Le temps était devenu transparent, sans relief, sans signification. Des scènes innombrables se bousculaient en elle : de petits hommes peints, des Tribus entières suivies de soldats romains, des étrangers immenses venus des côtes de la Gaule... Puis les images se brouillèrent, il y eut derrière ses yeux un chaos gigantesque de rocs et puis d'abîmes, la fulgurante apparition des grands temples d'Atlantide, aussitôt submergés par les flots et l'irrésistible irruption de nouveaux mondes... Dans la nuit silencieuse, les étoiles lointaines tournaient lentement comme une roue sans fin dans le ciel d'Avalon...

Brusquement, derrière elle, un hurlement sinistre déchira

les ténèbres et lui glaça le sang : un cri de femme montait vers le ciel comme un appel, ou une supplication.

C'était Raven dont nul ne connaissait encore la voix. Raven qui, une fois, avait préféré se laisser brûler la main par l'huile d'une lampe plutôt que de crier sa souffrance et de faillir ainsi à son vœu de silence. Oui, c'était Raven, Raven la douce, Raven l'effacée, qui hurlait dans la nuit.

Puis le silence revint et Raven parla. Sa voix, entrecoupée de soupirs et de sanglots, s'éleva, rauque, tremblante, dans la solitude du grand cercle de pierres. Morgane comprit que la jeune fille était en transe. Il fallait donc l'écouter, car les mots qui franchissaient maintenant la barrière de ses lèvres étaient des mots dictés directement par la Grande Déesse :

« Sept fois... Sept fois la Roue..., haletait Raven. La Roue avec ses treize rayons a tourné dans le ciel... Sept fois la Mère a donné naissance à son fils des ténèbres... »

La voix montait dans les aigus, presque insupportable, puis retombait dans des tonalités plus graves, plus inquiétantes. Par moments, tendue à l'extrême comme la corde d'un arc, elle semblait à la limite de la rupture ; à d'autres, elle paraissait si faible que l'on croyait entendre le dernier râle d'un mourant.

« Je brûle... je brûle... haletait-elle. Ah ! C'est le moment ! Ils courent, ils galopent, c'est le printemps, ils sont en rut... ils se battent... ils se déchirent... ils choisissent leur roi... Que de sang, que de sang... Le plus grand d'entre eux court, la ramure de sa fierté est ensanglantée... »

Anéantie totalement, épuisée, Raven se tut un long moment, laissant à Morgane tout loisir pour se remémorer la harde de cerfs en rut qu'elle avait entrevue, elle aussi, au fond de la coupe d'argent, avec un homme qui luttait parmi les animaux en déroute.

« C'est l'enfant de la Déesse... il court, il court, reprit Raven à bout de souffle, la respiration de plus en plus courte. Le Grand Cornu doit mourir... le Grand Cornu doit être couronné... La Chasseresse Vierge appellera le Roi et offrira sa virginité au Dieu... »

Puis ce furent des mots sans suite et sans signification, un long monologue incompréhensible qui s'acheva dans un ultime hurlement. Raven gisait maintenant sur le sol, inconsciente, livide, les lèvres serrées, comme morte. Seuls quelques sanglots mêlés de hoquets qui secouaient par instants sa poitrine, révélaient qu'elle était encore en vie.

Un hibou hulula au loin : une fois, deux fois, trois fois. De l'ombre, formes souples et silencieuses, surgirent trois prêtresses, avec sur le front les marques bleues en forme de croissant de lune. Elles s'approchèrent de Raven, la soulevèrent avec d'infinies précautions, et l'emportèrent dans la nuit. Puis elles revinrent chercher Morgane qui, les yeux rivés sur ses visions intérieures, se laissa emmener sans opposer la moindre résistance.

Morgane passa les trois jours suivants inerte sur sa couche, brisée, entièrement vidée de toutes forces. Le long jeûne, l'absorption des herbes rituelles, la tension extrême de cette nuit sur le Tor, étaient encore vrillés dans son corps en lettres de feu. Seul son sang battait faiblement à ses tempes comme le rappel d'une obsédante et douloureuse présence. Depuis plusieurs jours elle ne supportait aucune nourriture, et avait en vain à plusieurs reprises tenté de se lever. Trop faible, elle avait dû aussitôt se recoucher.

Pourtant, ce matin-là, Viviane l'envoya chercher, et elle obéit comme elle aurait obéi à la Déesse si celle-ci s'était penchée du haut du ciel pour l'appeler. Malgré elle, elle se leva donc, s'habilla avec des gestes lents, coiffa ses cheveux et les noua avec un lien de peau, posa sur le croissant de son front une goutte de teinture bleue, puis se traîna plus qu'elle ne marcha jusqu'à la demeure de la Grande Prêtresse.

Comme elle avait désormais le privilège d'y entrer sans avoir à frapper, elle pénétra directement dans la pièce où se tenait Viviane, s'attendant à la trouver assise sur son siège en forme de trône où, telle la Déesse en personne, elle recevait ses visiteurs. Mais non, la Dame du Lac, visiblement très éprouvée elle aussi, allait et venait lentement devant l'âtre, vêtue d'une simple robe de laine grossière. Ainsi, pensa Morgane étonnée, elle ne ressemble plus à la grande Magicienne, mais plutôt à

171

Vieille-Femme-La-Mort, aux traits creusés, aux yeux hagards. Que me veut-elle donc ?

Bien qu'elle n'eût prononcé aucun mot, la Grande Prêtresse avait dû l'entendre car elle se retourna aussitôt. Un sourire lumineux métamorphosait son visage et Morgane sentit sourdre en elle un flot de joie et de tendresse.

« Êtes-vous reposée ? » demanda simplement Viviane.

Pour toute réponse, la jeune fille se laissa tomber sur un siège, au bord de l'épuisement.

« Oui, je sais, reprit Viviane. Ce sont les herbes. On vous en a donné un peu trop et cela vous a indisposée. Désormais, vous doserez vous-même les quantités nécessaires pour « voir » ainsi qu'on l'attend de vous. Oui, Morgane, vous avez maintenant atteint un degré de connaissance et de sagesse suffisant pour qu'intervienne seul votre jugement personnel. »

« Jugement personnel... » répéta Morgane intérieurement, la tête douloureuse et l'esprit ailleurs.

« Comment interprétez-vous la prophétie de Raven ? interrogea brusquement Viviane.

— Elle m'a paru très obscure, très mystérieuse, avoua Morgane, et je me demande encore pourquoi j'étais à ses côtés.

— Vous y étiez pour lui communiquer un peu de votre force. Raven, vous le savez, est fragile et je m'inquiète pour elle. Même à petites doses, elle ne supporte guère l'absorption des herbes. Elle a vomi du sang et semble plus faible que jamais. Je sais pourtant qu'elle ne mourra pas. »

Morgane n'écoutait plus. Blême, courbée en deux, elle venait de ressentir au creux du ventre un véritable coup de poignard. Une sueur glaciale mouillait son front et son dos. Soudain une nausée l'obligea à sortir sans s'excuser. Ces herbes... encore, toujours, ces herbes sacrées... Depuis la nuit sur le Tor, sans cesse ces nausées lui coupaient les jambes et le souffle, et la vidaient de tout ce qu'elle tentait d'avaler.

Une jeune prêtresse l'aida à s'essuyer le visage et à remettre un peu d'ordre dans sa toilette. Puis, elle rejoignit Viviane qui l'attendait en souriant, une petite coupe à la main.

« Buvez lentement... C'est un peu de cet alcool très fort que distillent les peuplades du Nord, et qu'on appelle eau-de-vie ! »

Oui, c'est bien de l'eau de vie, pensa Morgane encore mal

172

assurée sur ses jambes, sentant la douce chaleur du liquide se répandre dans tout son corps et lui donner, sans raison apparente, brusquement envie de sauter et de danser.

« Ce soir, vous vous alimenterez normalement, annonça Viviane. Mais revenons à la prophétie de Raven. Autrefois, il y a très longtemps, bien avant que la sagesse et la religion des Druides n'arrivent jusqu'ici, le Peuple des Fées, auquel vous et moi nous appartenons, vivait déjà sur les rivages de la mer intérieure. Il se nourrissait en cueillant les fruits de la terre et en chassant le cerf.

« A cette époque, il n'y avait pas de roi parmi eux, mais seulement une reine, considérée comme la Mère de la Tribu. Elle apprit à appeler les cerfs, à les enchanter, à leur demander de mourir pour que vive la tribu. Mais, tout sacrifice exigeant en retour un autre sacrifice, il fallait qu'un des hommes de la tribu meure à son tour pour les cerfs, ou, tout au moins, offre à un cerf la possibilité de prendre sa vie en échange de la sienne. Comprenez-vous, Morgane ? »

Morgane acquiesça d'un mouvement de tête, tout en se demandant non sans effroi où Viviane voulait en venir. Ne la préparait-on pas doucement au sacrifice ? Avait-elle été choisie pour mourir pour la Tribu ?

« Je comprends, Mère, ou tout au moins je crois comprendre, murmura-t-elle malgré elle.

— C'est ainsi, continua Viviane, que chaque année, la reine choisissait son époux : c'était le meilleur, le plus fort. Et comme il avait accepté de donner sa vie pour la Tribu, celle-ci lui offrait en échange tout ce dont il avait besoin pour vivre. Les femmes de la Tribu étaient toujours prêtes à se donner à lui car elles avaient ainsi les meilleures chances d'engendrer des enfants robustes. En outre, la reine n'ayant souvent plus l'âge d'enfanter, il avait alors le choix entre toutes les jeunes vierges, sans qu'aucun homme de la Tribu puisse s'opposer à ses désirs. Chaque année, au solstice d'Été, il mettait sur sa tête les ramures d'un vieux cerf et s'enveloppait d'une peau de cerf non tannée, afin que les animaux le prennent pour l'un des leurs, et il courait avec le troupeau. Mais à cette saison, le troupeau avait déjà choisi son roi-cerf. Et quelquefois, celui-

173

ci, sentant l'étranger, l'attaquait. Alors le Grand Cornu devait se battre et mourir... »

Morgane sentit un frisson glacé lui parcourir le dos : faudrait-il, cette année, que le roi meure pour la vie de son peuple ?

« Mais les ans ont passé, Morgane, poursuivit Viviane, et les anciens rites ne sont plus devenus nécessaires. Notre peuple a appris à se nourrir en cultivant l'orge, et nous n'avons plus besoin de sacrifice de sang. C'est seulement dans les périodes de grand péril que la Tribu réclame un tel chef. Or, Raven vient de prophétiser que nous étions justement à l'aube de ces instants. Nous allons donc mettre à l'épreuve le grand chef qui a été choisi comme le faisaient autrefois nos ancêtres. S'il survit à cette expérience, alors il deviendra le Grand Cornu, le Roi-Cerf, époux de la Vierge Chasseresse, couronné des ramures du Dieu. Morgane, je vous l'ai dit il y a bien longtemps, votre virginité appartient à la Déesse. Aujourd'hui, elle vous demande de l'offrir en sacrifice au Dieu Cornu. Vous êtes l'élue. C'est vous qui êtes destinée à devenir la Vierge Chasseresse et l'Épouse du Grand Cornu. »

La pièce baignait dans un silence religieux. Aussi Morgane hésita-t-elle à parler. Mais, sentant que Viviane attendait sa réponse, elle inclina la tête et murmura d'une voix soumise :

« Mon corps et mon âme appartiennent à la Déesse ! Je suis prête à agir selon sa volonté... Et puisque sa volonté et la vôtre ne font qu'une, ma Mère, il en sera comme vous le désirez. »

IX

Jusqu'ici, Morgane n'avait jamais quitté Avalon. Sauf pour de brèves escapades vers les lieux de pèlerinage de l'ancienne religion sur les bords de la Mer d'Été. Ce matin-là, c'était un tout autre voyage qui l'attendait. Bien avant le lever du soleil, on l'avait emmenée — pour ne pas dire enlevée — de l'Île, dissimulée sous de longs voiles, dans une litière parfaitement close pour que personne ne puisse jeter les yeux sur elle.

Perdue dans sa méditation, elle n'avait plus aucune notion du temps ni de l'espace. Elle attendait l'extase, cet instant bienheureux où son esprit, son corps, tout son être, s'empliraient de la présence de la Déesse, où elle deviendrait l'instrument, la voix, l'expression de la Grande Déesse.

Quand les porteurs enfin s'arrêtèrent au crépuscule, Morgane sut qu'elle était sur le point de rencontrer son destin. Dans la caverne où on la conduisit, elle fut remise aux mains d'une vieille femme étrange qui lui offrit du pain et du miel. Mais Morgane, n'ayant pas le droit de rompre son jeûne avant le repas rituel, n'accepta qu'un peu d'eau. Ensuite, elle s'étendit sans un mot sur une litière de fourrures que frappaient directement les rayons de la lune et s'y endormit d'un sommeil agité.

On la réveilla avant l'aube, et, contrairement à l'état d'inconscience qu'elle avait connu la veille, elle fut certaine ce matin-là de ressentir toutes choses avec une sensibilité aiguë : les moindres vibrations de l'air frais, les brumes teintées de rose annonçant le lever du soleil, l'odeur très forte dégagée par les tuniques mal tannées des petites femmes sombres qui s'activaient autour d'elles, sans souci de déranger sa méditation, en s'entretenant dans une langue qu'elle entendait pour la première fois

Celle qui l'avait accueillie à son arrivée lui offrit aimablement de l'eau. Tordue comme un vieux cep, toute ridée, avec de longues mèches blanches mal retenues par des peignes d'os, on lui aurait donné plus de cent ans. Elle portait, simplement jetée sur les épaules, une grande cape de peau de daim sur laquelle étaient peints des symboles magiques. Autour de son cou s'enroulaient deux colliers : l'un fait de très beaux grains d'ambre, l'autre de morceaux de corne alternant avec des petites baguettes d'or merveilleusement ciselées. La vieille avait une autorité naturelle, une dignité, une aura, qui donnèrent à penser à la jeune fille qu'elle avait affaire à la Mère de la Tribu, la prêtresse du peuple.

C'est d'ailleurs elle qui commença à la préparer pour la cérémonie. Elle la déshabilla, lui peignit en bleu la plante des pieds et la paume des mains, traça une pleine lune entre son ventre et ses seins et, un peu plus bas, venant s'appuyer sur toute la touffe sombre, elle peignit de nouveau l'astre nocturne. Enfin, elle s'assura furtivement de la virginité de la jeune fille. Puis, satisfaite de son exploration, elle acheva son œuvre en la coiffant soigneusement.

Le soleil se levait à l'instant même où Morgane sortit de la caverne où on l'avait préparée, vêtue d'une cape identique à celle que portait la vieille femme. L'atmosphère sacrée de la cérémonie rituelle l'enveloppait déjà tout entière, comme elle avait enveloppé, depuis des siècles, des générations de jeunes vierges désignées pour le Grand Mariage.

Elle fit quelques pas dans l'herbe humide de rosée, et se figea soudain en voyant sortir d'une petite hutte, à une portée de flèche, un jeune homme dont le corps était lui aussi peint avec du bleu de guède. L'éblouissement du soleil levant l'empêchait de bien le voir, mais il lui sembla grand, solidement bâti et très blond. N'appartenait-il donc pas au Vieux Peuple ?

Les petits hommes sombres qui s'affairaient autour de lui, sous la conduite d'un vieillard aux muscles saillants et à la peau noire, l'enduisaient maintenant de graisse de cerf. Leur office terminé, ils recouvrirent le dos du jeune homme d'une peau de bête encore sanguinolente, comme si on venait de dépecer un animal. Enfin, ils fixèrent sur sa tête, à l'aide de lanières de cuir, une imposante ramure de cerf.

« C'est lui le Grand Cornu, l'époux de la Vierge Chasseresse, le Dieu... » songea Morgane, qui ressentit au fond d'elle-même, jusque dans les fibres les plus secrètes de son être, cette évidence : « Le Dieu, c'est lui ! »

Cependant des femmes continuaient à s'activer autour d'elle. L'une lui tressait dans les cheveux une guirlande de baies cramoisies et de fleurs printanières. Une autre passait à son cou le précieux collier d'os et de baguettes d'or que la Mère avait décroché du sien à son intention. Une autre encore lui glissait entre les mains un cercle de bois enserrant une peau tendue qu'elle fit résonner presque malgré elle.

Ils se trouvaient maintenant au sommet d'une colline. A leurs pieds, la vallée était entièrement couverte d'une épaisse forêt, apparemment déserte et silencieuse, mais où bruissait une vie intense. Une quiétude insolite, une atmosphère d'attente indéfinissable et solennelle avait pris possession des lieux.

Déjà l'esprit de la jeune prêtresse évoluait ailleurs, dans un autre monde, aux frontières indéfinies. Une aveuglante lumière dansait devant ses yeux, dissimulant formes et couleurs. Elle ne distinguait plus ni les êtres ni les choses, mais en revanche en percevait l'essence même...

Le tambour était passé aux mains de la vieille femme sans que Morgane se souvînt le lui avoir donné. Entre les siennes, elle tenait religieusement, telle la coupe sacrée, la tête du Dieu. Elle n'entendait pas les mots qu'elle prononçait, mais elle sentait, à travers leurs vibrations, la toute-puissance du rituel :

« Allez et soyez vainqueur... Courez avec les cerfs... rapides

179

et puissants comme les irrésistibles marées d'équinoxe... bénis soient à jamais les pieds qui vous ont porté ici... »

Elle n'avait plus conscience de ses propres paroles, mais seulement de leurs poids, de leur énergie spirituelle. De ses doigts émanait une force incontrôlable, comme si les rayons du soleil irradiaient à travers elle le corps de l'homme qui se trouvait devant elle. De nouveau, des mots rituels montèrent à ses lèvres :

« Maintenant les forces de l'hiver sont anéanties... Le printemps nouveau va vous accompagner et vous apporter la victoire... »

Alors elle leva les mains vers le ciel pour étendre sa bénédiction à la terre entière. Le corps du jeune homme et le sien vibraient à l'unisson, comme si tous deux libéraient ensemble de nouvelles et incontrôlables puissances magiques. Des chants, qui semblaient venir de partout à la fois, montèrent aussitôt vers la voûte céleste :

> « La vie explose comme la nature.
> Les cerfs courent dans la forêt,
> Notre vie court avec eux.
> Le Roi-Cerf, le Grand-Cornu
> Béni par la Mère,
> Luttera jusqu'à la mort... »

Morgane, en transe, tendue à se briser, retenait jusqu'à l'extrême limite de ses réflexes les puissances occultes qui n'attendaient plus qu'un signe d'elle pour se manifester. Effleurant de sa main gauche l'épaule du Grand Cornu, elle libéra enfin d'un seul coup toute l'énergie accumulée en elle : d'une extraordinaire détente, il bondit alors dans la vallée, et tous se ruèrent à sa suite en hurlant, dévalant la colline à la vitesse du vent, comme le flux irrésistible d'éléments déchaînés.

Restée seule, Morgane se coucha sur le sol, huma avec une indicible frénésie tous les parfums de la terre qui montaient en elle. Épuisée, vidée, presque inconsciente, une partie d'elle-même poursuivait la cohorte endiablée sur les versants boisés, mêlée aux hommes de la Tribu, traquant le Grand Cornu, comme des chiens sur les traces d'un gibier affolé. Puis les ténèbres ayant envahi la forêt tout entière, soudain le tumulte cessa et chacun, stoppant sa course, entreprit de se mouvoir, lentement et sans bruit, imitant la démarche délicate du cerf. A ce moment précis, Morgane sentit que le Roi-Cerf levait la tête, reniflait le vent, conscient des présences ennemies. Mais était-ce bien maintenant le Roi-Cerf à quatre pieds ou celui à deux jambes, qu'elle avait béni ? Tous deux n'étaient plus qu'un et pourtant différents l'un de l'autre, et leur sort reposait entre les mains de la Déesse. Le fil de ses pensées s'interrompit de lui-même au choc de leurs ramures qui se heurtèrent brutalement dans un épouvantable craquement de bois. Dans un furieux chaos de branches et de broussailles arrachées, dans un martèlement dantesque de sabots, ils avaient commencé une lutte sans merci, soufflant à s'en faire éclater la poitrine et rompre le cœur...

Alors, Morgane cria si fort que son cri arrêta net le Grand Cornu dans sa charge. Elle le vit trembler de toutes ses jambes, frémir, souffler bruyamment, balancer sa lourde ramure, puis faire front brusquement. Chargeant le Cerf, il l'attaqua de toute la force de son jeune corps... La lame affilée d'un couteau jeta un éclair bref, et le sang éclaboussa la terre, jaillissant d'une longue plaie béante ouverte furieusement dans le flanc de son rival. A grands flots il se répandait sur le Grand Cornu dans un bouillonnement saccadé, la lame cherchait frénétiquement à atteindre le cœur...

Dés lors, Morgane n'eût plus de doute et quand les petits hommes sombres posèrent sur les épaules du Grand Cornu la peau toute fraîche et encore chaude de la victime, mille feux s'allumèrent dans le crépuscule. Transie de froid, recrue de fatigue, Morgane se releva comme si elle avait, elle aussi, couru toute la journée avec les cerfs. On lui posa de nouveau sur la tête la couronne écarlate et on amena devant elle le Grand Cornu encore maculé du sang de son adversaire. Elle le bénit, marqua son front du liquide gluant. Un petit homme prit la ramure aux bois brisés puis la jeta dans un feu immense. Aussitôt une forte odeur de chair brûlée se répandit dans l'air, et Morgane se demanda quelle différence existait donc entre

181

l'odeur de cette chair d'un cerf livrée aux flammes et celle de la chair humaine...

Les deux jeunes gens s'assirent côte à côte, et on leur apporta les premières viandes rouges et ruisselantes de graisse. La tête de Morgane tournait après ce long jeûne, et elle se sentait au bord de la nausée. Lui, cependant, affamé mangeait, dévorait, et elle remarqua à la lueur du brasier qu'il avait de longues et belles mains. À ses poignets, lui sembla-t-il, des serpents ondulaient doucement. Autour d'eux, s'élevait dans le vieux langage un chant que Morgane comprenait mal encore, l'ancien chant de triomphe :

> « Le sang de notre Mère a jailli sur la terre
> Il a triomphé et triomphera à jamais... »

Penchée sur Morgane, la vieille prêtresse qui, le matin même, l'avait préparée pour le rituel, portait à ses lèvres une coupe d'argent. La jeune femme sentit le breuvage brûler dans sa poitrine comme du feu avec un arrière-goût de miel. La tête lui tournant de plus en plus violemment, elle se laissa ensuite emmener et complètement déshabiller, tandis que la vieille prêtresse marquait également son front et ses seins du sang du cerf sacrifié.

Alors une jeune fille peinte en bleu des pieds à la tête, portant à deux mains une lourde coupe de bronze, traversa en courant les champs labourés, laissa tomber de larges gouttes sombres, provoquant derrière elle une vibration aiguë qui emplit les ténèbres.

Lucide dans son ivresse, Morgane se demanda si elle n'était pas devenue folle : elle, une femme civilisée et raffinée, princesse et prêtresse, dépositaire du sang royal d'Avalon, elle, peinte comme une sauvage, répandant cette abominable odeur de sang frais dans cette ivresse barbare !...

Soudain, plus rien n'existait en elle, ni autour d'elle, rien n'avait plus d'importance que le clair de lune immense et profond. Rose, serein, orgueilleux au-dessus des nuages, l'astre resplendissait, inondant la jeune fille de ses rayons surnaturels. Il n'y avait plus de Morgane, elle ne s'appelait plus Morgane,

Morgane n'était plus là. Elle était prêtresse et vierge, une guirlande de baies cramoisies autour des reins...

Marchant vers une caverne profonde où régnait un silence absolu, elle s'étendit sur une couche garnie de peaux de bêtes. Elle avait froid, elle avait peur, elle tremblait. La vieille de nouveau là était assise près d'elle et la regardait avec compassion. Elle se pencha doucement sur elle, la prit dans ses bras, l'embrassa sur les lèvres. Morgane s'accrocha désespérément à la douceur de cette étreinte, mais la vieille femme, l'ayant embrassée une seconde fois, la repoussa doucement en lui adressant un long et mystérieux sourire, puis elle s'évanouit dans l'ombre, la laissant seule avec l'angoisse au cœur.

Sur le roc dansaient, dans la lumière vacillante d'une torche, d'étranges fresques, présences énigmatiques. Des symboles sacrés, des croissants de lune, des ramures, des ventres gonflés, des mamelles pleines et généreuses et, surtout un pan de roche, un immense dessin rehaussé de couleurs vives, représentant un homme, ou un cerf, arborant son phallus en pleine érection.

Morgane se laissa aller sur le dos et ferma les yeux. Elle n'eut aucun effort à faire pour « voir » qu'au-dehors, dans les lueurs rouges et mouvantes des feux de la fécondité, hommes et femmes répondaient à l'irrésistible appel de la vie. Une fille peinte en bleu se glissait dans les bras d'un vieux chasseur musclé. Ils luttaient quelques instants, puis elle criait et se laissait tomber sous lui, ouvrant ses jambes aux forces naturelles qui demandaient à se glisser en elle. Morgane les voyait tous sans les voir, mais elle savait.

Déjà le Grand Cornu, l'Époux, se profilait à l'entrée de la caverne, le front libéré de la ramure, les cheveux et la peau striés de longues traînées de sang. Entièrement nu lui aussi, à l'exception de la guirlande fleurie qui encerclait ses reins, il approchait silencieusement, sa virilité triomphante à l'image de la silhouette peinte sur les murs de la grotte.

L'heure était venue pour la prêtresse d'ouvrir les bras au Grand Cornu. Soumise et consentante, elle tendit les mains vers lui, l'attira à elle, guida ses premiers gestes en murmurant :

« Je suis la Grande Mère qui connaît toutes choses, la Vierge et la Mère de Toute Sagesse... »

Éblouie, terrifiée, éperdue, elle accueillit en gémissant doucement la vie qui pénétrait en elle. Tous deux, unis dans une même et fulgurante étreinte, s'abandonnèrent alors avec exaltation aux irrésistibles pulsions qui les broyaient.

La torche vacilla, puis s'éteignit. Seuls leurs deux corps rivés l'un à l'autre dans les ténèbres, livrés à une ardeur sans cesse renouvelée, continuaient de brûler d'un feu inextinguible, comme dehors explosait autour d'eux toute la création régénérée.

Lorsqu'enfin il retomba pantelant sur la couche, à bout de souffle, Morgane, s'étant assurée qu'il s'était endormi, sombra à son tour dans un profond sommeil, une main légère posée sur la peau tendre encore maculée de sang.

Le froid du petit matin la réveilla. Elle tira sur elle la peau de bête qui sentait très fort malgré le mélange d'herbes dont on l'avait frottée. Comme une lueur blanchâtre se devinait à l'extérieur de la caverne, le jeune homme se retourna sur la couche en soupirant :

« Bientôt on va venir pour me conduire dans un pays inconnu où je devrai prendre une épée et prêter serment. »

Le voyant si jeune, si frêle, Morgane, le cœur battant, se demanda comment il avait eu la force de combattre le Roi-Cerf et de le tuer avec son couteau.

« Je ne vous reverrai probablement jamais, continua-t-il tristement, puisque vous êtes consacrée à la Déesse et que vous êtes prêtresse. Je voulais vous dire que je n'ai connu aucune femme avant vous. Même si je dois, dans l'avenir, en tenir de nombreuses dans mes bras, je me souviendrai toujours de vous et vous aimerai jusqu'à la mort. »

Ses yeux étaient pleins de larmes. Morgane, toute remuée, l'attira à elle, sécha ses pleurs, retint un instant sa tête blonde au creux de son épaule. Alors il sursauta et, le souffle court, demanda, l'air hagard :

« Pourquoi ai-je l'impression de vous connaître depuis toujours ? Est-ce parce que vous êtes la Déesse, et qu'elle représente à elle seule toutes les femmes ? »

Il se pencha sur elle en prenant son visage entre ses mains, et Morgane, à son tour, le reconnut. Ces yeux , ce visage à la lumière du jour, étaient ceux de l'enfant qu'elle n'avait jamais oublié !

« Mon frère !... Gwydion !... hurla-t-elle. Qu'avons-nous fait ?

— Morgane ! Morgane, ma sœur ... je suis Arthur, votre frére ! »

La tête dans ses mains, il pleura longtemps, le corps secoué de sanglots.

Morgane l'interrompit doucement :

« Ne pleurez pas, Arthur, nous sommes ici par la volonté de celle qui nous a fait rencontrer. En cet instant, nous ne sommes pas vraiment frère et sœur, mais seulement homme et femme, parmi les hommes et les femmes, en face de la Déesse. Tout est bien ainsi... »

Mais aussitôt parlé, Morgane s'interrogea anxieusement. Pourquoi la Déesse les avait-elle ainsi réunis cette nuit ? La Déesse ou Viviane ?

X

Tout au long des deux jours que dura le voyage de retour à Avalon, Morgane, harassée et meurtrie, ne cessa de se perdre en conjectures sur le sens de l'épreuve à laquelle son frère et elle-même venaient d'être soumis contre leur gré. La nuit était tombée depuis longtemps lorsqu'enfin elle posa le pied sur le sol de l'Ile Sacrée. Sans hésitation, elle gagna tout droit la demeure de la Grande Prêtresse ; mais arrivée devant sa porte, l'une des suivantes l'arrêta net :

« La Dame du Lac ne reçoit personne à cette heure tardive.

— Je suis sa nièce. Veuillez lui demander de faire exception pour moi ! » insista Morgane qui sentait la colère monter en elle.

La jeune fille s'éloigna et revint presque aussitôt :

« La Dame du Lac vous ordonne de vous rendre sans attendre à la Maison des Vierges. Elle vous recevra lorsqu'elle jugera elle-même le moment venu. »

Un instant, Morgane hésita à forcer le passage pour obliger Viviane à la recevoir. Mais, craignant les conséquences prévisibles de son geste, elle préféra feindre l'obéissance, et se retira en esquissant un petit salut courtois.

Mais une fois chez elle, elle ne put retenir ses larmes. Le visage défait, le cœur serré dans un étau intolérable, elle se jeta sur sa couche, bredouillant d'une voix étranglée des paroles enfiévrées de colère et de vengeance.

Dix jours plus tard, Viviane la fit demander. Des accords de harpe s'échappaient de la demeure de la Grande Prêtresse. « Sans doute le vieux Merlin », pensa Morgane sur le pas de la porte. Entrant sans frapper, elle s'immobilisa, interdite. Merlin en effet était bien là, mais il avait les mains jointes sur les genoux, la tête penchée dans une attitude recueillie. Ce n'était pas lui qui jouait. La musique provenait d'un coin sombre de la pièce où, dans un premier temps, elle ne distingua rien.

« Entrez, Morgane ! entrez, l'invita joyeusement Viviane, et venez vous asseoir près de moi. Je pense que vous serez heureuse de connaître Kevin-le-Barde, vous qui aimez tant la musique ! » Puis, se tournant vers le jeune homme, elle ajouta : « Voici ma nièce, Morgane, de la lignée royale d'Avalon. C'est elle qui me remplacera un jour. »

Pour la première fois Viviane faisait allusion ouvertement à son rôle futur dans l'Ile Sacrée, et la jeune fille sentit de nouveau la colère monter en elle : Non ! elle ne deviendrait la Dame d'Avalon que si elle-même le voulait bien. Mais elle n'eut pas le temps de répondre. La voix de Kevin l'en empêcha :

« Puisse votre sagesse nous éclairer longtemps encore ! » protesta-t-il, en souriant à Viviane.

Morgane le regarda : quel âge pouvait-il bien avoir ? Trente ans, peut-être un peu plus. Revêtu de la longue robe bleue des bardes, rasé à la façon romaine, les cheveux bouclés aux reflets sombres de fer rouillé, les yeux d'un azur transparent enfoncés sous un front très haut, il émanait de lui une force tranquille, tempérée d'une étrange douceur.

Mais ce qui attirait surtout le regard, c'était la harpe qui

190

reposait contre son genou. Elle était d'une taille inusitée, beaucoup plus grande que toutes celles qu'elle avait vues jusqu'ici. Faite d'un bois très sombre, il n'avait rien de commun avec le saule pâle des harpes d'Avalon. Sa crosse harmonieusement incurvée et ses chevilles étaient sculptées dans une matière blanche et brillante totalement inconnue. Enfin, elle était peinte et décorée de caractères runiques, étrangers à Morgane qui, comme toute femme cultivée, n'avait appris à lire et à écrire qu'au moyen de l'alphabet grec.

Kevin, une lueur d'amusement dans les yeux, regardait la jeune fille plongée dans la contemplation de son instrument :

« Vous regardez ma "Dame", lui dit-il en caressant doucement le bois sombre. Oui, je l'ai nommée ainsi car c'est la seule femme au monde que je caresse sans me lasser, dont la voix ne me fatigue jamais !

— Vous semblez en effet la préférer aux femmes de chair et de sang, et peut-être la traitez-vous mieux qu'une épouse ? » conclut Morgane avec une pointe d'agressivité moqueuse.

A ces mots, le regard de Kevin croisa celui de la jeune fille et sans doute aurait-il répondu si, à cet instant précis, Merlin ne l'avait invité à jouer de nouveau.

Le jeune barde se servait de sa harpe d'une façon inhabituelle : alors que les musiciens tenaient généralement leur instrument contre leur corps en jouant de la main gauche, lui tenait sa harpe droite entre ses genoux et se penchait sur elle.

Des notes mélodieuses s'élevèrent, et chacun retint son souffle. Morgane laissa glisser son regard sur ses mains. Trois doigts étaient privés de leurs dernières phalanges, de sorte qu'à l'aide de moignons, Kevin jouait avec une adresse admirable. De surcroît, le petit doigt de la main gauche manquait entièrement, et plus étrange encore, ses mains, si belles, si souples, étaient zébrées de cicatrices. Mais ce n'était pas tout. Lorsqu'il allongea les bras pour atteindre les cordes les plus lointaines, découvrant ainsi une partie de ses poignets, Morgane put voir des taches blanchâtres, qui marbraient sa peau, comme d'anciennes brûlures ou des blessures mal cicatrisées. Relevant les yeux, elle constata alors, non sans trouble, que son visage, lui aussi, était strié d'un fin réseau de minuscules balafres.

191

Kevin le premier rompit le long silence qui suivit les dernières notes de son interprétation :

« Voilà ! ma "Dame" et moi sommes toujours très heureux de chanter pour ceux qui aiment notre musique. Mais je suppose que vous ne m'avez pas fait venir ici uniquement pour vous distraire ?

— Non, Kevin, répondit Viviane. Vous venez néanmoins, de nous offrir un moment de joie inégalable. »

Morgane s'approcha de l'instrument.

« Je n'avais jamais vu une harpe comme celle-ci, chuchota-t-elle apparemment conquise.

— Elle est unique, expliqua Kevin. Elle m'a été offerte par un roi et sculptée suivant mes propres dessins. Elle ressemble un peu à ces grandes harpes de guerre, deux fois hautes comme un homme, que les Gaulois hissaient sur des chariots en haut de leurs montagnes et abandonnaient dans le vent pour que leurs terribles hululements effraient les légions romaines !

— Pourquoi tenez-vous votre harpe différemment de tous les autres musiciens ? demanda encore Morgane.

— J'ai peu de force dans les bras, expliqua Kevin. Je la tiens mieux ainsi en m'aidant de mes genoux. Quant à mes mains... je crois que vous les observiez tout à l'heure... C'est une histoire simple et banale :

« J'avais à peine six ans. Les Saxons ont mis le feu à la maison de mes parents et j'ai été gravement brûlé. Contrairement à ce que tout le monde pensait, j'ai survécu à mes blessures, mais je ne pouvais plus ni marcher, ni combattre. On m'a alors confié aux femmes dans l'espoir que mes mains seraient au moins bonnes à tisser et à filer en leur compagnie. Mais je n'appréciais guère ce genre d'occupations ! Un jour de grand froid, un vieux barde a trouvé refuge dans la maison et, en échange d'un bol de soupe, a accepté de distraire le petit infirme que j'étais. Il m'a montré comment on faisait vibrer les cordes, et j'ai essayé de jouer. Estimant que j'avais certaines dispositions, il a passé les deux hivers suivants parmi nous à gagner son pain, m'apprenant à jouer de la harpe et à chanter. Voilà comment j'ai appris la musique...

« Pendant dix ans, je n'ai fait que jouer dans mon coin, et un jour, je me suis aperçu que mes jambes étaient assez fortes pour me permettre de remarcher. Alors je suis parti, ma harpe sur le dos, et je suis devenu par hasard le harpiste d'un vieux roi. A sa mort, son fils n'ayant aucun goût pour la musique, j'ai quitté la Cour. Après avoir erré de village en village, je me suis fixé dans l'Ile des Druides où j'appris le métier de barde. Voilà pourquoi je suis aujourd'hui à Avalon ! Maintenant, Seigneur Merlin, et vous, gentes dames, faites-moi l'honneur de me dire pourquoi vous avez souhaité ma présence.

— Je me fais vieux, expliqua Merlin, et les événements qui se préparent ne verront leur aboutissement qu'au bout d'une génération. D'ici là,... je serai mort !

— Père, avez-vous reçu un avertissement ? s'enquit Viviane d'un ton anxieux, se penchant sur lui avec sollicitude.

— Non. Consulte-t-on les dieux pour savoir quand viendront les prochaines neiges ? Non, je ne sais rien de précis sur ma mort, mais de même que vous avez fait venir Morgane pour vous succéder un jour à Avalon, j'ai mandé Kevin pour qu'un jeune barde soit prêt à prendre ma place lorsque je ne serai plus, et qu'il continue à clamer la vérité. Maintenant, voici les nouvelles que j'apporte :

« Uther Pendragon se meurt à Caerleon, et là où trépasse le lion, s'assemblent les rapaces ! Une armée immense se regroupe en ce moment même dans les pays du Kent. Des mercenaires du Nord de la Gaule ont été appelés pour écraser nos partisans et défaire l'œuvre d'Uther. L'instant est donc venu pour notre peuple de choisir son Haut Roi, sinon les envahisseurs seront sur nous avant la prochaine lune ! Lot veut le trône, et il n'est pas le seul ! Le duc Marcus de Cornouailles aussi, et Uriens des Galles du Nord, s'apprêtent à poser leur candidature. Mais aucun d'eux ne dispose d'un soutien suffisant hors de ses propres frontières. Nous devons agir vite si nous ne voulons pas finir comme l'âne mort de faim entre deux tas de fourrage pour n'avoir pas su par lequel commencer. Aussi nous devons, entendez-moi bien, nous devons absolument obtenir rapidement le sacre du fils de Pendragon, si jeune soit-il !

— Pensez-vous vraiment que les souverains de la Grande Bretagne accepteront un garçon de dix-sept ans comme Haut Roi ? demanda Kevin d'un ton sceptique.

— Il a appris à combattre, et à agir en fils de roi, affirma

Merlin. La question n'est pas de savoir ce que penseront de lui les souverains, mais d'être certain qu'il possède toute l'autorité et le prestige d'un Haut Roi, capable avec l'ensemble des armées de contenir les Saxons.

— J'ai pour lui, s'exclama Viviane, une épée magique, une épée invincible, jamais encore brandie par un être vivant. Je peux la lui confier en échange d'un serment : celui de rester, contre la croix des Chrétiens, à jamais fidèle à Avalon.

— Mais l'enfant a été élevé en chrétien. Acceptera-t-il de prononcer un pareil serment ? intervint Kevin.

— Tout a été écrit bien avant sa naissance ! » l'interrompit Viviane et, se tournant vers Merlin, elle poursuivit, une légère impatience dans la voix : « Nous lui remettrons cette épée dans trois jours, lors de la lune nouvelle. Ainsi l'exige la Déesse. »

Il n'y avait rien à ajouter. Merlin se leva, aida Kevin à ranger sa harpe dans sa housse de peau. Cela fait, ils sortirent tous deux sans ajouter un mot. Restée seule avec Viviane, et après avoir pensivement regardé Kevin s'éloigner en boitant, Morgane rompit le silence.

« Viviane... oh, Viviane, pourquoi... pourquoi m'avez-vous livrée aux bras de mon frère ? balbutia-t-elle d'une voix blanche.

— Vous aurais-je laissée vivre trop longtemps parmi les Chrétiens, et leurs idées stupides sur le péché ? répliqua sèchement la Grande Prêtresse. Écoutez-moi bien, mon enfant : vous comme lui, appartenez à la lignée royale d'Avalon. Pouvais-je vous livrer à n'importe quel mortel ? Et le futur Haut Roi pouvait-il être offert à n'importe quelle femme ? Quand vous l'avez quitté, vous étiez si jeune. Il est vrai que je ne pensais pas que vous le reconnaîtriez. Lui, au moins, n'apprendra pas de sitôt la vérité !

— Détrompez-vous ! cria Morgane. Il sait tout. Et il était plus horrifié que moi encore, lorsqu'il a réalisé ce que nous avions fait !

— Oubliez tout cela, Morgane, conclut placidement Viviane avec un soupir. Ce qui est fait est fait. La destinée suprême de la Grande Bretagne n'a que faire de nos pauvres sentiments. »

Incapable d'en entendre davantage, Morgane, s'échappa en

courant de la chambre de Viviane et se réfugia chez elle en pleurant.

Mais la lune nouvelle n'amena pas Arthur à Avalon. Viviane se contenta d'annoncer à Morgane :

« Uther Pendragon est mort. Je viens d'en être avertie. Si vous le désirez, vous pouvez vous rendre à Caerleon pour les funérailles. »

La jeune fille resta un instant sans voix, puis avoua en secouant négativement la tête :

« Non. Je n'ai jamais aimé Uther, et Ygerne le sait. Les prêtres qui l'entourent la réconforteront beaucoup mieux que je ne saurais le faire.

— C'est bien, poursuivit Viviane d'un ton grave. J'aurais dû de toute manière vous demander de faire diligence, car j'ai une tâche urgente et de la plus haute importance pour la défense de la Grande Bretagne à vous confier : Morgane, vous souvenez-vous de l'épée magique ? »

Oui, Morgane s'en souvenait. Elle se revoyait au sommet du Tor, pieds nus, mourant de froid, traçant un cercle avec la pointe de la lourde lame. Les cris de Raven résonnaient encore en elle. Viviane, qui avait deviné la réponse, enchaîna :

« Il vous faut maintenant préparer un fourreau pour cette épée, y broder les symboles sacrés afin que celui qui la portera puisse dans la bataille être protégé contre toute blessure mortelle. Ainsi, vous participerez, à votre façon, à la défense sacrée de notre terre. »

En pénétrant pour la première fois dans la salle souterraine réservée à la célébration des œuvres de haute magie, Morgane comprit qu'elle allait vivre des instants exceptionnels. De nombreuses prêtresses l'entouraient, prêtes à prévenir ses moindres désirs, le silence absolu étant la condition indispensable au bon déroulement de la cérémonie.

L'épée attendait, étincelante, sur une étoffe de lin immaculé, à côté d'une coupe d'argent aux bords très évasés pleine de l'eau du Puits Sacré. L'eau limpide n'était là que pour refléter les instructions nécessaires à l'office sacré qu'elle allait devoir accomplir.

Le premier jour, utilisant l'épée elle-même, elle découpa soigneusement une housse de peau de daim qu'elle cousit ensuite avec une aiguille de fer spécialement forgée pour l'occasion. Puis vint l'immense joie de tenir entre ses mains la pièce de somptueux velours cramoisi qui allait servir à recouvrir la première housse, et sur laquelle il lui faudrait broder à l'aide de fils d'or et d'argent symboles et formules consacrés.

La seconde journée toute entière, elle travailla dans un état de transe quasi continu, guettant les images dans le calice, s'arrêtant parfois pour attendre l'inspiration. Elle broda ainsi des croissants de lune pour que la Grande Déesse continue de veiller sur l'épée et garde intact le sang sacré d'Avalon. Puis, parce qu'un Haut Roi de Grande Bretagne devait régner sur une terre chrétienne, elle broda ensemble le symbole des Chrétiens et celui des Druides : la croix à l'intérieur du cercle à trois ailes. Les symboles des quatre éléments, la terre, l'air, l'eau et le feu, mais aussi, le serpent de guérison et les ailes de la sagesse apparurent tour à tour sur le velours cramoisi.

Trois jours durant elle broda sans relâche, dormant peu, ne mangeant que quelques fruits séchés, ne buvant que de l'eau du Puits. Guidés par la Déesse elle-même, ses doigts couraient avec tant d'agilité sur l'étoffe, que lorsque le soleil se coucha, au soir du troisième jour, Morgane avait achevé son travail. Alors, entrouvrant religieusement le fourreau, elle y glissa la lourde épée, l'éleva bien à plat sur ses deux mains, et clama à voix haute, rompant le silence rituel pour la première fois :

« Tu es Excalibur. Le héros qui te portera sera éternellement victorieux et ne perdra jamais son sang. »

Solennelle, Viviane ne cacha pas sa satisfaction.

« Vous avez bien travaillé, dit-elle simplement. Allez maintenant, mon enfant, prendre un repos mérité. »

Cette nuit-là, plusieurs visions, plus ou moins nettes et compréhensibles, qui lui avaient traversé l'esprit au cours de son labeur, lui revinrent en mémoire : l'épée tombée sur terre comme une étoile filante, un formidable coup de tonnerre, une explosion de lumière, la lame encore fumante saisie pour être forgée par de petits hommes noirs en tablier de cuir, puis cuite et recuite dans le sang et le feu, afin de durcir son tranchant.

Au fond de la coupe était inscrit le nom de la fabuleuse épée : « Excalibur », qui voulait dire : d'acier trempé. Arme toute-puissante, elle était forgée avec le métal des météores célestes. Unique, et deux fois sacrée, « Excalibur » ne pouvait être que l'épée d'un roi, d'un très grand roi.

À son réveil, la Dame du Lac était de nouveau là. Elle demanda à Morgane de se couvrir la tête d'un voile et de l'accompagner. Comme elles descendaient lentement la colline, la jeune fille vit émerger de la brume la haute silhouette de Merlin, suivie de celle, aisément reconnaissable, de Kevin le Barde. Derrière eux s'avançait un jeune homme au corps agile et musclé, à la chevelure d'or... qu'elle reconnut aussitôt avec un pincement au cœur... Arthur !

Arrivés à leur hauteur, les trois hommes s'inclinèrent devant la Dame d'Avalon, et Morgane comprit qu'en dépit de son voile elle était démasquée. À son tour elle inclina donc légèrement la tête. Fallait-il s'agenouiller devant le futur Haut Roi ? Non, une prêtresse de l'Ile Sacrée, personnification de la Grande Déesse, ne pouvait courber la tête devant le pouvoir humain, si prestigieux fût-il.

A la demande de Viviane, elle emmena le jeune homme se restaurer.

« Est-ce ici que vous vivez ? demanda-t-il arpentant avec impatience la pièce où on l'avait conduit.

— Non, nous sommes ici dans la demeure de la Dame du Lac, répondit Morgane. Elle y vit seule, mais elle est servie, à tour de rôle, par des prêtresses.

— Ainsi, vous, une fille de reine... avez été sa servante ?

— Oui, cela m'est arrivé. Ne faut-il servir avant de commander ? Viviane aussi, lorsqu'elle était jeune, a servi celle qui était alors la Dame du Lac. A travers elle, c'est la Déesse que je sers !

— Merlin m'a appris que Viviane était notre tante.

— Oui, elle est la sœur de notre mère, Ygerne.

— Je commence à comprendre, reprit Arthur rêveur. Mais tout cela me semble si étrange ! Je n'avais jamais vraiment cru qu'Ectorius était mon père, ni Flavilla ma mère. Je sentais bien qu'il y avait un mystère. Mais Ectorius refusait de m'en parler et j'avais peur d'être un bâtard. Je n'ai gardé aucun souvenir de mon père, pas plus que de ma mère. Ygerne vous ressemble-t-elle ?

— Non, pas du tout, elle est grande et rousse.

— Je ne me souviens plus d'elle. Quant au roi Uther, il était déjà mort lorsque je suis arrivé à Caerleon. Je ne l'ai vu que dans l'église où il reposait en grand apparat sur l'autel, ses armes près de lui, tandis que le prêtre chantait le *Nunc Dimittis.* »

Il se tut, puis reprit d'un ton moins nostalgique :

« C'est alors que le tocsin a commencé à sonner pour annoncer l'attaque des Saxons. Tous les hommes du roi se sont précipités dehors avec leurs armes. Je n'avais pas d'épée, seulement mon poignard. Alors je me suis rué vers l'autel et j'ai arraché celle du roi défunt à son cercueil de pierre... »

Arthur marqua de nouveau un temps de silence, puis, comme pour se justifier, continua :

« Uther qui avait combattu les Saxons pendant plus de vingt ans avec cette épée aurait certainement été heureux de savoir qu'elle était entre mes mains, plutôt qu'inactive à ses côtés. C'est alors qu'en sortant de l'église pour aller prêter main-forte aux combattants, j'ai vu tout d'un coup Merlin se dresser devant moi tonnant de toute sa voix :

« — Mon fils, d'où te vient cette épée ?

« — Cette épée, lui ai-je crié, doit pourfendre »

« Au même instant sont arrivés Ectorius et son fils Caïus qui, en me voyant l'arme à la main, se sont agenouillés devant moi. Ne comprenant rien à leur attitude, je les ai suppliés de se relever tous les deux. Mais Merlin est intervenu d'une voix terrible et en posant gravement sa main sur mon épaule a déclaré : "Oui, il est le Roi !" Mais je n'ai guère eu le temps de réaliser ce qui m'arrivait, car les Saxons étaient déjà sur nous.

« La bataille m'a laissé peu de souvenirs. Caï a été touché à la jambe, moi au bras. Pendant qu'il soignait ma blessure, Merlin m'a appris que j'étais le fils d'Uther Pendragon. Ectorius s'est agenouillé à nouveau en promettant de m'être toujours fidèle, comme il l'avait été envers mon père et, avant lui, envers Ambrosius. Il ne m'a demandé qu'une faveur : celle de faire de Caï mon chambellan lorsque j'aurais une Cour. J'ai accepté, évidemment, car je considérais Caï comme mon frère. Merlin ensuite a annoncé à tous les rois présents que le destin avait voulu que j'arrache moi-même l'épée à la pierre. »

Son récit terminé, Arthur sourit. Son attitude reflétait tant de modestie vraie que Morgane sentit monter en elle un irrépressible élan de confiance et de tendresse. Mais elle n'en montra rien, car Viviane s'approchait d'eux, revêtue de l'impressionnante robe des Grandes Prêtresses d'Avalon. Une fois encore, elle ne put s'empêcher d'admirer son visage émacié par les jeûnes et les veilles renouvelés, qui prenait à la faveur de ces atours d'apparat une expression surnaturelle.

« Venez ! » leur dit-elle simplement.

Les précédant, elle sortit de sa demeure et longea les rives du Lac jusqu'au bâtiment réservé aux prêtres. Derrière elle, Arthur et Morgane marchaient côte à côte, suivis de Merlin et de Kevin. Une porte secrète, puis des marches étroites, les menèrent dans une cave immense, sombre et humide où, presque aussitôt, une lueur surnaturelle pointa au milieu des ténèbres.

« Arthur, fils d'Ygerne d'Avalon et d'Uther Pendragon, Roi légitime de Grande Bretagne, voici les trésors les plus sacrés de notre terre ! »

La voix très grave de la Dame du Lac s'élevait, solennelle, éveillant de multiples et lointains échos. Elle se retourna alors, prit dans sa petite main brune le poignet d'Arthur et, lentement, très lentement, le conduisit au centre de la source lumineuse. La lumière inondait l'or des objets du culte : la coupe, le plat et la lance, mais aussi le velours et les riches broderies du fourreau cramoisi. De ce fourreau, Viviane sortit religieusement la longue et lourde épée dont la garde étincelait de pierreries.

« Arthur Pendragon, Roi de Grande Bretagne, vous voici devant l'Épée Sacrée des Druides. Jurez-moi qu'après votre couronnement, vous protégerez d'un même amour la foi des Druides et celle des Chrétiens. »

Impavide, subjugué, Arthur gardait le regard fixé sur l'épée,

199

partagé, semblait-il, entre l'effroi et une irrésistible fascination. Alors il avança la main, comme pour la caresser ou la saisir. Mais Viviane, d'un geste, devança son intention :

« Prenez garde, Arthur ! Mettre la main sur les objets sacrés sans y être préparé conduit à la mort ! Sachez qu'en possession de cette épée aucun chef, aucun roi, qu'il soit païen ou chrétien, ne pourra jamais vous résister. Mais cette épée sacrée ne peut être destinée à un roi lié aux seuls prêtres du Christ. Si vous refusez de jurer, alors ne comptez plus à l'avenir que sur les armes des Chrétiens. Quant à ceux qui obéissent à la Loi d'Avalon, ils ne vous suivront que si nous leur en donnons l'ordre. Ainsi, prêtez serment, Arthur, et obtenez aussitôt leur allégeance, ou bien partez sur-le-champ sans espoir de retour ! Choisissez, Arthur, il en est temps ! »

Semblant toujours de marbre, le jeune homme la regarda longuement en silence, les sourcils légèrement froncés.

« Il ne peut y avoir qu'un Haut Roi dans ce pays, un seul, finit-il par répondre, et je ne peux par conséquent me soumettre à Avalon.

— Vous ne pouvez davantage vous soumettre aux seuls prêtres chrétiens qui feront de vous le jouet de leur Dieu mort, répliqua calmement Viviane. Arthur, il faut choisir ! Prenez cette épée, ou refusez-la. Dans ce cas, vous ne gouvernerez qu'en votre propre nom, en rejetant l'aide et la protection des Anciens Dieux. »

Un silence de plomb planait sous les voûtes austères. Morgane comprit alors que la Dame du Lac avait touché juste, se souvenant du jour où Arthur avait couru parmi les cerfs, et où les Anciens Dieux lui avaient apporté la victoire, lui permettant ainsi d'être proclamé Roi par les Peuples de l'Ile du Dragon.

« Quel serment attendez-vous de moi exactement ? reprit Arthur d'une voix blanche.

— Jurez d'accorder une confiance égale à tous les hommes, qu'ils suivent ou non le Dieu des Chrétiens, et de révérer à jamais les divinités d'Avalon. Les Chrétiens ont beau affirmer le contraire, Arthur Pendragon, tous les Dieux ne sont qu'un, toutes les Déesses, une irrémédiablement. Jurez d'être fidèle à cette vérité fondamentale ; jurez de ne jamais choisir un Dieu au détriment des autres.

— Moi-même, intervint Merlin de sa voix profonde, je m'incline respectueusement devant le Christ et partage le repas sacré des Chrétiens !

— Vous dites la vérité, reconnut Arthur visiblement ébranlé. Vous, Merlin, le plus sage de tous les conseillers, m'ordonnez-vous aussi de jurer ?

— Mon Seigneur et mon Roi, aucune sagesse, aucune vérité, aucun dieu ne sont l'apanage des seuls Chrétiens. Interrogez votre conscience. Elle seule peut vous dicter votre réponse.

— C'est bien. Je suis prêt à jurer, dit simplement Arthur après une longue hésitation.

— Alors, agenouillez-vous, Arthur ! ordonna la Dame du Lac. Sous le regard des Dieux, un Haut Roi n'est qu'un homme, comme moi-même, Haute Prêtresse, ne suis en cet instant rien d'autre qu'une femme ! »

Lentement Arthur s'agenouilla. Sa tête était auréolée d'un cercle de lumière, et Viviane déposa l'épée entre ses mains.

« Mon Roi, je vous confie cette épée, murmura-t-elle. Elle est désormais entre vos mains pour défendre la justice et le bon droit. Elle n'est pas faite du fer des entrailles de la Terre, mais d'une substance tombée du ciel il y a si longtemps, que les Druides eux-mêmes en ont perdu le souvenir. Oui, cette épée sacrée, je le proclame, a été forgée dans la nuit des temps bien avant leur venue dans ces îles. »

Puis, voyant Arthur se lever, l'épée à la main, elle ajouta :

« Prenez également ce fourreau, et ne vous en séparez jamais : il porte en lui toute la magie d'Avalon. Tant qu'il sera avec vous, aucune blessure ne vous sera fatale, et jamais vous ne perdrez suffisamment de sang pour mourir. Cette épée est unique. Elle ne vous abandonnera jamais, vous protégera dans tous les combats aussi longtemps que vous resterez fidèle à votre serment ! »

Religieusement Arthur passa l'épée sacrée à sa ceinture, et tous sans un mot quittèrent le temple souterrain à la suite de Viviane.

« Mon désir le plus cher, conlut Merlin une fois à l'air libre en s'adressant à Arthur, c'est que Druides et Prêtres s'unissent

201

un jour dans la célébration d'un même culte. Que dans une même église, le pain et le vin des Chrétiens prennent place sur le plat et dans la coupe que vous venez d'entrevoir, en vertu du principe suprême de l'unification de tous les Dieux. »

A ces mots, Arthur s'immobilisa dans le soleil.

« Je désire être couronné à Glastonbury, sur l'Ile des prêtres, lança-t-il en se tournant vers Viviane. Assisterez-vous au sacre ?

— Hélas non, en ces heures cruciales pour notre pays, je ne peux un instant m'éloigner d'Avalon. Mais Merlin, lui, vous accompagnera ; Morgane aussi, si elle le souhaite. Morgane, mon enfant, acheva-t-elle, un étrange sourire aux lèvres, monterez-vous avec eux dans la barge ? »

Morgane n'eut pas le temps de répondre car une troupe en armes venait à leur rencontre. Lancelot marchait à sa tête. Il n'avait pas changé depuis deux ans et elle le reconnut aussitôt. Plus beau encore sans doute, richement vêtu de velours cramoisi, il portait fièrement l'épée et le bouclier. Lui aussi avait reconnu Morgane et, s'inclinant, il murmura courtoisement : « Belle cousine...

— Ainsi, vous connaissez ma sœur Morgane, duchesse de Cornouailles et prêtresse d'Avalon ? s'étonna Arthur. Morgane, savez-vous que Lancelot est mon compagnon le plus cher ? »

Lancelot se pencha sur la main frémissante de Morgane prête à défaillir. « Nous étions faits l'un pour l'autre, songeat-elle, dans une crispation douloureuse, j'aurais dû avoir le courage, ce jour-là, de rompre mon vœu et de céder au penchant si doux qui nous attirait l'un vers l'autre... »

Arthur cependant, continuait gaiement les présentations : « Voici mon frère adoptif Caïus, que j'appelle Caï. »

Caï était grand et brun, et ressemblait à un Romain. Mais déjà d'autres chevaliers s'avançaient à tour de rôle. Il y avait Bedwyr, Lucan et Balin, ce dernier étant le frère adoptif de Balan, le fils aîné de Viviane. Blond, large d'épaules, Balin était habillé simplement, mais ses armes et son armure, soigneusement entretenues, reluisaient de propreté.

LA GRANDE PRÊTRESSE

Avant de se laisser entraîner par ses amis, Arthur se retourna vers Morgane et demanda encore :

« Viendrez-vous à Glastonbury ?

— Oui, je viendrai... » acquiesça-t-elle dans un souffle.

XI

Trois jours plus tard, Morgane accostait pour la première fois sur l'Ile des prêtres, Ynis Witrin, l'Ile de Verre, que le peuple de Grande Bretagne appelait Glastonbury.

A la veille du couronnement, il y régnait partout grande effervescence. Tels d'innombrables champignons de couleur, des tentes avaient poussé çà et là sur l'immense terre-plein face à l'église. Dans les airs retentissait sans interruption le carillon des cloches s'interpellant gaiement à travers l'Ile. Arthur était là, au milieu de la foule, allant de l'un à l'autre, entouré de ses parents adoptifs, Ectorius et Flavilla, et de nombreux invités dont les somptueuses parures laissaient supposer le rang.

Sur le conseil de Viviane, Morgane avait abandonné la robe bleue traditionnelle des prêtresses d'Avalon et sa tunique de peau pour une simple robe de laine noire et un voile blanc. Ainsi vêtue, elle ressemblait à s'y méprendre aux nonnes du couvent proche de la grande église. A plusieurs reprises d'ailleurs, on la prit pour l'une d'elles, mais elle jugea plus sage de ne détromper personne.

207

Laissant Arthur en compagnie de ses nombreux solliciteurs, au premier rang desquels figuraient le Roi des Orcades et le Roi des Galles du Nord, sans compter, bien sûr, les prêtres, Morgane partit à la recherche de sa mère dont on lui avait signalé l'arrivée. « Ygerne ? Quelle joie vais-je éprouver à la retrouver ? Ne nous a-t-elle pas laissé partir tous les deux, moi, l'enfant d'un premier mariage sans bonheur, et lui, le fils très aimé d'une seconde union ? Comment est-elle aujourd'hui ?... La reconnaîtrai-je seulement ?... »

Mais en l'apercevant soudain dans la foule, elle sut tout de suite qu'elle n'avait en fait jamais oublié son beau visage à peine marqué par le temps, ni sa voix chaude, ni ses bras blancs dans lesquels elle se laissa tomber en tâchant de cacher son émotion.

« Morgane, mon enfant chérie, enfin ! Mon Dieu, vous voici devenue une femme ! Où est donc la petite fille que j'avais perdue depuis si longtemps ! Mais, comme vous semblez lasse ! Dites-moi, qu'est ceci, sur votre front ? interrogea-t-elle en désignant le petit croissant bleu. Est-ce donc là la marque du Peuple des Fées ?

— Ignoriez-vous que je suis prêtresse d'Avalon ? répondit Morgane presque provocante. Oui, le signe que vous voyez est celui de la Déesse, et je suis fière de le porter.

— Il serait peut-être plus sage de le dissimuler sous votre voile, car vous allez offenser l'abbesse chez qui nous devons loger ce soir. »

Si l'abbesse venait à Avalon, cacherait-elle sa croix par crainte d'offenser la Dame du Lac ? songea Morgane. Mais, par déférence pour sa mère, elle dit seulement :

« Nous nous retrouvons à peine, mère, et je m'en voudrais de vous chagriner. Je crois cependant plus convenable pour moi de dormir ailleurs que dans un couvent. De plus, ce perpétuel carillon des cloches me glace le sang, je l'avoue.

— Faites comme vous l'entendez, mon enfant, répondit Ygerne. Le mieux serait sans doute que vous logiez durant les trois jours du couronnement avec ma sœur Morgause, la Reine des Orcades... Tenez, la voici justement qui vient vers nous ! »

Morgause avait le même port royal que sa sœur, les mêmes cheveux couleur cuivre, haut nattés sur le front, la même façon de se parer de couleurs vives et de bijoux étincelants. Elle courut vers la jeune fille et l'embrassa avec effusion, s'étonnant, elle aussi, de la retrouver prêtresse et transformée à ce point.

« Parlez-moi de Viviane maintenant, dit-elle, les yeux brillants de curiosité. Tant de rumeurs courent ici sur la Dame du Lac. On dit que c'est grâce à son intervention qu'Arthur se trouve aujourd'hui sur le trône. Serez-vous désormais sa conseillère, Morgane, comme Viviane a été autrefois la conseillère d'Uther ?

— Mon frère n'a nul besoin de conseillère, sourit Morgane. Il ne fera que ce que lui dictera sa conscience... En cela il se montrera le digne fils d'Uther ! »

A ces mots, les yeux d'Ygerne s'embuèrent de larmes, et Morgane ne put réprimer un petit geste d'impatience : aussi loin que remontaient ses souvenirs, sa mère n'avait en effet eu de pensées que pour Uther ! Uther tenait une telle place dans son cœur qu'elle en avait éliminé tout ce qui n'était pas lui, à commencer par ses enfants. Ainsi, même mort, elle ne pensait toujours qu'à lui !

« Et vos fils, Morgause ? interrogea-t-elle pour faire diversion.

— Les plus jeunes sont restés avec mes femmes, mais l'aîné s'apprête à jurer fidélité au nouveau roi, expliqua fièrement Morgause. Si Arthur mourait au combat, savez-vous que Gauvain serait l'héritier le plus proche ? A moins que... vous, Morgane... n'ayez déjà un fils ?

— Non, je n'ai pas d'enfant. »

Elle ne voulut en dire davantage. Comment avouer en effet à Ygerne que sa fille avait incarné la Déesse dans les bras de son fils aux derniers feux de Beltane ?

Soudain, une vague d'angoisse submergea Morgane. La lune, il est vrai, avait décru, s'était remplie, avait décru à nouveau, et pourtant aucun signe tangible de son cycle sanguin ne s'était manifesté. Elle avait d'abord pensé que c'était là un effet de la fatigue qui avait suivi la cérémonie, mais maintenant, ne fallait-il pas y voir, beaucoup plus simplement, le résultat du rituel de Beltane !

Quelle inconscience, quel orgueil insensé, d'avoir imaginé pouvoir échapper aux conséquences naturelles de cette célébration de la fécondité, de la fertilité ! Elle en avait tant vu, pourtant, de ces jeunes prêtresses, malades d'abord des feux de Beltane, pâlir, puis s'arrondir doucement tandis que mûrissait le fruit qu'elles avaient conçu. Or, pas une fois avant ce jour, il ne lui était venu à l'esprit que pareille situation allait lui arriver.

Il lui fallait donc agir aussi vite que possible sinon, au milieu de l'hiver, elle donnerait un fils à son frère, un fils au fils de sa propre mère ! Si Ygerne apprenait la chose, elle la chasserait définitivement de son cœur. Quant à Arthur, il ne devait rien savoir non plus : son propre fardeau était déjà suffisamment lourd à porter ! Mais que faire ? Ici, elle n'avait à sa disposition aucune des herbes et des racines d'Avalon.

Émergeant d'une brume floconneuse, la voix de Morgause la rappela à la réalité immédiate :

« J'ai peu de goût pour les cloches et les prières, disait la reine des Orcades ; je préfère retourner auprès de mes enfants. Morgane, je vous trouve l'air bien fatigué. Venez dormir sous mes tentes si vous souhaitez être fraîche et dispose pour le couronnement d'Arthur.

— Pour ma part, je me rendrai à l'office de midi, précisa Ygerne. Après le couronnement, je chercherai refuge et tranquillité dans le couvent de Tintagel, en Cornouailles. Mon fils m'a demandé de rester à ses côtés, mais je pense qu'il aura bientôt une Reine et que ma présence deviendra inutile. »

De nombreuses voix s'élevèrent aussitôt en faveur d'un rapide mariage du nouveau roi. Mais quel souverain aurait-il l'honneur de lui donner une fille en mariage ?

Tout en l'entraînant d'un pas rapide vers les tentes où s'étaient établis les monarques des divers royaumes de Grande Bretagne pour la durée des cérémonies, Morgause racontait à Morgane sa vie du ton volubile qui était toujours le sien :

« ... Oui, le mariage me convient. Je suis heureuse d'être reine, et mon époux est bon pour moi. C'est un guerrier du Nord, et, contrairement aux Romains bien naïfs, lui n'a pas honte de demander conseil à sa femme. Pour ma part, je l'avoue, je suis très ambitieuse. Lot m'écoute, et tout se déroule normalement sur nos terres. Seuls les prêtres s'indignent de mon comportement, car je ne reste pas assise toute la journée à tisser ou à filer. Lot d'ailleurs, qui en pense pourtant peu de bien, ne les a que trop tolérés ces derniers temps : une terre gouvernée par des prêtres est une terre menacée de tyrannie ! J'espère qu'Arthur pour sa part décèlera davantage le danger. Les peuples de Lot sont chrétiens pour la plupart, mais au fond, ils se soucient peu du visage de leur Dieu pourvu que les moissons soient généreuses et le ventre de leurs femmes accueillant et fécond !

— Arthur vient justement de jurer fidélité à Avalon, et Viviane lui a confié l'épée des Druides, commenta Morgane qui, se sentant tout à coup prise de faiblesse, se raccrocha au bras de sa sœur.

— Qu'avez-vous, Morgane ? Vous êtes toute pâle ! Entre nous, me croyez-vous assez naïve, moi qui ai porté quatre fils, pour ne pas reconnaître au premier coup d'œil une femme enceinte ? C'est d'ailleurs une très bonne nouvelle. Vous n'êtes plus si jeune pour avoir un premier enfant. »

Morgane ne répondit pas. En même temps que le frisson accompagnant toute prophétie, la double image d'un prêtre élevant la coupe des Mystères devant l'autel du Christ, et Lancelot agenouillé, le visage illuminé, venait de traverser son esprit. Elle secoua la tête et expira profondément pour se débarrasser de cette vision, se demandant pourquoi le Don se manifestait alors qu'elle n'avait nullement fait appel à lui.

Vint enfin le jour du couronnement. Un soleil joyeux réchauffait la foule immense accourue des régions les plus lointaines de Grande Bretagne pour glorifier son Haut Roi officiellement consacré sur l'Ile des prêtres. Tous étaient là ; le petit peuple des cavernes à la peau sombre et ceux des Tribus, élancés, roux et barbus, vêtus de peaux de bêtes ou de tissus multicolores à grands carreaux. Tous, jusqu'aux Romains et aux Angles étaient venus pour renouveler avec ferveur leur serment d'allégeance.

Morgane occupait une place privilégiée aux côtés d'Ygerne, de Morgause et de la famille d'Ectorius. Alors que le Roi des Orcades multipliait les marques de prévenances à son égard, elle remarqua cependant son regard dur, un peu amer. Lot à n'en pas douter, avait tout fait pour empêcher cet instant, mais maintenant que son fils Gauvain allait être proclamé plus proche héritier d'Arthur, serait-il enfin satisfait, et cesserait-il d'intriguer pour saper l'autorité du nouveau Roi ?

Détournant son regard de lui et concluant qu'elle ne l'aimait guère, elle observa l'assistance. Autour d'elle, le bruit et l'agitation avaient enfin fait place au silence et, sur les côteaux entourant l'église, comme sur le grand terre-plein lui faisant face, toutes les têtes étaient maintenant immobiles, tournées vers le prêtre qui déjà posait solennellement sur la tête du jeune roi le cercle d'or ciselé qui avant lui avait couronné Uther à la suite d'Ambrosius. C'est alors qu'Arthur, tel un héros de légende, éleva lentement vers le ciel la lourde épée à plat sur ses deux paumes ouvertes, prononçant d'une voix forte et ferme les paroles sacrées :

« A tout le Peuple de Grande Bretagne, voici mon épée pour sa protection et mes mains pour défendre la justice ! »

L'assemblée tout entière mit un genou à terre et la cérémonie s'acheva dans l'allégresse et la dévotion générales. Ses conseillers officiels, Merlin et l'évêque de Glastonbury, entouraient le Haut Roi. Quelle habileté ! songea Morgane. S'assurer à la fois l'un et l'autre concours augure bien de son avenir.

« Je vous apporte l'hommage d'Avalon, Seigneur Arthur, et celui de tous les serviteurs de la Déesse, dit-elle, s'étant approchée de lui pour les félicitations d'usage.

— Du fond de mon cœur soyez-en remerciée, ma chère sœur », répondit Arthur avec un regard qui s'adressait si précisément à la femme et à l'amante que Morgane en fut toute remuée.

Mais c'était maintenant le tour de tous les invités de venir s'incliner devant le nouveau monarque. Le Roi des Orcades était le premier d'entre eux.

« Lot, jurez-vous de protéger vos rivages contre les hordes du Nord, et de venir à ma rescousse si nos côtes sont menacées ? demanda Arthur.

— Oui, mon Seigneur, je le jure ! » Puis, faisant passer devant lui un jeune homme qui s'était agenouillé à ses côtés, il ajouta : « Permettez-moi de vous présenter ce jeune cheva-

212

lier, mon fils Gauvain. Je vous demande respectueusement de bien vouloir l'accueillir parmi vos compagnons. »

Très grand, fortement charpenté, Gauvain était un homme de belle prestance et à l'abondante chevelure rousse. A peine plus âgé qu'Arthur, il avait déjà la stature d'un géant.

« Sois le bienvenu parmi nous, cousin ! l'accueillit gaiement Arthur. Tu seras le premier de mes compagnons et, j'ose l'espérer, l'ami et le frère de mes plus chers amis ! Voici Lancelot, Caï, Bedwyr... »

Tout au long du jour, une file ininterrompue de vassaux grands ou petits se pressa pour venir rendre hommage et jurer fidélité au monarque suprême. Le Roi Pellinore, seigneur du Pays des Lacs, l'un des derniers à se présenter, demanda comme il se faisait tard l'autorisation de quitter sur-le-champ les festivités.

« Je viens de recevoir des nouvelles alarmantes de mon royaume, dit-il : un dragon y fait des ravages et j'ai juré sa mort !

— Un roi se doit avant tout à son peuple, acquiesça le Haut-Roi en lui tendant un anneau d'or. Allez, je ne vous retiens pas ! Mais surtout ne manquez pas, quand vous l'aurez tué, de m'apporter sa tête ! »

La cérémonie s'achevant, on se regroupa alors autour d'Arthur. Merlin, les membres les plus âgés de l'ancien Conseil d'Uther, ses compagnons qui ne devaient plus le quitter, Gauvain le grand, Caï aussi sombre qu'un Romain avec son nez en bec d'aigle et sa disgracieuse cicatrice lui déformant la bouche, Lancelot, le beau Lancelot, le regard fier et lointain, tous étaient présents.

« Morgane, interrogea Morgause, quel est ce chevalier, entre Caï et Gauvain, vêtu de cramoisi ?

— Votre neveu ! souffla Morgane. Galaad, le fils de Viviane, qu'on appelle maintenant Lancelot.

— Qui aurait cru Viviane capable de mettre au monde un second fils si beau ! chuchota Morgause à son tour, sans la moindre aménité. L'aîné, Balan, est loin de l'égaler. Petit et râblé, il ressemble à sa mère.

— Moi, je trouve Viviane très belle !

— Ma chère, on voit que vous avez été élevée à Avalon,

213

ironisa Morgause. Avalon est si loin, plus loin encore que le plus reculé des couvents de notre terre ! Vous semblez ignorer que les hommes préfèrent les femmes avant tout séduisantes.

— La beauté n'est pas la première qualité d'une épouse », intervint sagement Ygerne.

Morgane haussa les épaules, souriant intérieurement des idées pour le moins étroites que la plupart de ses pareilles se faisaient de l'amour et de la vertu. Pour les Chrétiennes, par exemple, elles résidaient en premier dans la chasteté, alors qu'à Avalon, la plus haute vertu consistait à offrir son corps au Dieu ou à la Déesse, en totale communion avec la nature. Ce qui donc était vertu pour les uns n'était que péché pour les autres, chacun étant profondément convaincu d'avoir raison... Mais elle remit à plus tard ses réflexions intimes, car Arthur s'approchait avec Lancelot et Gauvain qui les dominait de son abondante chevelure rousse. Ils s'assirent auprès d'elle, et se mirent à deviser de choses et d'autres tout en grignotant de la pâte d'amandes. Puis, Arthur, l'air sérieux, prit la parole :

« Mère, songez-vous à vous remarier ? Je connais un roi, très riche et le plus aimable du monde. Il est veuf et serait certainement comblé de trouver une épouse aussi bonne que vous. C'est Uriens, le roi des Galles du Nord.

— Mon fils, je vous remercie, de vous soucier ainsi de moi, répondit Ygerne avec douceur. Mais après avoir été l'épouse du Haut Roi, je ne peux accepter de devenir celle de l'un de ses vassaux. Et puis, j'ai tant aimé votre père qu'il restera toujours irremplaçable dans mon cœur.

— Je comprends et respecte vos sentiments, ma mère, mais votre solitude à venir m'effraie.

— Dans un couvent, mon fils, je serai très entourée. Dieu m'aidera aussi.

— Et vous, mon beau neveu, interrompit Morgause s'adressant à Lancelot avec un sourire narquois, avez-vous trouvé femme à votre convenance ?

— Non, pas encore, ma Dame. Mon père, le Roi Ban, aimerait beaucoup me voir marié, mais désormais je ne songe qu'à suivre notre Haut Roi et à le bien servir.

— Mes amis, mes compagnons fidèles, s'exclama Arthur en

riant aux éclats. Que nos ennemis tremblent ! Avec vous, je serai invincible !

Arthur, regardez, comme Caï semble triste ! » fit remarquer Ygerne en baissant la voix.

Caï en effet ne disait rien, et Morgane se demanda s'il n'était pas un peu jaloux. Avoir si longtemps considéré Arthur comme le fils adoptif de son père, puis, voir brusquement celui-ci devenir Haut Roi, choyé et adulé par de nouveaux amis, n'était-ce pas là une cruelle épreuve pour un être physiquement déjà si défavorisé par le sort !

« Amis, clama Arthur, dès que la Grande Bretagne sera en paix, je trouverai femmes et fiefs pour chacun d'entre vous ! Quant à toi, Caï, tu resteras dès à présent à mes côtés et seras mon chambellan.

— Mais je ne demande rien, mon frère... pardonnez-moi, mon... Roi ! protesta Caï en bredouillant.

— Caï, je suis avant tout ton frère. Garde-moi, je te prie, et cette appellation et ton affection. Elles m'importent plus que toute autre chose, ajouta-t-il, en embrassant son frère adoptif.

— Je suppose, reprit Ygerne en s'adressant à son fils, que l'on vous a également donné aujourd'hui maints conseils sur l'urgente nécessité de vous marier.

— Vous dites vrai, ma mère, et j'imagine que nombre de rois rêvent déjà de m'offrir leur fille ! Mais n'ayant guère en la matière d'expérience, je compte à ce propos demander conseil à Merlin, répondit-il, cherchant du regard Morgane qui se sentit soudain très vulnérable.

— Mon Roi, nous vous trouverons la plus belle femme du royaume, la mieux née aussi ! chantonna Lancelot.

— Et la plus richement dotée ! ajouta Caï.

— Grâce à vous, plaisanta Arthur, nul doute que je ne devienne bientôt aussi bien marié que couronné !... Mais vous ne dites rien, Morgane ? Faudra-t-il aussi vous chercher un mari, ou serez-vous un jour l'une des suivantes de ma reine ?

— Je vous remercie, mon seigneur, mais je suis heureuse à Avalon ! Ne vous donnez aucune peine pour moi.

— Libre à vous, ma chère sœur. J'encourrai donc résolument les sarcasmes de sa sainteté l'archevêque pour qui toutes les femmes d'Avalon ne sont qu'affreuses sorcières et véritables harpies. Mais n'ayez nulle crainte ! Je résisterai hardiment », conclut-il, un indéchiffrable sourire aux lèvres.

La nuit était venue. Arthur se leva et, après s'être courtoisement incliné devant sa mère, et avoir déposé un très léger baiser sur la joue de Morgane, il se retira accompagné de Caï.

Morgane, épuisée, rejoignit la tente de Morgause.

Elle aurait volontiers sombré dans le sommeil, mais dut écouter poliment un long discours de Lot sur la tactique militaire d'Arthur. C'était, paraît-il, la grande idée du nouveau roi : combattre à cheval les Saxons, dont la plupart étaient peu ou mal entraînés à guerroyer.

« Les cavaliers ont toujours eu l'avantage sur les fantassins, expliquait Lot. L'armée romaine d'ailleurs a remporté ses plus grandes victoires grâce à sa cavalerie... »

Mais Morgane n'écoutait plus. En elle vibrait seule la voix de Lancelot. Lui aussi lui avait exposé avec passion ses idées sur l'art de la guerre. Si Arthur partageait son enthousiasme pour les chevaux, et s'il acceptait de créer une cavalerie, nul doute que les envahisseurs seraient rapidement expulsés de la Grande Bretagne. Si Arthur savait brandir haut l'épée magique d'Avalon et instaurer rapidement la paix, alors son règne serait heureux et béni. La Déesse pourrait régner à nouveau sur cette terre, à la place de ce nouveau Dieu mort des Chrétiens, avec toutes ses souffrances et ses châtiments...

Morgane sursauta brutalement : Morgause venait de la secouer, lui conseillant d'aller rapidement prendre un peu de repos avec l'aide d'une de ses servantes :

« Vous dormez à moitié sur votre tabouret, et vous avez une mine atroce ! lui dit-elle. Ménagez-vous, je vous en prie ! »

Le soleil levant trouva Morgane pliée en deux derrière la tente, malade à en mourir. Morgause, éveillée elle aussi, l'assistait de ses conseils et de ses encouragements.

« Nous sommes toutes passées par là, vous n'êtes ni la première, ni la dernière ! répétait-elle de sa manière brusque et volubile. Un peu de vie s'éveille au fond de votre ventre. Ce ne sera bientôt qu'un mauvais souvenir.

216

— Je n'en veux pas ! hoqueta Morgane. Dès que je serai de retour à Avalon, je m'en débarrasserai !

— Mais en avez-vous le droit, Morgane ? Les enfants, à Avalon, sont sacrés ! Prenez garde ! Vous savez aussi qu'il est mauvais pour une femme de refuser son premier enfant. Elle risque de ne plus jamais en avoir d'autres. Vous verrez, continuait-elle sans laisser à la jeune fille le temps de placer un mot, vous verrez ! Bientôt, vous l'aimerez. Moi aussi, lorsque j'ai attendu mon premier enfant, je l'ai d'abord détesté au point de vouloir m'en défaire. J'avais quinze ans, et j'ai cru qu'il allait me voler ma jeunesse. J'ai eu envie de me jeter dans la mer ! Mais finalement, tenir un bébé entre ses bras est la plus grande joie de la terre. Si vous ne voulez pas élever cet enfant à Avalon, confiez-le moi, je m'occuperai de lui ! »

Morgane sanglotait maintenant, la tête sur l'épaule de Morgause qui lui caressait doucement les cheveux. Sa véritable mère, songeait-elle, c'était Morgause, toujours intarissable, impulsive, indiscrète parfois mais tellement plus généreuse, plus maternelle que la pieuse et sévère Ygerne !

« Ne pleurez plus ! Venez avec moi au royaume des Orcades. Vous y serez en toute sécurité. Ne vous inquiétez de rien, tout se passera parfaitement, croyez-en ma vieille expérience, j'ai eu quatre enfants et... »

Mais Morgane n'avait nullement l'intention de suivre dans leurs terres le roi et la reine des Orcades. Elle remercia Morgause avec effusion et la quitta en lui demandant avec insistance de ne révéler sous aucun prétexte son secret à Ygerne. Puis elle alla dire adieu à celle-ci, le cœur serré. Mais Ygerne pouvait-elle s'intéresser désormais à autre chose qu'au son des cloches rythmant les offices du couvent ?

En reprenant la route d'Avalon, Morgane se sentit plus seule et plus désemparée que jamais. Tout foyer, toute famille lui semblaient interdits. Un seul refuge lui restait, sur la terre, et ce refuge était l'Ile sacrée. Pourquoi donc avait-elle alors l'impression lancinante de ne rentrer nulle part ?

Tôt, ce matin-là, Morgane se glissa hors de la Maison des

Vierges, et pénétra dans le marais qui s'étendait derrière le Lac. Elle contourna le Tor, et s'engagea dans la forêt, sachant qu'elle y trouverait ce qu'elle cherchait : une certaine racine et deux variétés d'herbes.

L'une des plantes poussait dans le jardin secret d'Avalon et elle l'avait cueillie sans se faire remarquer. Mais pour trouver l'autre, il lui fallait aller plus loin. Elle marcha donc longtemps avant de réaliser qu'elle se trouvait dans une partie de l'Ile dont elle ignorait complètement l'existence. Était-ce seulement possible ? Elle vivait là depuis dix ans et elle croyait connaître chaque parcelle de terre dans ses moindres recoins. Elle dut pourtant se rendre à l'évidence : elle était bel et bien égarée au cœur d'une forêt profonde où elle errait pour la première fois.

Peut-être avait-elle, sans s'en apercevoir, quitté l'Ile et gagné la terre ferme au-delà du Lac ? Non, puisqu'elle n'avait traversé aucun brouillard. Inquiète, Morgane chercha à se repérer au soleil, mais celui-ci restait voilé et ne dispensait qu'une lumière tamisée et diffuse.

Morgane maintenant avait peur. Se pouvait-il qu'une partie d'Avalon eût échappé à la magie des Druides, lorsqu'ils avaient effacé l'Ile de la surface du monde ? Ces arbres aux troncs noueux, ces fourrés aux fougères inextricables, ces saules aux formes menaçantes, elle ne les avait jamais vus, ni ce chêne tordu, aussi vétuste que la terre elle-même. Où se trouvait-elle donc ?

A tout hasard, elle décida malgré tout de poursuivre sa progression droit devant elle à travers les broussailles enchevêtrées et parvint à une combe où la forêt semblait moins dense. Au cœur d'une clairière cernée de chênes et de noisetiers, une petite touffe de l'herbe qu'elle cherchait accrochée au pied d'un tronc attira aussitôt son regard. S'agenouillant, elle commença alors à creuser avec ses ongles autour des racines.

Soudain, au beau milieu de son travail, elle eut l'impression très nette que quelqu'un la regardait. Elle se retourna, mais ne vit personne et se remit à la tâche. Puis, elle arracha l'herbe du sol et en nettoya la racine tout en prononçant la formule rituelle : « Que la Déesse redonne vie à cette plante déracinée, qu'elle protège son emplacement afin que d'autres herbes puissent y repousser... »

A cet instant, elle ressentit à nouveau un petit frisson au creux des reins. Cette fois-ci, elle en était absolument sûre, il y avait quelqu'un derrière elle, qui ne la quittait pas des yeux !

Morgane se releva d'un bond et scruta du regard l'épaisseur des bois. En effet, dans l'ombre d'un noisetier, se tenait, immobile, une femme, qui n'était ni une prêtresse d'Avalon, ni l'une des créatures du petit peuple sombre en compagnie desquelles elle avait participé aux fêtes du Roi-Cerf. Elle portait avec majesté une longue robe gris-vert, de la couleur exacte des feuilles des saules lorsque, à la fin de l'été, celles-ci commencent à se décolorer et à se changer en poussière. Sur ses épaules flottait une ample cape noire, et un bijou doré brillait à hauteur de sa poitrine. Il était difficile de lui donner un âge, mais à en juger par le faisceau de rides qui marquait son visage et le tour de ses yeux, elle n'était certainement plus toute jeune.

« Morgane des Fées, que faites-vous là ? » interrogea tout à coup l'inconnue.

La jeune femme sursauta : comment cette femme connaissait-elle son nom ?

« Vous le voyez, je récolte des herbes, répondit Morgane troublée, faisant mine de s'absorber dans le nettoyage de sa racine.

— Bien sûr, je le vois, et je sais dans quelle intention. Mais, dites-moi, n'est-il pas surprenant que vous cherchiez à vous débarrasser du seul enfant que vous aurez jamais ?

— Qui êtes-vous donc pour oser me parler ainsi ? La Grande Déesse elle-même ? reprit Morgane d'un ton hautain voulant compenser ainsi son apparence négligée, ses mains pleines de terre et sa robe maculée par la boue des marais.

— Non, Morgane, je ne suis ni la Déesse, ni même sa messagère ! répondit gravement l'étrangère. Ma race ne reconnaît aucun dieu, si ce n'est le sein de notre Mère à tous sous nos pieds et au-dessus de nos têtes. Pour mon peuple, la vie est le plus précieux de tous les biens. Oui, nous chérissons la vie, et nous pleurons en voyant que certains s'acharnent à la détruire. »

A ces mots, Morgane fondit en larmes :

« Je ne veux pas de l'enfant, sanglota-t-elle. Je ne le veux pas... »

Profitant de son désarroi, la femme s'approcha de Morgane, lui arracha l'herbe des mains et la jeta à terre en s'écriant :

« Non ! c'est impossible !... Vous ne ferez pas cela !

— Mais qui êtes-vous ? hurla presque Morgane. Et où suis-je ?

— Mon nom n'a pas d'équivalence dans votre langue. Quant à ce lieu, vous le voyez, c'est un simple bosquet de noisetiers. De ce côté, on va chez moi ; de l'autre, on retourne à Avalon. »

Dans la direction indiquée, Morgane devina, en effet, un étroit sentier. Elle aurait pourant juré qu'il n'était pas là quelques instants plus tôt. Quant à l'étrange créature, majestueuse, sereine, elle était toujours là, et Morgane, comme ensorcelée, huma l'étrange parfum qui se dégageait d'elle : une curieuse, indéfinissable senteur d'herbe et de feuille écrasées. Une senteur différente de tout ce que la jeune fille avait respiré jusqu'alors. Fraîche, douce, amère à la fois. Comme les herbes magiques utilisées pour favoriser la double vue, il faut croire que cette odeur provoquait un léger effet hallucinatoire, car autour d'elle, Morgane voyait brusquement toute chose avec une acuité décuplée, la réalité elle-même semblait perdre toute signification.

« Restez avec moi, si vous le désirez, intervint de nouveau l'étrangère. Vous mettrez votre enfant au monde sans douleur et vous retournerez ensuite à Avalon. Il vivra ici plus longtemps et plus heureux que parmi les vôtres, car je vois sa destinée : il tentera de faire le bien, mais comme tous ceux de votre race, il ne fera que le mal. En revanche, s'il demeure avec ceux de mon sang, il vivra longtemps... vieux, très vieux. Avec nous, il apprendra à connaître et à aimer cette nature sauvage que la main de l'homme n'a jamais approchée. Restez avec moi, Morgane, et donnez-moi cet enfant que vous rejetez. Je préserverai sa vie. »

Un frisson glacial parcourut le dos de la jeune prêtresse. Cette femme, elle le savait, n'était pas véritablement un être humain. Sans doute appartenait-elle à l'ancien peuple des bois et des cavernes, aussi vieux que la terre elle-même. Mais un peu de ce sang très ancien des elfes et des farfadets ne coulait-il pas aussi dans ses propres veines ? Lancelot lui-même ne l'avait-il pas appelée « Morgane la Fée » ? Se sentant défaillir, elle se détourna de la femme, et d'un bond s'élança comme une folle sur le chemin qu'elle venait de lui montrer, comme si le Malin lui-même se ruait à ses trousses. Mais la voix derrière elle se fit impitoyable :

« Débarrassez-vous de cet enfant, Morgane, si vous renoncez à lui. Ou bien étranglez-le à sa naissance ! Car il sera maudit !... »

Éperdue, Morgane poursuivit sa course sans se retourner. Elle plongea dans les brouillards, sans souci des flaques d'eau où elle s'enlisait jusqu'à mi-mollet, et des branches qui lui griffaient atrocement le visage, et lorsqu'enfin elle retrouva la quiétude et le tiède soleil de l'Ile Sacrée, elle s'écroula à terre comme une morte...

La lune pâlissait dans le ciel lorsque Viviane se leva, une petite lampe à la main. Sa suivante fit aussitôt irruption d'un petit vestibule où elle reposait, mais la Grande Prêtresse la renvoya d'un geste de la main. Puis, spectre silencieux, elle prit le chemin de la Maison des Vierges et s'y faufila comme une ombre.

S'approchant du lit de Morgane, elle se pencha sur la jeune femme endormie. Morgane avait encore le visage de la petite fille arrivée à Avalon il y avait maintenant dix ans pour entrer au plus profond de son cœur. Sous ses yeux, de grands cernes sombres semblables à des meurtrissures, et ses paupières rougies, témoignaient des larmes abondantes qu'elle avait dû verser avant de s'endormir.

Viviane leva la lampe pour mieux voir... Oui, elle aimait Morgane comme jamais elle n'avait aimé ni Ygerne, ni même Morgause, qu'elle avait pourtant nourrie de son propre sein. Comme elle n'avait non plus jamais aimé Raven, son élève depuis l'âge de sept ans. Une seule fois, peut-être, elle avait profondément ressenti cette sensation de douleur brûlante que procure l'amour. C'était, lorsqu'elle était toute jeune prêtresse, pour la petite fille qui lui était née et qui n'avait vécu que six mois. Depuis le jour, dramatique de sa mort, elle n'avait plus jamais été la même, et s'était volontairement tenue à l'écart de toutes émotions humaines.

Quant à ses fils, sans doute, les avait-elle aimés à sa façon, mais elle s'était facilement résignée à l'idée de les confier à des nourrices. Aussi, tout au fond de son cœur, lui arrivait-il bien souvent de penser maintenant que sa petite fille morte lui était revenue grâce à la Déesse sous les traits de Morgane.

« Aujourd'hui, elle pleure et chacune de ses larmes me brûle le cœur. Ô Déesse, tu m'as donné cette·enfant à aimer, et pourtant je dois l'abandonner à son tourment... L'humanité entière souffre et la terre, elle-même, crie sa douleur. Mais notre souffrance, Mère Ceridwen, nous rapproche de Toi ! »

D'un geste tendre, Viviane approcha sa main pour caresser le front de la jeune femme, mais au même instant Morgane se tourna brusquement sur le côté. Craignant alors de la réveiller, la Grande Prêtresse quitta furtivement la pièce sur la pointe des pieds.

Étendue de nouveau sur sa propre couche, elle chercha en vain le sommeil et à l'aube naissante il lui sembla apercevoir sur le mur de sa chambre l'ombre de la silhouette décharnée de la Vieille-Femme-la-Mort.

« Mère, est-ce moi que tu viens prendre ?

— Non, ma fille, pas encore. Je viens seulement te rappeler que je t'attends, comme j'attends tous les autres mortels... »

Viviane n'oubliait pas. Elle savait que ses jours étaient désormais comptés. Mais elle n'eut pas à répondre, car l'ombre s'était déjà évanouie. Alors, comme elle le faisait chaque matin, elle se livra à une longue méditation avant d'appeler sa servante pour l'aider à s'habiller. Puis, elle demanda qu'on appelle Morgane.

La jeune femme arriva, revêtue de ses habits de grande prêtresse, les cheveux nattés et relevés. Un petit coutelas en forme de faucille pendait à sa ceinture, retenu par une cordelette noire. Viviane esquissa un sourire fugace et lui dit :

« Voilà deux fois, Morgane, que la lune s'assombrit. Sentez-vous palpiter en vous une nouvelle vie ? »

Morgane lui lança un coup d'œil rapide, comme si elle

craignait un piège, avant de répondre dans un mouvement d'hostilité :

« Cela ne regarde que moi ! Sachez d'ailleurs que s'il m'était advenu de porter en mon sein le fruit des Feux de Beltane, je m'en serais aussitôt débarrassée !

Morgane, je sais que vous ne l'avez pas fait et que vous ne le ferez pas ! Alors, pourquoi me mentir ? s'exclama Viviane.

— Si, je le ferai !

— Non, vous ne le ferez pas, car le sang royal d'Avalon ne peut être rejeté ! »

Accusant le coup, la jeune prêtresse défia Viviane du regard, puis elle cria, vibrante de colère :

« Ainsi vous êtes-vous une fois encore jouée de moi ! Mais je vous le dis, c'est la dernière ! Jamais, jamais plus vous ne recommencerez ! Puisse la Déesse agir à votre égard comme vous l'avez fait avec moi !

— Prenez garde, mon enfant à vos paroles ! Toute malédiction que l'on profère dans la colère retombe étrangement sur vous lorsqu'on s'y attend le moins. »

Viviane restait très calme, et sa maîtrise brisa l'ardeur de sa jeune émule.

« Vous maudire... Je n'y pensais pas, reprit-elle en baissant le ton. Je refuse seulement d'être plus longtemps un simple jouet entre vos mains. »

Là-dessus, elle se détourna vivement de Viviane et quitta la pièce d'un pas décidé. Prise soudain d'une extrême lassitude, Viviane, anéantie, se laissa tomber sur sa couche. Puis elle ferma les yeux et pleura doucement...

Quand elle s'éveilla enfin de sa torpeur, un croissant de lune argenté se devinait déjà dans le ciel. Elle appela sa suivante et lui ordonna de faire revenir Morgane, à qui elle n'avait pas donné l'autorisation de partir.

La suivante se retira. Mais, lorsqu'un long moment plus tard, elle revint, Viviane, à la vue de son visage décomposé, pressentit un drame. L'angoisse au cœur, elle se souvint brutalement de cette autre prêtresse qui, désespérée à l'idée de la naissance d'un enfant qu'elle n'avait pas voulu, s'était pendue à la plus haute branche du chêne sacré.

« Elle n'est plus dans sa chambre... bégaya la suivante en

tremblant... je l'ai cherchée partout et j'ai trouvé ceci, dit-elle tendant le voile, la tunique de peau et la petite faucille que Morgane avait reçus le jour de son initiation... On m'a dit qu'elle avait emprunté la barge... Les rameurs ne s'y sont pas opposés car ils ont cru que c'était sur votre ordre ! »

Viviane poussa un long soupir et ébaucha un geste vague de la main qu'elle ne termina pas. Morgane sans doute était partie se réfugier chez sa mère, lui demander aide et conseil. Elle reviendrait bientôt. Malgré elle et pour toujours, la Déesse veillait sur elle...

Morgane parle :

« J'aurais pu quitter Avalon par la route secrète des marais, mais je redoutais avant tout les lacis inextricables d'une végétation qui m'avait déjà égarée au pays des fleurs et des arbres étranges que n'ont jamais touchés les mains de l'homme, au pays où les yeux narquois d'une femme-fée pouvaient clairement lire jusqu'au fond de mon âme. Je portais encore les herbes précieuses dans un petit sac entre mes seins, mais comme le bateau, toutes rames silencieuses, entrait dans le halo des brumes éternelles, je le laissai tomber dans l'eau, en prononçant les mots magiques pour la dernière fois.

« Les brouillards se dissipant peu à peu, nous abordâmes enfin les rives opposées du Lac. En mettant pied à terre parmi les roseaux, il me sembla soudain que les longues années passées à Avalon n'avaient été rien d'autre qu'un rêve, un rêve qui allait bientôt s'évanouir à mon réveil.

« Une pluie glacée tombait goutte à goutte. Transie de froid, je me couvrais la tête de mon manteau et regardant le bateau s'éloigner dans la brume, je lui tournai résolument le dos.

« Sans crainte du long voyage qui m'attendait, je dirigeai mes pas vers le Nord, tout droit en direction du royaume des Orcades. Après beaucoup d'hésitations, j'avais en effet décidé finalement d'accepter l'invitation de Morgause. Ainsi, s'il me fallait mettre au monde un enfant, échapperait-il, au moins pour quelque temps, au pouvoir dominateur de Viviane. »

DEUXIÈME PARTIE

La Haute-Reine

XII

Loin vers le nord, où Lot était roi, la lande bleue avait disparu depuis des mois sous un épais tapis blanc noyé dans un brouillard opaque. Les rares jours où le soleil perçait les nuages, les hommes sortaient pour chasser, mais les femmes, elles, restaient à l'abri des hautes murailles du château.

Morgause, qui maniait négligemment son fuseau, car elle détestait toujours autant filer, sentit tout à coup un courant d'air glacial s'engouffrer dans la salle et leva les yeux.

« Il fait trop froid pour ouvrir cette porte, Morgane ! s'exclama-t-elle sur un ton de reproche. Vous vous plaignez sans cesse des intempéries, et voilà que maintenant vous voudriez toutes nous tranformer en glaçons !

— Quand me suis-je plainte ? Je n'ai pas ouvert la bouche depuis ce matin ! gémit Morgane. Mais on étouffe, et cette fumée vous prend à la gorge. J'ai simplement besoin de respirer un peu d'air frais, c'est tout ! »

Elle ferma **la** porte et revint s'asseoir près de l'âtre en frissonnant.

« Le petit être qui repose en vous aspire toute votre chaleur,

231

reprit Morgause. Il est heureux, bien au chaud dans son nid, mais sa mère grelotte : c'est toujours ainsi ! »

Sans répondre, Morgane revint se blottir près du feu en se frottant les mains comme si elles lui faisaient mal. Les joues creuses, le ventre ballonné, la jeune femme n'était vraiment plus que l'ombre d'elle-même. Les cernes de ses yeux semblaient s'être agrandis et ses paupières étaient devenues rouges à force de trop pleurer. Elle portait une vieille robe de sa tante, en grosse toile élimée, d'une vague couleur bleuâtre, beaucoup trop longue et presque en loques. Ce laisser-aller exaspérait Morgause et plus encore, le fait que Morgane n'ait pas émis une seule fois l'idée de prendre une aiguille pour raccourcir la jupe. Quant à ses chevilles, elles étaient tellement enflées qu'elles débordaient de ses chaussures, probablement parce qu'en cette fin d'hiver il n'y avait plus pour toute nourriture que du poisson salé et de trop rares légumes. Ses cheveux enfin étaient aussi négligés que sa tenue. Sales, emmêlés, réunis à la hâte en une natte trop lâche, on aurait dit qu'ils n'avaient pas été coiffés depuis des semaines.

Soudain, Morgane se leva et se détournant de l'âtre, elle attrapa un peigne sur un coffre, prit sur ses genoux l'un des minuscules chiens de Morgause et commença à le peigner nerveusement.

« Mieux vaudrait qu'elle coiffe sa propre chevelure », pensa Morgause, mais elle préféra ne rien dire, la voyant si visiblement tendue et mal à l'aise.

« Il n'y en a plus pour longtemps, Morgane, l'encouragea-t-elle gentiment. A la Chandeleur, vous serez certainement délivrée.

— Ah, que le temps me dure ! s'exclama la jeune femme libérant d'une petite tape sur la tête le chien qui sauta à terre sans demander son reste.

— Je vais ranimer le feu, intervint Beth, l'une des servantes, posant son fuseau et jetant sa quenouille dans un panier. Il fait presque nuit, et les hommes seront bientôt là. »

En se levant, elle trébucha sur un morceau de bois qui traînait par terre :

« Gareth ! vilain diable, voulez-vous ranger tout cela, gronda-

232

t-elle, éparpillant du pied les petits bâtons avec lesquels jouait l'enfant.

— Non, il ne faut pas toucher à mes soldats, c'est mon armée ! s'exclama rageusement l'enfant.

— Beth a raison, Gareth. Il va faire nuit. Vos soldats doivent aller dormir dans leurs tentes, ne croyez-vous pas ? » interrogea affectueusement Morgause.

Sensible à l'argumentation, le petit garçon fit une moue comique, rangea ses bâtons, mais en dissimula quelques-uns sous les plis de sa tunique, les plus beaux, ceux que Morgane avait grossièrement sculptés avec son couteau et teintés de rouge avec du jus de baies.

« Morgane, pourrez-vous me faire un autre chevalier romain ?

— Plus tard, Gareth. Pour l'instant, j'ai trop mal aux mains ! Demain, peut-être.

— Quand serai-je assez grand pour aller à la chasse avec mon père et Agravain ? bougonna l'enfant d'un air renfrogné.

— Bientôt, répondit Morgane dans un sourire. Bientôt, lorsque tu auras appris à ne pas perdre ta route dans une bourrasque de neige !

— Mais j'ai cinq ans ! Je suis déjà grand, répliqua-t-il se haussant de son mieux sur la pointe de ses petits pieds. Je m'ennuie ici, il n'y a rien à faire...

— Veux-tu que je t'apprenne à filer ? Cela t'empêchera de te sentir désœuvré ! reprit Morgane en lui tendant la quenouille abandonnée par Beth. »

Mais le petit garçon tourna immédiatement les talons, l'air furieux :

« Je serai bientôt chevalier ! Croyez-vous que les chevaliers apprennent à filer comme les filles ?

— Rarement, tu as raison, reconnut Morgane sérieusement. Je connais pourtant l'histoire d'un chevalier qui dut apprendre à filer... Viens ! Je vais te la raconter. Assieds-toi... Non ! pas sur mes genoux, tu es trop lourd pour moi, sur le banc ! Voilà... Autrefois, il y a très, très longtemps, bien avant l'arrivée des Romains, il y avait un petit garçon qui s'appelait Achille. On lui avait jeté un mauvais sort, et une vieille sorcière avait prédit à sa mère qu'il mourrait dans une bataille. Aussi, pour le protéger, l'habillait-elle avec des jupes et le faisait-elle

233

élever uniquement par des femmes qui lui avaient appris à filer, à tisser et à faire tout comme elles...

— Et... il est mort dans une bataille ?

— Oui, car lorsque la cité de Troie fut assiégée, tous les hommes reçurent l'ordre de se rendre au combat. Achille se joignit donc à eux et fut le plus courageux de tous. On raconte même qu'il avait eu le choix entre vivre une longue vie sans dangers et mourir vieux dans son lit oublié de tous, ou bien mourir jeune, en pleine gloire. C'est cette seconde solution qu'il a choisie, et le monde entier parle encore de ses exploits !

— Moi, quand je serai chevalier, rêva tout haut le petit garçon, je serai le champion dans toutes les guerres ! Et je gagnerai tous les prix dans les jeux ! Qu'est-il arrivé à Achille ?

— Je ne m'en souviens plus très bien. On m'a raconté cette histoire il y a très longtemps, à la cour d'Uther ! répondit Morgane portant soudain les mains à ses reins, tenaillée par une violente douleur.

— Parlez-moi alors des chevaliers d'Arthur, Morgane ! Puisque vous connaissez Lancelot, dites-moi, a-t-il tué des dragons ?...

— Ne l'ennuie pas, Gareth, tu vois bien qu'elle est très fatiguée ! l'interrompit Morgause. Va plutôt aux cuisines et tâche de trouver une galette d'avoine ! »

Tout dépité, Gareth reprit son air maussade et se dirigea vers la porte. Sortant des plis de sa tunique l'un de ses petits chevaliers sculptés, il lui dit à voix basse :

« Lancelot, mon chevalier, venez avec moi. Tous les deux, nous allons tuer les dragons du Lac...

— Dire que cet enfant ne parle que de soldats et de batailles ! soupira Morgause d'un air excédé. N'est-ce donc pas suffisant de savoir Gauvain à la guerre avec Arthur ? Espérons que lorsque Gareth sera grand, la paix sera enfin revenue !

— Mais oui, nous connaîtrons enfin la paix, marmonna Morgane l'air complètement absent. D'ailleurs cela est sans importance, car il mourra de la main de son meilleur ami...

— Que dites-vous là ? » hurla Morgause devenue soudain pâle comme une morte.

Mais devant l'expression de détresse infinie de la jeune

234

femme, elle la secoua doucement, poursuivant d'une voix étranglée :

« Morgane, qu'y a-t-il ? Vous sentez-vous plus mal ? Morgane, répondez-moi, je vous en supplie. Sans doute avez-vous rêvé les yeux grands ouverts. Vous devriez vous reposer. Oui, c'est cela, vous ne dormez pas assez et vous vous alimentez trop peu.

— Je ne peux plus rien avaler, tout me donne la nausée, balbutia Morgane, semblant revenir à elle. Si au moins nous pouvions avoir quelques fruits... La nuit dernière, j'ai rêvé que je mangeais des pommes d'Avalon ! »

Sa voix se brisa et elle baissa la tête pour cacher les larmes qui perlaient à ses cils.

« Mais oui, nous sommes tous las du poisson salé, acquiesça Morgause d'une voix douce, comme si elle s'adressait à un enfant. Avec un peu de chance, Lot nous rapportera ce soir de la viande fraîche ! Morgane, vous avez été élevée en prêtresse et vous savez jeûner. Mais vous devez penser maintenant à votre bébé et vous nourrir en conséquence.

— Je ferai attention à lui quand il fera attention à moi ! s'exclama Morgane, se levant avec un brusque transport.

— Mon enfant, je sais à quel point les derniers jours sont pénibles... J'ai eu moi-même quatre enfants...

— J'aurais dû m'en débarrasser pendant qu'il en était encore temps...

— Il est trop tard pour penser à ce que vous auriez pu faire ou ne pas faire. Bientôt tout sera fini. »

L'obligeant à se rasseoir, Morgause prit un peigne d'os et commença à démêler les cheveux de sa protégée.

« Laissez-moi... lança Morgane repoussant sa tante avec impatience, je me coifferai plus tard ! J'étais trop fatiguée ce matin pour m'en occuper. Mais si ma vue vous est à ce point pénible, donnez-moi ce peigne, je suis encore capable de les démêler seule !

— Calmez-vous, je vous en prie, implora Morgause. Vous souvenez-vous, lorsque vous étiez petite, à Tintagel, et que vous pleuriez pour que ce soit moi qui vous coiffe et non votre nourrice ? Comment s'appelait-elle ? Ah, oui ! Gwennis ! Je m'en souviens, elle vous tirait les cheveux si fort que vous me

suppliez de prendre sa place ! Laissez-moi faire comme autrefois, voulez-vous ? »

Capitulant soudain, Morgane se rassit.

« Comme vous avez de beaux cheveux, enchaîna affectueusement Morgause ! Ils sont aussi fins que la laine d'un mouton
noir, et plus brillants que la soie ! Encore un peu de courage,
poursuivit-elle, se battant avec de véritables nœuds, je vais
refaire vos tresses... J'ai toujours eu envie d'avoir une petite
fille pour lui faire de jolies robes et de belles coiffures. Mais
la Déesse ne m'a envoyé que des fils... Tant que vous aurez
besoin de moi, vous serez, pour moi, ma petite fille... »

Ne pouvant réprimer un élan spontané de tendresse, elle
serra la tête brune contre sa poitrine, et sentit le corps de
Morgane secoué de sanglots.

« Je sais, Morgane, je sais ce que vous éprouvez. J'ai porté
Gauvain au plus dur de l'hiver et j'avais à peine seize ans.
Comme vous, j'étais complètement affolée et détestais mon
ventre énorme, sans cesse malade et mes reins broyés dans un
étau. Je vais vous avouer une chose : pendant toute cette
attente, j'ai en cachette, enfoui ma vieille poupée dans mon
lit, et tous les soirs je pleurais avant de m'endormir ! Quelle
enfant j'étais ! Aujourd'hui, ce bébé qui me causait tant de
tourments est parti combattre les Saxons, et vous, que je tenais
autrefois sur mes genoux, voilà que vous allez à votre tour
mettre au monde, un enfant... Ah ! J'oubliais de vous dire :
Marged, la femme d'un des cuisiniers, vient d'avoir un garçon.
Vous aurez ainsi une nourrice sous la main, à moins que vous
ne préfériez nourrir vous-même votre enfant ? »

Morgane esquissa un geste de dégoût.

« Je vous comprends. J'ai toujours ressenti la même chose
avant la naissance de chacun de mes fils, sourit Morgause.
Mais dès que je les tenais dans mes bras, je ne pouvais plus
m'en séparer... »

Mais Morgane n'écoutait plus. Elle s'était levée comme un
automate, et se mit à arpenter d'un pas mal assuré la vaste
salle, les yeux perdus dans un monde qu'elle ne pouvait
partager avec personne.

« Elle porte son enfant bien bas ! pensa Morgause en l'observant du coin de l'œil. Il n'y en a plus pour longtemps ! »

236

Lot avait tué un cerf et, du grand feu allumé au milieu de la cour, montait une appétissante odeur de viande rôtie qui s'insinuait dans tout le château. Morgane prit sur elle-même pour ne pas refuser une tranche de foie cru dégoulinant de sang. C'était un mets de choix habituellement réservé aux femmes enceintes. Sans chercher à cacher sa répugnance, elle l'absorba avec avidité, son corps réclamant cette nourriture dont elle rejetait l'idée dans le même temps. Aussi, lorsqu'on lui proposa ensuite des tranches de filet, refusa-t-elle énergiquement.

« Il faut manger ! lui dit sévèrement Morgause, lui servant un morceau fumant. Vous devez vous nourrir, vous et votre enfant !

— Je ne peux pas, gémit Morgane. Je ne supporte plus le cerf depuis que j'en ai mangé aux derniers feux de Beltane... Sa simple odeur, depuis, me donne envie de vomir. »

« L'enfant aurait donc été engendré aux rituels du solstice d'Été, pensa Morgause. Pourquoi semble-t-elle alors à ce point troublée ? Le souvenir devrait pourtant lui en être doux... A en juger par ma propre expérience, les folies de Beltane n'étaient pas un supplice... La jeune fille serait-elle tombée aux mains d'un mâle particulièrement brutal ? Peut-être même a-t-elle été violée ? Ce qui expliquerait le désespoir ressenti à la suite de sa grossesse... »

Morgause prit un morceau de gâteau d'avoine et le trempa dans le jus de la viande :

« Mangez ceci, alors. Vous en éprouverez un grand bienfait. Je vous ai préparé aussi une tisane de pétales de roses. Je me souviens que, dans votre état, j'aimais tout ce qui était un peu acide. »

Morgane obéit docilement, et un peu de couleur revint à ses joues.

Confortablement assis entre deux chasseurs, Lot lui souriait amicalement.

« C'était sans doute un très vieil animal, mais il nous a fourni en cette saison un repas inespéré, commenta le maître des lieux. Je me réjouis de ne pas avoir été obligé de tuer une biche pleine. Nous en avons vu plusieurs, mais j'ai demandé à mes hommes de les épargner. On a même rappelé les chiens, car je veux qu'elles puissent mettre bas en paix. Mon fils, continua-t-il, vous serez bientôt assez grand, pour venir chasser avec nous ! Vous et le petit duc de Cornouailles !

— Qui est le duc de Cornouailles, père ?

— Le bébé que porte Morgane.

— Comment ce bébé peut-il être duc ? interrogea anxieusement l'enfant, la bouche luisante de graisse.

— Mon père était duc de Cornouailles, intervint Morgane, et je suis sa fille unique. Lorsque Arthur est devenu roi, il a donné le fief de Tintagel à Ygerne. C'est donc à moi qu'il reviendra et à mes enfants.

— Morgane, douce amie, prenez plutôt votre harpe et chantez-nous quelque chose », interrompit Lot en allongeant les jambes.

Morgane se leva lentement, les mains précautionneusement croisées sur son ventre :

« Dans mon état, je ne peux chanter !

— Si... Morgane, si ! Chantez-moi la chanson du dragon ! supplia le petit Gareth, s'accrochant désespérément à sa jupe.

— A cette heure-ci, tu devrais être au lit », protesta la jeune femme tout en se laissant fléchir.

Prenant une petite harpe rangée dans un coin, elle s'assit sur un banc et attaqua gaillardement une chanson à boire.

« Vous n'avez certainement pas appris cette chanson à Avalon ! se moqua gentiment Lot. En connaissez-vous d'autres de la même veine ? »

Morgane secoua la tête négativement :

« Non, je n'ai plus de souffle d'ailleurs, fit-elle en reposant son instrument, visiblement très mal à l'aise.

— Petite, qu'avez-vous ? interrogea Lot avec indulgence.

— J'ai mal » haleta-t-elle en se pliant brusquement en deux comme sous l'effet d'une crampe.

Puis elle poussa un long gémissement et Morgause vit soudain sa jupe se teinter d'une humidité sombre.

« Ce n'est rien, Morgane, la rassura-t-elle en lui prenant le bras. Le travail commence, voilà tout. »

Morgause appela Beth :

« Qu'on l'emmène dans la salle des femmes. Faites vite venir Megan et Branwen, et surtout dénouez-lui les cheveux. Elle ne doit rien avoir sur elle de noué ou de lié. J'aurais dû y penser tout à l'heure lorsque je lui ai refait sa natte... Allez, Morgane, je vous rejoins dans un instant. »

Regardant pensivement la jeune femme sortir de la pièce, lourdement appuyée au bras d'une servante, Morgane se pencha vers son époux.

« Je dois la rejoindre, dit-elle. C'est son premier enfant, et la pauvre a affreusement peur !

— Inutile de vous hâter, bougonna Lot. Elle en a sans doute pour toute la nuit. Êtes-vous donc si pressée de voir venir au monde le rival de Gauvain ? acheva-t-il avec un sourire ambigu.

— Que voulez-vous dire ? demanda Morgause à voix basse.

— Rien d'autre que ceci : Arthur et Morgane sont nés d'un même sein et son fils sera plus proche du trône que le nôtre.

— Arthur est jeune, répondit froidement Morgause. Il a le temps d'avoir une bonne douzaine de fils ! Pourquoi d'ailleurs aurait-il un besoin urgent d'un héritier ?

— Le sort est parfois capricieux, s'exclama Lot en haussant les épaules. Certes jusqu'ici Arthur a été heureux dans les combats. Mais un jour la chance peut se détourner de lui et, si cela arrivait, j'aimerais être sûr que Gauvain est le mieux placé pour accéder au trône. Pensez-y, Morgause : la vie d'un enfant est si fragile... peut-être pourriez-vous demander à votre Déesse de faire en sorte que le petit duc de Cornouailles éprouve quelque difficulté à respirer...

— Jamais je ne pourrai imaginer chose pareille ! Morgane est comme ma fille ! »

Lot effleura d'un geste affectueux le menton de sa femme :

« Vous êtes une épouse et une mère aimante, Morgause, et j'en suis très heureux. Mais, voyez-vous, je me demande si Morgane, elle, est en fait si désireuse d'avoir ce bébé. Je me suis laissé dire qu'elle regrettait de ne pas s'en être débarrassée... Si son enfant naissait sans souffle, elle n'en serait sans doute pas outre mesure chagrinée. Moi non plus, je l'avoue. Regardez, ma douce... poursuivit-il enlaçant son épouse, nous avons quatre fils et il est évident que notre royaume n'est pas assez vaste pour eux. Évidemment, si Gauvain, un jour devenait le Haut Roi, alors, tout serait différent... »

Morgause baissa la tête. Elle avait toujours su que son mari n'éprouvait pour Arthur aucune amitié. Il n'en avait pas eu davantage pour Uther, mais elle ne l'imaginait pas aussi cynique.

« Parlez-moi sans détour. Dois-je comprendre que vous me demandez de tuer l'enfant de Morgane lorsqu'il viendra au monde ?

— Non ! Je dis seulement que la vie d'un nouveau-né est fragile et demande beaucoup de soins. Peut-être serait-il bon que quelque négligence...

— Pour l'instant, je dois me rendre auprès d'elle », se contenta de répondre Morgause, l'empêchant ainsi de préciser davantage sa pensée.

En bas, dans la salle des femmes, le sol avait été recouvert de paille fraîche et une pleine bassine de gruau bouillait dans l'âtre. La nuit risquait d'être longue. Morgane, qui avait revêtu une robe très ample et dénoué ses cheveux, allait et venait à petits pas comptés dans la pièce au bras de Megan. Morgause s'avança vers la jeune femme :

« Venez avec moi maintenant, nous allons marcher ensemble, ainsi Megan pourra préparer les langes du bébé. »

Morgane la regarda comme un animal sauvage pris au piège.

« Cela va-t-il être long, ma tante ? demanda-t-elle, le visage défait.

— Non, ne vous inquiétez pas, dit tendrement Morgause. Tout ira très vite maintenant. »

Mais, intérieurement, ces paroles d'apaisement contredisaient ses craintes :

« Ce ne sera pas facile, se disait-elle, elle est trop menue. De plus, elle n'a jamais été heureuse de porter cet enfant. Il est hors de doute qu'elle a devant elle une longue nuit, une nuit douloureuse... » Mais, se souvenant que Morgane avait le Don de seconde vue et qu'il était inutile de lui mentir, elle ajouta en caressant sa joue pâle :

« Bien sûr, c'est toujours un peu long de mettre un premier enfant au monde. Mais nous allons faire tout notre possible pour vous aider. Quelqu'un a-t-il apporté une chatte ?

— Oui, en voici une, répondit une servante en apportant l'animal.

— Les chats portent leurs enfants en ronronnant, sans jamais souffrir ni se plaindre, expliqua Morgause. Asseyez-vous, gardez cette chatte sur vos genoux et caressez-la, vos douleurs en seront grandement atténuées. »

Morgane s'exécuta avec résignation et, l'air détendu, commença à passer sa main sur la fourrure du petit animal assoupi.

« Je suis si fatiguée... si fatiguée, gémit-elle, le visage crispé. Ah ! je voudrais tant qu'il soit déjà là ! »

Mais regrettant aussitôt cet instant de faiblesse, elle se mordit les lèvres et demanda à nouveau à arpenter la pièce jusqu'à sa délivrance.

Les heures s'égrenèrent lentement. Quelques femmes dormaient couchées à même le sol ; d'autres assistaient à tour de rôle dans sa marche chancelante la future accouchée. Elle avait de plus en plus peur ; elle était de plus en plus pâle. Quand vint l'aube blafarde, malgré son extrême épuisement, sa difficulté de plus en plus douloureuse à mettre un pied devant l'autre, elle comprit néanmoins que le moment n'était pas encore venu de s'allonger sur la paille. Ou bien elle avait froid et ramenait autour d'elle sa vieille cape de fourrure, ou bien elle avait trop chaud et la jetait à terre... éprouvant à intervalles réguliers d'incontrôlables haut-le-cœur l'obligeant à cracher une sorte de liquide bilieux verdâtre...

Finalement, un peu avant midi, elle dut s'étendre sur le sol, serrant les lèvres jusqu'au sang pour ne pas hurler de douleur. Morgause s'agenouilla à côté d'elle et lui prit la main :

« Le père de l'enfant était-il beaucoup plus grand que vous ? Lorsqu'un enfant est long à venir, cela veut dire parfois qu'il est un peu trop fort pour sa mère. »

Et de nouveau, comme elle l'avait déjà fait à plusieurs reprises, Morgause s'interrogea sur l'identité de ce père. Elle avait vu Morgane les yeux fixés sur Lancelot tout au long du couronnement d'Arthur. Se pouvait-il donc qu'elle l'ait pris comme amant ? Était-ce là la raison de la colère de Viviane et ce qui l'avait poussée à s'enfuir d'Avalon ?

« Qui est le père ? demanda doucement Morgause.

— Je n'ai pas vu son visage... Il est venu à moi sous les traits du Grand Cornu... »

Lasse de veiller, et nullement dupe du mensonge de la jeune

femme, Morgause quitta la salle des femmes et revint dans le grand vestibule où les hommes jouaient aux osselets. Lot les regardait, assis sur un banc, tenant sur ses genoux une jeune suivante dont il caressait distraitement les seins. Effarouchée par l'entrée inopinée de sa maîtresse, la jouvencelle tenta de s'échapper des bras de Lot.

« Reste où tu es, l'interrompit Morgause. Nous n'avons pas besoin de toi pour l'instant. Ce soir, je resterai avec Morgane et je n'ai guère le temps de te disputer les faveurs de ton maître. Demain, je te le reprendrai, si tu veux bien. » La servante baissa la tête en rougissant, et Lot demanda :

« Eh bien ! où en est-on avec Morgane ?

— Les choses se présentent mal ! Jamais pour aucun de mes fils je n'ai éprouvé tant de difficultés... »

Morgane en effet était maintenant à genoux sur la paille, très droite pour faciliter la descente de l'enfant. Mais brusquement elle s'affaissa, et deux servantes durent la relever. Elle était en larmes et s'efforçait courageusement d'avaler ses sanglots en se mordant les lèvres. Revenue auprès d'elle, Morgause s'efforçait de la réconforter. Se redressant alors dans un ultime sursaut, Morgane s'agrippa au cou de sa tante et, les yeux perdus dans le vague s'écria : « Mère, Mère, je savais que vous viendriez... » Puis son visage se convulsa ; elle rejeta la tête en arrière et prononça une succession de paroles incompréhensibles.

« Tenez-la, Madame, tenez-la bien ! Non pas ainsi mais maintenez-la droite », criait Megan.

Morgause, soutenant de toutes ses forces la jeune femme sous les bras, la sentait trembler comme feuille dans la tempête. Se raidissant sous l'effort, elle empêcha par deux fois le pauvre corps tordu par la douleur de s'affaisser définitivement. Morgane cria encore : « Mère ! Mère ! » sans que Morgause sût si elle appelait à son secours Ygerne ou la Déesse, puis enfin elle s'effondra inconsciente dans les bras de Morgause tandis qu'une âcre odeur de sang se répandait dans la pièce, et que Megan élevait à bout de bras un petit paquet sombre et tout gluant :

« Regardez, Morgane, regardez, vous avez un magnifique garçon ! » clama-t-elle avant de se pencher sur l'enfant pour lui souffler dans la bouche.

Alors, le nouveau-né poussa un cri aigu comme s'il protestait furieusement contre ce monde glacial qui s'ouvrait à lui. Mais sa mère, les yeux clos, gisant toujours dans les bras de Morgause, ne fit pas un effort pour le regarder.

Une fois le bébé lavé et emmailloté, Morgane revenue à elle accepta de boire une coupe de lait chaud avec du miel et des herbes contre l'hémorragie, puis elle s'endormit comme une masse.

« Elle va guérir, pensa Morgause, stupéfaite qu'une joute aussi violente ait pu laisser la mère et l'enfant bien en vie. Mais il est fort probable qu'elle n'en aura jamais d'autre. »

Prenant dans ses bras le petit être emmailloté, elle interrogea alors avec curiosité son visage chiffonné. Le nouveau-né avait une jolie peau rose et satinée, des cheveux sombres, les traits réguliers : oui, il était bien, comme Morgane, un enfant des fées, peut-être le fils de Lancelot ! Quoiqu'il en soit, il serait proche du trône du roi Arthur...

L'important maintenant était de le confier à une nourrice, bien qu'il était certain que, dès qu'elle serait un peu reposée, Morgane voudrait nourrir son enfant. C'était toujours ainsi : plus dure avait été la lutte, plus grand chez la mère se révélait l'amour, et plus fort le plaisir de sentir la petite bouche boire à son sein.

Mais tout à coup les paroles de Lot lui revinrent en mémoire : « Si tu veux voir un jour Gauvain sur le trône, cet enfant lui sera un obstacle... » Or pour ce petit être, maintenant dans ses bras, respirant à peine, serait-ce vraiment un grand malheur, si très vite la vie venait à le quitter ? Ne le connaissant pas, Morgane n'en ressentirait aucun chagrin, et n'y verrait que la volonté de la Déesse... Ah, si seulement elle pouvait être sûre que ce fils était bien celui de Lancelot !

Ah ! comme elle regrettait en cet instant d'être si peu initiée aux procédés magiques. Eux seuls lui auraient permis de connaître la vérité. Certes elle n'avait pas, à Avalon, porté suffisamment d'intérêt à l'enseignement des Druides. Mais parente de Viviane, choyée par les prêtresses et élevée dans leur intimité, ne pouvait-elle malgré tout, en cette grave occasion, tenter de faire appel aux forces de la magie ?

Animée d'une soudaine détermination, elle s'enferma dans

243

la chambre où l'on avait installé Morgane et son bébé, et ranima le feu. Puis elle coupa prestement trois cheveux de la toison soyeuse qui poussait déjà sur la tête de l'enfant et se penchant sur Morgane endormie, procéda au même prélèvement. Ensuite, elle piqua le doigt du nouveau-né avec un poinçon et le berça pour calmer ses cris de protestation. Enfin, ayant jeté dans le feu les cheveux mélangés à des herbes et aux gouttes de sang de l'enfant, elle murmura une formule magique et observa les flammes...

Immobile, osant à peine respirer, elle regarda s'élever, se tordre et mourir les minces volutes de fumée, laissant entrevoir, une brève seconde, un visage à peine esquissé. Un visage jeune, couronné, aux cheveux blonds, surmontés de ramures, avec des yeux semblables à ceux d'Uther...

Morgane n'avait donc pas menti en disant que le père était venu à elle sous les traits du Dieu Cornu. Le Grand Mariage avait donc été célébré pour Arthur avant son couronnement ? Ah, Viviane avait tout prévu ! Ainsi l'enfant était le fruit de deux lignées royales ? Arthur et Morgane ? Non, ce n'était pas possible ! Et pourtant...

Un léger bruit la fit soudain se retourner. Morgane la regardait. Debout, pâle comme la mort, cramponnée aux montants du lit, ses yeux fixaient maintenant le feu et les objets magiques répandus devant l'âtre.

« Morgause, articula-t-elle avec peine, Morgause, jurez-moi... jurez-moi, si vous m'aimez, de ne jamais souffler mot de tout cela à Lot, ni à personne d'autre. Jurez-le-moi ! »

Morgause alla vers elle, la prit doucement par le bras et la reconduisit jusqu'à sa couche :

« Venez, ma pauvre enfant, venez vous reposer... Nous allons maintenant tranquillement parler un peu toutes les deux. »

Mais Morgane répétait, de plus en plus agitée, les yeux brillants de fièvre :

« Jurez-moi de ne jamais rien dire ! Jurez-moi le secret ! Ou je vous maudis par le vent, par le feu, par la mer et par la pierre...

— Oui ! l'interrompit Morgause en lui prenant les mains pour tenter de la calmer. Oui ! Voyez : je le jure ! Je le jure ! »

Comme elle aurait voulu dire le contraire, mais il était trop tard ! Elle avait juré, tant elle redoutait d'être maudite par une prêtresse d'Avalon.

« Reposez-vous maintenant, reposez-vous, il faut dormir un peu » chuchota-t-elle l'esprit ailleurs, tandis que Morgane s'allongeait docilement et fermait les yeux.

Perdue dans ses pensées, Morgause s'assit près d'elle et se prit à réfléchir intensément : « Arthur a été élevé en chrétien. Cet enfant de l'inceste sera donc pour lui une impardonnable honte... Il est toujours utile de connaître les secrets d'un roi. Ainsi ai-je réussi à m'imposer auprès de Lot. J'en ai fait ma chose, car je connaissais ses penchants et ses fantaisies amoureuses... »

Le bébé se réveilla et se mit à pleurer. Morgane, aussitôt, comme toutes les mères dont l'enfant pleure, ouvrit les yeux. Trop faible pour bouger, elle murmura. :

« Mon enfant... Morgause, je voudrais l'avoir dans mes bras... »

Morgause se pencha pour le prendre et le remettre à sa mère. Mais, brusquement, elle hésita : si Morgane, une fois, une seule, le tenait dans ses bras, elle voudrait aussitôt le nourrir. Elle l'aimerait donc et s'inquiéterait de sa santé. Entre eux deux se créerait un lien indestructible... Il fallait empêcher cela à tout prix !

« Non, Morgane ! répondit-elle avec fermeté. Vous n'êtes pas encore assez forte pour le tenir dans vos bras et le nourrir, et... si vous le prenez maintenant, il n'acceptera jamais ensuite de téter sa nourrice. Vous pourrez le prendre et le garder près de vous dès que vous serez un peu remise, et qu'il aura commencé à se nourrir normalement ! »

Morgane poussa un cri en tendant les bras, mais Morgause, refusant de se laisser fléchir, saisit l'enfant et sortit rapidement de la pièce. « Nous en ferons l'enfant adoptif de Lot, et nous l'utiliserons s'il le faut contre le Haut Roi, pensa-t-elle. Je suis certaine que Morgane, lorsqu'elle sera tout à fait remise, s'inquiétera fort peu de son fils, et sera même heureuse de me le confier... »

XIII

XIII

Guenièvre, la fille du roi Leodegranz, était assise, jambes ballantes, sur le petit muret entourant le jardin intérieur du château. Désœuvrée, elle donnait dans la pierre de petits coups de talon réguliers, regardant d'un œil distrait les chevaux paître en contrebas, dans l'enclos.

Guenièvre aimait cet endroit calme et rassurant. Elle s'y sentait parfaitement protégée contre les multiples dangers du monde.

« Mais de quoi avez-vous peur ? lui avait demandé un jour Aliénor, sa belle-mère, exaspérée par les terreurs perpétuelles de la jeune fille. Jamais les Saxons n'oseront s'avancer aussi loin vers l'ouest. Et si par malheur ils arrivaient jusqu'à nos murs, placés comme nous le sommes sur la colline, nous les verrions venir à trois lieues à la ronde. Nos guerriers auraient tout le temps voulu pour nous défendre ! »

Guenièvre n'avait rien trouvé à répondre à ces arguments. Comment aurait-elle pu expliquer d'ailleurs à l'inébranlable Aliénor que le poids seul du ciel immense au-dessus de sa tête, la vue seule des terres sauvages s'étendant à l'infini, suffisaient

249

à l'angoisser. Certes tout le monde autour d'elle riait de ses frayeurs : les servantes, le prêtre du château, son père surtout auquel elle osait à peine parler. Mais que pouvait-elle y faire ? Ah ! comme elle regrettait son cher couvent, havre de paix et de sécurité ! Quel déchirement pour elle d'avoir dû le quitter pour revenir chez son père prendre place auprès des enfants que lui avait donnés sa nouvelle épouse !

Brusquement Guenièvre s'arracha à ses tristes pensées. Le corps dangereusement penché en avant, elle suivit du regard une silhouette mince, élégamment drapée de rouge, qui venait de faire irruption dans l'enclos, au milieu des chevaux. C'était Lancelot ! Une fois déjà elle l'avait rencontré près de son couvent, en compagnie d'une jeune femme étrange, lorsqu'elle s'était perdue... Comme elle avait eu peur ce jour-là !

Guenièvre retint son souffle et se pencha plus encore pour suivre la scène qui se déroulait sous ses yeux. Lancelot, en effet, venait de saisir par la bride le coursier le plus rétif de toute l'écurie du roi Leodegranz, celui que personne n'osait monter.

Puis, sans se soucier des cris de mise en garde qui fusaient de toutes parts, il le flatta, l'empêcha de ruer, le força à l'immobilité et le sella avec des gestes aussi sûrs que précis, l'animal n'ayant tenté qu'une seule fois, d'un écart brusque, d'échapper à sa poigne. L'obligeant à baisser l'encolure, le sourire aux lèvres, Lancelot enfourcha enfin la bête soumise et après l'avoir mise au pas, s'adressa d'une voix forte à l'un des soldats du roi qui lui apporta sur-le-champ une longue lance effilée.

Jamais Guenièvre ne devait oublier l'extraordinaire spectacle qui suivit devant toute la Cour assemblée. Ses boucles brunes dansant sur son front hâlé, le jeune cavalier s'élança au galop tel un guerrier intrépide au cœur d'une bataille. Sans hésiter, il transperça de sa pique acérée un ballot de paille placé sur son chemin, puis poursuivit sa route à toute allure, pourfendant l'espace de coups d'épée, traçant dans l'air des cercles menaçants et sublimes, mimant autour de lui un grandiose et fabuleux massacre.

Devant la foule hurlant sa joie et Leodegranz médusé, le cavalier cependant remit bientôt son cheval au pas, et s'avançant vers le roi, s'inclina courtoisement devant lui en immobilisant sa monture :

« Sire, imaginez que le ballot de paille ait été un Saxon, suivi d'une armée d'assaillants... voilà pourquoi je vous demande de m'autoriser à entraîner le plus grand nombre possible d'hommes et de chevaux. Ils sont indispensables à notre combat : eux seuls nous permettront de chasser l'envahisseur. Or vos chevaux, Seigneur, sont les plus vigoureux et les plus rapides de toute la Grande Bretagne...

— Je n'ai pas juré allégeance au roi Arthur, l'interrompit Leodegranz, et j'en ai déjà expliqué la raison : Uther, lui, était un soldat éprouvé, un homme d'Ambrosius, mais son fils est à peine encore sorti de l'enfance !

— Le croyez-vous toujours, après tous les succès qu'il vient de remporter ? interrogea fermement Lancelot. Voici plus d'un an qu'il est monté sur le trône, et que vous lui ayez ou non juré allégeance, chacune de ses victoires sur les Saxons nous protège tous, vous aussi ! Des hommes et des montures, voilà ma seule requête...

— Ce n'est sans doute ni le lieu, ni l'instant, Lancelot, d'évoquer les affaires du royaume, l'interrompit Leodegranz. J'ai néanmoins apprécié ce que vous venez de faire avec ce coursier. Il vous revient de droit. Je vous en fais cadeau. Oui, il est à vous ! Maintenant, rentrons et allons boire ensemble, voulez-vous ? »

Entendant ces paroles, Guenièvre sauta au bas du mur et se précipita comme une folle vers les grandes cuisines voûtées où elle trouva la reine au milieu de ses servantes. Lui criant l'arrivée imminente de son père et de l'envoyé du Haut Roi, elle rebroussa chemin et partit comme une flèche en direction de sa chambre. Lorsqu'elle redescendit tout essoufflée, elle était vêtue d'une robe bleu gris d'un ton très doux, s'harmonisant parfaitement à la délicatesse de son teint de pêche. Ses cheveux blonds dénoués ondulaient gracieusement autour du cou, cerclé d'un très fin collier de petits grains couleur corail.

Guenièvre avait l'habitude d'aider aux tâches domestiques. Elle prit donc un large bassin de bronze qu'elle alla remplir au chaudron suspendu dans l'âtre, jeta sur l'eau tiède quelques pétales de rose, pénétra ensuite dans la grande salle où venaient d'entrer le roi et son invité. Les ayant aidés à se débarrasser de leurs vêtements, elle tendit l'eau parfumée à Lancelot.

« Ne nous sommes-nous pas déjà rencontrés sur l'Ile des Prêtres, demoiselle ? interrogea-t-il en souriant d'un air de connivence.

— Oui, je crois, murmura la jeune fille en rougissant devant l'air étonné de son père. C'est vous qui m'avez reconduite à mon couvent, le jour où je me suis perdue.

— Pauvre petit oiseau qui, à trois pas de son nid, n'en retrouve pas le chemin ! se moqua le roi. Mais Lancelot, parlons maintenant de choses sérieuses. Que pensez-vous exactement de mes coursiers ?

— Je vous l'ai dit, Seigneur, ils sont meilleurs que tous ceux que nous pouvons acheter ou produire ! Nous en avons fait venir quelques-uns des royaumes des Maures pour les croiser avec nos poneys des Hautes Terres. Les chevaux obtenus sont vigoureux et rapides, mais ils ne valent en rien les vôtres. De plus, il nous en faut beaucoup et le temps presse. J'aimerais vous montrer comment entraîner vos bêtes pour nos combats futurs, et...

— Non ! trancha Leodegranz. Je suis vieux et n'ai plus envie de me battre. En outre, je n'ai pas de fils après moi. Si votre Haut Roi cependant accepte de me rendre visite, nous verrons ensemble ce qu'il est possible de faire. Sers-nous à boire, maintenant, ma fille, et laisse-nous seuls. »

Guenièvre toute décontenancée obéit et quitta la salle. Dehors, elle gagna à petits pas la place où se tenait fringant le coursier que son père venait d'offrir à Lancelot, et resta un long moment à l'observer : une bête magnifique, plus noble et nerveuse qu'aucune autre... Des pas derrière elle l'arrachèrent à sa contemplation. C'était Lancelot, son entrevue terminée, qui s'apprêtait à partir. Ne pouvant retenir la question qui lui brûlait les lèvres depuis le matin, elle s'adressa à lui le cœur battant :

« Est-ce vrai, que vous domptez les chevaux grâce à vos pouvoirs magiques ?

— Mais non, voyons ! Qu'allez-vous chercher là ? Ai-je l'air d'un sorcier ? J'aime les chevaux, je les comprends, je connais leurs réactions, c'est tout !

— On dit pourtant que vous êtes un enfant des Fées ! poursuivit-elle, enhardie par sa bienveillance.

— Peut-être, oui, d'une certaine façon, reprit-il soudain plus grave. Ma mère appartient au Vieux Peuple qui gouvernait cette terre avant l'arrivée des Romains et des tribus du Nord. C'est une femme d'une grande sagesse. Elle est Haute Prêtresse de l'Ile d'Avalon.

— Ah ? Les sœurs du couvent m'ont dit que les femmes d'Avalon étaient toutes des sorcières et des servantes du Diable...

— Ne croyez pas de pareilles sottises ! rétorqua Lancelot l'œil narquois en enfourchant son splendide destrier. Hélas, il me faut désormais vous quitter, mais si Dieu et les Saxons m'y autorisent, je reviendrai dans quelques lunes avec le Haut Roi, et nous pourrons ainsi continuer notre conversation. Au revoir, gente Demoiselle ! Ne m'oubliez pas dans vos prières. »

Il se pencha sur elle, effleura légèrement sa joue du bout des doigts, et s'éloigna rapidement dans un grand nuage de poussière. « Ainsi, il reviendra, songea Guenièvre, toute rêveuse... Oui, il reviendra... »

« Quel beau cavalier, n'est-ce-pas, mon enfant ? aboya à ses côtés la grosse voix de son père, la ramenant à la réalité du monde. Qu'avez-vous ? Pourquoi ce trouble ? Aurait-il tenté de vous séduire et tenu des propos inconvenants ?

— Nullement, mon père, il s'est comporté en véritable chevalier. Il n'est pas une de ses paroles que vous n'auriez pu entendre.

— Je m'en réjouis. Veuillez néanmoins, à l'avenir, vous abstenir de tourner autour de lui. Ma fille mérite mieux que ce bâtard du roi Ban de Benoïc, né de Dieu sait qui...

— Sa mère est la Haute Prêtresse du Vieux Peuple, et lui-même, dit-on, est fils de roi...

— Je le sais. Mais inutile de songer à épouser un simple capitaine des armées du roi Arthur. Si d'ailleurs tout se passe comme je le prévois, c'est le Haut Roi lui-même que vous épouserez... Je sais que c'est une perspective propre à vous effrayer puisque tout vous fait peur, acheva-t-il brutalement. Mais ne vaut-il pas mieux un roi pour veiller sur vous, qu'un simple chevalier d'Armorique dévoué corps et âme à son maître ? »

C'était un soir de printemps, une année après le couronnement d'Arthur. Ygerne était paisiblement assise dans une cellule de son cloître et tentait de fixer son attention sur un ouvrage de broderie fine. Mais elle était troublée. Une fois déjà, il lui avait semblé entendre un cri déchirant qui l'avait fait sursauter et lâcher la pièce de soie où elle passait ses fils. Une fois déjà comme fouettée par cet appel désespéré, elle s'était levée d'un bond pour constater que la pièce était vide, aussi calme et silencieuse qu'à l'accoutumée. Et pourtant elle n'avait pas rêvé : « Mère ! Mère ! » pleurait distinctement la voix, la voix de Morgane... Elle s'était donc signée, puis remise à son ouvrage, mais ne parvenait pas à dissiper son anxiété.

A la fin de l'été précédent, Viviane en effet lui avait envoyé un message : « Si Morgane est avec vous, dites-lui que tout va bien. » Or Ygerne n'avait pas revu sa fille depuis le couronnement d'Arthur et la croyait en sûreté à Avalon.

Pourquoi Morgane a-t-elle quitté l'Ile Sacrée ? s'interrogeait-elle inlassablement depuis lors, sachant que ces prêtresses ne pouvaient, sauf pour une mission précise, s'éloigner de l'Ile. Bien plus, Viviane semblait même ignorer où se trouvait la jeune fille. Morgane lui avait-elle donc désobéi ? Et si tel était le cas, où s'était-elle enfuie ? Avec qui ? Un homme, peut-être, en compagnie duquel elle vivait en marge des lois d'Avalon comme de celles de l'Église ? Avait-elle rejoint Morgause ? Ou bien était-elle morte ? Tout pouvait s'envisager. Mais, en dépit de toutes ses craintes, Ygerne se refusait absolument à faire usage de son don de seconde vue, et continuait de prier de toute son âme pour sa fille.

La nuit était presque tombée, quand une voix enfantine la fit sursauter :

« La Mère supérieure m'envoie vous chercher. Des visiteurs viennent de se présenter à la porte du couvent et désirent vous parler ! »

Ygerne n'eut pas le temps d'en demander davantage, que la

fillette s'était déjà éclipsée en courant. Elle se leva donc et se hâta vers la grande porte où l'attendaient les visiteurs annoncés : Merlin, le roi Arthur et un personnage inconnu vêtu de l'austère robe noire que commençaient à porter les prêtres pour se distinguer des Druides, se trouvaient devant elle.

« Mère, annonça respectueusement Arthur, voici Patricius, le nouvel archevêque de l'Ile des Prêtres maintenant nommée Glastonbury.

— Ma Dame, reprit celui-ci, s'inclinant gravement devant Ygerne, après avoir chassé d'Irlande tous les sorciers et les hérétiques, je me suis donné pour mission d'en débarrasser maintenant la Grande Bretagne. Or j'ai trouvé à Glastonbury des prêtres corrompus, acceptant d'associer les Druides à leur culte !

— Il me semblait pourtant qu'à l'instant même où il allait mourir sur la croix, Notre Seigneur Jésus-Christ avait justement promis le paradis au voleur présent à ses côtés... »

Autant la voix de Merlin était calme et pondérée, autant celle de Patricius fut cinglante lorsqu'il s'exclama sur un ton de profonde exaspération :

« Seuls les prêtres du Christ sont habilités à interpréter les Écritures !

— Allons, mes amis, allons, je vous en prie, intervint Arthur, point de querelle. Vous êtes mes deux plus chers conseillers, et votre sagesse à l'un et à l'autre, pèse d'un même poids dans mes jugements... Allons donc nous asseoir ! Nous avons longuement chevauché, Mère, et nous avons faim et soif. Caï et Gauvain qui sont restés dehors ont également droit au repos. Qu'on les fasse entrer et qu'on nous apporte des viandes et du vin. »

Ygerne se retira pour donner les ordres nécessaires et, de retour dans le grand réfectoire où ils avaient pris place, considéra son fils en silence. Comme il avait changé depuis son couronnement ! Ses épaules s'étaient élargies, son maintien s'était affirmé, et une longue cicatrice au travers de la joue donnait à son visage une virilité farouche et guerrière.

« Comme vous pouvez le constater, ma Mère, expliqua Arthur allant au-devant des questions qu'il devinait dans son

255

regard, j'ai combattu mais Dieu m'a préservé ! Mais avant d'entendre les paroles pour lesquelles je suis venu jusqu'à vous, dites-moi la raison de l'inquiétude que je crois lire dans vos yeux.

— J'ai peur pour Morgane. Elle a quitté l'Ile Sacrée et je n'ai d'elle aucune nouvelle. S'est-elle montrée à votre Cour ?

— A ma "Cour" ! Ce pauvre château peuplé de femmes et d'enfants, protégé par Caï et quelques chevaliers trop âgés pour combattre ! s'exclama gaiement Arthur. Mais ne vous inquiétez pas, Mère, Morgane se trouve chez Lot. Nous l'avons su par le jeune Agravain venu rejoindre son frère Gauvain au début de l'automne. Selon lui, Morgane vivrait auprès de Morgause. Elle va bien, joue de la harpe, et veille sur les réserves où sont engrangées les épices du château...

— Dieu soit loué ! l'interrompit Ygerne, le cœur débordant de reconnaissance envers Celui qui l'avait exaucée ! Mais pour quelle raison s'est-elle rendue au royaume des Orcades ?

— Je ne le sais, ma Mère, mais maintenant écoutez ce que j'ai à vous dire. Je crois le moment venu pour moi de prendre femme et de donner au royaume l'héritier qu'il attend. Pour l'instant, je n'en ai d'autre que mon cousin Gauvain...

— Je le sais, mon fils, et, à votre place, je ne lui accorderais pas une entière confiance.

— Comment, ma Mère, pouvez-vous parler de lui en ces termes ? Il est mon plus fidèle compagnon, mon ami de tous les jours et de tous les combats... Si Gauvain voulait mon trône, il lui suffirait simplement de relâcher un peu sa vigilance à mes côtés. Son corps est pour moi un infranchissable rempart. Sans lui, ce n'est pas une balafre qui marquerait ma joue mais mon crâne qui aurait été pourfendu ! Je lui confierais sans hésiter ma vie, ma foi et mon honneur...

— Vous avez raison ! intervint Merlin de sa voix grave, Gauvain sera pour vous un ami sûr et fidèle jusqu'à la mort, plus digne encore de confiance que Lancelot lui-même ! »

Le visage d'Arthur s'éclaira, d'un sourire si semblable à celui d'Uther, qu'Ygerne en fut toute remuée. Lui aussi avait su susciter dans son entourage d'innombrables dévouements ; lui aussi avait mis toute sa foi en ses amitiés...

« Merlin, reprit cependant Arthur, Merlin, je n'aime pas

256

que vous parliez ainsi de mon plus cher ami : à Lancelot aussi, je confierais sans hésiter ma foi et mon honneur !

— J'en conviens, vous pouvez lui faire également confiance, sans jurer toutefois qu'il ne vous trahira pas un jour ! Il vous aime pourtant profondément et veille sur vous mieux que sur lui-même.

— Je partage votre avis. Gauvain est un bon chrétien, enchaîna Patricius, mais je suis moins sûr de Lancelot. Un temps viendra, je le crains, où tous ceux qui se disent chrétiens sans l'être vraiment révéleront leur véritable nature de fils du Diable ! Celui qui rejette l'autorité de la Sainte Église et la volonté de Dieu est l'ennemi du Christ !... »

Les yeux de l'archevêque lançaient de tels éclairs vers le vieux magicien, qu'Arthur, une fois encore, crut sage d'intervenir :

« Mes bons amis, je vous en prie, nous ne sommes pas là pour discuter de théologie, mais de mon prochain mariage ! La proposition ne me plaît guère mais le roi Leodegranz m'a offert sa fille — je ne sais même plus son nom... — et cent de ses meilleurs guerriers, tous armés, avec cent magnifiques chevaux que Lancelot pourra entraîner pour refouler les Saxons hors de nos frontières !

— Ce n'est pas là une raison suffisante pour épouser la fille de Leodegranz, mon fils. Les chevaux s'achètent et les hommes se louent.

— Leodegranz refuse de me vendre ses coursiers ! Je le soupçonne, grâce à cette dot, de vouloir s'allier à ma cause. Il n'est pas le seul dans ce cas, mais c'est lui qui m'offre le plus ! Acceptez-vous, ma Mère, de porter ma réponse au roi Leodegranz et d'amener sa fille jusqu'à ma Cour ?

— Mon enfant, quitter le couvent me semble difficile...Gauvain ou Lancelot, ne rempliraient-ils pas aussi bien cette mission ?

— Gauvain aime trop les filles pour que j'ose lui confier ma fiancée, s'esclaffa Arthur en riant. Lancelot, peut-être...

— Non, Ygerne, ce rôle et ce devoir vous incombent, trancha Merlin avec une telle autorité que tous les regards se tournèrent vers lui.

— Craignez-vous à ce point le charme de Lancelot, Merlin ? » plaisanta le roi, s'amusant visiblement à pousser le vieux magicien dans ses derniers retranchements.

Mais aucune réponse ne sortit de sa bouche. Seul un profond soupir, une lueur étrange dans ses yeux, indiquèrent clairement qu'il n'en dirait pas davantage.

« C'est bon, j'irai moi-même dit alors précipitamment Ygerne. J'irai. Encore faut-il que l'Abbesse y consente... »

Sur le point de partir vers son nouveau destin, Guenièvre, la gorge nouée, s'interrogeait sans chercher à dissimuler sa terreur :

« Vous-même n'avez pas peur ?... demanda-t-elle à Ygerne d'une pauvre petite voix tremblante. Nous partons si loin !

— Pourquoi peur ? Les Saxons ne menacent nullement Caerleon et si l'hiver n'est pas une saison agréable pour voyager, les intempéries vous assurent au moins de ne pas tomber aux mains de hordes sauvages. »

Ygerne regarda longuement la fragile jeune fille qu'elle allait devoir mener à son fils et poursuivit doucement :

« Moi aussi, jadis, j'étais très effrayée lorsqu'on m'a donnée au duc de Cornouailles ! Tout a changé le jour où j'ai tenu dans mes bras mon premier enfant. Mais je n'avais alors que quinze ans, vous en avez dix-huit ! Regardez plutôt ces splendides poneys que votre père met à notre disposition : avec eux nous allons faire une très bonne route...

— Je préférerais cent fois voyager en litière... murmura Guenièvre timidement.

— En litière ! Mais c'est horriblement ennuyeux ! s'exclama gaiement Ygerne. Faites comme moi et ma sœur quand nous voyageons : mettez de larges braies de grosse toile pour être plus à l'aise !

— Mais c'est interdit par les Saintes Écritures... objecta la jeune fille en rougissant.

— Peut-être... mais une chose est certaine : les auteurs des Saintes Écritures ignoraient tout du climat de nos pays ! Chez eux, une simple robe suffisait à se protéger du vent... Ah, voici Lancelot ! Savez-vous qu'il a la première place parmi les compagnons d'Arthur ? Il va nous escorter jusqu'à Caerleon et veillera sur les hommes et les bêtes que le roi votre père offre à mon fils. »

Drapé, comme les Romains, dans un grand manteau rouge, Lancelot s'approchait, en effet. Il s'inclina devant les deux femmes et demanda :

« Mesdames, êtes-vous prêtes ?

— Oui, les bagages de la princesse sont là, répondit Ygerne en désignant une charrette lourdement chargée d'un lit, d'un gros coffre sculpté, de deux métiers à tisser, de pots et de chaudrons divers que l'on apercevait imparfaitement recouverts par de grandes peaux.

— Ce n'est pas ce chargement qui m'inquiète, c'est l'autre ! commenta Lancelot en jetant un regard préoccupé à l'attelage de bœufs apparemment déjà fatigués entre les brancards d'un lourd chariot transportant le cadeau du roi Leodegranz à Arthur.

— Cette table était pour mon père un véritable trésor, expliqua Guenièvre. Un roi de Tara vaincu au combat par mon grand-père a dû s'en séparer. C'était la plus belle table de son château. Elle est ronde et gigantesque, comme vous le voyez : un barde peut s'asseoir au centre pour chanter, et nombre de chevaliers prendre place autour.

— C'est un magnifique cadeau, approuva Lancelot. Mais il va falloir au moins deux, sinon trois paires de bœufs pour tirer ce chargement jusqu'à Caerleon. Il nous faudra chevaucher à leur allure ! Mieux vaut donc pour vous voyager en litière. Allons, ne perdons point de temps. En route ! »

A peine Guenièvre était-elle installée à sa grande satisfaction dans une litière qu'elle en ferma les rideaux puis se laissa tomber, triste et désabusée, sur le banc confortablement garni de fourrures et de coussins. « Que suis-je d'autre, pensa-t-elle, le convoi se mettant doucement en branle, que suis-je d'autre qu'un simple présent parmi tous ceux que le roi mon père envoie au Haut Roi de Grande Bretagne ? Que suis-je d'autre sinon une parcelle insignifiante d'une dot somptueuse, un objet parmi des hommes, des chevaux, des armes et la fameuse table ronde ? » Oui, elle n'était qu'une femme abandonnée, livrée par un homme à un autre homme, avec ses accessoires, sa

259

panoplie de robes, quelques bijoux, deux métiers à tisser, un chaudron, des peignes, de quoi filer le lin...

Guenièvre abaissa ses paupières pour refouler ses larmes. Où allait-elle, sous ce ciel menaçant, cahotée dans ces landes sauvages, ces collines désolées ? Oui, vers quel pays ? Vers quel roi ? Celui-ci l'attendait sans doute, comme un étalon impatient guettant l'arrivée d'une nouvelle jument, prête à lui faire le poulain qu'il convoite !

Elle aurait tant voulu rester toute sa vie dans son cher couvent, loin du monde et des hommes, pour apprendre à lire et à dessiner des lettres d'or ! Mais cela ne convenait nullement à une princesse, avait tranché son père, auquel elle devait obéissance comme à Dieu lui-même. Les femmes, en effet, lui avait-on appris, devaient veiller à respecter en tout la volonté de Dieu, car c'était à cause d'une femme que le Péché originel avait frappé l'humanité. Aux femmes reviendrait donc éternellement la tâche d'expier la faute, à leur manière...

Comme pour protester de toute son âme, ou prier peut-être, les lèvres de la jeune fille remuèrent imperceptiblement, et Ygerne, assise en face d'elle, moins heureuse que sa compagne de voyager sans air et sans lumière, interrogea longuement le petit visage fermé. Éprouvant malgré elle une sympathie naissante pour Guenièvre, elle s'étonnait de la voir si triste, si peu curieuse du monde extérieur, de la vie nouvelle qui l'attendait.

Cette nuit-là, au milieu du piétinement des chevaux et du brouhaha des hommes, elles dormirent dans une tente dressée sur un escarpement rocheux, à l'écoute du vent et des trombes d'eau. Mais Ygerne se réveilla souvent, et lorsqu'elle entendit à ses côtés Guenièvre émettre un faible gémissement, elle n'y prêta guère attention :

« Que se passe-t-il ? Êtes-vous malade ? » demanda-t-elle seulement.

Une pauvre petite voix, à peine audible dans le vacarme des éléments déchaînés, lui répondit :

« Non, Dame, non ! Mais... Pensez-vous que votre fils m'aimera ?

— Et pourquoi ne vous aimerait-il pas ? Vous êtes belle, jeune...

— Arthur se moque bien de ma beauté ! murmura-t-elle dans

un sanglot. Il ne s'est même pas soucié de savoir à quoi je ressemblais !

— Guenièvre ! mon enfant, gronda doucement Ygerne. Toute femme, vous le savez, est d'abord épousée pour sa dot, et un roi ne peut se marier que selon les avis de ses conseillers. Ne pensez-vous pas cependant qu'Arthur, lui aussi, passe peut-être des nuits à se demander quelle femme sera la sienne ? N'imaginez-vous pas sa joie et sa gratitude lorsqu'il découvrira que vous êtes belle, instruite et douce ? Lui-même est jeune, très jeune, de caractère heureux, et croyez bien que s'il a appris par Lancelot qui vous étiez, il vous attend sûrement avec la plus grande impatience. »

Dans l'ombre de la tente, Guenièvre sembla, un instant suspendre son souffle, puis elle demanda :

« Lancelot est-il bien le cousin d'Arthur ?

— Oui, il est le fils de Ban de Benoïc et de ma sœur Viviane, la Grande Prêtresse d'Avalon. Il est né du Grand Mariage, un rite païen qui existe encore dans certaines régions. Uther lui-même avait été couronné Haut Roi sur l'Ile du Dragon selon une très ancienne coutume, mais on ne lui avait pas demandé de célébrer l'union du roi avec la terre : c'est Merlin qui l'a fait pour lui.

— Je ne savais pas que ces rites anciens existaient encore sur notre terre... Et Merlin, le connaissez-vous bien ?

— C'est mon père !

— Votre père ?... »

Sous l'effet de la surprise et de la curiosité, la jeune fille sembla s'animer, et Ygerne devina, malgré l'obscurité profonde, qu'elle l'écoutait attentivement. Après un long silence, Guenièvre reprit :

« Est-ce la vérité que racontent certains bardes ? Ils prétendent que lorsque Uther vint vous voir un soir, avant que vous ne soyez mariés, il avait revêtu l'aspect de Gorlois grâce à la magie de Merlin, en sorte que vous vous êtes couchée à ses côtés, comme une épouse fidèle, pensant que c'était votre mari ? »

Ygerne sourit intérieurement. Elle avait entendu tellement de choses relatives à son mariage avec Uther Pendragon et à la naissance de leur fils...

« Mais non ! Uther portait la cape et l'anneau de Gorlois qu'il lui avait pris au combat, mais je savais parfaitement que c'était lui, et personne d'autre, qui dormait près de moi.

— Vous aimiez Uther, alors... ?

— Oui, je l'aimais, et il m'aimait aussi passionnément. Vous le voyez, Guenièvre, un mariage, même organisé pour le bien d'un royaume, peut être heureux. Oui, j'aimais Uther et je souhaite de tout mon cœur qu'un pareil amour vous unisse, mon fils et vous.

— Oh, moi aussi, je l'espère tellement ! », balbutia Guenièvre en tendant, dans l'ombre, sa main vers celle d'Ygerne. Une main douce et fragile, faite pour orner les livres de prières ou broder les linges d'autel, et non pas pour panser les blessés, ou manier les gros chaudrons.

Dès les premiers rayons du soleil, le camp se mit en mouvement. Pâle et fatiguée, Guenièvre refusa cette fois de s'enfermer de nouveau dans la litière et voulut faire le reste du voyage à cheval. Et bientôt, dans la lumière naissante, elle se retrouva chevauchant aux côtés d'un Lancelot si gai, si empressé à la distraire, qu'Ygerne, derrière eux, se réjouit d'abord du changement qui, peu à peu, s'opérait dans le comportement de la jeune fille. Comme elle semblait maintenant heureuse et sereine, le rose aux joues et les yeux brillants ! Comme ils étaient tous deux jeunes, beaux et joyeux !

Au beau milieu de la journée cependant, à l'heure où hommes et choses semblaient s'être assoupis sous le pâle soleil d'hiver, Ygerne sursauta désagréablement : là, sous ses yeux, Lancelot et Guenièvre venaient d'échanger un regard, un regard qui ne trompe pas, reconnaissable entre tous, ce regard même de tendre connivence qu'Uther et elle avaient échangé, autrefois, au temps de leurs premiers émois. Était-il donc possible que ces deux êtres... cette fragile et douce Guenièvre, apparemment si pure, ait déjà livré son cœur à un autre homme que le Haut Roi ? Se pouvait-il que Lancelot, le cousin intrépide, l'ami fidèle entre tous d'Arthur, accepte ainsi de trahir sa confiance ?

Ygerne ferma les yeux : dès que possible, elle allait entretenir Merlin de cet angoissant soupçon. Lui seul saurait si elle avait vu juste ou se leurrait inutilement ; soulevant les paupières, il lui sembla qu'une brume presque palpable flottait autour des jeunes gens les isolant comme à dessein du reste du monde, les noyant dans un univers n'appartenant qu'à eux seuls, un univers vague et trouble fait d'attente et de désir...

Ils parvinrent à Caerleon peu avant la nuit. Le château était bâti au sommet d'une colline, sur l'emplacement d'un ancien fort romain dont on devinait encore les vestiges çà et là dans les hautes murailles. Tous les prés des alentours étaient couverts de tentes, celles des nombreux invités conviés à assister au mariage du Haut Roi et aux festivités qui allaient suivre.

A la vue de ce grand rassemblement, Guenièvre, soudain tout effarouchée, rabattit son voile sur son visage, et ne vit pas Arthur, sanglé dans une tunique bleue, l'épée au côté dans son fourreau cramoisi, se diriger vers elle. Ce n'est que lorsqu'il s'arrêta juste à hauteur de son cheval, après avoir salué sa mère, que la jeune fille comprit qu'Arthur se trouvait devant elle.

« Ma Dame... ma femme dit-il, ne la quittant pas des yeux et l'aidant à mettre pied à terre, soyez la bienvenue sur cette terre qui est désormais vôtre. Puissiez-vous y trouver tout le bonheur que je veux pour vous, et que ma joie, notre joie, y soit à jamais gravée ! »

« Comme il est beau... songea Guenièvre, émue malgré elle, comme il est beau avec ses cheveux blonds et ses yeux gris si graves. » Puis elle poursuivit tout haut :

« Je vous remercie, mon Seigneur ! Me voici, avec les hommes et les chevaux promis par mon père...

— Il y en a beaucoup, n'est-ce pas ? demanda Arthur brièvement. Combien exactement ? »

A ces mots, la petite lueur de gaieté qui, l'instant d'avant, dansait dans les yeux de Guenièvre s'éteignit brusquement et Ygerne en voulut à son fils de son inconsciente muflerie. Très digne cependant, la jeune fille se redressa de toute sa taille, et sans montrer le désarroi où la plongeait une telle question, elle répondit de manière délibérément désinvolte :

« Je l'ignore, mon Roi, mais votre capitaine-écuyer saura bien évidemment vous répondre et vous donner toute précision, jusqu'au dernier poulain non sevré. »

Réalisant sa bévue, Arthur tenta gauchement de s'excuser,

263

puis il lui prit doucement la main pour la mener, à travers la foule jusqu'aux portes de la forteresse.

« C'était la place forte de mon père, lui expliqua-t-il. Je n'y avais jamais vécu jusqu'à présent et j'ai honte de son mauvais état. Si les Saxons se décident enfin à nous laisser tranquilles, peut-être pourrons-nous trouver une autre résidence, plus digne de vous. Pour l'instant, nous tâcherons d'y être heureux. »

Ils venaient de pénétrer dans l'immense salle dallée, aux voûtes monumentales, et Guenièvre passa doucement la main sur les grosses pierres de la muraille comme pour en éprouver la solidité, espérant qu'elle saurait la protéger contre tous les dangers.

« Tout est si rassurant et majestueux, dit-elle tout impressionnée. Oui, je crois qu'à l'abri de ces murs nous serons heureux.

— C'est mon souhait le plus cher, Guenièvre. »

Pour la première fois il l'appelait par son prénom et il poursuivit tout naturellement :

« Je trouve parfois bien lourdes mes responsabilités. Lot, le roi des Orcades, qui a épousé ma tante Morgause, m'a dit que lorsqu'il était absent, il se reposait entièrement sur elle pour veiller sur ses terres. Je voudrais, ma Dame, vous faire le même honneur et vous demander de gouverner à mes côtés. »

Un nouvel accès de peur figea Guenièvre sur place : en quoi les affaires d'un royaume concernaient-elles une femme ? Que saurait-elle penser ou dire sur les agissements des Barbares ou des peuplades venues du Nord ?

« Arthur, mon fils, s'interposa Ygerne avec douceur, la boue des chemins est lourde encore à nos semelles et déjà vous entretenez cette pauvre enfant qui voyage depuis deux longues journées, des affaires de vos fiefs ! Patience ! Veillez plutôt pour l'instant, je vous prie, à nous envoyer vos chambellans. »

Acceptant volontiers ce rappel à l'ordre affectueux de sa mère, Arthur fit un geste en direction d'un jeune garçon au visage défiguré par une cicatrice, qui s'avança en boîtant.

Voici Caï, mon frère d'adoption et mon chambellan. Caï, voici Guenièvre, ma Dame et ma Reine. Je vous la confie présentement. Je dois de mon côté vérifier la bonne installation dans mes écuries des chevaux que m'envoie le roi Leodegranz.

Faites en sorte que tous les désirs de ma Dame soient exaucés : elle est désormais votre souveraine. »

Remerciant d'un gracieux mouvement de tête ces marques d'attention, Guenièvre surmontant sa fatigue déclara d'une voix ferme à ses hôtes :

« Dans le plus grand chariot de notre convoi se trouve une immense table ronde : c'est le cadeau de mariage de mon père au Haut Roi. Prise de guerre très ancienne et de grande valeur, elle vient d'Irlande. Prenez-en très grand soin, messires. Une place d'honneur lui revient dans la plus belle salle du château... »

XIV

VIX

Debout devant l'étroite ouverture de la chambre où elle venait de passer en compagnie d'Ygerne sa dernière nuit de jeune fille, Guenièvre regardait l'aube grise se lever sur les coteaux escarpés qui montaient à l'assaut du château. Partout régnait déjà un va-et-vient incessant de chevaux, d'hommes et de femmes entrant ou sortant des tentes, d'écuyers, de chevaliers en armes accompagnés de leurs serviteurs, et des gens de cuisine chargés de porter vivres et messages.

« Quelle activité ! murmura Guenièvre rêveuse.

— Et vous serez bientôt leur reine ! » s'exclama Ygerne, se demandant dans son for intérieur si cette gracile silhouette saurait en assumer toutes les charges. Une reine était bien autre chose que la première dame d'une forteresse. Oui, Guenièvre allait être l'épouse, la compagne, la conseillère, le soutien du Haut Roi. Saurait-elle tenir tous ces rôles à la fois ? Mais chassant ses doutes d'un haussement d'épaules, elle revint à des préoccupations beaucoup plus immédiates :

« Venez, Guenièvre, venez ! Il est temps maintenant de vous vêtir pour la cérémonie, et puisque l'épouse de votre père n'est pas là pour vous y aider, je m'emploierai de mon mieux pour la remplacer. »

Une heure plus tard, la jeune fille était prête. Un très fin diadème d'or dans les cheveux, une robe blanche immaculée, tissée dans une toile aux délicats reflets d'argent, la rendaient semblable à un ange descendu du ciel.

Lancelot se présenta alors pour conduire la jeune fille à la messe du matin qui devait précéder la cérémonie du mariage. Comme à l'accoutumée, il arborait fièrement sur les épaules une grande cape de velours pourpre mais avait gardé en dessous sa cotte habituelle de cavalier, car, expliqua-t-il à Guenièvre, il participerait au cours de l'après-midi à de grands jeux équestres pendant lesquels Arthur dévoilerait à son peuple une partie des plans relatifs à sa nouvelle cavalerie.

Les deux jeunes gens se rendirent à l'église, empruntant les étroits corridors du château où se pressait toute la foule des courtisans impatients de connaître le visage de leur nouvelle reine. Au pied des marches, un homme d'assez haute stature, aux traits rudes et épais, que Lancelot venait d'appeler « mon frère », leur apprit à grand renfort d'éclats de rire que Caï et Gauvain étaient en train d'aider le roi à revêtir ses habits d'apparat.

« Que n'es-tu avec eux, Lancelot, en cette circonstance ! ajouta-t-il. Arthur est tellement nerveux ! Certes, il semble plus à l'aise sur un champ de bataille que dans une chambre à l'aube de ses noces ! »

C'était Balan qui s'exprimait ainsi, le fils de Viviane. Il s'inclina devant Guenièvre en lui présentant Balin, son frère d'adoption, personnage râblé et rougeaud, aussi blond qu'un Saxon. Guenièvre préférant ne pas s'appesantir sur cette désobligeante réflexion concernant son futur époux tourna son beau regard, voilé soudain de mélancolie, vers Lancelot. Lui au moins... Point n'était besoin de mots pour comprendre qu'il ne désirait rien d'autre que d'être à ses côtés... Et pourtant jamais ils n'avaient échangé ensemble une seule parole traduisant l'irrésistible attirance qu'ils éprouvaient l'un pour l'autre.

« Allez rejoindre votre Roi, mon cousin ! lui souffla-t-elle, dissimulant difficilement son trouble. Allez et dites-lui que je l'attends, aimante et obéissante... »

Ces mots, dans son cœur, c'était à Lancelot qu'elle les adressait, Lancelot qui, en si peu de temps, était devenu son soleil pour réchauffer son corps, sa source pour étancher sa soif, son herbe tendre pour ses pieds douloureux. Elle aurait voulu crier à tous que Lancelot, Lancelot seul, était, et serait à jamais, son seigneur et son maître.

Ygerne, une fois encore, surprit le regard des jeunes gens. Se précipitant à la recherche de Merlin, elle le trouva sans peine, tout de gris vêtu, tache sombre, parmi les couleurs chatoyantes de ce jour de fête. Allant droit au but, elle lui dit brièvement et assez bas, pour que personne autour d'eux ne les entende :

« Existe-t-il un moyen d'éviter ce mariage, susceptible pour chacun de sauver les apparences ?

— Hélas, non ! répondit Merlin en blêmissant. L'union aura lieu aussitôt après la sainte Messe... Guenièvre ne serait-elle donc plus vierge ? A moins qu'elle ne soit atteinte d'une lèpre secrète ou ne porte l'enfant d'un autre, il n'est plus en notre pouvoir d'arrêter le cours des choses sans provoquer un énorme scandale, et offenser gravement l'honneur de Leodegranz. Mais pourquoi cette question, Ygerne ? Pourquoi cette terreur que je lis dans vos yeux ?

— Oui, j'ai peur, en effet. Je crois Guenièvre vertueuse, mais j'ai vu de mes yeux ce que nul autre que moi ne peut soupçonner, les regards d'amour qu'elle échange avec Lancelot depuis hier. De ces regards ne peut naître que le malheur, et c'est ce malheur que je voudrais éviter. »

Merlin resta un moment silencieux, puis il murmura en secouant doucement sa tête vénérable :

« J'ai toujours su que Lancelot et son charme rayonnant seraient la cause de graves événements autour de lui ! Mais je le crois foncièrement honnête et fidèle à son roi. Ce ne sont peut-être là que légèretés d'adolescence. Tout rentrera dans l'ordre dès que Guenièvre se glissera dans la couche d'Arthur.

— Merlin, vous n'avez pas vu leurs regards...

— Ygerne, que vous ayez tort ou raison, que pouvons-nous y faire ? Ce serait insulte trop grave à l'égard de Leodegranz. Aussitôt il entrerait en guerre contre Arthur, qui a déjà suffisamment à faire pour défendre son royaume. Avez-vous appris qu'un monarque du Nord, non content d'avoir tranché la barbe à onze rois pour s'en faire un manteau, menace maintenant votre fils s'il refuse de lui payer tribut ?

— Non, je ne savais pas. Et... qu'a fait Arthur ?

— Notre roi n'est pas un couard, grâce aux Dieux ! Il a répondu au Barbare que sa barbe était encore trop jeune pour faire un bon manteau et qu'il l'attendait de pied ferme. Il a joint à son message la tête d'un Saxon nouvellement coupée en précisant que son poil était de meilleure qualité pour l'usage qu'il voulait en faire ! Ainsi, vous le voyez, Ygerne, Arthur n'a nul besoin d'ennemis supplémentaires, et Leodegranz, offensé, en serait un redoutable. Marions donc sa fille, quand bien même devrait-elle un jour partager la couche de Lancelot. Il n'existe aucune autre issue. »

Le vieil homme se tut car Kevin le Barde s'approchait, lourdement appuyé sur un bâton de châtaignier, suivi d'un jeune garçon qui portait sa harpe. Les cloches d'ailleurs commençaient à sonner à toute volée pour annoncer les noces royales. Merlin avait raison : il était désormais trop tard pour changer le cours du destin...

Résignée, Ygerne se dirigea à pas lents vers l'église déjà remplie d'une nombreuse assistance. Presque aussitôt Arthur fit son entrée, entouré de Caï, de Lancelot et de Gauvain. Suivait Guenièvre entre Balin et Balan. Le Haut Roi portait une tunique de soie blanche et une cape de velours bleu nuit. A son côté étincelaient les pierreries incrustées dans le fourreau pourpre de sa longue épée, et sur sa tête blonde se distinguait à peine le mince croissant d'or de sa couronne. Mais Guenièvre, resplendissante, pâle et fragile dans sa robe diaphane, semblait tel un astre scintillant, attirer à elle tous les regards.

Ygerne ferma les yeux. Ce tableau, apparemment idyllique recélait déjà en lui-même un terrible et peut-être mortel poison. Voulant chasser de son esprit cette funeste appréhension, elle se prit à observer à nouveau autour d'elle. Les visages étaient graves et recueillis, mais elle sursauta soudain en reconnaissant parmi la foule le profil de Morgane ! Que venait faire dans cette église une prêtresse d'Avalon ? La tête inclinée, les yeux baissés, elle était l'image même du respect et de la dévotion. Ygerne nota qu'elle était plus mince, plus belle peut-être qu'auparavant dans sa robe très sobre, de laine brune, avec sa coiffe blanche soulignant harmonieusement l'ovale de son visage. Honteuse de cet instant de distraction, Ygerne se tourna de nouveau vers Guenièvre et Arthur. Cette fois, elle crut que son cœur allait s'arrêter de battre : Guenièvre, sous le voile regardait Lancelot, et son fils Arthur ne quittait pas des yeux Morgane !...

Assise au milieu des dames d'honneur, Morgane, sous un masque impassible, bouillait d'impatience. Pour la dixième fois au moins elle cherchait à comprendre par quel étrange mystère cette chapelle construite de main d'hommes devenait, sous l'effet des paroles prononcées par un simple prêtre, la demeure d'un esprit totalement étranger au monde des hommes. Pourquoi aussi l'accouplement humain, acte essentiellement naturel entre un homme et une femme, devait-il ainsi donner lieu de la part des Chrétiens à une si triste et ennuyeuse cérémonie ? Celle du Grand Mariage sous la voûte des arbres et du ciel, n'était-elle pas plus conforme à la nature des liens qui allaient unir Arthur et la blonde jeune femme, presque transparente dans ses voiles légers, agenouillée à son côté ?

Les yeux toujours baissés, les mains jointes dans une attitude de profonde piété, Morgane donnait libre cours à ses tumultueuses pensées, les laissant vagabonder au fil de ses souvenirs : la cour de Lot où elle vivait dans l'inutilité et le verbiage perpétuel... Le petit Gwydion, son fils, qui était presque devenu celui de Morgause, celle-ci l'élevant comme son propre enfant. Gwydion pourtant, montrait déjà à sa mère un attachement réel. Saurait-il jamais laquelle des deux l'avait réellement enfanté ? Avait-elle bien agi en l'abandonnant ainsi, comme l'avaient fait avant elle Viviane, Ygerne, et tant d'autres, prêtresses ou reines, comme le faisaient d'ailleurs les animaux eux-mêmes en se séparant de leurs petits pour leur apprendre à subsister seuls dans la nature ? Mais toutes ces mères avaient-elles souffert autant qu'elle-même de cette séparation ?

Discrètement, elle leva les yeux vers le Haut Roi et sentit aussitôt son regard la transpercer. Comme Arthur était beau et viril ! Comme loin d'elle était maintenant l'image de l'adolescent couvert du sang du cerf qui était, une nuit, venu à elle ! Arthur et Guenièvre allaient-il donc s'aimer ? Sauraient-ils reconnaître l'un dans l'autre le Dieu et la Déesse dont chacun d'eux était l'image ? Tournant imperceptiblement la tête, elle regarda Lancelot. Comme il semblait absent et triste, et comme Caï, au côté d'Arthur, levait vers son maître des yeux de chien fidèle !...

Toute à ses pensées, Morgane ne prêtait plus aucune attention à la cérémonie. Mais, brusquement, l'assemblée entière se leva, et toutes les têtes, d'un seul mouvement, se baissèrent tandis que l'évêque, d'un geste solennel, traçait dans l'air un immense signe de croix. Morgane elle-même s'inclina (Viviane ne lui avait-elle pas appris à respecter les diverses manifestations d'une seule et — en définitive — unique foi ?), et constata qu'Arthur quant à lui, se courbait presque jusqu'au sol. Que signifiait ce zèle ? Le Haut Roi de Grande Bretagne n'avait-il pas juré de rester fidèle aux mystères d'Avalon comme à ceux des Chrétiens ? Pourquoi, d'ailleurs, ne pas lui avoir donné pour épouse l'une des grandes prêtresses de l'Ile Sacrée, Raven par exemple ? Elle, au moins, aurait su respecter la sainte loi du silence que l'Église chrétienne recommandait tellement à ses femmes !

Morgane cependant n'eut guère le temps de s'appesantir sur cette image de Raven-le-Corbeau devenue dans son imagination Haute Reine, car la messe étant terminée, l'assemblée se dirigeait dans le plus grand désordre vers la sortie. Arthur et ses compagnons ne bougeaient toujours pas de leur place, non plus qu'Ygerne, et Morgane, la voyant si vieillie, se promit une fois de plus de garder pour elle le secret de son union avec Arthur.

Lot et Morgause se levèrent alors pour se diriger vers le roi et Morgane dut les suivre. Lot ayant mis un genou en terre, Arthur le releva, l'embrassa, le remercia de sa fidélité et du courage avec lequel il défendait les rivages du Nord.

« Mais je vous suis surtout reconnaissant, ajouta-t-il, d'avoir bien voulu laisser votre fils Gauvain à ma Cour. Il est devenu mon plus proche et mon meilleur compagnon.

— J'ai d'autres fils, intervint Morgause, non sans coquetterie et ils ne pensent, eux aussi, qu'à entrer à leur tour au service du Haut Roi !

— Croyez bien qu'ils seront les bienvenus ! » répondit Arthur en souriant.

Puis, se tournant vers Morgane, il la prit par la main et l'amena jusqu'à Guenièvre, évitant soigneusement de croiser son regard :

« Guenièvre, voici ma sœur Morgane, duchesse de Cornouailles. J'aimerais qu'elle figure en premier parmi vos dames d'honneur.

— Nous nous sommes déjà rencontrées, je crois, un jour où je m'étais perdue dans les brouillards, loin de mon couvent de Glastonbury. »

Se tournant vers Morgane, Guenièvre poursuivit à son intention :

« J'espère que nous serons amies. Quel horrible souvenir que ces brumes ! J'en frissonne encore ! Sans vous et Lancelot, je serais morte de peur et n'aurais jamais retrouvé mon chemin. »

Cela dit, Guenièvre leva vers Lancelot un regard si douloureux, si chargé de passion contenue, qu'un silence embarrassé flotta quelques secondes dans leur entourage. « Existe-t-il déjà entre eux un sentiment si fort ? s'interrogea Morgane troublée. Et que sait Arthur de tout cela, lui qui, ce soir même, la mènera jusqu'à sa couche pour en faire sa femme ? »

Guenièvre, cependant, prenant la main de Morgane et saisissant de l'autre côté celle d'Ygerne, enchaîna de sa voix douce :

« Bientôt, vous serez pour moi la mère et la sœur que je n'ai jamais eue. Restez près de moi, je vous le demande. »

Charmée de cette spontanéité et de cette confiance, Morgane suivit Guenièvre et, la voyant trembler, se souvint du soir où, attendant le Grand Cornu, elle s'était réfugiée dans les bras de la vieille prêtresse. Ne devait-elle pas, à son tour, faire bénéficier cette innocente enfant, trop chastement élevée dans un couvent, de sa propre expérience ? Ne devait-elle pas lui enseigner aussi quelques bribes de l'antique sagesse du Vieux Peuple, afin qu'elle puisse accueillir sereinement les forces profondes qui, ce soir même, allaient monter et vivre en elle : celles du soleil et de l'été, de la terre, de la vie même ? Hélas, une chrétienne allait-elle accepter d'entendre de telles paroles, des conseils de sorcière, dirait-elle sans doute !

275

La cérémonie était maintenant complètement terminée. Morgane vint donc elle aussi apposer sa signature sur le grand livre de l'Église. Signèrent aussi, derrière Arthur et Guenièvre, le roi Bohor, Lot et Ectorius, le roi Pellinore enfin, dont la sœur avait été la mère de Guenièvre. Pellinore était accompagné de sa fille Élaine, aussi blonde, aussi fine et délicate que l'était Guenièvre. Elle avait treize ans et, comme toutes les jeunes filles, rêvait de figurer parmi les dames d'honneur de la nouvelle reine qui se vit ainsi présenter légion de candidates, qu'elles fussent femmes, épouses, sœurs, filles ou nièces de rois.

Commença alors un festin plantureux, composé des mets les plus rares. Morgane, assise entre Guenièvre et Ygerne, fit honneur aux agapes, acceptant viandes et vins auxquels elle ne goûtait pourtant jamais à Avalon. Kevin le Barde fit ensuite son entrée, et tandis que ses doigts, plus aériens que jamais, effleuraient les cordes de sa harpe au rythme d'une très ancienne ballade, Morgane, les yeux mi-clos, retourna à ses errances sur les rives lontaines de l'Ile Sacrée : Viviane était là, sa seule et véritable mère, tous les parfums aussi de la terre d'Avalon, le Tor, et Lancelot... Lancelot et elle, homme et femme, Dieu et Déesse, offerts et pourtant refusés l'un à l'autre dans un bref et déchirant bonheur... S'en souvenait-il seulement, lui qui, en cet instant même, sous ses yeux, à la table d'Arthur, riait aux éclats en partageant le plat de son royal protecteur ?

Kevin se tut. Il glissa son regard sur l'assistance, l'arrêta sur Morgane, et la pria de prendre la harpe à son tour. Sans hésitation, elle obéit, prit place sur un banc, appuya le bois précieux à son épaule, puis, ayant laissé ses doigts courir quelques secondes au hasard des cordes, elle attaqua une mélodie apprise à la cour de Lot, qui parlait de neige et de glaces. Sa voix, qu'elle avait longuement travaillée avec les bardes d'Avalon, s'élevait chaude, profonde, vibrante. Elle en était très fière, et le fut plus encore lorsque Guenièvre, la chanson terminée, vint la féliciter, s'étonnant, enthousiaste, qu'une femme osât ainsi élever si haut la voix devant les hommes.

Les mots alors s'entrecroisèrent comme des coups de lance, chacun voulant donner son avis sur les sortilèges de la musique, sur la magie des Druides, le péché originel, la place réservée aux femmes en ce monde, sur le roi David et Marie-Madeleine la pécheresse...

Aussi, lorsque l'évêque Patricius intervint, relança-t-il une nouvelle fois l'interminable querelle qui opposait l'Église romaine à la sagesse d'Avalon, et Kevin, prenant sa harpe, dut mettre en œuvre tout son talent pour apaiser les esprits surchauffés.

Tout entier à sa musique, il ne remarqua pas d'abord, Morgane qui s'agenouillait devant lui pour lui offrir une coupe de cervoise, lui demandant de lui donner des nouvelles d'Avalon et de Viviane.

« Je ne me suis pas rendu dans l'Ile Sacrée depuis un an, expliqua le barde. C'est moi cependant qui ai maintenant mission de recueillir pour la Dame du lac tous les événements du royaume. Merlin est désormais trop âgé pour remplir comme jadis son rôle de messager des Dieux, je dois m'efforcer de pallier cette défection. Je lui dirai donc que je vous ai vue, que vous êtes toujours belle et bien vivante. Je lui raconterai aussi ce mariage et comment son fils Lancelot est devenu un fidèle compagnon d'Arthur. Mais, est-ce là jour bénéfique pour des noces ? poursuivit Kevin en pointant le doigt vers le ciel. La lune commence à décroître, c'est un mauvais présage ! Merlin avait prévenu Arthur que son union ne lui apporterait pas le bonheur... »

Morgane partageait les doutes du barde et les craintes du vieux magicien. Elle aussi avait surpris les regards échangés entre Guenièvre et Lancelot. Mais n'avait-elle pas déjà éprouvé le pressentiment de ce qui arrivait le jour où elle avait ramené au couvent la jeune fille égarée ? Ce jour-là, Guenièvre lui avait ravi Lancelot, à jamais. Et, aujourd'hui, elle se donnait à son royal époux, le cœur rempli d'un autre. Que lui restait-il donc à elle, Morgane ? Rien qu'un fils qui n'était même pas vraiment à elle...

Elle avala ses larmes et sourit courageusement à Kevin, surpris de la voir soudain si triste :

« Ne vous inquiétez pas, je songe seulement à cette lune qui décroît et à ce mariage alarmant, dit-elle. J'ai pitié de mon frère et de la femme qu'il épouse... »

En fait, pensa-t-elle dans le même instant, si j'avais pris Lancelot en me donnant à lui sur l'Ile Sacrée, j'aurais rendu à Arthur un inestimable service. N'était-il pas encore temps de le faire, pour le bien du Haut Roi, pour celui du royaume... Peut-être, grâce aux sortilèges appris jadis à Avalon, parviendrait-elle à s'attacher de nouveau celui qui l'avait tant désirée au sommet du Tor ?

Troublée par cette perspective, Morgane regagna la table des nouveaux mariés où Arthur annonçait à Guenièvre, rouge de confusion, que, suivant la coutume, ils iraient tous deux au lit ce soir sous les yeux de leurs chambellans. L'arrivée de Morgane fit une heureuse diversion, et l'on parla de nouveau de chants et de musique. Arthur bientôt montra cependant quelques signes d'impatience.

« Eh bien, Lancelot, demanda-t-il, les cavaliers sont-ils prêts pour les jeux ? »

Désireux de répondre aux souhaits de son maître, Lancelot quitta la table pour se rendre aux écuries, apparemment déchiré de quitter Guenièvre beaucoup trop vite à son gré. Profitant de son désarroi, Morgane prit un malin plaisir à s'exclamer à haute voix :

« Les jeunes mariés aimeraient sans doute jouir de quelques instants de solitude. Lancelot... je vous accompagne ! »

Et sans lui demander son avis, elle le suivit dans les écuries se courbant après lui pour passer sous les barrières. Gauvain et de nombreux palefreniers s'affairaient autour des chevaux, et il régnait dans l'ombre fraîche des bâtiments un joyeux brouhaha. Des plaisanteries fusaient, auxquelles Lancelot apporta son écho de bonne humeur. Puis, prenant la main de Morgane, il la conduisit jusqu'au magnifique palefroi qui lui était réservé pour le tournoi.

« Je le monterai tout à l'heure, fit-il, puis je l'offrirai à Arthur. Ce sera mon cadeau de noces, le seul que je pouvais lui faire, car je ne suis pas riche. »

Songeuse, Morgane le regarda flatter avec amour la douce robe brune de la bête et caresser ses naseaux pâles. « Oui, pensa-t-elle, il aime vraiment son roi et tout son tourment vient de là. Il sait qu'il trahit Arthur, il sait aussi qu'il ne peut se passer de Guenièvre... Il est vertueux, elle aussi, et ils se désespèrent, tous deux, pressentant le malheur qui couve sous leur passion. »

« Ne craignez-vous pas de vous rompre le cou, Lancelot, en montant un animal aussi fougueux ? lança Morgane pour rompre le silence.

— Non, je ne crains pas les chevaux, mais beaucoup d'autres choses ! Les Saxons, par exemple, ou mourir sans avoir pu goûter toutes les joies de la vie. Je redoute aussi la sagesse d'Avalon et celle des Chrétiens ; je crains que les Dieux n'existent pas, qu'il n'y ait pas d'au-delà, et au jour de ma mort de ne trouver que le néant. J'ai peur surtout de cette faiblesse-ci... »

Et se tournant lentement vers Morgane, il l'enlaça tendrement et posa ses lèvres sur les siennes.

Amour ? Désir ? Volonté d'oublier celle qui ce soir serait dans les bras d'Arthur ? se demanda-t-elle, répondant de tout son être au baiser de Lancelot.

Comme par enchantement, l'écurie si animée quelques instants plus tôt, s'était peu à peu vidée et ne subsistait autour d'eux que la chaude et prenante odeur des chevaux et du foin : mais le parfum enivrant de la peau de Lancelot, la douceur et la force de ses mains, entraînaient Morgane dans un vertigineux tourbillon...

Hélas, à peine étaient-ils allongés dans la paille qu'un grand cri les fit se relever précipitamment... Un jeune palefrenier appelait Lancelot à l'aide, deux étalons ayant commencé à se battre pour une jument en chaleur. Aussitôt dehors, Lancelot comprit en voyant l'agitation générale que les divertissements équestres étaient près de commencer. Arthur d'ailleurs, accompagné de Guenièvre, entamait un discours sur les nouvelles légions de Caerleon destinées à bouter hors du pays les envahisseurs saxons.

Une grande partie de l'assistance avait abandonné les tables du banquet pour s'approcher des écuries et chacun y allait de son commentaire envers ceux qu'on appelait déjà « les célèbres chevaliers d'Arthur. »

« Caï monte comme un centaure ! s'exclama Ygerne à l'intention d'Ectorius qui rougit de plaisir. Voyez comme il caracole et avec quelle habileté il maîtrise sa monture !

— Vous avez raison, renchérit le roi. Caï est un trop bon soldat pour moisir derrière les murs du château.

— Est-ce votre frère d'adoption ? interrogea Guenièvre.

— Oui, le malheureux a été grièvement blessé dans un combat. Il craignait de devoir désormais rester à la maison avec les femmes et les enfants ! Mais, bien en selle, il se débrouille finalement tout aussi bien qu'un autre !

— Qui résisterait à tes chevaliers ? s'exclama le roi Pellinore. Puisse Uther Pendragon être toujours vivant pour contempler si beau spectacle !

— Qui maintenant osera dire que les chevaux ne peuvent servir qu'à transporter nos bagages ! » approuva une voix dans la foule.

Tous étaient présents, heureux d'entourer le Haut Roi :

Gauvain, accompagné de ses jeunes frères, Agravain, Gaheris, et le petit Gareth, tout excité à l'idée d'enfourcher un jour l'un de ces destriers pour pourfendre les Saxons. Allant et venant continuellement entre l'écurie et le terre-plein, il se jetait dans les jambes des chevaux ou dans celles des soldats, en dépit des rappels à l'ordre de Morgause.

« Laissez-le ! intercéda Arthur en sa faveur. Gauvain veille sur lui et il est sans pareil pour apprendre son métier à un futur chevalier.

— Meilleur encore que Lancelot ? demanda innocemment Guenièvre.

— Lancelot, ma Dame, est mon champion, quoique un peu téméraire parfois. Ici, tout le monde l'aime et chacun se ferait tuer pour lui. Mais dans l'art d'enseigner, Gauvain est plus patient, plus réfléchi, plus rigoureux aussi... Oh, regardez Gareth ! »

Lancelot, en effet, venait de passer au grand galop devant le petit garçon et, se penchant, l'avait enlevé d'un geste rapide, puis installé sur sa selle, devant lui. S'élançant ensuite ventre à terre, il gravissait la colline à une allure folle, comme s'il voulait, arrivé à son faîte, s'élever dans les airs. Faisant volte-face, sa course achevée, il redescendit à bride abattue, et vint s'immobiliser dans un nuage de poussière devant Morgause, si pâle qu'Arthur lui offrit son bras pour qu'elle puisse s'y appuyer... L'enfant, fou de joie, sauta à terre et, levant vers

Lancelot des yeux émerveillés, claironna le plus sérieusement du monde de sa petite voix :

« Mère, Sire Lancelot m'a dit que quand je serai grand, il me ferait chevalier.

— Vous excitez ma jalousie, Lancelot ! intervint Arthur en riant. Non seulement, me semble-t-il, ma femme n'a d'yeux que pour vous, mais voici maintenant que Gareth veut être fait chevalier par vos mains, et non les miennes ! Vous avez de la chance d'être mon meilleur ami... »

Éludant toute réponse, Lancelot relança sa monture en direction du champ réservé aux jeux.

« Dieu du ciel !... Que se passe-t-il ? » hurla soudain Arthur en se précipitant.

Une masse de plumes blanches venait en effet de s'abattre entre les pattes du cheval, et le cavalier, déséquilibré par le brusque écart de l'animal, avait roulé à terre sous les sabots... Apparemment inconscient, il ne bougeait plus.

Un désordre indescriptible s'ensuivit aussitôt. Arthur, s'arc-boutant au mors du cheval, tentait d'arrêter son élan, tandis que Morgane déjà se penchait sur Lancelot, et que Guenièvre, blême, répétait, les bras tendus :

« Il est mort... il est mort... Mon Dieu, il est mort !

— Mais non, il respire ! la coupa sèchement Morgane. Faites plutôt apporter de l'eau fraîche et des bandes de linge. Vite ! »

L'oreille sur la poitrine du cavalier, elle écoutait, masquant son allégresse, son cœur battre régulièrement. Calmement, elle entreprit alors de nettoyer la large plaie sanguinolente sur la tempe du chevalier, où venait se coller la poussière. A côté d'elle, Guenièvre, pétrifiée, suivait le moindre de ses gestes.

L'accident ayant mis une fin brutale à la fête, le terre-plein se vidait lentement des bêtes et des spectateurs. Lancelot geignait maintenant doucement, et Morgane, qui avait aperçu d'autres contusions à la tête et au poignet, continuait d'enrou-ler ses bandages avec d'infinies précautions. Elle demanda à Caï de courir au château et de rapporter les herbes qui cal-meraient les douleurs du blessé et l'aideraient à s'endormir. Caï à peine revenu, Lancelot ouvrit enfin les yeux et promena autour de lui un regard étonné.

« Morgane... Qu'est-il arrivé !...

— Vous êtes tombé de votre cheval.

— Voyons, c'est impossible ! Je ne suis jamais tombé... »

Il ferma de nouveau les yeux avec lassitude et Morgane, qui sentait encore sur ses lèvres la brûlure de ses baisers, se demanda si lui s'en souvenait encore. Elle en était sûre maintenant, il ne l'avait jamais désirée, et s'il l'avait tenue dans ses bras, c'était uniquement pour tenter d'oublier à la fois Guenièvre et sa trahison à l'égard du Haut Roi.

La nuit était tombée. Du château s'échappaient de temps à autre les sons mélodieux de la harpe de Kevin. On entendait aussi des rires et des chants : les festivités se poursuivaient dans la grande salle qu'illuminaient d'innombrables torches de résine. Transporté par ordre de Caï dans une petite chambre de la forteresse, Lancelot reposait à présent sur un lit de fourrure. Arthur et Morgane étaient à son chevet.

« J'aurais aimé que vous soyez témoin de l'instant où je conduirai ma femme dans mon lit... Mais peut-être est-il préférable que vous demeuriez à ses côtés, chuchota le roi. »

Il saisit la main de Lancelot. Le blessé grogna, gémit, tenta de se débattre et, ouvrant les yeux, dit enfin :

« Arthur ... comment, comment va... votre cheval ?...

— Il est indemne. Mais au diable mon cheval, mon ami ! C'est ta vie qui m'importe !

— Comment est-ce arrivé ?

— Une oie, ou un cygne, est venu se jeter sous les pattes de ta monture ! J'espère que le gardien de ces volatiles a été châtié comme il le mérite !

— Non, n'en faites rien ! Le pauvre garçon n'a pas tous ses esprits. Comment lui en vouloir si sa basse-cour a plus d'intelligence que lui...

— Arthur, intervint alors Morgane, laissons Lancelot se reposer ! Guenièvre d'ailleurs vous attend, et s'inquiète.

— Ah... Morgane, que lui dire, et... que faire !...

— Laissez-vous guider par la Déesse...

— Mais... ce n'est qu'une enfant, craintive comme une biche... »

Lui aussi semblait tout décontenancé, et Morgane dut prendre sa voix la plus autoritaire pour le rappeler à l'ordre :

« Arthur, souvenez-vous ! Pour elle, vous êtes le Dieu. Présentez-vous à elle comme le Grand Cornu. Puis, traçant au-dessus de sa tête le signe de la Déesse, elle poursuivit : Soyez béni, Arthur... Allez ! Je vous promets, au nom de cette même Déesse, que le bonheur vous attend... »

Immobile, nue dans l'obscurité, les yeux grands ouverts, Guenièvre respirait à peine sur sa couche. La chevelure d'Arthur, abandonné au sommeil, faisait sur son épaule une imperceptible tache claire. Guenièvre pleurait. Tout en elle, autour d'elle, lui paraissait triste, inutile, dénué de toute signification. Arthur pourtant avait semblé heureux. Il n'avait rien à lui reprocher. Pourquoi, alors, ce désespoir soudain en elle ?...

XV

L'après-midi touchait à sa fin. Il avait fait particulièrement chaud et, dans l'atmosphère étouffante de la grande salle de Caerleon, Guenièvre, entourée de ses dames d'honneur, filait paresseusement les derniers écheveaux de laine du printemps. Morgane, elle, brodait en pensant avec mélancolie aux grands arbres de Tintagel et à la fraîcheur de l'air d'Avalon.

Arthur était parti avec ses compagnons vers les terres du Sud pour inspecter une nouvelle forteresse. Aucune incursion ennemie n'avait eu lieu depuis un an et l'on espérait que les Saxons avaient enfin abandonné l'espoir de vaincre la Grande Bretagne. Le Haut Roi avait donc profité de cette trêve pour fortifier toutes les défenses de la côte.

« J'ai soif... j'ai encore soif ! se plaignit Élaine, la fille du roi Pellinore, je voudrais un peu d'eau.

— Demandez à Caï, répondit Guenièvre d'une voix assurée, la jeune fille timide étant devenue une reine pleine de hardiesse.

— Voilà celui que vous auriez dû épouser lorsque le Roi vous l'a proposé, Dame Morgane, intervint Élaine en revenant

287

s'asseoir sur le banc. Caï est le seul homme âgé de moins de soixante ans dans le château, et comme il ne participe plus aux combats, sa femme serait assurée de l'avoir toujours dans son lit...

— Élaine n'a pas tort, approuva Guenièvre, Caï épousant la sœur du Roi, duchesse de Cornouailles de surcroît, quelle belle union cela ferait !

— Mais... la sœur d'un roi ne peut épouser le frère de ce même roi ! observa Drusilla, elle-même fille de l'un des rois de Grande Bretagne orientale. Ce serait un inceste !

— Il ne s'agit pas vraiment d'un frère et d'une sœur ! la gourmanda Élaine sans ménagement. Caï n'est que le frère d'adoption d'Arthur, et Morgane sa demi-sœur. Mais dites-moi, Dame Morgane, est-ce la laideur de Caï qui vous a rebutée ? Il a certes des cicatrices, et boite, mais je crois qu'il ferait un très bon mari.

— En fait, ce n'est ni de mon mariage ni de mon bonheur, dont vous vous souciez, répliqua enfin Morgane esquissant une moue indifférente. Ce que vous souhaitez, en vérité, c'est un beau mariage à la Cour qui vous sortirait de votre inertie et de vos conversations insipides ! Sire Griflet a épousé Méléas au printemps dernier, je crois que c'est suffisant pour le moment ! Il y aura bientôt un nouveau bébé à Caerleon et vous aurez tout loisir de veiller sur lui !

— Ainsi, vous ne voulez pas vous marier, Dame Morgane ? Pourtant le frère d'adoption de notre souverain aurait été pour vous un magnifique parti ! »

Aliénor de Galis insistant à son tour, Morgane lui jeta un regard méprisant et répondit du bout des lèvres :

« Je n'en éprouve aucun désir, c'est tout. D'ailleurs, Caï se soucie aussi peu de moi que moi de lui !

— D'autant plus que vous seriez alors obligée de filer et de vous occuper de sa maison. Or tout le monde sait bien que vous détestez tout cela, n'est-ce pas ? » ajouta malicieusement Méléas.

Oui, c'est vrai, elle détestait filer, tordre et tourner ce fil des heures entières, le corps immobile tandis que ses doigts, animés d'une vie propre, tordaient, tordaient, que la bobine tournait, tournait et se dévidait sur le sol... Ah, faudrait-il donc toujours tourner et tourner entre ses mains ce fil qui ne finissait jamais ?... Et ces femmes continueraient-elles toujours à jacasser ? Méléas avait eu des nausées comme chaque matin ; une inconnue était arrivée la veille de la cour de Lot et avait raconté les derniers scandales dus à son habituelle lubricité... Tourne, tourne le fil, tourne encore... Tourne, tourne le fil infini aussi long que la vie et la mort réunies... Oui, il était presque trop facile d'entrer en transe lorsque ce fil se dévidait entre des mains distraites...

Et court, et court le fil comme un serpent sans fin... Caï n'était pas le seul homme de moins de soixante ans : il y avait aussi Kevin le Barde... Ah, comme ce fuseau est lent... tourne, tourne le fil... Même à Avalon, elle détestait filer, et faisait tout pour s'attarder le plus longtemps possible autour des grandes marmites où baignaient les teintures, pour échapper à la corvée... Seul l'esprit pouvait vagabonder : le fil s'enroulait comme un long serpent... comme un dragon dans le ciel... comme les légions de Caerleon s'enroulaient autour des Saxons et les Saxons eux-mêmes tournaient, tournaient, comme leur sang circulait dans leurs veines, un sang rouge qui coulait... coulait... jaillissait sur la terre... sur la terre qui tournait...

Le hurlement de Morgane provoqua dans la salle plongée dans la torpeur un tumulte général. Son fuseau, qu'elle avait brusquement lâché, roulait par terre en rebondissant.

« Du sang... ! du sang... ! cria Morgane. Du sang sur la terre... ! Là, devant le siège du Haut Roi... un mort, comme un mouton égorgé ! »

Élaine se précipita et secoua Morgane qui se frotta les yeux en cherchant sur le sol quelque chose d'un air égaré. Des traces de sang, peut-être ?... Mais il n'y avait rien, rien que le reflet rougeâtre du soleil couchant qui caressait les dalles de la grande salle en cette étouffante fin de journée.

« Morgane !... Qu'avez-vous ? interrogea Guenièvre sans chercher à cacher son angoisse.

— Ce n'est rien... Rien ! haleta Morgane qui essayait de reprendre son souffle. Rien... J'ai dû m'endormir, et rêver...

— Qu'avez-vous vu ? Vous avez parlé de sang et de mort », demanda de nouveau Calla, la plantureuse épouse du régisseur, en jetant à Morgane des regards effarés.

Il est vrai que la dernière fois que celle-ci était entrée en transe en filant, elle avait prédit que le cheval favori de Caï se casserait une jambe et qu'il faudrait l'abattre. Or les choses s'étaient passées comme elle l'avait annoncé..

« Si vous tenez à nous avertir de quelque chose, revint à la charge Élaine de sa petite voix pointue, dites-nous quand les hommes rentreront au château, afin que nous mettions les viandes à rôtir. Peut-être pourriez-vous aussi nous apprendre si Méléas mettra au monde un garçon ou une fille ! Ou bien encore, à quelle époque la reine se trouvera enceinte ? »

A ces mots, un silence pesant s'abattit sur les femmes, tandis que les yeux de Guenièvre se remplissaient de larmes. Mais Morgane n'écoutait plus ce qui se disait autour d'elle et luttait contre les myriades de petites taches de couleur qui naissaient, grandissaient et éclataient dans sa tête. Ah, comme elle était lasse de ces questions perpétuelles, de ces curiosités à propos des naissances ou des philtres d'amour, comme si elle n'était qu'une simple sorcière de village !

« Laissez-la en paix ! demanda gentiment Méléas. Pourquoi ne pas lui demander pendant que vous y êtes, quand le père d'Élaine parviendra à vaincre le dragon qu'il poursuit inlassablement tout au long de l'année ? »

La manœuvre de diversion réussit parfaitement, et Calla s'exclama aussitôt :

« A condition que ce dragon existe vraiment, et que ce ne soit pas là prétexte commode inventé par Pellinore pour fuir son château où il meurt d'ennui !

— Dites-nous, Élaine, poursuivit Méléas, selon vous, ce dragon existe-t-il vraiment ou votre père le poursuit-il parce qu'il préfère la chasse à la surveillance de ses troupeaux ? Il est vrai, qu'en temps de paix, un guerrier doit se fatiguer vite des basses-cours et des pâturages.

— Je dois avouer que je n'ai jamais vu ce dragon. Dieu m'en préserve ! répondit Élaine en riant.

— Mon Dieu ! intervint Guenièvre en se levant, mettant fin à tout ce verbiage, je dois aller voir Caï pour lui demander s'il faut faire égorger un mouton ou un chevreau. Si nos hommes reviennent ce soir ou demain, nous aurons besoin de viande. Accompagnez-moi, Morgane : peut-être, grâce à vous, saurai-je si nous aurons enfin un peu de pluie ! »

Elles sortirent et, dès qu'elles se retrouvèrent seules, Guenièvre demanda à Morgane avec inquiétude :

« Je vous en prie, répondez-moi sans détour. Avez-vous vraiment vu du sang ?

— Mais non ! s'obstina Morgane d'un air têtu, je vous ai dit que ce n'était qu'un songe.

— Puisse ce sang en tout cas être celui des Saxons ! Venez maintenant, et allons voir Caï. Si nos hommes rentrent au château sans rien trouver à se mettre sous la dent, ils seront capables d'abattre ce qu'il leur tombera sous la main et ce que nous gardons précieusement pour l'hiver ! Ah, comme il fait chaud ! Ce matin, le lait a tourné, et j'ai recommandé aux cuisines de faire du fromage avec ce qui restait au lieu de le jeter aux cochons. Il va certainement y avoir de l'orage ! Regardez, n'est-ce pas un éclair ?

— Si, les hommes vont revenir trempés et ils auront faim et soif, dit Morgane tandis qu'une traînée éblouissante de lumière déchirait le ciel.

— Ainsi, savez-vous qu'ils approchent, sans avoir entendu la voix du guetteur, ni décelé au loin le grondement des sabots ? »

Morgane, sans répondre, se contenta de presser entre ses mains sa tête douloureuse. Quand cesserait-on de la prendre pour une magicienne tout juste bonne à prédire les événements les plus ordinaires, à distribuer des charmes ou des potions miraculeuses ? Comme le temps lui durait entre les murailles de Caerleon, en compagnie de ces femmes écervelées !...

D'un seul coup, l'orage éclata à l'instant même où le soleil disparaissait derrière les collines, et d'énormes grêlons se déversèrent du ciel contre la forteresse avant de se transformer tout aussi rapidement en une pluie diluvienne. C'est alors que le guetteur annonça l'arrivée d'une troupe de cavaliers que Morgane identifia sans hésitation. Le roi Arthur et ses compagnons étaient de retour.

Des porteurs de torches illuminant le pont-levis, quelques instants plus tard la cour était pleine d'hommes en armes et de chevaux piaffant dont la très forte odeur se mêlait maintenant à celle du mouton qui rôtissait à l'intention des arrivants.

Le gros de la troupe devant cependant installer son bivouac hors des murs de la place forte, Arthur, avant toute chose, tint à s'assurer qu'hommes et bêtes ne manquaient de rien.

Puis il revint au château et se montrant en pleine lumière, on put voir qu'il s'appuyait au bras de Lancelot, et qu'un volumineux bandage dépassait de son heaume.

« Vous êtes blessé, mon Roi... s'écria anxieusement Guenièvre...

— Ce n'est rien, s'empressa de la rassurer Arthur, une simple égratignure lors d'une escarmouche contre quelques Jutes ! J'ai perdu très peu de sang, et n'en perdrai, vous le savez, jamais beaucoup tant que je porterai à mon côté Excalibur et son fourreau. Et vous, ma tendre aimée, avez-vous après une si longue absence une bonne nouvelle à m'annoncer ? »

Les yeux de Guenièvre s'embuèrent de larmes.

« Hélas, non ! j'étais pourtant si sûre, cette fois... si sûre... Mais mon espoir ne s'est pas réalisé...

— Ne pleurez pas, l'interrompit doucement Arthur en l'enlaçant avec affection. Nous sommes jeunes encore, Dieu nous aidera, vous verrez ! Morgane aussi peut-être, si elle le veut bien ! »

Guenièvre répondit à l'étreinte de son époux avec reconnaissance sans être pour autant, en son for intérieur, pleinement rassurée. La plupart des femmes autour d'elle, à l'exception d'Élaine et de Morgane qui n'étaient pas mariées, avaient en effet déjà des filles et des garçons. Or existait-il pour une reine, un autre devoir, une tâche plus importante que de donner un héritier à son maître et mari, souverain du royaume ?... Elle avait pourtant tant prié pour qu'advienne enfin l'heureux événement...

La voix de Lancelot qui s'inclinait devant elle en souriant, et lui prenait la main pour y déposer un baiser, l'arracha à sa sombre méditation :

« Ma Reine, vous êtes de jour en jour plus belle ! À croire que les Dieux ont voulu vous parer de grâces que les années ne terniront jamais ! »

Lui prenant alors la main avec grande déférence, il la conduisit lentement sans la quitter des yeux jusqu'au banc où s'était installé Arthur. Assis au bout d'une table, il leur fit signe d'approcher, tandis que serviteurs et gens de cuisine apportaient de longs plats débordants de victuailles.

« Prenez place, mes amis, et vous aussi, Morgane. Allons, racontez-nous tout ce qui s'est passé depuis notre départ. Nous avons besoin d'oublier la rudesse militaire de notre campagne...

— Avez-vous des nouvelles d'Avalon ? interrogea à son tour Lancelot en s'adressant à Morgane. Il y a comme moi quelqu'un avide d'entendre parler de l'Ile Sacrée : c'est mon frère Balan. »

Morgane se leva aussitôt, prit l'une des cornes cerclées de fer ornant la table d'Arthur, la remplit de vin et se dirigea vers celle où siégeait Balan entouré de nombreux chevaliers. Arrivée devant lui, elle s'agenouilla, tendit la coupe, mais se ravisa, la porta à ses lèvres et la goûta. Elle savait qu'Arthur accordait une grande importance à cette coutume qui remontait à l'époque où les présents envoyés par le roi étaient souvent empoisonnés. Il était donc recommandé de les goûter avant de les offrir à un hôte de marque, ce qu'elle fit en trempant ses lèvres dans le breuvage. Puis elle le tendit de nouveau à Balan qui but longuement avant de lever les yeux sur elle.

« Je vous croyais toujours à Avalon, dit-il en la reconnaissant. Il y a si longtemps que je ne vous ai vue, Morgane ! Comme vous êtes devenue belle... Avez-vous des nouvelles de ma mère, la Dame du Lac ?

— Aucune, et j'espérais un peu, je l'avoue que vous m'en donneriez ! Il y a maintenant si longtemps que j'ai quitté l'Ile Sacrée.

— Je sais. Oui. Vous vous êtes rendue d'abord à la cour du roi Lot avant de devenir dame d'honneur de notre reine Guenièvre. Sa cour doit vous sembler plus brillante que celle de Morgause ! On raconte d'ailleurs que notre roi a l'intention de vous donner à Caï !

— Caï ne se soucie pas plus de moi que moi de lui ! s'exclama Morgane, et je n'ai jamais dit que je ne retournerai pas un jour à Avalon si Viviane me le demande ! »

Balan sembla un instant s'absorber dans ses pensées, comme s'il remontait très loin dans ses souvenirs, et reprit, comme si l'aveu lui coûtait beaucoup :

« Voyez-vous, Morgane, lorsque j'étais enfant, j'en ai voulu à la Dame du Lac qui m'avait confié à des parents d'adoption. Je pensais qu'elle ne m'aimait pas et qu'elle se désintéressait de moi. Mais j'ai grandi depuis et j'ai compris qu'il lui avait été impossible de me garder parmi les femmes d'Avalon. Désormais, je lui suis reconnaissant de m'avoir fait élever avec Balin. En me remettant entre les mains de Dame Priscilla, la Dame du Lac m'a permis de connaître le Christ, seul et véritable Dieu. Élevé à Avalon, sans doute serais-je encore à moitié païen, comme Lancelot ! »

Observant un moment d'hésitation, il poursuivit :

« A propos de mon frère... je voudrais savoir pourquoi il paraît toujours si triste.

— Quand bien même le saurais-je... je ne pourrais rien dire...

— J'ai grande peine à le voir si malheureux ! Peut-être serait-il bon qu'Arthur lui donne enfin une terre et une femme !

— Je serais quant à moi prête à épouser Lancelot, dit Morgane d'un ton égal. Il suffirait qu'Arthur fixe la date du mariage et...

— Lancelot et vous ? Est-ce vrai ? Quelle belle union en perspective ! La compagne favorite de la reine Guenièvre et le meilleur ami de notre Haut Roi ! »

Quittant Balan sur ces paroles, Morgane rejoignit la table d'Arthur pour y reprendre place. On y parlait à nouveau de prouesses guerrières et du départ définitif des Saxons.

« Autant parler du gel en Enfer ou du roi Pellinore enchaînant son dragon ! commenta Caï en riant.

— Ne vous moquez pas trop de ce dragon, intervint Arthur. Il vient de réapparaître et Pellinore est sur ses traces.

— Il y aura toujours des hommes pour croire à l'extraordinaire, aux dragons et aux fées ! ajouta Lancelot non sans ironie.

— Vous en parlez en connaissance de cause, Lancelot, puisque vous-même avez pour nom "Lancelot du Lac", lança Morgane, une lueur amusée dans les yeux.

— Quoi qu'il en soit, reprit Arthur, élevant la voix afin de poursuivre son propos, lorsqu'il n'y aura plus aucun Saxon sur notre terre de Grande Bretagne, perspective difficile à imaginer pour certains, je ferai bâtir un nouveau château dans lequel se trouvera une salle immense digne de notre table ronde ! J'ai déjà choisi l'endroit rêvé : une colline qui domine un lac, près du royaume de votre père, Guenièvre.

— Oh, oui, je la connais, interrompit la jeune femme, tout émue. J'y allais lorsque j'étais petite pour cueillir des fraises sauvages. »

Guenièvre se souvenait en effet de ces temps bénis où, fillette, elle aimait courir la campagne, inconsciente des dangers, alors qu'aujourd'hui la seule idée de quitter Caerleon l'emplissait de terreur.

« Nous fortifierons la place et en ferons un château enchanté ! continua Arthur, l'imaginant déjà réalisé. Oui, je vous le dis, lorsqu'il n'y aura plus de Saxons, notre royaume sera le plus heureux de tous les royaumes, le plus paisible de toute la Grande Bretagne. Je ferai venir Kevin le Barde pour nous chanter des ballades, je monterai mon destrier pour mon seul plaisir, mes compagnons et moi élèverons nos enfants sans épée à la main car il n'y aura plus d'ennemi, ni personne à combattre !

— Oui, conclut Lancelot, partageant lui aussi l'enthousiasme de son maître. Et pour ne pas oublier tout à fait l'art de la guerre, nous organiserons seulement, chaque mois, quelques joutes et tournois dotés des plus beaux prix. »

Sur ce, Morgane prit sa harpe, s'installa confortablement et entama une vieille complainte entendue jadis à Tintagel, parlant de femmes en pleurs sur le rivage et d'équipages emportés par la mer. Puis elle enchaîna avec un très vieux chant des îles rapporté de la Cour des Orcades, qui racontait, lui, l'histoire d'une sirène, délaissant l'Océan pour l'amour d'un homme, errant des nuits entières dans la lande...

Un long moment, l'assistance entière, envoûtée par la voix chaude et légèrement voilée de Morgane, s'abandonna au charme irrésistible des paroles et de la musique, puis la nuit s'avançant, Arthur demanda que chacun gagnât désormais sa couche.

Morgane, pour sa part, ayant pour mission de veiller à ce que les jeunes filles attachées au service de la reine se retrouvent pour la nuit dans la longue galerie attenante à la chambre de Guenièvre, s'éloigna la première, laissant Lancelot auprès d'Arthur et de sa femme. Son devoir à lui, premier capitaine, consistait à faire, chaque soir, un tour chez ses hommes et dans les écuries pour voir si tout y était en ordre.

Guenièvre et Lancelot se séparèrent donc, une commune lueur de tristesse dans les yeux. Coucher près des chevaux, des soldats ou à la belle étoile, laissait Lancelot indifférent, puisque partout où il était, il restait seul. Quant à Guenièvre, elle se sentait impuissante à lutter contre un destin qui se jouait d'elle et un tourment de tous les instants qu'elle ne pouvait confier à personne. Pas même à Morgane, malgré les attentions que celle-ci lui avait témoignées la première année de son mariage, lorsqu'elle avait perdu, à la suite d'une mauvaise fièvre, l'enfant qu'elle portait depuis cinq mois.

Depuis lors, elle n'avait plus jamais été enceinte, et ce soir même, le bras d'Arthur sur son épaule lui avait semblé particulièrement lourd. Pourquoi ne lui donnait-il pas d'enfant ? Était-ce sa faute à lui ou la sienne ? Quelques vieilles à Caerleon prétendaient que, parfois, une maladie sévissant dans le bétail pouvait se propager ensuite chez les humains, empêchant les femmes de garder leurs enfants plus de deux ou trois mois. Peut-être avait-elle donc contracté cette maladie en se rendant à l'étable à une mauvaise époque, ou en buvant le lait d'une vache malsaine ? La tête basse, plus triste et désabusée que jamais, Guenièvre suivit Arthur dans leur chambre.

« Guenièvre, lui dit-il alors en délaçant les longues bandes de cuir dont il s'enveloppait les jambes pour monter à cheval, ce n'est pas une gageure : nous devons marier Lancelot, pour qu'enfin il soit heureux avec une femme et des enfants. Que penseriez-vous de Morgane ?

— Non ! »

Guenièvre avait presque crié, à tel point qu'Arthur sursauta lui-même :

« Et pourquoi non, dites-moi ? Mais qu'avez-vous... ? Pourquoi ces pleurs ? poursuivit-il, voyant soudain le visage de sa femme inondé de larmes. Je ne vous reproche rien ; nos enfants viendront lorsque Dieu en aura décidé ainsi. Mais, au cas où il nous refuserait définitivement des héritiers, je préférerais, malgré toute l'amitié que je porte à Gauvain, laisser mon royaume aux fils de ma sœur et de Lancelot, plutôt qu'à ceux de Lot.

— Lancelot se moque d'avoir ou de n'avoir pas de fils... Il est lui-même le cinquième ou le sixième héritier du roi Ban, et bâtard de surcroît !

— Guenièvre, mon cœur, jamais je n'aurais pensé que vous pourriez un jour reprocher sa naissance à mon cousin et plus cher compagnon. Ce n'est pas un bâtard ordinaire : il est né du Grand Mariage...

— Rites païens que tout cela... Ah, si j'étais vous, je m'empresserais de purger mon royaume de ces horribles sorcelleries indignes d'un souverain chrétien !

— Lancelot m'en voudrait éternellement si je chassais sa mère et ses prêtresses de l'Ile Sacrée. J'ai juré de rester fidèle à l'ancienne sagesse d'Avalon, je l'ai juré sur l'épée qui m'a été solennellement remise lors de mon sacre à l'Ile du Dragon. »

Guenièvre jeta un regard hostile à la puissante lame qui reposait près du lit et dont Arthur ne se séparait jamais. Quelques instants elle regarda en silence les signes mystérieux qui couvraient le fourreau d'Excalibur luisant doucement dans l'ombre, comme pour la défier.

« Le Christ vous protégera du danger mieux que tous leurs enchantements sacrilèges ! murmura-t-elle en s'allongeant au côté d'Arthur. Les Dieux et les Déesses, les Puits Sacrés et toutes ces sornettes étaient bons à l'époque d'Uther, mais nous sommes maintenant en terre chrétienne !

— Beaucoup d'hommes et de femmes de ce pays étaient là bien avant l'arrivée des Romains, expliqua patiemment Arthur. Il est impossible de décréter que leurs Dieux, leurs puits, leurs croyances n'existent plus simplement parce que les Chrétiens en ont décidé ainsi !

— Arthur, mon ami, on ne peut servir deux maîtres à la fois, et j'aimerais tant vous savoir uniquement chrétien, et non partagé entre deux religions !

— Je me dois à l'ensemble de mon peuple, non à une seule partie ! Il me faut respecter également toutes les croyances. Mais, Guenièvre, mon amour, nous reparlerons de tout cela plus tard. Pour l'instant, je ne veux que vous dans mes bras. Songeons ensemble à notre héritier, ma vie » souffla-t-il à son oreille en éteignant la torche.

297

A l'autre extrémité du château, Morgane, elle, n'avait pas envie de dormir. Elle admirait le ciel étoilé, imaginant l'énergie intense qui faisait battre en cet instant le sang et les cœurs de tous les couples de Caerleon... Tout à la fois, cette vision la torturait et la fascinait : tous ces mâles absents depuis si longtemps et toutes ces compagnes offertes entre leurs bras, consentantes comme aux feux de Beltane ! Tous et toutes, sauf elle, gardienne de la chasteté des servantes de la reine et, par là-même, gardienne de sa propre chasteté. Tous ces hommes, toutes ces femmes s'étreignant avant de s'endormir épuisés l'un contre l'autre, tous sauf elle, sauf Lancelot, condamnés ce soir à une même solitude...

Lancelot... Où était-il ? Dormait-il près des chevaux en rêvant de Guenièvre, la seule femme au monde qu'il n'aurait jamais dans son lit ? Ah, comme ils avaient pourtant tous deux été près de s'aimer le jour du mariage d'Arthur !... Si deux étalons ne s'étaient pas affrontés ils se seraient donnés éperdument l'un à l'autre : elle aurait chassé de son esprit l'image qui le hantait, l'image de Guenièvre...

« Morgane... demanda une voix, venez-vous vous étendre ? » C'était Élaine mourant manifestement de sommeil.

« Il est très tard, il faut dormir...

— Non, pas encore, répondit Morgane. La nuit est-elle trop chaude ou ce rayon de lune subrepticement s'est-il glissé dans mon sang ? Je ne sais. Mais je n'ai pas sommeil. Je vais aller respirer un peu dehors.

— Ne craignez-vous pas la présence de tous ces soldats autour du château ?

— Je suis la sœur du roi, Élaine, ne l'oubliez pas. Et puis, j'ai vingt-six ans, et ne suis plus une enfant ! Dormez vite. Je serai là dans un instant. »

Morgane savait bien qu'il était interdit aux suivantes de la reine de sortir la nuit. Mais une force étrange l'attirait vers l'obscurité mystérieuse où elle sentait palpiter les forces profondes de l'univers. Sur la pointe des pieds, elle quitta la pièce et descendit silencieusement le grand escalier. Un étrange pressentiment lui faisait espérer que Lancelot, éveillé lui aussi, errait sous les grands arbres de Caerleon.

Dans la cour déserte, la lune déversait à flots sa lumière

blanche. Morgane franchit la poterne et se dirigea vers les écuries d'où provenaient, à intervalles irréguliers, des raclements de sabots et des hennissements. Et brusquement, il fut là, devant elle, l'épée à la main dans la pénombre.

« Qui va là ? lança-t-il d'une voix sévère. Morgane ? c'est vous ! murmura-t-il la reconnaissant soudain. Que faites-vous ici, à pareille heure ? Est-il arrivé un malheur ?

— Non, Lancelot, tranquillisez-vous ; tout simplement... je n'arrivais pas à trouver le sommeil !

— Moi non plus ! Aussi ai-je ressenti le besoin de marcher un peu... »

Sa voix était triste. Maintenant que ses yeux s'étaient habitués à l'obscurité, Morgane voyait distinctement son profil : l'arête fine du nez, et au-dessus de la ligne sombre des sourcils, le front fier, bombé, barré d'une mèche rebelle. Elle s'approcha pour lui éviter d'élever la voix.

« J'aime bien quand vous êtes là, Morgane. Quand je suis seul, les doutes et les craintes m'assaillent. Par moment même, je crois devenir fou ! Restez avec moi, Morgane ! »

Elle était maintenant contre lui, et il se pencha sur elle en souriant :

« J'avais oublié que vous étiez si petite... Vous souvenez-vous, Morgane, le jour du mariage d'Arthur ?

— Oui. J'en ai beaucoup voulu à ces maudits étalons !...

— Maudits ? Non ! Ils ont l'un et l'autre sauvé la vie d'Arthur plusieurs fois au cours des batailles. Il faut plutôt les considérer comme des anges protecteurs... »

Sa voix était douce comme l'ombre de la nuit, douce comme ses mains qui emprisonnaient son visage, douce comme ses lèvres qui se posaient sur les siennes...

Elle s'écarta, lui prit la main et le conduisit derrière les écuries, sur un chemin étroit qui menait au verger. L'herbe, épaisse et drue, y était accueillante, et les dames d'honneur de la reine venaient souvent s'y asseoir pour broder et converser. Une odeur de pommes trop mûres flottait dans l'air, et à l'instant où Morgane pensait qu'elle aurait pu se croire à Avalon, Lancelot balbutia :

« C'est un peu comme si nous retrouvions la terre d'Avalon... »

Il n'y avait pas encore de rosée et tous deux s'étendirent dans l'herbe, les doigts entrelacés. Morgane sentait monter en elle une irrésistible pulsion, comme la flamme dévorant le tronc mort d'un pommier. Lancelot, qui jouait maintenant avec une boucle de cheveux échappée de son voile, baisa sa bouche, puis murmura quelque chose qu'elle n'entendit pas et qu'elle ne lui fit pas répéter. Toute à lui, elle était dans ses bras, au-delà des mots, au-delà de ses plus folles espérances. Plus rien n'existait au monde que ses mains sur elle, la conscience, presque douloureuse, de ce corps sur le sien qui, dans l'ombre, allait lui transmettre sa vie.

« Lancelot... supplia-t-elle, soyons homme et femme ensemble comme le veut la Déesse... »

Il la serra encore plus fort, comme il l'avait déjà serrée au sommet du Tor et le jour du mariage d'Arthur. Quel aveu se cachait au-delà de cette étreinte passionnée ?... Message d'amour ou de désespoir ?

Mais l'amour de Lancelot du Lac n'était pas pour Morgane la Fée. Elle le savait depuis longtemps. Pourtant cette nuit-là, elle avait décidé de se livrer à lui corps et âme. Aussi, quand il se releva brusquement, la laissant allongée dans l'herbe, au paroxysme du désir, une rage folle l'envahit. Elle se leva d'un bond, elle aussi, et le toisa avec un mélange de haine et de mépris.

C'étaient donc là ces irrésistibles forces vitales qui devaient les souder l'un à l'autre, les soulever, les emporter au-delà d'eux-mêmes ?... Pourquoi se jouait-il ainsi d'elle, lui offrant d'abord l'union fondamentale pour se refuser l'instant d'après ? Sans doute souhaitait-il avant tout se garder pour Guenièvre ?...

Lancelot la regarda d'un air navré :

« Morgane, pardonnez-moi... Vous m'en voulez beaucoup ?

— Oh, répondez-moi, plutôt ! Au nom de la Déesse, quel mal aurions-nous fait ?

— Je veux me tenir à l'écart du péché. Vous le savez ! Pécher ainsi me semble mortel... »

Écoutant cet aveu, Morgane, le cœur battant, mesurait tout ce qui les séparait : elle lui demandait un amour impossible, et lui était écartelé entre sa passion pour Guenièvre et sa

300

grande soif de pureté. Soudain elle eut envie de pleurer et de lui lacérer le visage avec ses ongles, tout à la fois, se souvenant de cette vieille histoire de la Déesse dont les chiens avaient mis en pièces un homme qui avait osé la refuser. En cet instant, elle aurait été capable d'agir de même, mais quelque chose, elle le sentait, se brisait en elle. Tout n'était plus que cendre et poussière... Ah, rien de tel ne serait arrivé à Avalon ! Aucun mortel, jamais, n'avait dit non à la Déesse. Qui pouvait en cet instant comprendre et partager sa détresse ? Qui, sinon Viviane ou l'une des prêtresses de l'Ile Sacrée ? Pourquoi les avait-elle quittées depuis si longtemps ?

« Lancelot ! s'écria-t-elle enfin, vous êtes insensé ! Vous n'êtes même pas digne de ma malédiction ! »

Puis, sans lui accorder un regard d'adieu, Morgane la Fée se détourna de lui et regagna le château. Debout, dans la nuit de Caerleon, Lancelot du Lac pleurait comme un enfant.

Morgane parle :

« Poussée par l'unique désir de retrouver l'Ile Sacrée, et Viviane, ma seule et unique mère, trois jours plus tard, je quittai la Cour d'Arthur pour Avalon. Pendant ces trois jours, pas une parole n'avait été échangée avec Lancelot. Il avait d'ailleurs soigneusement évité de se retrouver face à moi.

« Blessée au cœur, mortifiée au plus profond de mon être, je partis au galop à travers les landes solitaires, jurant bien de ne jamais revenir à Caerleon... »

XVI

La même année, au début de l'été, les Saxons se rassemblèrent au large des côtes, et Arthur dut réunir son armée en hâte. Il mena les troupes à la bataille avec son ardeur habituelle, mais n'obtint pas la victoire décisive qu'il escomptait. Certes, les envahisseurs avaient subi de lourdes pertes, et il allait falloir de longs mois pour qu'ils s'en remettent, mais malheureusement le Haut Roi ne disposait pas encore des moyens nécessaires pour les abattre définitivement.

Lui-même fut blessé, et sa blessure, qui paraissait sur l'instant peu sérieuse, s'infecta au point de l'obliger à rester allongé durant tout l'automne. Lorsqu'il put enfin quitter son lit pour faire une courte promenade dans la cour du château, entouré de Guenièvre et de Lancelot, les premiers flocons de neige tombaient déjà sur Caerleon.

« Il me faudra attendre le printemps pour remonter à cheval ! s'exclama-t-il amèrement.

— Et beaucoup plus longtemps encore si vous prenez froid ! renchérit Lancelot. Rentrons ! Je vous en prie. Regardez, les cheveux de Guenièvre sont déjà blancs de neige ! »

Refrénant son impatience, Arthur soupira d'un air excédé et entreprit de regagner le château en s'appuyant au bras de Lancelot.

« Voici un avant-goût de la vieillesse... Mon cœur, m'aime-rez-vous encore, lorsque mes cheveux seront gris et que je marcherai courbé sur un bâton ? demanda-t-il tendrement à Guenièvre.

— Je vous aimerai toujours, même quand vous serez vieux et bien au-delà ! » murmura Guenièvre d'un seul élan.

Au fond du grand vestibule, un tronc d'arbre gigantesque brûlait dans la haute cheminée. Arthur s'en approcha en bougonnant :

« Ce qui m'étonne, c'est qu'on m'ait enfin autorisé à quitter mes habits de malade pour revêtir des vêtements un peu plus dignes d'un roi !

— Mon Seigneur... tenta faiblement Guenièvre qui redoutait plus que tout les brusques mouvements d'humeur de son époux.

— Laissez-le dire... plaisanta Lancelot. Tous les hommes, lorsqu'ils sont inactifs, deviennent grincheux. Même un Haut Roi, vous le voyez, ne fait pas exception à la règle ! »

Marmonnant une incompréhensible réponse, Arthur prit la cuillère de corne que lui tendait Guenièvre et s'attabla, se forçant à manger le mélange de vin chaud, de pain et de miel qu'on venait de lui servir, puis sa mixture avalée, il regagna aussitôt son lit. Caï l'aida à enlever ses vêtements et se pencha sur la blessure qu'il observa avec un soin extrême.

« Il faut nettoyer cette plaie avec de l'eau très chaude. Elle est encore profonde et suppure beaucoup. Vous n'auriez pas dû marcher aussi longtemps, la blessure s'est rouverte. »

Des femmes arrivèrent portant un chaudron fumant, puis à l'aide des herbes qui poussaient à foison autour de Caerleon, préparèrent des compresses. Elles étaient tellement chaudes qu'Arthur se mit à hurler lorsqu'elles les appliquèrent sur sa cuisse.

« Prenez votre mal en patience, mon Roi ! Vous avez eu de la chance dans votre malheur, insista Caï. Si cette épée vous avait frappé une main plus à gauche, la reine aurait à l'heure actuelle de bonnes raisons de pleurer des larmes de sang, car vous seriez semblable à ce roi châtré dont parle la légende, ce roi qui perdit non seulement sa femme mais son royaume...

— Caï, est-ce là, crois-tu, le moyen de me redonner du courage ? l'interrompit Arthur gémissant sous les brûlures des compresses.

— Peut-être devrions-nous appeler Morgane à l'aide ? proposa Guenièvre, désolée de voir son époux si mal en point. Elle a de grandes connaissances dans l'art de guérir et il faut bien admettre que cette blessure n'évolue guère favorablement...

— C'est inutile ! lança Caï sèchement en fronçant les sourcils. La blessure d'Arthur ne présente vraiment rien d'alarmant. J'en ai vu beaucoup d'autres bien plus préoccupantes et plus longues à guérir !

— Je serais bien heureux, pourtant, de revoir ma sœur !

— Si vous le désirez, je peux envoyer un messager à Avalon, et demander à ma mère de venir », intervint Lancelot à son tour.

Il semblait s'adresser à Arthur, mais en réalité ne quittait pas des yeux Guenièvre. Pendant toute la maladie du Roi, il était resté constamment près d'elle, et elle s'était tellement habituée à sa présence, qu'elle se demandait maintenant ce qu'elle aurait fait sans lui, surtout au début, lorsqu'on avait pensé qu'Arthur ne se remettrait jamais de sa blessure.

« Voulez-vous qu'elle vienne ? interrogea de nouveau Guenièvre.

— Non, Viviane n'est plus toute jeune et il me semble difficile de l'obliger à voyager au cœur de l'hiver, répondit Arthur en soupirant. La seule chose dont j'ai vraiment besoin maintenant, c'est d'un peu de patience. Si Dieu ne m'abandonne pas, probablement serai-je de nouveau à cheval lorsque les Saxons attaqueront à la belle saison ! Gauvain s'occupe-t-il bien de rassembler les troupes au Nord ?

— A tel point, affirma Lancelot en riant, qu'il a convaincu le roi Pellinore d'oublier pour un temps son dragon ! Gauvain se mettra en route avec tous ses soldats dès que nous le lui demanderons. Lot viendra aussi, bien qu'il ait quelque peu vieilli. Mais son désir de voir la Grande Bretagne entre les mains de ses fils est si fort qu'il me semble capable de chevaucher comme un jeune homme ! »

« Ainsi... ce royaume reviendra aux enfants de Lot si je ne suis capable de donner un héritier à Arthur »... Tout ce qui se disait autour d'elle semblait à Guenièvre autant de flèches empoisonnées, envoyées à dessein, et destinées tout particulièrement à toucher le point le plus sensible de son être. Se torturant à plaisir, elle s'imaginait à présent que chacun s'ingéniait à lui faire grief de sa stérilité, à lui rappeler qu'elle manquait au premier de ses devoirs, celui de donner un héritier au royaume...

« Ah, si je pouvais seulement écouter un peu de musique, le temps me paraîtrait moins long ! soupira Arthur. Mais nous n'avons pas un seul ménestrel de talent à Caerleon !

— Kevin est en effet reparti à Avalon, expliqua Lancelot. Merlin m'a dit qu'il avait une mission importante à remplir, si secrète qu'il a refusé de m'en dire davantage. Mais si vous avez envie d'entendre de la musique, peut-être pourrions-nous appeler Merlin lui-même. Il vieillit et sa voix est maintenant bien faible, mais ses mains sont encore très habiles à faire vibrer les cordes de sa harpe. »

Les paroles de Lancelot ramenèrent un sourire sur le visage tiré d'Arthur qui ajouta :

« Les Écritures parlent du vieux roi Saül qui réclamait la présence de son jeune harpiste pour apporter à son esprit quelque délassement. Moi, je suis un jeune roi appelant un vieux musicien à ses côtés pour se rafraîchir l'âme ! »

Appelé à venir à son chevet, Merlin ne tarda pas à apparaître. Il entra, s'assit, accorda son instrument et entama une vieille complainte, dans un silence recueilli : Guenièvre pensa à Morgane qui s'était assise au même endroit pour chanter de la même façon, et qui seule avait le pouvoir d'agir contre sa stérilité... Elle ne le lui demanderait pas encore, mais plus tard, lorsqu'Arthur aurait recouvré la santé... Puis, distraitement, son regard se posa sur les flammes qui se tordaient dans la cheminée, avant de se fixer sur Lancelot.

Il était assis sur un banc, le dos appuyé au mur, ses longues jambes étendues vers l'âtre. Tout à l'écoute des mélodies de Merlin, il ne prêtait pour l'instant aucune attention à son entourage, perdu dans ses rêves, sans voir Élaine qui lui jetait pourtant, de temps à autre, des regards éplorés. « Je devrais envoyer moi-même un message au roi Pellinore pour lui conseiller de donner sa fille en mariage à Lancelot, songea Guenièvre. Elle est ma cousine, elle me ressemble et je suis sûre qu'elle l'aime. Lancelot serait certainement heureux avec elle... » A cette pensée son cœur se serra. Non, elle n'aurait jamais le courage d'envoyer un tel message...

Apparemment attentive à la musique, Guenièvre laissait ses pensées vagabonder. Brusquement une idée s'immisça dans son esprit, si inattendue qu'elle en eut un soubresaut. Quelle impression devait-on éprouver à s'étendre au côté de Lancelot, à être aimée par Lancelot, à tenir Lancelot dans ses bras ? Certaines femmes, elle ne l'ignorait pas, avaient un mari et un amant. Et un très grand nombre d'entre elles, elle en était sûre, auraient aimé avoir Lancelot pour amant. Morgause, par exemple, ne faisait nul mystère de ses aventures galantes, et maintenant qu'elle n'était plus en âge d'enfanter, elle maniait le scandale avec autant d'assurance et de légèreté que son époux. Pourquoi, elle, Guenièvre, n'aurait-elle droit aux plaisirs que s'accordaient les autres ?

Cette pensée lui fit monter le rouge aux joues, et elle remarqua en même temps que ses yeux n'avaient pas quitté les longues mains de Lancelot depuis un long moment. Comme il devait être doux d'être caressée par elles !... Non, il ne fallait pas, elle ne devait pas avoir de telles pensées, c'était mal... Et pourtant, lui saurait peut-être lui donner l'enfant qu'elle désirait tant.. Une fois déjà elle y avait songé, et avait avoué cette coupable image à son confesseur. Mais le prêtre lui avait répondu que son mari étant malade, l'amour devait l'égarer. L'unique remède, avait-il ajouté, réside dans la prière. Elle avait donc prié, beaucoup prié... Mais, tout au fond d'elle-même, Guenièvre savait que le prêtre ne l'avait pas vraiment comprise... Non, il n'avait pas saisi toute l'horreur de ses désirs, la honte que pouvaient inspirer ses rêveries, l'exacte dimension de son péché...

Sursautant en entendant son nom, Guenièvre releva la tête, confuse à l'idée que ses coupables réflexions se lisaient peut-être sur son front. Mais non, c'était seulement Arthur qui interpellait gaiement Merlin :

« Regardez Guenièvre : elle s'endort sur son siège ! La pauvre est si fatiguée de me soigner ! Grand merci, Merlin, grâce à vous je me sens mieux ce soir. Et toi, Caï, va maintenant t'occuper du repos de tes hommes. Je prendrai le mien dans mon lit. »

Guenièvre se leva et demanda à Élaine de la remplacer à la haute table pour le dîner. Elle resterait, pour sa part, auprès d'Arthur et Lancelot. Le roi, ayant alors avalé sans appétit quelques bouchées de volaille froide assaisonnée aux herbes sauvages, manifesta le désir de se reposer car il se sentait las.

A son tour Lancelot se leva et prit congé, mais avant de sortir, il se tourna vers Guenièvre :

« Si Arthur a besoin de moi pendant la nuit, n'hésitez pas à m'appeler. Vous savez où me trouver.

— Merci, Lancelot... murmura Guenièvre, baissant la tête pour être sûre de ne pas trop s'attarder à le contempler.

— Mais vous-même désirez peut-être vous reposer cette nuit avec vos servantes ? Vous semblez si lasse. Voulez-vous que je reste ce soir ?

— Non... Je préfère ne pas le quitter.

— Alors, promettez-moi de m'appeler si le besoin s'en fait sentir, Guenièvre.

— Je vous le promets. »

« Comme mon nom est doux prononcé par sa bouche ! », se dit-elle, en souhaitant garder sur son front le plus longtemps possible la fraîcheur du baiser qu'il venait furtivement d'y poser avant de s'éclipser. Seule désormais dans la pénombre de la chambre, elle s'assit près du lit d'Arthur qui semblait dormir.

Mais il ne dormait pas. Comme si ses paroles étaient l'aboutissement d'une longue réflexion, il dit soudain :

« Lancelot est pour nous un précieux ami, n'est-ce pas, ma mie ? Aucun frère ne pourrait se montrer plus affectueux... Guenièvre, il y a quelque chose que je voudrais vous dire... »

Guenièvre s'arrêta de respirer.

« Promettez-moi d'abord de ne pas vous mettre à pleurer poursuivit-il, vous savez que je supporte difficilement les larmes. Je n'ai d'ailleurs rien à vous reprocher, mais seulement quelque chose d'important à vous dire... »

Guenièvre, figée sur son siège, restait pétrifiée...

310

« Nous sommes mariés depuis de nombreuses années, Guenièvre, et deux fois seulement vous avez eu l'espoir d'un
enfant. Non, je vous en prie, laissez-moi parler. Peut-être n'est-
ce pas votre faute, mais la mienne. J'ai connu, bien sûr,
d'autres femmes avant vous. Aucune d'entre elles, ni aucun
de leurs parents ne m'ont jamais annoncé la naissance d'un
bâtard. Peut-être ma semence n'est-elle pas fertile... Comment
être certain ? »

Guenièvre avait baissé la tête, et une longue mèche de
cheveux lui cachait le visage. « Où veut-il en venir, se demanda-
t-elle ? N'aurait-il de reproches à formuler qu'envers lui-
même ? »

« Guenièvre, écoutez-moi, mon cœur. Un roi a besoin d'un
enfant. Un royaume a besoin d'un héritier... Si vous parveniez
à donner cet enfant au trône, si grâce à vous ma descendance
était assurée, sachez que je ne vous poserais aucune question.
J'accepterais cet enfant comme mon fils, et le désignerais
comme mon héritier. »

Le visage de Guenièvre s'empourpra. Son corps sous l'effet
de la honte, lui sembla devenir la proie de flammes dévorantes.
Ainsi, il la croyait capable de le trahir...

« Non !... Non !... balbutia-t-elle. C'est impossible... Jamais
je ne pourrai !...

— Guenièvre, ne m'interrompez pas, écoutez-moi jusqu'au
bout. Vous connaissez la sagesse d'Avalon, vous savez que là-
bas, lorsqu'un homme et une femme se trouvent dans cette
situation, on dit que l'enfant est celui du Dieu. Or, Guenièvre,
j'aimerais... oui, j'aimerais que le Dieu nous envoie un enfant,
quel que soit celui qui aura été choisi pour l'engendrer...
M'avez-vous bien compris ? Et s'il fallait que l'homme désigné
pour accomplir la volonté de Dieu fût mon meilleur ami, mon
parent le plus proche, et bien, sachez que je le bénirais, lui et
l'enfant que vous pourriez porter !... Non... je vous en prie,
ne pleurez pas, acheva-t-il en l'attirant doucement à lui, vous
avez toute ma confiance, tout mon amour... »

Alors, il se tut et s'endormit presque aussitôt, laissant Guenièvre trop bouleversée pour proférer une seule parole. Des
larmes roulaient sur ses joues, des larmes d'apaisement et de
reconnaissance. Non, elle n'était pas digne d'un tel amour, car

elle aimait Lancelot depuis longtemps, depuis le premier jour, mais c'était ce soir, seulement, qu'elle avait découvert à quel point elle le désirait !... Et lui, son époux et son roi, le même soir... Les larmes l'étouffèrent.

Ainsi, était-elle donc meilleure que Morgause qui jouait les femmes légères en compagnie des chevaliers de son mari, ou même, disait-on à voix basse, avec les pages ou les hommes d'armes de l'entourage de Lot ? Comme Arthur était bon, loyal, honnête, et comme elle l'aimait ! Oui, infiniment, plus que jamais en cet instant. Elle devait se montrer digne de lui, rester bonne et vertueuse, garder son âme intacte, comme devait l'être l'âme d'une reine ! Tous ceux qui la regardaient vivre devaient pouvoir clamer qu'elle était pure, pure de tout péché...

Mon Dieu, comment pourrait-elle demain regarder Lancelot dans les yeux ? Il avait en lui le sang d'Avalon, il était le fils de la Dame du Lac, et peut-être avait-il le pouvoir, lui aussi, de lire dans les pensées ? Dieu !... S'il lisait en elle ? Un flot tumultueux de désirs et de pensées contradictoires l'envahirent : jamais elle n'oserait maintenant se retrouver seule devant lui !

Toutes les femmes de Caerleon aimaient Lancelot, c'était certain, même Morgane qui l'avait regardé souvent d'une façon si étrange, au point qu'Arthur avait parlé de les marier. Il y avait eu sans doute quelque chose entre eux, puis ils avaient dû se quereller car, pendant les trois jours qui avaient précédé le départ de Morgane pour Avalon, ils ne s'étaient pas une fois adressé la parole, cherchant même l'un et l'autre visiblement à s'éviter.

Et si elle s'offrait à Lancelot et qu'il la refusait ? Non, elle n'oserait plus jamais lever les yeux sur lui... pas davantage sur Arthur d'ailleurs... Quant aux prêtres de Caerleon, il était impossible de leur avouer pareil dessein ! Que penseraient-ils d'Arthur, de leur roi très chrétien, osant proposer à sa femme... Comme elle se sentait seule, abandonnée de tous ! Vers qui se tourner, à qui demander conseil ?

Non, il ne fallait pas céder ; il fallait continuer à faire son devoir, rester une reine vertueuse, jusque dans ses pensées les plus secrètes, les plus intimes, si toutefois cela lui était possible... Arthur, très abattu par sa blessure et sa trop longue inactivité, avait sans doute éprouvé, ce soir, un instant de défaillance, d'égarement passager... Ayant recouvré la santé, il lui serait alors reconnaissant de n'avoir prêté aucune attention à sa folie, à sa fugitive inconscience d'un soir, d'avoir ainsi évité de les précipiter tous deux dans le péché et la damnation.

Sur le point de sombrer dans un sommeil réparateur, une petite phrase prononcée par l'une de ses dames d'honneur, deux ans plus tôt, lui traversa soudain l'esprit. C'était, elle s'en souvenait, quelques jours avant le départ de Morgane. La jeune femme lui avait soufflé que cette dernière pouvait très bien lui procurer un charme... Ah, si c'était vrai ! Si Morgane la Fée l'enchantait de telle sorte qu'elle n'ait d'autre possibilité que d'aimer Lancelot, ainsi serait-elle définitivement libérée de cet horrible choix, ainsi ne serait-elle plus responsable en rien d'elle-même... Quand Morgane reviendrait, il faudrait aussitôt lui en parler... Mais Morgane reviendrait-elle seulement un jour à Caerleon ?

XVII

« Je deviens trop vieille pour ce genre d'équipée. C'est Morgane qui devrait être en ce moment à ma place !... » Frileusement emmitouflée dans sa grande cape, Viviane chevauchait sous la pluie glaciale de cette fin d'hiver. Quatre ans avaient passé depuis le jour où Merlin lui avait appris que Morgane était restée à Caerleon pour y devenir dame d'honneur de la reine Guenièvre. La future Dame du Lac, dame d'honneur d'une reine ! Comment Morgane avait-elle osé renier son destin au point d'accepter de servir une simple femme et refusé de revenir à Avalon ? Pourquoi avait-elle ensuite fui brusquement le château pour une destination inconnue ?

Non, Morgane, contrairement à ce que beaucoup supposaient, n'était pas revenue à l'Ile Sacrée. Elle n'avait pas davantage gagné Tintagel ni la Cour de Lot des Orcades. Où se trouvait-elle donc ? Avait-elle, femme seule sur des routes désertes, été attaquée, dépouillée, blessée, assassinée même et son corps jeté dans un fossé ?... Les bêtes sauvages l'avaient-elles dévorée ? Non, c'était impossible car si un tel malheur lui était arrivé, le miroir magique le lui aurait révélé.

317

Il est vrai que le Don de seconde vue, Viviane en était consciente, l'abandonnait de plus en plus fréquemment. Essayant parfois de percer le mystère des événements, ne trouvait-elle pas trop souvent maintenant rien d'autre devant ses yeux qu'un vague voile grisâtre, voile de l'inconnu ? « Ô Déesse ! supplia-t-elle, méprisant les trombes d'eau glacée qui lui fouettaient le visage, Ô Déesse, je t'ai donné ma vie, rends-moi Morgane, je t'en supplie, pour le bien peu de temps qu'il me reste à vivre ! » Mais Viviane n'escomptait guère de réponse à sa prière désespérée, à part cet ouragan de pluie qui s'abattait sur elle, ce rideau opaque de silence et d'incompréhension derrière lequel s'abritait, dans le ciel menaçant, la Déesse cruelle...

Habituée aux longues chevauchées depuis son enfance, elle avait toujours supporté sans fatigue les courses les plus éche-velées. Mais à présent le trot de sa monture brisait son corps, transi de froid qui, lui semblait-il, se recroquevillait davantage sur lui-même à chaque foulée. Par chance, l'un des hommes de son escorte vint alors lui annoncer que la ferme où ils se rendaient était en vue au fond de la vallée. Réconfortée d'apprendre que l'on y arriverait avant la nuit, Viviane n'osa avouer à quel point il lui tardait de mettre pied à terre, et se contenta de remercier son éclaireur d'un bref signe de la tête.

Parvenue enfin au terme de l'étape, elle se laissa, non sans difficulté, glisser au sol à bout de forces.

Gawan l'accueillit avec empressement.

« Soyez la bienvenue, Dame ! Vous voir est pour moi un très grand réconfort... Mon fils Balin, et votre fils Balan, que j'ai fait mander à Caerleon, nous rejoindront au plus tard demain matin.

— Est-ce donc si grave ? s'inquiéta Viviane avec sollicitude, regardant affectueusement le visage buriné de son vieil ami.

— Vous aurez du mal à reconnaître notre malheureuse Priscilla tant elle est amaigrie ! Malgré vos bienfaisantes méde-cines, son état a beaucoup empiré depuis votre dernière visite, et je crains qu'elle n'en ait plus pour longtemps. Elle s'éveille la nuit, et pleure comme une enfant... Il m'arrive même de souhaiter — j'ose à peine l'avouer — que la mort vienne vite abréger de telles souffrances. »

Installée maintenant au coin de la haute cheminée, Viviane essayait de réchauffer ses mains au contact du bol de soupe bouillante, que l'une des servantes venait de puiser dans un chaudron géant.

« Reposez-vous tranquillement et réchauffez-vous bien après cette course harassante, dit courtoisement le vieux Gawan. Pour l'instant, ma femme dort.

— Alors laissez-la reposer, le sommeil est le meilleur des remèdes », approuva Viviane sentant sous la chaleur un peu de vigueur lui revenir.

Une servante lui avait en effet enlevé ses vêtements trempés, et la chaleur des flammes pénétrait peu à peu ses membres ankylosées par la froidure et l'humidité. Elle fermait les yeux, appréciant pleinement ce moment de délassement, prête à ouvrir les portes de sa mémoire à ses chers souvenirs, lorsqu'un cri déchirant venant de la pièce voisine la fit sursauter. La servante se signa et marmonna d'une voix à peine audible :

« Voilà que notre pauvre maîtresse se réveille... »

Quittant péniblement sa place, Viviane suivit la servante et entra dans la chambre. Ce qu'elle y vit lui fit venir les larmes aux yeux : Gawan était assis près du lit où gisait une forme si décharnée qu'elle semblait déjà appartenir à la mort. Quelques faibles gémissements s'échappaient cependant encore d'une bouche livide. Viviane s'approcha et hocha tristement la tête : quelle ressemblance subsistait-il entre ce masque défiguré par la souffrance et la jeune femme ronde et avenante qu'avait été Priscilla, mère adoptive de son fils Balan ? Ses lèvres blanches et desséchées, le bleu de ses yeux, autrefois si limpide, si chaleureux, avaient perdu toute apparence de vie. Aucune médecine ne pouvait plus rien pour elle.

Ses pauvres yeux, presque éteints, s'ouvrirent dans un dernier effort sur le visage qui se penchait sur eux. Une lueur brilla au fond des prunelles ternes, puis les lèvres bougèrent lentement, péniblement :

« Est-ce vous, Dame Viviane ? fit un filet de voix presque imperceptible.

— Oui, c'est moi, répondit la prêtresse serrant entre les siennes la main squelettique. Dites-moi, très chère et fidèle amie, ce que vous ressentez au fond de votre corps. »

319

Les lèvres craquelées esquissèrent une grimace, émouvante tentative de sourire, et la voix reprit :

« Je n'imagine pas que l'on puisse être plus mal que je le suis... Mais je suis si heureuse de vous voir... J'espère seulement vivre suffisamment longtemps pour avoir le bonheur de revoir mes chers fils... »

Elle se tut, soupira profondément, voulut se redresser, retomba, et continua péniblement :

« Je souffre tant... mon dos n'est que douleur, et lorsque je bouge, c'est comme si mille poignards me transperçaient la peau. J'ai soif... j'ai soif...

— Je vais vous soulager, ne vous inquiétez plus » la rassura doucement Viviane.

Ayant en effet pansé délicatement les plaies occasionnées par une trop longue station couchée, Viviane humidifia la bouche de son amie avec une lotion rafraîchissante à base des plantes de la forêt dont elle avait seule le secret — en sorte que, sans avoir vraiment bu, la malade parut ressentir quelque apaisement à sa soif. Puis, elle s'assit près d'elle, silencieuse, attentive au moindre de ses mouvements, heureuse de constater que la pauvre femme s'était de nouveau assoupie.

C'est alors qu'un bruit de chevaux se fit entendre dans la cour. Priscilla ouvrit les yeux, balbutia en tentant de relever la tête :

« Les voici !... Les voici !... Ce sont mes fils !... »

L'instant d'après, la porte s'ouvrait brusquement et Balan faisait son entrée suivi de son demi-frère Balin, fils de Gawan. Tous deux, s'immobilisant sur le seuil, embrassèrent d'un seul coup d'œil l'affreux spectacle. Balan était moins beau, moins élancé que Lancelot, mais ses yeux étaient aussi sombres et attachants que l'étaient ceux de son fils cadet. Quant à Balin, robuste, râblé, ses yeux clairs et ses cheveux blonds rappelaient exactement ceux de sa mère Priscilla au temps de sa beauté.

« Mère, ma pauvre mère... gémit-il, penché sur la forme étendue. Ma pauvre mère... Comme vous avez maigri ! Il faut absolument manger un peu si vous voulez guérir !

— Non !... haleta-t-elle avec difficulté, il n'est plus temps ! Je serai bientôt auprès de Jésus et de Marie... dans le ciel...

— Non ! Je vous en prie... cria presque Balin, sous le regard désapprobateur de Viviane et Balan, atterrés par l'inconscience du jeune homme.

— Il ne voit donc pas qu'elle est en train de mourir ! souffla Balan à l'oreille de Viviane. Comment peut-il croire encore à sa guérison ? »

La Dame du Lac se pencha sur le lit et murmura à l'oreille de la mourante :

« Je peux en tout cas vous promettre que vous ne souffrirez plus...

— Oh, oui, je vous en prie !... articula la malheureuse en serrant la main de Viviane dans un geste d'ultime supplication.

— Je vous laisse maintenant avec vos fils, car ils le sont tous deux, même si vous n'en avez porté qu'un » dit encore Viviane ; puis elle quitta la chambre et demanda à Gawan de lui apporter les sacoches accrochées à sa selle. Lorsqu'il les eut déposées à ses pieds, elle en sortit différents petits sacs contenant des herbes et des racines et déclara gravement :

« Pour l'instant, elle est calme. Je ne peux hélas ! plus rien pour elle, sinon mettre un terme à ses souffrances... C'est ce qu'elle souhaite... Elle me l'a dit...

— Il n'y a plus aucun espoir ? interrogea douloureusement Gawan.

— Aucun... Ses douleurs ne peuvent que devenir de plus en plus insupportables. Je ne veux croire que votre Dieu puisse accepter cela.

— Hélas, je l'ai souvent entendu dire, reprit Gawan, qu'elle aurait mieux fait de se jeter à la rivière quand elle était encore capable de marcher...

— Il est donc temps désormais de l'aider à s'en aller en paix... puisque telle est sa volonté.

— Ma Dame, dit alors Gawan, des larmes dans la voix, j'ai toujours eu totale confiance en vous, ma femme aussi. Si vous avez pouvoir de mettre un terme à ses souffrances, je sais qu'elle vous en bénira. »

La douleur ravageait les traits de Gawan mais s'y lisaient en même temps une dignité et une résignation que Viviane ne put s'empêcher d'admirer. Elle posa affectueusement la main sur son épaule et l'entraîna dans la chambre où Priscilla échangeait calmement quelques mots avec Balin. Celui-ci s'étant éloigné du lit, Balan s'approcha à son tour.

« Vous aussi, avez été un bon fils pour moi, parvint-elle encore à dire. Promettez-moi de veiller sur votre frère d'adoption et... » Sa phrase s'acheva dans un tel hurlement de douleur qu'il sembla un instant emplir toute la ferme.

« Priscilla, j'ai pour vous un remède qui va mettre un terme à toutes vos souffrances, intervint aussitôt Viviane.

— Oh, oui, j'ai si mal !... se plaignit la mourante. Je voudrais tant dormir... tant oublier... je... vous bénis, ma Dame... et la Déesse aussi...

— En son nom, voici votre délivrance, murmura Viviane, soulevant la tête de Priscilla pour l'aider à boire. Lorsque vous aurez bu, toute souffrance en vous disparaîtra. »

La coupe vide, Priscilla se laissa retomber sur sa couche, essayant d'esquisser d'un geste vague de la main un remerciement à l'adresse de Viviane.

« Embrassez-moi... adieu... » articula-t-elle avec un pauvre sourire.

Viviane se baissa pour poser sur le front décharné un dernier signe de tendresse. « Ainsi, se dit-elle en se relevant, j'étais venue pour apporter la vie et la guérison, et je vais repartir comme la Veille-Femme-la Mort ». Puisse ce qu'elle venait de faire pour Priscilla, quelqu'un d'autre à sa place faire de même lorsque son tour, un jour, arriverait.

A quelques pas de sa mère, Balin, l'air sombre, regardait Viviane s'éloigner du lit de la mourante. Lorsqu'elle quitta la pièce, il la suivit en silence et s'assit auprès d'elle à la longue table de chêne où le repas du soir était servi. Balan, lui aussi, était là, mais Gawan était resté auprès de son épouse.

« La route a été longue pour vous aussi, n'est-ce pas ? demanda Viviane tout en faisant honneur aux plats et aux boissons car elle se sentait aussi affamée qu'épuisée.

— Oui, nous avons galopé d'une traite jusqu'ici, répondit Balan. Un voyage affreux, sous une pluie glaciale ! Mange, Balin, continua-t-il en tendant à son frère d'adoption un plat de poisson.

— Je ne pourrai avaler la moindre chose ce soir, maugréa ce dernier en repoussant le plat, alors que notre mère souffre

322

ainsi dans la pièce voisine. Mais, Dieu soit loué, grâce à vous, ma Dame, j'espère qu'elle se sentira bientôt mieux. La dernière fois que vous vous êtes rendue à son chevet, vos remèdes ont déjà accompli un miracle... »

Viviane regarda le jeune homme avec insistance, ne pouvant croire qu'il n'avait toujours pas compris l'état désespéré de sa mère.

« Le seul miracle à attendre, dit-elle fermement, est qu'elle puisse maintenant rejoindre son Dieu le plus paisiblement possible. »

Indigné, Balin la foudroya du regard, la bouche contractée, et cria presque :

« Comment osez-vous dire chose pareille ? cria-t-il presque. Et pourquoi alors êtes-vous venue, si vous n'êtes pas capable de la guérir ? Vous avez pourtant affirmé tout à l'heure que vous alliez mettre un terme à ses souffrances !

— En vérité, Balin, ma mère l'a fait ! intervint Balan en posant sur l'épaule de son frère une main amicale. Voulais-tu donc voir Priscilla souffrir plus encore qu'elle n'a souffert ces derniers jours ?

— Monstre, qu'avez-vous fait ? hurla alors Balin en se précipitant sur Viviane, la main levée comme s'il voulait la frapper au visage. Vous n'êtes qu'une criminelle, une sorcière hideuse qu'on devrait pendre ! Père, père, vous entendez ! Viviane a assassiné ma mère ! »

Mais comme il courait vers la chambre de la mourante, Gawan apparut sur le seuil, très pâle, referma la porte derrière lui et réclama le silence d'un geste autoritaire.

« Priscilla n'est plus », fit-il dans un sanglot.

Bousculant sans ménagement le vieil homme, Balin fit irruption dans la chambre de la défunte. Sereine, Priscilla, les yeux définitivement clos, reposait sur son lit figée pour l'éternité.

Hébété, fou de douleur et de rage, le regard fixé sur le corps immobilisé, Balin se lança alors dans un monologue incohérent où revenaient sans cesse les mots de : meurtre... sorcière... traître... folle... immonde... pauvre mère...

Gawan l'entraîna doucement hors de la pièce :

« Venez, mon fils, et reprenez-vous ! Votre mère aimait Viviane infiniment et lui a toujours fait confiance. »

A son tour, la Dame du Lac tenta d'intervenir avec ces mots simples et affectueux. Mais Balin n'écoutait personne, et, l'air haineux, jetait de tels regards à leur adresse, qu'elle préféra regagner le coin de l'âtre où, exténuée, elle s'assit, en proie à un indicible découragement, les yeux rivés aux flammes.

« Pardonnez-lui ! demanda Balan en la rejoignant. Le choc a été si rude pour lui ! Il est si malheureux et ne sait plus ce qu'il dit... Plus tard, il vous sera reconnaissant, comme moi, d'avoir aidé Priscilla à quitter la vie sereinement. Pauvre petite mère... Elle souffrait tant » acheva-t-il en se laissant tomber à genoux près de Viviane.

Et, comme un enfant, il s'abandonna à son désespoir, le visage enfoui dans sa jupe.

Loin d'être ému par ce spectacle, Balin revint à la charge avec une violence accrue :

« Tu sais que c'est elle qui vient d'assassiner notre mère, siffla-t-il, au comble de la fureur, et tu cherches consolation à ses genoux ! N'as-tu pas honte ? »

C'en était trop. A ces mots, Balan releva la tête, et apostropha son frère sans ménagements :

« Elle a fait ce que notre mère lui a demandé de faire ! Es-tu donc assez fou pour n'avoir pas compris que, même avec l'aide de Dieu, Priscilla ne pouvait survivre plus de cinq ou six jours, et cela dans d'intolérables souffrances ? Elle était ma mère d'adoption, donc ma mère à moi aussi... Ô mon frère, mon frère, j'éprouve autant de peine que toi-même. Pourquoi faut-il en plus nous déchirer ainsi ? Allons, il suffit ! Viens, maintenant assieds-toi à côté de moi, et buvons ensemble un peu de ce vin qui nous réconfortera. Notre mère est maintenant auprès de Dieu, ses souffrances ont pris fin. Mieux vaut prier pour elle que de nous quereller !

— Non ! Je refuse de rester une seconde de plus sous ce toit où l'infâme sorcière a assassiné ma mère ! »

Se relevant d'un bond, Gawan livide alla droit à son fils et le gifla à toute volée, s'exclamant d'une voix blanche :

« Je t'interdis, Balin ! La Dame d'Avalon est notre amie, notre hôte. Je ne permettrai pas que l'on bafoue ainsi les lois les plus sacrées de l'hospitalité. »

Mais Balin ne voulait rien entendre.

« Ainsi, vous êtes tous contre moi ! protesta-t-il comme un fou. C'est bon ! Je préfère quitter cette maison à jamais ! »

Et tournant les talons, il disparut dans la nuit.

« Faut-il le retenir, père, et l'empêcher de faire quelque sottise ? demanda respectueusement Balan.

— Non, c'est inutile, répondit le vieil homme en secouant la tête, avec un abattement profond. Les mots ne lui seraient d'aucun secours dans l'état où il est. Laissons-le se calmer. Lorsqu'il retrouvera la raison, peut-être reconnaîtra-t-il que la Dame du Lac avait apporté à sa mère la seule délivrance possible...

— Balan, savez-vous où est Lancelot ? interrogea Viviane voulant faire diversion. Se trouve-t-il toujours auprès du Haut Roi ?

— Oui, il est fidèle à Arthur, répondit pensivement Balan, bien qu'il s'absente souvent de la Cour en ce moment... »

Et Viviane lut dans ses yeux les mots que son fils retenait sur ses lèvres, ne voulant ni heurter, ni scandaliser sa mère : « Lorsque Lancelot se trouve à Caerleon, chacun sait bien qu'il ne quitte pas du regard la reine Guenièvre... »

« Lancelot nous a annoncé, expliqua Balan pour masquer son embarras, qu'il voulait mettre de l'ordre dans le royaume. Aussi est-il souvent par monts et par vaux, exterminant plus de brigands et de maraudeurs que ne l'a jamais fait aucun des compagnons d'Arthur. On dit qu'il vaut à lui seul une légion entière... Savez-vous aussi qu'il est devenu chrétien et pieux comme une jeune fille ?...

— Rien d'étonnant à cela, l'interrompit Viviane. Votre frère a toujours craint ce qu'il ne pouvait expliquer. La foi des Chrétiens est une foi pour ceux qui ne pratiquent que l'humilité et la culpabilité... Mais Lancelot n'a-t-il pas l'intention de se marier un jour ? »

Et, de nouveau, elle entendit les mots que Balan ne prononçait pas : « ... Il ne peut posséder la seule femme pour laquelle il se meurt, car elle est l'épouse de son roi... »

« Il prétend même, répondit Balan à voix haute, qu'il n'a envie d'aucune femme et n'aime que son destrier. Il est aussi valeureux et invincible au combat que dans les jeux qu'organise Arthur à Caerleon. Si bien qu'il lui arrive de monter à cheval sans bouclier ou de choisir à dessein une mauvaise monture afin de laisser la victoire à son adversaire. Balin, une fois, l'a vaincu à la course, mais il a refusé le prix car Lancelot avait volontairement omis de serrer les sangles de sa selle qui avaient lâché...

— Ainsi Balin est, lui aussi, un chevalier courtois et courageux. Vous pouvez donc être fier de vos deux frères ! » conclut Viviane en se levant pour aller aider à la toilette de la morte.

Mais, lorsqu'elle pénétra dans la chambre, ce fut pour constater que des femmes du village et un prêtre l'y avaient précédée, et terminé leur tâche. Sans chercher à s'imposer, elle accepta donc avec reconnaissance l'offre de Gawan de se retirer dans la meilleure chambre de la maison pour y prendre un repos bien mérité.

Elle eut cependant beaucoup de mal à s'endormir. Tous ces propos échangés avec Balan au cours de cette éprouvante soirée se bousculaient dans son esprit...

La mise en terre de Priscilla eut lieu le lendemain matin, sans que le soleil n'arrive à percer une seule fois l'épaisse couche de nuages. Balin était revenu, et se tenait, en larmes, à quelques pas de la tombe refermée.

« Croyez-moi, je partage votre chagrin, lui dit doucement Viviane lorsqu'ils eurent tous regagné la ferme. Dame Priscilla et moi, avons été intimement liées toute notre vie ; c'est la raison pour laquelle je lui avais confié mon propre fils... Faisons la paix, voulez-vous, et oublions cette querelle passagère... »

Voulant accompagner ses paroles d'un geste de réconciliation, Viviane tendit les bras en direction de Balin. Mais celui-ci se détourna brutalement, le visage si fermé, si hostile qu'elle le laissa partir sans chercher à le retenir.

Alors malgré l'insistance de Gawan la suppliant de rester quelques jours en sa compagnie, Viviane demanda sa monture :

« J'ai hâte, dit-elle, de regagner Avalon le plus rapidement possible.

— Désirez-vous que je vous escorte jusqu'à l'Ile Sacrée ? proposa Balan. Les brigands pullulent dans la forêt.

— Merci de votre sollicitude, mon fils, mais je n'ai pas d'or sur moi, et ceux qui m'accompagnent sont tous des homme des Tribus... En cas d'attaque, nous nous dissimulerons dans les collines ! Et puis mon âge hélas ! me met à l'abri d'autres convoitises. On ne tentera pas de m'enlever ! poursuivit Viviane en souriant. **Restez** donc auprès de Gawan ; pleurez ensemble notre chère Priscilla ; réconciliez-vous, je vous en supplie, avec Balin et ne vous querellez plus jamais à mon sujet... »

Elle allait continuer, mais s'arrêta brusquement. Une image horrible traversait son esprit : Balan, le corps transpercé d'une épée, perdait son sang à grands flots !

« Mère, qu'avez-vous ? Vous êtes soudain si pâle... Appuyez-vous à mon bras.

— Ce n'est rien, mon fils, ce n'est rien... Promettez-moi seulement de faire la paix avec votre frère Balin.

— Je vous le promets, ma mère... » répondit respectueusement Balan, scellant son engagement par un baiser sur la main que lui tendait sa mère.

Viviane, ayant fait ses adieux à Gawan, s'éloigna alors dans la lumière froide de cette journée d'hiver, précédée par son escorte qui lui ouvrait la route. Le long voyage qui l'attendait allait lui permettre de réfléchir tout à loisir aux sombres présages qui venaient de l'assaillir. Quelle était cette vision affreuse de Balan tout ensanglanté par sa blessure ?... N'était-ce que l'image amplifiée d'une simple blessure qu'il recevrait dans un prochain combat ? Étant l'un des fidèles compagnons d'Arthur, il fallait bien s'attendre à ce qu'un jour ou l'autre, dans cette guerre interminable contre les Saxons, il reçût quelque mauvais coup... Et Lancelot... N'avait-il pas maintenant largement dépassé l'âge du mariage ? Certes, il existait des hommes peu enclins à partager leur vie avec une femme, et qui préféraient l'amitié virile de leurs compagnons d'armes... Lancelot était peut-être de ceux-là ? A moins qu'il ne se soit jeté à corps perdu dans la guerre pour tenter d'oublier celle qui consumait son cœur ?...

D'un geste de la main, Viviane chassa de ses pensées la silhouette de ses fils. Aucun des deux ne lui était aussi cher que Morgane... Où était-elle en cet instant ? Cette question seule prévalait sur les autres, car le temps était venu de lui transmettre la charge d'Avalon. Oui c'était elle maintenant qui devait devenir la nouvelle Dame du Lac, perspective sacrée que son inexplicable absence compromettait chaque jour davantage.

Dès son retour à Avalon, Viviane décida donc d'interroger sans plus attendre la doyenne des sages de l'Ile.

« Existe-t-il dans la Maison des Vierges, lui demanda-t-elle, une jeune fille susceptible de pénétrer dans le Bosquet sacré ou d'interroger le feu, mais qui n'ait jamais jusqu'à présent tenté ni l'un ni l'autre ?

— Oui, répondit la vieille dame, il y a la fille de Merlin.

— La fille de Merlin ? Quelle est donc cette vierge dont j'ignore jusqu'à l'existence ? Nulle, pourtant, ne pénètre en ces lieux sans mon consentement, sans être supposée posséder le Don et présenter toutes les aptitudes nécessaires pour bien servir les Druides. Quel âge a-t-elle ? Quel est son nom, et quand est-elle arrivée à Avalon ?

— Elle s'appelle Niniane, répondit la femme. C'est la fille de Branwen. Vous ne pouvez pas ne pas vous en souvenir. Branwen prétend que Merlin a engendré l'enfant en célébrant les feux de Beltane, il doit y avoir déjà quatorze ou quinze années... Elle a, il est vrai, été élevée au loin, dans le Nord, avant de venir ici, il y a cinq ou six saisons de cela, vous n'y avez sans doute alors guère prêté attention. C'est une enfant douce et obéissante, qui ne fait jamais parler d'elle. »

Niniane, oui, elle s'en souvenait maintenant, cette enfant discrète et frêle... Si elle était vraiment fille de Merlin et d'une prêtresse de l'Ile, elle possédait alors certainement le Don, et pourrait peut-être l'aider à retrouver Morgane...

« Qu'on me l'amène, ordonna-t-elle, en se retirant. Dans trois jours, avant le lever du soleil ! »

Trois jours plus tard, une heure avant que ne pâlisse l'aube, Niniane se présenta chez Viviane. La fillette semblait très effrayée et tremblait.

« Ainsi êtes-vous Niniane. lui demanda-t-elle avec douceur. Quel âge avez-vous ?

— Je vivrai mon quatorzième hiver à la fin de l'année.

— Avez-vous déjà été aux feux de Beltane ?

— Non, jamais, répondit l'enfant en baissant la tête.

— Possédez-vous le Don ?

— Un peu, je crois. Je ne sais pas encore très bien...

— Bien. Venez avec moi, mon enfant, nous allons tâcher de l'expérimenter... »

Prenant alors la fillette par la main, elle l'entraîna au-dehors et gravit avec elle le chemin détourné qui menait au Puits Sacré. L'enfant était svelte et plus grande que la prêtresse. Elle avait des cheveux blonds et de beaux yeux violets. Soudain, malgré elle, Viviane l'entrevit parée et couronnée telle la Dame du Lac... Était-ce là prémonition sérieuse ou futile rêverie ? Elle l'ignorait, mais cette image s'était inscrite en elle avec une telle intensité, qu'elle se prolongea, à son corps défendant, jusqu'au moment où elles parvinrent au bord de l'étang. Dans un silence religieux, face au grand miroir liquide, Viviane resta un instant immobile, la tête levée vers le ciel. Puis, elle tendit à la jeune fille la petite faucille qui avait été offerte à Morgane lorsqu'elle était devenue prêtresse, et lui dit calmement :

« Regardez l'eau, mon enfant, et dites-moi où se trouve celle qui, jadis, tenait dans sa main cet objet... »

Sans se faire prier davantage, l'enfant s'agenouilla, baissa la tête et se pencha sur l'onde. Comme toujours, la surface tranquille eut un frémissement, d'abord imperceptible, puis, comme sous l'effet d'une brise légère des images firent peu à peu leur apparition...

« Ah... je vois... commença Niniane d'une voix à la fois lointaine et rauque, je vois... elle dort dans les bras du roi noir... »

Que voulait dire l'enfant ? Viviane voulut secouer la jeune fille, l'obliger à se pencher davantage sur l'étang pour préciser le sens de ses paroles, mais elle se ravisa, sachant que le moindre de ses gestes, un mot trop brutalement exprimé, pouvaient interrompre le charme et la vision. Aussi se contenta-t-elle de dire dans un murmure :

« Niniane, dites-moi... dites-moi, je vous en supplie... Voyez-vous le jour où Morgane reviendra à Avalon ? »

Un interminable silence suivit cette question. Puis un souffle parcourut de nouveau la surface de l'eau agitée soudain, sembla-t-il, d'une vie mystérieuse. Et Niniane enchaîna :

« Oui, elle est debout dans un bateau... ses cheveux sont tout gris... »

Elle s'arrêta, poussa alors un profond soupir, comme si elle venait d'éprouver une grande souffrance.

« Ne voyez-vous rien d'autre, Niniane ? Ne craignez rien mon enfant, parlez... dites-moi tout... »

Étrange, mystérieuse, la voix d'un autre monde reprit :

« Oh !... la croix... la lumière me brûle... le chaudron entre ses mains... Raven ! Raven... allez-vous nous abandonner ?. »

Niniane poussa un grand cri ; ses yeux s'ouvrirent démesurément sous le choc de quelque horrible vision, et elle tomba à terre en gémissant.

Frappée d'effroi et de stupeur, Viviane considéra quelques instants sans bouger la jeune fille inerte à ses pieds. Puis elle se pencha sur l'étang, prit de l'eau dans sa main et inonda le visage de Niniane. Celle-ci ouvrit enfin les yeux, regarda Viviane avec la plus vive anxiété et se mit à pleurer :

« Ma Dame... pardonnez-moi, mais je n'ai rien vu... » Ainsi, ne se souvient-elle pas de sa vision ? se demanda Viviane, écartant doucement sur le front de l'enfant les mèches qui lui couvraient le visage.

« Ne pleurez pas, je ne suis pas en colère, murmura Viviane presque maternelle... Vous avez sûrement mal à la tête. Il faut vous reposer maintenant et surtout ne vous inquiéter de rien. »

Avec son aide, Niniane se remit alors debout et, pressant ses deux mains contre son front douloureux, prit le chemin du retour vers la Maison des Vierges.

Ayant elle aussi regagné la quiétude de sa retraite, Viviane se perdit en d'incertaines conjectures : Niniane avait-elle divagué ?... Elle avait pourtant à l'évidence entrevu « quelque chose »... Ses paroles étaient cependant restées si vagues et nébuleuses... Que voulaient dire ces mots : « Elle dort dans les bras du roi noir ? » Que Morgane dormait dans les bras de la Mort ? Non, puisqu'elle avait ensuite ajouté : « Elle est debout dans le bateau ». Or ce bateau était sûrement la barge d'Avalon... Mais elle avait ajouté : « Ses cheveux sont tout gris. » Cela signifiait-il que Morgane reviendrait un jour, mais dans très longtemps ?...

Et la croix ? la lumière brûlante ? Et Raven, le chaudron

entre les mains ?... Non, tout n'était que délire, que vague tentative d'ausculter le destin, vision trop éphémère qu'on ne pouvait en aucun cas prendre en considération. Et pourtant... Raven portant le chaudron, symbole magique de l'eau et de la Déesse... Cela voulait-il dire que, Morgane ayant définitivement quitté Avalon, c'était Raven qui allait, à sa place, recueillir les pouvoirs de la dame du Lac ? Oui, c'était là sans doute la meilleure interprétation des phrases sibyllines prononcées par Niniane... Sinon, elles n'avaient aucun sens.

Dans l'âtre, les prêtresses qui la servaient avaient allumé un grand feu. L'une d'elles lui tendit une coupe de vin chaud qu'elle accepta pour rompre un jeûne qu'elle supportait de moins en moins bien. Une autre l'aida à gagner un siège et lui enveloppa les épaules d'un châle de laine, tandis que plusieurs lui réchauffaient les pieds en les frottant longuement avec des herbes... Oui, elle les aimait toutes, ces femmes dévouées, ne pensant, tête baissée, avec leurs gestes doux et patients, leurs paroles retenues, qu'à bien accomplir leur office. Elle les aimait même si elle ne les connaissait plus, comme autrefois, chacune par leur prénom...

« Désirez-vous vous reposer, Mère ? demanda celle qui venait de lui servir à boire en s'inclinant très bas.

— Non, pas encore. Je voudrais d'abord qu'on aille chercher la prêtresse Raven. Je désire la voir. »

Un moment s'écoula et Raven fut devant elle. Elle était venue si silencieusement que Viviane sursauta presque en la voyant brusquement apparaître. Elle lui fit signe de s'asseoir, et lui tendit sa coupe encore à demi pleine. Raven la remercia d'un bref mouvement de tête, la but, sans prononcer une parole et, semble-t-il, presque sans un geste, puis la posa par terre et leva vers Viviane un regard interrogateur.

« Chaque jour, l'âge me pèse davantage et, vous le savez, il n'y a personne pour me remplacer à Avalon. J'aimerais donc vous poser une question, comme je la poserais à la Déesse en personne : Morgane va-t-elle nous revenir ? »

Raven, les yeux baissés, d'abord ne broncha pas. Puis elle releva lentement la tête et la secoua doucement.

« Que voulez-vous dire ? interrogea anxieusement Viviane.

331

Que Morgane ne reviendra pas, ou que vous ne pouvez le dire ? »

La prêtresse fit alors un geste vague, qui signifiait tout à la fois le découragement, le doute et l'ignorance.

« Raven, reprit Viviane, vous savez que le jour approche où il va me falloir abandonner le fardeau de ma charge. Mais il n'existe personne, en Avalon, susceptible de me remplacer... personne, à l'exception de vous. Si Morgane ne revient pas, c'est donc vous qui serez, après moi, la Dame du Lac. Vous avez prononcé un vœu de silence, et vous y êtes restée fidèle, mais aujourd'hui, je crois qu'il est temps d'y renoncer et d'accepter que je dépose entre vos mains le flambeau sacré de notre île. Il n'y a pas d'autre issue ! »

Derechef Raven secoua la tête. De haute taille, maigre et osseuse, elle allait atteindre son quarantième anniversaire. Ses cheveux, très noirs, encadraient un visage à la peau brune et mate, où brillaient des yeux de braise étrangement fixes. Sous un masque impassible, elle restait impénétrable.

S'étant trop longtemps maîtrisée, Viviane sentit soudain ses forces l'abandonner. Elle se couvrit le visage des deux mains et d'une voix que l'angoisse étouffait, elle cria presque :

« Non, je ne peux pas, Raven !... Je ne peux plus ! »

Alors, toujours sans proférer le moindre mot, Raven la serra dans ses bras, longuement, tendrement. S'y abandonnant malgré elle, Viviane fondit en larmes, des larmes bienfaisantes, qui lui semblèrent ne jamais devoir s'arrêter...

XVIII

Ygerne était mourante. Un messager venait d'apporter la mauvaise nouvelle à Caerleon. Mais ni Arthur, sur le point de se mettre en route vers le Nord pour inspecter de nouvelles fortifications, ni Morgane qui avait disparu, ni Viviane, maintenant trop âgée pour entreprendre un tel voyage, ne pouvaient se rendre au chevet de la malade. C'est donc à Guenièvre qu'Arthur demanda de bien vouloir partir sur-le-champ pour le couvent où agonisait sa mère, là-bas à l'extrême pointe de la Cornouailles.

C'est non sans mal que Guenièvre s'arracha à la sécurité de Caerleon. Le voyage fut pour elle un véritable cauchemar, malgré le confort relatif que lui assuraient sa litière et les routes romaines du sud du pays. Parvenue au cœur des landes solitaires, une véritable panique s'empara d'elle à la vue de l'horizon sans fin qu'elle entrevoyait dans d'interminables perspectives d'herbe rase d'où surgissait, de temps à autre, hostile et fugitive, l'arête acérée d'un rocher. Aucune vie ne s'y manifestait, à l'exception d'une multitude de corbeaux croas-

335

sant haut dans le ciel dans des rafales de vent, notes lugubres entre toutes, s'ajoutant à l'oppressante désolation du paysage.

Son angoisse ne l'abandonna qu'en pénétrant dans le havre de douceur et de sérénité du monastère. Une cloche cristalline ponctuait paisiblement les heures, et çà et là dans les fissures des vieux murs, jaillissaient des touffes de roses blanches. Le couvent étant une ancienne villa romaine, les religieuses avaient dû faire arracher les mosaïques du sol de la grande salle, ces dernières évoquant des scènes païennes particulièrement inconvenantes, dont il avait fallu effacer les moindres vestiges. Sur certaines parois cependant, subsistaient encore des fresques où dansaient des dauphins et de curieux poissons multicolores.

Conduite aussitôt auprès de la malade, Guenièvre en la voyant réalisa combien elle était ignorante en matière de maladie et de soins. Sans très bien comprendre quel mal rongeait Ygerne, elle constata que celle-ci avait beaucoup de difficultés à respirer. Les poumons pris, elle avait les lèvres très pâles, les ongles bleus et les chevilles si enflées, qu'il lui était impossible de mettre un pied à terre. Ne quitant désormais plus son lit, chacun s'accordait à dire qu'elle mourrait avant Noël.

Le lendemain de son arrivée — on était aux jours les plus éclatants de l'été — Guenièvre, avant de rendre visite à sa belle-mère, cueillit dans le jardin une grosse rose blanche teintée de jaune qu'elle posa sur son oreiller, auprès de son visage. Semblant à bout de forces, Ygerne sourit néanmoins à sa bru et la remercia d'une voix faible en respirant avec bonheur le parfum délicat des pétales. Puis elle demanda, semblant tout à coup très inquiète :

« A-t-on enfin des nouvelles de Morgane ?

— Non, ma mère. Merlin affirme qu'elle n'est pas à Avalon. Peut-être est-elle encore à la Cour de Lot. Mais c'est un long voyage pour s'y rendre et notre messager n'est pas encore de retour. »

Une quinte de toux empêcha un moment la malade de répondre. Puis avec l'aide de Guenièvre, ayant un peu repris son souffle, elle murmura avec difficulté :

« Elle devrait pourtant savoir, grâce au Don, combien je suis mal ! Lorsqu'on sait que sa mère est mourante, on accourt à son chevet... »

Un bref silence s'installa entre les deux femmes et Guenièvre, non sans amertume, songea que la mère d'Arthur se souciait fort peu de sa présence. A ses yeux, c'était certain, la seule qui comptait, était Morgane. Mais elle n'eut guère le temps d'achever sa pensée.

« Dites-moi, Guenièvre, reprit la malade, aimez-vous mon fils ? »

Surprise par la question, la jeune femme préféra détourner son regard. Ygerne lisait-elle dans son âme ?... Avait-elle aussi le pouvoir de deviner ses pensées les plus secrètes ?

« Oui, je l'aime, répondit-elle d'une voix qu'elle voulait assurée. Je l'aime infiniment et suis sa reine fidèle.

— Je vous crois, mon enfant... Vous devez être heureuse, et le serez davantage encore à l'avenir puisque vous portez enfin son fils. »

Guenièvre ne put réprimer un petit cri et regarda fixement la vieille reine :

« Je... mais comment ? ... Je ne savais pas... » murmura-t-elle.

Pourquoi Ygerne lui disait-elle une chose pareille ? Ignorait-elle sa stérilité alors que tout le royaume était au courant ? Ou alors... commençait-elle à divaguer ?...

« Comment savez-vous ? insista-t-elle à voix haute.

— Il m'arrive encore parfois de bénéficier du Don, sans le vouloir... et jamais il ne me trompe. Mais pourquoi pleurez-vous, mon enfant ? N'est-ce pas une bonne nouvelle ? »

Déconcertée, Ygerne tendit sa main décharnée vers sa belle-fille.

« Je pleure de joie... Mais, dites-moi, ma mère, je vous en supplie, porterai-je cet enfant jusqu'à son terme ? M'avez-vous vue en train de l'allaiter ?

— Je ne peux vous en dire davantage, dit tendrement Ygerne en serrant la main de la jeune femme. Le Don vient et vous quitte comme il l'entend... »

Puis, comme si cette révélation avait épuisé ses forces chancelantes, terrassée de fatigue, la vieille duchesse de Cornouailles ferma les yeux. Guenièvre attendit patiemment que la malade soit endormie, et quitta la chambre sur la pointe des pieds pour rejoindre les religieuses dans le jardin.

Mais la cloche, au même instant, annonçait l'office du matin et Guenièvre se rendit directement à la chapelle où elle s'agenouilla dans la salle réservée aux visiteurs. Bouleversée par ce qu'elle venait d'apprendre, elle rendit grâce au Seigneur du fond du cœur. Ainsi, ne l'avait-elle pas imploré en vain. Tout à sa joie, Guenièvre mêla sa voix à celles des religieuses dans leur magnificat, si claire, si joyeuse, que plusieurs d'entre elles, tout étonnées, se retournèrent pour la regarder.

Désormais, en tout cas, elle devrait mettre un terme définitif à ses pensées secrètes, honteuses, déchirantes, concernant Lancelot. Mais n'était-il pas trop tôt pour se réjouir ? Après tout, la vieille reine pouvait se tromper. Quels signes tangibles lui permettaient de croire qu'elle était vraiment enceinte ? Sans doute avait-elle remarqué un certain retard dans son cycle menstruel, mais les fatigues du voyage en étaient peut-être la cause. De toute façon, elle était coutumière de telles irrégularités et elle avait toujours été empêchée, comme la plupart des femmes, de se baser formellement sur les différentes phases de la lune. Et puis, les paroles d'Ygerne, n'étaient-elles pas le fruit de sortilèges indignes d'être évoqués dans un couvent ? Quant à Lancelot, pourrait-elle comme par enchantement l'oublier pour autant ?

En proie à de si cruelles incertitudes, Guenièvre passa le reste du jour dans un état de profonde agitation et la nuit venue, elle ne parvenait pas à trouver le sommeil quand on vint subitement la chercher : Ygerne se mourait. Allongée, elle étouffait et n'avait plus la force de se redresser. Maintenue assise à l'aide de coussins, sa respiration devint bientôt si sifflante et hésitante, qu'on manda l'abbesse qui recommanda en toute hâte une potion propre à lui dégager les poumons.

Agenouillée auprès du lit, Guenièvre fit part alors de son intention de ne plus la quitter. Dans la chambre, brûlait une petite lampe à huile qui dispensait une lueur tremblotante. Dehors, le clair de lune étincelait, et si chaude était la nuit, que la porte restée ouverte sur le jardin laissait entrer d'enivrantes bouffées d'arômes entêtants. Dans le lointain, on entendait en tendant l'oreille les grondements sourds et réguliers de a mer battant les falaises de Tingagel.

« Comme c'est étrange ! chuchota Ygerne. Je n'aurais jamais

pensé mourir ici... Comme vous êtes bonne, ma fille, d'être venue de si loin pour prendre soin de moi alors que mes propres enfants m'abandonnent. Je... »

La suite de la phrase se perdit dans une violente quinte de toux.

« Ma mère, ne vous fatiguez pas... Reposez-vous, la pressa Guenièvre en serrant plus fort ses mains froides dans les siennes. Voulez-vous que j'appelle un prêtre ?

— Au diable tous les prêtres ! s'exclama la mourante d'une voix cassée en retrouvant son souffle. Je n'en veux pas en ce moment... Vous avez cru sans doute que je m'étais retirée dans un couvent par piété. Non, ce n'est pas vrai ! Mais en quel autre lieu aurais-je pu finir mes jours ? J'ai renoncé au Don, car Uther était chrétien et je voulais la paix sous mon toit... Les religions changent. Les Grecs, les Romains ont trouvé la leur ; les Chrétiens ensuite ont cru eux aussi que leur foi était la seule, l'unique... Mais la Déesse est immuable, éternelle... tous les Dieux... J'ai froid... Je sais que vous m'avez apporté des briques brûlantes, mais je ne les sens plus... Un jour, il y a bien longtemps, j'ai lu dans un livre que m'avait donné Merlin, l'histoire d'un vieil homme saint et sage qui avait dû se résoudre à boire de la ciguë parce que les rois l'accusaient de propager de fausses doctrines... Et je me souviens qu'il disait... à l'instant de mourir, que le froid de ses pieds envahissait tout son corps... Je n'ai pas bu de ciguë, mais je ressens la même chose... Le froid doucement monte vers mon cœur... »

La vieille femme eut alors un long frisson, et Guenièvre crut qu'elle allait passer. Le cœur cependant battait encore faiblement, et un reste de conscience filtrait à travers ses yeux mi-clos. Puis la vieille reine ne parla plus. Reposant calmement sur ses oreillers, elle ouvrit la bouche à trois reprises comme pour chercher son souffle en faisant entendre un petit sifflement rauque.

Un peu avant l'aube, elle cessa définitivement de respirer. Alors Guenièvre, les larmes aux yeux, ferma respectueusement les paupières de celle qui avait été Ygerne, duchesse de Cornouailles, reine de Grande Bretagne, femme très aimée d'Uther Pendragon et mère d'Arthur...

La défunte fut mise en terre le lendemain à midi, après des

funérailles solennelles dans la chapelle du cloître. Debout près de la tombe ouverte où l'on descendait lentement le corps, enveloppé d'un linceul, Guenièvre pleurait sans chercher à cacher sa peine : sa belle-mère n'avait sans doute pas vécu en chrétienne sincère ; du moins lui avait-elle toujours témoigné une grande affection.

Les yeux noyés de larmes, Guenièvre, d'un geste instinctif, posa les deux mains sur son ventre comme pour implorer la protection divine. Pourquoi lui fallait-il toujours vivre la crainte au cœur ? Elle était chrétienne, et à ce titre assurée de la protection de Dieu ! À l'inverse d'Ygerne, elle avait refusé toute compromission avec le Malin, elle était reine de Grande Bretagne, désormais seule à porter ce titre, dépositaire enfin du futur héritier d'Arthur... Que pouvait-elle donc redouter ? Pourquoi sentir au fond d'elle-même cette angoisse qui ne la quittait pas ?

La cérémonie achevée, les religieuses, sur un dernier cantique, quittèrent une à une la tombe. Guenièvre, tremblante d'émotion, emboîta leurs pas en serrant sa cape autour d'elle. Une fois de plus, elle tenta de se remémorer avec précision la date où, pour la dernière fois, elle avait été aimée par Arthur : oui, c'était juste avant son départ pour Tintagel... Si la vieille reine avait dit vrai, son fils serait donc dans ses bras aux environs de Pâques : la meilleure saison pour venir au monde...

Une cloche égrena lentement ses notes sur les toits du monastère, et l'abbesse s'approcha de Guenièvre :

« Resterez-vous un peu avec nous, Dame ? demanda-t-elle respectueusement. Nous serions très honorées de vous garder encore quelques jours dans nos murs.

— J'en aurais moi aussi été très heureuse, répondit Guenièvre sur un ton de regret, mais il me faut sans tarder regagner Caerleon pour apprendre au roi la mort de sa mère... » « Et la bonne nouvelle pour son fils » se dit-elle en elle-même.

Puis elle ajouta rapidement :

« Soyez certaine que je lui ferai part de la sollicitude dont vous avez assisté sa mère dans ses derniers instants.

— Ce fut un grand honneur pour nous. Nous l'aimions toutes infiniment, répondit la vieille religieuse. Je vais faire préparer votre escorte. Elle sera prête dès demain. Dieu soit avec vous, et vous garde tout au long de votre route !

— Merci de prier pour moi. Je n'oublierai pas votre couvent. Quelque don matérialisera ma reconnaissance.

— Les prières ne s'achètent pas avec de l'or » murmura sagement l'abbesse, sans parvenir toutefois à dissimuler complètement une petite lueur de convoitise dans les yeux à l'annonce des largesses promises par la reine.

Le bruit entêtant et régulier de la pluie sur les toits réveilla Guenièvre, un peu avant qu'une aube grise et triste ne se lève sur le couvent. Un instant, elle hésita à se mettre en route, mais changea aussitôt d'avis, se disant que le mauvais temps dans cette région de Cornouailles, risquait de s'installer pour une année entière ! Bien que très lasse et un peu écœurée, elle ne s'inquiéta pas et se contenta de passer délicatement la main sur son ventre comme pour se persuader de la réalité de ses nouvelles espérances. Elle n'avait pas faim, mais mangea par raison un peu de pain et de viande froide, car la route serait longue jusqu'à Caerleon.

Comme elle nouait les derniers cordons de sa cape la plus chaude, l'abbesse entra. Après l'avoir grandement remerciée pour ses dons généreux, elle en vint au motif véritable de sa visite :

« Auriez-vous la bonté, Dame, de transmettre à votre arrivée un message au Roi Arthur ? Nous sommes très soucieuses de voir le château inoccupé. La rumeur en effet court dans le pays que les seigneurs des parages songent à conquérir les terres de Tintagel. Tant que dame Ygerne était en vie, tout le monde ici savait que le domaine relevait des possessions d'Arthur. Mais elle a disparu. Aussi serait-il sans doute souhaitable que le Haut Roi envoie ici l'un de ses chevaliers avec des hommes d'armes... »

Ayant assuré l'abbesse que son message serait transmis, Guenièvre en vint à ses propres réflexions : elle ne connaissait rien de l'organisation du royaume, mais se souvenait des désordres qui avaient précédé l'arrivée d'Uther sur le trône de Grande Bretagne, de ceux aussi qui avaient suivi sa mort. Des troubles graves pouvaient en effet surgir en Cornouailles si aucune autorité n'intervenait pour faire respecter les lois. Or

Morgane était duchesse de Cornouailles. À ce titre, c'était à elle de venir régner sur le domaine de Tintagel. Arthur n'avait-il d'ailleurs pas dit un jour qu'il souhaitait marier son meilleur ami à sa sœur ? Puisque Lancelot n'avait ni biens, ni terres, ne serait-il pas judicieux que tous deux assurent ensemble l'avenir de la Cornouailles ? Et puis ne fallait-il pas surtout, maintenant qu'elle portait l'héritier du Haut Roi, que Lancelot s'éloigne de la Cour, afin que jamais plus elle ne puisse poser les yeux sur lui ?

Perdue dans ses pensées, le visage enfoui dans le châle qu'elle avait jeté sur sa cape, Guenièvre chevauchait sans rien voir du paysage, sans rien entendre des bavardages de son escorte. Mais, soudain, une forte odeur de brûlé la rappela à la réalité : à quelque distance derrière la haie qui bordait le sentier, un village entier achevait de se consumer...

Sur un geste de Griflet, qui commandait l'escorte, la petite troupe stoppa et un éclaireur fut envoyé à la recherche d'éventuels survivants. L'attente ne fut pas de longue durée. Le visage marqué par l'horreur, l'homme revint presque aussitôt.

« Les Saxons, c'est affreux ! » parvint-il à articuler.

Voyant que Guenièvre avait entendu, Griflet tenta de la rassurer :

« N'ayez nulle frayeur, Dame, les barbares sont partis ! Afin d'éviter toute mauvaise rencontre, il nous faut cependant nous hâter et prévenir le roi Arthur de la présence de l'ennemi dans la région. Si je trouve un coursier plus rapide pour vous, pourrez-vous suivre notre allure ? »

Guenièvre sentit son cœur se serrer. D'une voix tremblante, elle répondit :

« Je... je ne peux pas chevaucher plus vite en ce moment... Je porte l'héritier du Haut Roi... et ne peux mettre sa vie en danger. »

Sentant le poids de sa responsabilité, Griflet proposa alors de la raccompagner à Tintagel.

« Le Roi me ferait trancher la tête s'il vous arrivait le moindre malheur, ajouta-t-il. Il est encore temps de faire demi-tour. »

Tentée un instant d'aller retrouver l'abri des épaisses murailles du couvent, Guenièvre hésita. Pas longtemps, car accepter l'offre était impossible. Arthur ne devrait-il pas apprendre au plus vite la nouvelle et de sa propre bouche ? Elle fut donc la première étonnée de s'entendre répondre d'une voix ferme :

« Il ne peut en être question. Votre mission est de me ramener saine et sauve à Caerleon, alors marchons ! »

Visiblement contrarié par sa décision, Griflet s'inclina les mâchoires serrées. À peine avait-il fait demi-tour que Guenièvre fut sur le point de le rappeler et de céder à ses injonctions. Mais elle y renonça définitivement : si vraiment elle portait l'enfant royal, elle se devait d'abord de veiller sur sa santé, mais elle devait aussi se comporter en reine et non en jouvencelle effarouchée. D'ailleurs, se dit-elle pour se rassurer, en regagnant Tintagel, le pays était infesté de Saxons, elle risquait d'y rester enfermée jusqu'à la fin de la guerre. En outre, Arthur, ignorant tout de la grande nouvelle, ne pourrait-il en venir à considérer qu'il était ainsi débarrassé d'une femme suspectée par tous comme stérile ? N'écouterait-il pas, alors, les conseils de ce vieux fou de Merlin qui lui recommandait de mettre dans son lit une jeunesse prête à lui faire un héritier tous les dix mois ?... En revanche, il en irait tout autrement dès qu'Arthur apprendrait de ses lèvres la nouvelle si ardemment désirée.

Un vent glacial balayait les hauts plateaux, pénétrant Guenièvre jusqu'au fond des os. Harassée, elle demanda sa litière et continua le voyage retranchée derrière ses rideaux, consciente d'avoir fortement irrité Griflet, que tout retard mettait dans un état proche de la rage.

Peu avant le crépuscule, la pluie cessa et de pâles rayons de soleil soulevèrent de longues écharpes de brume sur les landes désertes.

« Nous allons camper ici cette nuit, ordonna Griflet. De ce plateau, nous pouvons voir très loin et ne risquons pas d'être surpris. Demain, nous atteindrons l'ancienne voie romaine et nous pourrons forcer l'allure ! »

A l'aube, ayant repris la route, les paysages qu'ils traversèrent semblaient déjà marqués par la guerre : pas un bruit, pas un être humain dans les champs, bien que l'on fût en pleine saison des récoltes... Pas le moindre bétail non plus autour

343

des fermes isolées dans les collines... ni plus tard, un seul voyageur sur la voie romaine ! Se désolant du spectacle, Guenièvre sentit redoubler sa peur. Dans un réflexe de fuite, elle voulut même quitter sa litière et demanda un cheval.

La nuit tombait lorsque enfin, après une longue et épuisante chevauchée, ils parvinrent au pied de la tour de guet de Caerleon. La bannière des Pendragon flottait à son sommet et Guenièvre, passant sous son ombre, se signa instinctivement. Elle détestait cet étendard de soie cramoisie, symbole à ses yeux de la persistance du paganisme en Grande Bretagne, et ne cessait de s'étonner qu'un roi, qui se voulait chrétien, continuât de conduire ses armées sous cet emblème antique inspiré du Démon...

La plaine, autour de Caerleon, était cernée de tentes plantées par les troupes ayant rallié Arthur. De nombreux chevaliers, connaissant Guenièvre, l'acclamèrent à son passage, ceux qui servaient sous les ordres de son père ou ceux de Lot, lui réservant l'accueil le plus chaleureux. Dans tout ce déploiement militaire Guenièvre reconnut la bannière de Morrigan, le grand Corbeau de guerre, puis Gaheris, le jeune frère de Gauvain qui s'avançait vers eux. Apercevant Griflet, ce dernier lui lança :

« Ton épouse est ici ! Elle se prépare à gagner Camelot avec ton fils. Arthur a ordonné que toutes les femmes se rendent là-bas le plus rapidement possible car il a trop peu de soldats à consacrer à leur défense et Camelot est moins exposé que Caerleon. »

Camelot ! Guenièvre sentit son cœur battre un peu plus fort : avoir chevauché à bride abattue depuis Tintagel pour être envoyée ensuite aussi rapidement à Camelot !... Non... C'était impossible !

Cependant, prévenue de son arrivée, la foule de ses admirateurs ne cessait de grossir. Guenièvre, se forçant à sourire, répondait avec grâce à leurs ovations, levant à intervalles réguliers une main blanche, mais ne cessant de penser : dans un an, à la même heure, si Dieu le veut, c'est un petit prince qu'ils salueront !

C'est alors qu'un homme de haute taille, fortement charpenté

344

et d'aspect peu engageant, revêtu d'une armure de cuir, vint littéralement se jeter dans les pattes de son cheval.

« ... Ma sœur ... me reconnaissez-vous ? »

Guenièvre, les sourcils froncés, le dévisagea, puis murmura d'un air hésitant :

« ... Meleagrant... ?

— Oui, c'est moi ! Je suis ici pour combattre aux côtés de votre époux et de notre père ! Il faut absolument que vous parliez de moi au Roi, ma sœur ! Moi aussi, je veux être chevalier ! »

Guenièvre sentit un frisson de répulsion lui parcourir le dos. Meleagrant était énorme, et comme beaucoup de géants il semblait difforme. Il louchait légèrement et en outre, un œil, semblait plus ouvert que l'autre. Elle n'avait cependant rien de précis à lui reprocher si ce n'était le fait de l'appeler « ma sœur » devant tout le monde et de vouloir à toute force lui baiser une main qu'elle tentait en vain de soustraire à son ardeur.

« Je ne doute pas de vos mérites, Meleagrant, rétorqua-t-elle en se raidissant, mais je ne suis qu'une femme, et n'ai nul poids sur les décisions du Roi... Mon père est-il ici ?

— Oui. En ce moment même il est avec Arthur dans la grande salle du château, et moi, pendant ce temps je reste dehors, avec les chevaux et les chiens ! Écoutez-moi, insista-t-il avec arrogance, la tirant sans ménagements par la main comme s'il voulait à tout prix la faire descendre de cheval.

— Oh, là ! L'homme ... arrière ! Laissez la Reine en paix ! intervint rudement Griflet.

— Allez-vous m'empêcher de parler à ma propre sœur, espèce de moustique ? tonna le géant le poing levé.

— J'ai reçu mission d'escorter la Reine jusqu'au château, et j'accomplirai ma tâche jusqu'au bout, répliqua Griflet en tirant son épée. Arrière, vous dis-je, ou il vous en cuira !

— Pensez-vous vraiment qu'un avorton m'impressionne ? ricana grossièrement Meleagrant.

— Je vous prête main-forte, lança alors Gaheris venant se placer à droite de Griflet.

— Et moi aussi ! » claironna Lancelot accourant au galop, alerté à temps par l'agitation insolite autour de la caravane.

345

En le voyant approcher, instinctivement Maleagrant recula.
« Qui êtes-vous ? lui cria-t-il d'une voix rauque.

— L'écuyer du roi Arthur, Lancelot du Lac et le champion de notre Reine !... Que voulez-vous ? Reculez avant qu'il ne soit trop tard !

— C'est une affaire entre ma sœur et moi ! gronda sourdement Meleagrant, les yeux injectés de sang.

— Mais ... je ne suis pas sa sœur ! cria Guenièvre qui avait cru défaillir de joie en voyant galoper à son secours celui qui n'avait jamais cessé de hanter ses rêves, en dépit d'elle-même. Cet homme prétend être le fils de mon père sous prétexte qu'autrefois sa mère a fait partie des servantes du château.

— Allons... il suffit ! Écartez-vous maintenant et passez votre chemin ! » ordonna Lancelot d'un ton sans réplique.

Visiblement dépité, Meleagrant battit prudemment en retraite en menaçant d'un ton hargneux pour ne pas perdre la face :

« Un jour viendra où vous regretterez ce que vous venez de dire, Guenièvre ! »

Puis il disparut dans l'obscurité, laissant la petite troupe franchir les murailles du château fort.

Guenièvre sous l'emprise de l'émotion, ne quittait plus des yeux Lancelot caracolant devant elle, tout habillé de rouge comme à son habitude, les boucles de ses cheveux au vent, une main négligemment posée sur sa cuisse. Oh ! Cette main ! Comme elle aurait voulu la prendre dans la sienne, lui demander protection et réconfort !

Lancelot, son Lancelot ! n'avait qu'à apparaître, et toutes ses résolutions s'envolaient. Transfigurée, la joie illuminant son visage, elle leva la tête et sourit aux nuages qui couraient dans le ciel de Caerleon...

« Il serait préférable pour vous, Guenièvre, d'éviter la grande entrée, lui murmura d'une voix qui la fit tressaillir son chevalier servant, tournant vers elle son visage d'archange. Vos habits de voyage sont mouillés et froissés... Je vais vous conduire par une petite porte de côté d'où vous pourrez gagner directement vos appartements. »

Depuis longtemps Lancelot avait le privilège d'appeler Guenièvre par son prénom, mais chaque fois qu'elle l'entendait, son cœur bondissait dans sa poitrine, comme si ces trois

syllabes dans sa bouche devenaient pour elle la plus attendris
sante caresse.

« Griflet, continua Lancelot, volez prévenir notre Roi que la
Reine est enfin de retour. Quant à vous, Gaheris, chargez-vous
des hommes, je m'occuperai moi-même de la Reine. »

Il l'aida à descendre de cheval, avec un sourire qui lui fit
presque mal. Tentant obstinément de garder les yeux baissés,
l'espace d'un éclair, elle effleura son regard et s'engouffra sous
la voûte.

Le grand vestibule était envahi par les compagnons d'Arthur,
et un désordre indescriptible régnait dans tout le château.

« La table ronde est partie il y a trois jours pour Camelot,
portée par trois chariots, lui expliqua Lancelot en lui emboîtant
le pas. Caï est sur place pour la recevoir et la faire monter
dans la salle haute spécialement aménagée pour elle. Un messager cependant a été dépêché en hâte pour lui demander de
revenir d'urgence à Caerleon avec tous les hommes du Pays
d'Été capables de combattre.

— Les Saxons vont-ils débarquer sur nos côtes ? interrogea
Guenièvre, de nouveau gagnée par l'inquiétude. Est-ce vraiment la grande bataille qu'Arthur redoutait tant ?

— Oui, Guenièvre, répondit-il sereinement. C'est la raison
pour laquelle Arthur entraînait ses guerriers avec tant de soin
tandis que de mon côté je préparais les troupes à cheval.
L'ennemi, cette fois, sera définitivement chassé de Grande
Bretagne ! »

Ne pouvant en entendre davantage, Guenièvre bouleversée
lui fit face et se jeta dans ses bras en sanglotant :

« Mais ... vous pourriez être tué... »

C'était la première fois qu'elle s'abandonnait de la sorte, la
tête sur sa poitrine, pleurant sans retenue, le laissant la serrer
contre lui, consciente de toute son âme de l'affolante douceur
de son étreinte. Alors, elle l'entendit chuchoter à son oreille
d'une voix brisée par l'émotion :

« Guenièvre, ma douce, ma tendre Guenièvre, nous savions
tous que cette guerre allait éclater un jour ou l'autre. Mais,
par la grâce de Dieu, nous sommes prêts ! Arthur est un grand
capitaine, un exceptionnel meneur d'hommes ! Il va nous
conduire à la victoire. »

Essayant de sourire bravement à travers ses larmes, Guenièvre se recula d'un pas pour ne pas céder une seconde fois à la tentation de se blottir contre lui.

« Vous semblez épuisée, souffla-t-il d'une voix tremblante. Je vous en prie, il le faut, allez vite maintenant rejoindre vos femmes ! »

La plus grande confusion régnait dans les chambres où Meleas, la femme de Griflet, entassait pêle-mêle dans de grands coffres toutes les affaires qui lui tombaient sous la main, sous l'œil attentif d'Elaine surveillant le va-et-vient incessant, les bras chargés de linge. En voyant entrer Guenièvre, pâle et les traits tirés, toutes se précipitèrent vers elle lui exprimant leur joie de la revoir, mais aussi leur inquiétude :

« Nous nous sommes tant tourmentées pour vous ... s'exclama Elaine : Les chemins si peu sûrs, les Saxons, le mauvais temps... Et Ygerne ? Est-elle restée à Tintagel ?

— Ygerne n'est plus, leur annonça simplement Guenièvre. Griflet m'a escortée jusqu'ici pour rejoindre Meleas. Nous le retrouverons à l'heure du dîner, puisque, paraît-il, tous les compagnons d'Arthur sont convoqués ce soir...

— Vous a-t-on dit que le Roi désire que nous partions pour Camelot le plus tôt possible ? poursuivit Elaine. Le château est prêt à nous recevoir, grâce à Caï qui a tout préparé là-bas.

— Nous verrons bien si ce départ aussi précipité s'impose vraiment ... conclut Guenièvre. En attendant, voulez-vous, apportez-moi de l'eau fraîche et une robe qui soit un peu digne d'une reine !

— Camelot est proche du pays de votre enfance, l'encouragea Elaine, qui avait parfaitement senti la réticence de Guenièvre. Ainsi pourrez-vous rendre visite à votre famille, revoir vos frères et vos sœurs... »

Mais Guenièvre ne répondit pas. Elle n'avait rien à dire, pas davantage envie de partir pour Camelot que de revoir la femme de son père. Elle n'avait seulement envie que de s'asseoir là, et ne plus bouger, envie de crier qu'elle attendait un enfant et qu'elle refusait de remonter en selle. Arthur cependant devait le premier apprendre la nouvelle. Elle sourit donc poliment à son entourage et s'en fut à sa toilette.

XIX

Sans l'immense table ronde, ses bannières et ses tapisseries, la haute salle de Caerleon semblait étrangement vide, sinistre même, songea Guenièvre en y pénétrant. Arthur, entouré de six de ses compagnons, siégeait à une table de fortune dressée à la hâte sur des tréteaux devant la cheminée, tandis que d'autres chevaliers arpentaient la pièce, en conversant avec animation. Ne voulant interrompre la séance, la jeune femme s'arrêta net dans son élan : comment, devant témoins, annoncer à Arthur la grande nouvelle ? Mieux valait attendre le soir lorsqu'elle serait seule avec lui...

Cependant, en la voyant entrer, Arthur s'était levé et s'avança vers elle, les bras tendus :

« Guenièvre !... Mon doux cœur, ma bien-aimée ! Vous voici de retour ! Enfin ! Quel bonheur de vous voir saine et sauve. Puis, changeant brusquement de ton, il poursuivit : Mais... si vous avez quitté Tintagel, ma mère, hélas...

— Oui... votre mère nous a quittés il y a trois jours. Nous l'avons aussitôt enterrée dans le cimetière du cloître. »

Pendant quelques instants Arthur garda le silence et ses yeux s'embuèrent de larmes. Puis, comme s'il refusait de se laisser gagner par la douleur, il prit tendrement Guenièvre par le bras et lui dit doucement :

« Venez, ma mie, venez vous asseoir à notre table et vous restaurer avec nous. Vous devez être épuisée après un tel voyage ! »

Le regard voilé de tristesse, Guenièvre contempla avec attention les murs dénudés de la vaste pièce. Toute son ornementation avait disparu, jusqu'aux plats d'argent et d'étain, aux poteries, à la grande jarre romaine que sa belle-mère lui avait offerte à l'occasion de son mariage.

« On dirait une maison dévastée par la guerre... remarqua-t-elle, comme si elle s'adressait à elle-même, trempant sans y prendre attention un morceau de pain dans le potage chaud qu'on venait de lui servir.

— C'est vrai, reconnut Arthur. J'ai jugé plus prudent d'envoyer à Camelot ce qu'il y avait ici de plus précieux. Le débarquement des Saxons est imminent, vous le savez. Mais vous n'avez pas encore salué votre père, Guenièvre ? »

Leodegranz se tenait respectueusement à l'écart, attendant que le Roi veuille bien l'inviter à sa table. Guenièvre, qui ne l'avait pas vu, courut à lui et l'embrassa, non sans remarquer avec mélancolie que lui, qui lui avait toujours paru si grand et si fier, n'était plus maintenant qu'un vieillard voûté au visage creusé de rides et au regard très las.

Lorsque, ses effusions terminées, elle regagna sa place à la haute table, Arthur traçait sur le sol, de la pointe de son poignard, de mystérieuses figures tout en consultant Lancelot. Ne voulant interrompre leur conciliabule, elle manifesta alors son intention de rejoindre ses appartements.

« N'en faites rien, je vous en prie, la supplia Arthur la retenant avec douceur, il y a place pour vous ici, de quoi manger et boire aussi. Venez, prenez donc de ce pain fraîchement cuit et un peu de cette viande rôtie, ma Dame ! »

Mais Guenièvre n'avait plus faim. Elle prit place cependant sur le banc entre Arthur et Lancelot, et s'efforça d'écouter avec attention les projets qu'ils élaboraient ensemble pour la défense du royaume.

« On pourrait couper avec la cavalerie à travers champs en

ligne droite, et laisser les chariots et le ravitaillement faire le détour par les collines, car il est vraisemblable qu'ils débarqueront ici... Leodegranz, Uriens, approchez ! » acheva Arthur désignant un point sur la carte grossièrement esquissée sur le sol.

Accompagné d'un guerrier mince, brun de peau, et d'allure encore jeune malgré quelques cheveux gris et un visage ridé, Leodegranz s'avança : à ses côtés, l'homme était Uriens, l'ancien ami d'Uther Pendragon, auquel Arthur avait toujours témoigné confiance et amitié.

« J'aurais préféré ne pas avoir à franchir en cet endroit le pays plat, remarqua Lancelot.

— Peut-être, mais mieux valent ces terres à découvert, croyez-moi, qu'un marécage, intervint Uriens, et ceux-ci sont nombreux dans le sud du Pays d'Été.

— Voici justement le Pays d'Été, continua Arthur, les lacs et le mur romain... Nous aurons trois cents chevaux ici, et deux cents là...

— Les légions de César n'en possédaient pas autant ! s'exclama Uriens incrédule.

— C'est juste, répondit Lancelot. Il y a sept ans que nous les entraînons !

— Hélas, poursuivit Uriens, je suis trop vieux pour me lancer dans une telle entreprise. Saurais-je seulement me tenir encore sur le dos d'un cheval avec une lance à la main ?

— N'ayez pas de remords, commenta Arthur d'une voix joviale, car nous n'avons ni chevaux, ni selles, ni harnais en nombre suffisant pour tous les combatants. Pourtant tout mon or y a passé ! Mais nous aurons aussi besoin d'infanterie et il n'y a aucun déshonneur à combattre à pied. Sans fantassins, la cavalerie perd de son efficacité. Quoi qu'il en soit, voici venue l'heure de vérité ! acheva-t-il gravement. Les Saxons, cette fois, ont assemblé une immense armée, et si nous ne brisons pas leur avance, nous aurons la famine l'année prochaine dans tout le pays... Ne subsistera pour chacun, que ce que loups et corbeaux affamés voudront bien nous laisser...

— L'avantage d'un cavalier, s'enflamma Lancelot avec passion, est de pouvoir combattre cinq ou six adversaires à pied. Si nous ne nous trompons pas dans nos plans, nous écraserons les Saxons. Sinon... il ne nous restera qu'à mourir en défendant jusqu'à la fin les nôtres. J'ai reçu un message de mon demi-frère Lionel, le fils aîné de Ban de Bénoïc, conclut-il alors dans un silence pesant. Il m'annonce qu'il prend la mer avec quarante navires dans l'intention de pourchasser les Saxons jusque sur les falaises de la côte sud où ils ne pourront débarquer leurs troupes. Lorsqu'il aura lui-même mis pied sur la terre ferme, Lionel nous rejoindra avec ses hommes en un lieu que je lui indiquerai le moment venu.

Bref, avec ses soldats, nos fantassins, les archers, la cavalerie, beaucoup d'hommes des Tribus, et nos amis du Vieux Peuple qui peuvent dresser à l'improviste de dangereuses embuscades en atteignant l'ennemi de leurs flèches invisibles, nous expulserons les Saxons jusqu'au dernier !

— Dieu vous entende ! approuva Lot qui s'était joint au groupe. Je connais les Saxons. Depuis que j'ai commencé à les combattre sous le règne d'Ambrosius, je peux vous dire que jamais nous n'avons eu à faire face à une armée aussi nombreuse, aussi acharnée à nous exterminer.

— Depuis le jour de mon couronnement, reprit Arthur, j'attends ce jour... Je savais qu'il viendrait, la Dame du Lac me l'avait prédit en me confiant Excalibur. Je sais qu'elle appellera tout le peuple d'Avalon à rallier la bannière royale de Pendragon.

— Nous la rallierons tous ! » jura Lot en levant la main.

A ces mots, Guenièvre ne put réprimer un frisson et devint si pâle qu'Arthur s'inquiéta :

« Mon cœur, vous êtes lasse. Le voyage vous a éprouvée et demain à l'aube, il vous faut repartir. Il est temps, je le crois, d'aller prendre un peu de repos. »

Guenièvre secoua négativement la tête.

« Ce n'est pas seulement la fatigue qui m'accable, Arthur... Mais il me semble impossible que le peuple païen d'Avalon, conduit par une sorcière, vienne prêter main-forte à un roi très chrétien ! Je ne comprends pas...

— Ma Reine, il suffit ! l'interrompit Arthur sans rudesse mais fermement. Comment pouvez-vous imaginer que le peuple d'Avalon puisse regarder les Saxons dévaster le royaume sans faire un geste ? La Grande Bretagne est aussi leur terre, je suis leur roi, et ils m'ont prêté serment. Comment refuserais-je, d'ailleurs, des bras qui me font si cruellement défaut ? »

Guenièvre toussota pour affermir sa voix, eut une rapide pensée pour les femmes de son entourage qui osaient intervenir devant les hommes en de telles occasions — Morgause, membre du conseil de Lot, Viviane, qui se mêlait de toutes les affaires d'État — et se lança enfin :

« Je ne peux accepter l'idée que le peuple d'Avalon vienne combattre à vos côtés... Cette bataille doit être celle des hommes civilisés, des disciples du Christ, des descendants de Rome, contre ceux qui ignorent ou refusent notre Dieu. Le Vieux Peuple fait partie de nos adversaires, au même titre que les Saxons eux-mêmes, et cette terre ne sera pas vraiment chrétienne tant que ceux d'Avalon ne seront pas définitivement refoulés au fond de leurs cavernes et de leurs souterrains, avec tous les démons qui leur servent de dieux ! Arthur, je vous le dis, je déplore que vous brandissiez au-dessus de votre tête un étendard païen. Comme Uriens, vous devriez vous rendre au combat sous l'unique protection de la croix du Christ !

— Et moi ? intervint Lancelot sans cacher son étonnement. Considérez-vous également que je fais une faute, Guenièvre ?

— Lancelot, vous êtes chrétien... c'est différent...

— Sans doute, mais ma mère est la Dame du Lac et vous la condamnez pour sorcellerie... J'ai été moi-même élevé à Avalon et le Vieux Peuple est mon peuple... »

Désenchanté, Lancelot lui parut brusquement très amer. Arthur, lui, gardait un silence prudent, mais Guenièvre le vit poser sa main sur la garde d'Excalibur, puis caresser doucement les symboles magiques brodés sur son fourreau, le bas de sa manche entrouverte laissant voir les serpents bleus entremêlés à son poignet. Cette vision lui fit brusquement horreur. Détournant les yeux, elle insista avec ardeur :

« Comment voulez-vous que Dieu vous apporte la victoire si vous n'effacez pour toujours ces symboles du Diable ?

— Il est vrai, se risqua Uriens d'une voix conciliante...

— J'ai juré ! trancha Arthur. J'ai juré de me battre sous la bannière royale des Pendragon. Il en sera ainsi jusqu'à ma mort. Mais je ne suis pas un tyran. Je n'empêche personne de porter la croix du Christ sur son bouclier. Pour ma part, je veux — et rien, ni personne, ne m'en détournera — que le symbole des Pendragon demeure le signe de ralliement de tous les peuples de Grande Bretagne, afin que tous s'unissent et combattent ensemble. De même que le dragon règne sur tous les animaux de la création, le Pendragon flottera au-dessus de tous les peuples pour les conduire à la victoire !... Et maintenant, mon cœur, il faut vous retirer et vous reposer, ajouta-t-il à l'intention de Guenièvre. Notre conseil prendra fin certainement à une heure avancée de la nuit, et vous devrez être prête demain matin à l'aube ! »

Non, jamais ! Le cœur de Guenièvre s'affola, elle devait parler, dire à Arthur...

« Non, mon Seigneur, non ! Je ne partirai pas demain à l'aube, ni pour Camelot, ni pour tout autre lieu de la terre ! » déclara-t-elle à haute et intelligible voix.

Interloqué, Arthur s'empourpra de colère :

« Qu'est-ce, ma Dame ? Vous ne pouvez différer ce départ alors que la guerre menace dans tout le pays. Je peux néanmoins, si vous le souhaitez, vous accorder un ou deux jours de répit, mais pas davantage : je désire vous mettre en sûreté avant qu'il ne soit trop tard. Si les forces vous manquent pour chevaucher, eh bien, partez en litière ou en chaise, mais partez, je vous en conjure !

— Non, je ne partirai pas. A moins de m'attacher à mon cheval, personne ne me fera revenir sur ma décision.

— Personne n'osera agir de la sorte sans mon ordre, s'exclama Arthur qui, malgré un agacement grandissant, conservait un ton de modération ironique. Guenièvre, que vous arrive-t-il ? Mes braves obéissent au moindre de mes ordres et vous, mon épouse, ma Reine, entreriez en rébellion contre votre roi ?

— Mon Seigneur, fit-elle d'un air désespéré, c'est pour l'amour de vous que je demande à rester ici avec une servante et une... sage-femme. Je ne suis en effet plus en état de voyager, à cheval ou en litière, tant que... tant que... votre fils ne sera pas venu au monde ! »

Voilà, tout était dit. Arthur savait, et tous avec lui le savaient maintenant...

Hélas, au lieu de l'expression joyeuse qu'elle s'attendait à

356

voir éclairer son visage, Guenièvre ne vit tourner vers elle qu'un regard consterné :

« Guenièvre... Guenièvre, que me dites-vous là ? murmurat-il en secouant la tête. Mais pour cette raison même il vous faut partir sans plus attendre ! » Puis il s'arrêta net, tandis que Lot se précipitait pour s'incliner devant la jeune reine et la féliciter.

« Cet événement béni ne doit nullement vous empêcher de voyager, reprit-il, essayant vainement de masquer son émotion. Morgause, quand elle était dans votre état, montait à cheval chaque jour. Vous pouvez en faire autant ! Nos sages-femmes prétendent que le grand air et l'exercice sont des plus salutaires pour une femme enceinte. Ainsi, lorsque ma jument favorite est pleine, je la monte jusqu'aux six dernières semaines précédant la naissance !

— Je ne suis pas une jument ! répliqua sèchement Guenièvre. Deux fois déjà j'ai perdu mon enfant. Voulez-vous m'exposer de nouveau à ce malheur, Arthur ?

— Guenièvre, ne le prenez pas mal ! Vous ne pouvez rester ici. La défense de la forteresse risque d'être difficile. Nous pouvons être obligés de la quitter avec l'armée à tout moment. Parmi les femmes qui sont parties la semaine dernière pour Camelot, certaines d'entre elles attendaient un enfant. Elles sont toutes arrivées en excellente santé. Pourquoi, ma mie, n'en feriez-vous pas autant ? Il est de toute façon impossible que vous restiez seule dans un château transformé en camp militaire ! N'en parlons plus, mon cœur, et faites selon mes désirs.

— Existe-t-il, parmi vous, une femme prête à rester avec sa reine ? interrogea alors Guenièvre cherchant du regard celles qui étaient présentes.

— Moi ! Si notre roi l'autorise, répondit aussitôt Elaine. Oui, je suis prête à rester près de vous, ma Dame, poursuivit-elle, en venant s'asseoir auprès d'elle, mais pourquoi ne pas partir en litière ? Camelot est tellement plus sûr que Caerleon !

— Guenièvre, le roi a raison, intervint Lancelot. Je vous le demande, je vous en supplie, rejoignez Caerleon ! Cette terre peut, d'un moment à l'autre, devenir cendres et ruines.

357

Qu'adviendrait-il de vous et de votre enfant si vous étiez capturés par les Saxons ? »

Un long moment, Guenièvre garda obstinément la tête baissée, luttant de toutes ses forces pour ne pas éclater en sanglots. Ainsi, une fois encore, elle allait devoir céder, se plier aux ordres, comme n'importe quelle de ses suivantes ! Lancelot lui-même joignait sa voix aux autres pour lui demander de partir !

Avec terreur, elle revit le voyage qu'elle avait entrepris pour Caerleon en compagnie d'Ygerne, et cette autre chevauchée, non moins angoissante, qui l'avait conduite dernièrement à travers les landes désolées jusqu'à Tintagel. Enfin saine et sauve derrière les murailles rassurantes de la forteresse, allait-il lui falloir de nouveau abandonner ce refuge ? Non, elle n'en avait pas le courage. Plus tard, peut-être, lorsque son fils serait bien vivant dans ses bras, mais pas maintenant ! Non !

« Je vous remercie de vos conseils, Lancelot, finit-elle par répondre fermement, mais je n'irai nulle part. Nulle part, tant que mon enfant ne sera pas né.

— Même si l'on vous conduisait à Avalon ? demanda Lancelot avec insistance. Vous y seriez pourtant plus en sûreté que partout ailleurs dans le monde !

— Dieu !... Vierge Marie !... Non ! Jamais, jamais, je n'irai en cette terre damnée ! protesta Guenièvre en se signant. Autant me rendre directement au Pays des Fées...

— Guenièvre, écoutez-moi... »

La voix, d'abord ferme d'Arthur, avait faibli pour s'achever sur un long soupir de découragement :

« Guenièvre, faites comme vous l'entendez ! Si les aléas du voyage vous paraissent insurmontables, plus risqués que ceux qui vous attendent ici, alors, agissez selon vos désirs... Elaine peut rester près de vous, ainsi qu'une servante, une sage-femme et un prêtre. Allez, maintenant ! Nous autres avons encore de graves décisions militaires à prendre. »

Avec reconnaissance Guenièvre embrassa respectueusement son époux, puis sortit, consciente d'avoir remporté la plus grande victoire de sa vie.

Comme prévu, le lendemain à l'aube, les femmes quittèrent Caerleon. Dès lors, le château devint une garnison sous commandement militaire. La reine fut cantonnée dans une chambre avec interdiction formelle d'en sortir. La plupart de ses meubles ayant déjà été envoyés à Camelot, Guenièvre dut partager son lit avec Elaine. Quant à Arthur, il passerait désormais ses nuits parmi ses hommes, loin de sa femme et de ses préoccupations.

Cependant, chaque jour qui se levait apportait à la reine l'espoir de voir se dérouler le combat décisif qui devait chasser les Saxons, espoir grandement entamé par l'éventuelle perspective de leur victoire. Mais les jours succédaient aux jours, les semaines aux semaines, et rien ne se produisait.

Cloîtrée entre sa chambre et le jardinet qu'Arthur avait mis à sa disposition, Guenièvre se sentait cruellement tenue à l'écart des événements. Sa servante, ou la sage-femme, avaient beau parfois rapporter de l'extérieur des bribes d'informations, ces dernières, loin d'apaiser ses craintes, ne faisaient que les amplifier.

Lasse dès le lever, elle passait la plus grande partie de son temps étendue sur sa couche, ou, lorsqu'elle se sentait mieux, à arpenter nerveusement les petites allées du jardin, la tête pleine de Saxons déferlant sur la plaine et lui arrachant son enfant. Elle aurait aimé tisser quelques vêtements pour le bébé à naître, mais elle n'avait ni lin, ni laine. Aussi, ayant encore des fils de soie et son nécessaire à broder qui ne l'avaient pas quittée depuis son séjour à Tintagel, décida-t-elle de se lancer dans la confection d'une bannière.

Arthur lui ayant dit un jour que si elle lui donnait un fils, elle pourrait lui demander tout ce qu'elle voudrait, elle entreprit donc de lui faire renoncer à l'affreuse bannière païenne des Pendragon, pour celle des Chrétiens avec la croix du Christ. Ainsi, l'armée d'Arthur deviendrait-elle une armée sainte placée sous la protection de Jésus et de la Vierge Marie...

C'est alors qu'un beau soir, tout près du crépuscule, Merlin se fit soudain annoncer. Guenièvre eut d'abord un instant de recul à l'idée que cet allié du Diable, dépositaire de toute la sorcellerie d'Avalon, allait s'approcher d'elle portant dans son sein le futur souverain d'un royaume chrétien. Mais en voyant approcher le vieillard, apparemment si amical et dénué de malice, toutes ses appréhensions s'estompèrent. Merlin n'était-il pas d'ailleurs le père d'Ygerne, et à ce titre, l'arrière-grand-père de son futur enfant ? Aussi le salua-t-elle avec tout le respect dû aussi bien à son age qu'à son rang.

« Que l'Éternel vous bénisse, mon enfant ! » répondit Merlin avec son habituelle bienveillance, étendant les bras en signe de bénédiction.

Elle se signa alors, pensant que ce geste risquait de l'offenser, mais Merlin n'y vit au contraire qu'un échange normal de politesse et de bons procédés.

« Eh bien, Guenièvre, comment vous sentez-vous, confinée ainsi dans votre solitude ? interrogea-t-il en faisant du regard le tour de la pièce. On se croirait ici dans une prison ! Vous seriez tellement mieux à Camelot ou à Avalon, libre et au grand air ! Cette pièce ressemble à une étable !

— Je peux respirer quand je veux l'air du jardin, répliqua Guenièvre tout en pensant qu'il faudrait, en effet, penser à aérer la chambre de temps à autre, et s'occuper peut-être un peu plus du ménage.

— C'est bien, mon enfant, veillez donc à vous promener chaque jour, même s'il pleut, c'est la meilleure des médecines ! Pour ma part, je me sens tout joyeux, car il est rare de vivre assez vieux pour voir naître son arrière-petit-fils. Si je puis faire pour vous la moindre chose, n'hésitez pas à me la demander. »

Guenièvre s'empressa de le rassurer. Elle ne manquait de rien, ni pour elle ni pour l'enfant à venir. Puis, elle lui raconta le décès d'Ygerne, son enterrement à Tintagel, lui rapporta les dernières paroles de la vieille reine qui s'était douloureusement étonnée de ne pas voir sa fille auprès d'elle à l'heure de sa mort.

« Savez-vous où se trouve Morgane ? demanda-t-elle enfin regardant le vieillard dans les yeux. Pourquoi n'est-elle pas venue au chevet de sa mère ?

— Je ne sais... J'ignore complètement où elle se trouve, reprit le vieillard en hochant doucement la tête. Peut-être, comme le font parfois les prêtresses d'Avalon, Morgane s'est-elle retirée dans quelque lieu désert pour y attendre la révélation ? Dans ce cas précis, il m'est impossible de savoir où elle est. D'ailleurs, Morgane est adulte, et n'a nul besoin de l'autorisation de quiconque pour aller ou disparaître à sa guise », acheva-t-il avec une facétieuse mimique.

« A sa guise, peut-être, mais aussi avec son entêtement et sa légèreté habituels... pensa Guenièvre en elle-même... Morgane, c'est certain, est bien trop heureuse de savoir que je m'inquiète pour elle... » Puis, ayant ruminé quelques secondes ces pensées peu avouables, Guenièvre changea de sujet.

« Voyez, Merlin, à quoi nous passons nos journées, fit-elle en montrant avec attendrissement son travail de broderie.

— C'est un très beau travail, déjà fort avancé ! Vous œuvrez comme de véritables abeilles dans leur ruche !

— Ce n'est pas tout, bien-sûr, continua Guenièvre sur un ton de défi. Je prie aussi, et chaque point est l'occasion d'une prière pour Arthur, pour que la croix du Christ triomphe des barbares et de leurs dieux païens. J'espère que vous ne m'en voudrez pas trop, Seigneur Merlin, de tout faire pour décourager Arthur de combattre sous une bannière qui vous est si chère ?

— Guenièvre, mon enfant, une prière n'est jamais perdue, rétorqua-t-il non sans malice. Mais nous aussi, nous prions ! Lorsque le roi Arthur a reçu son épée Excalibur, elle était glissée dans un fourreau qu'une prêtresse avait décoré de symboles destinés à le protéger. Et cette prêtresse avait elle-même jeûné et prié tout au long des cinq journées qu'avait duré son labeur... Sans doute avez-vous remarqué que, grâce à ces signes, Arthur, même blessé, n'a perdu que très peu de son sang ?

— Je voudrais tant le savoir protégé par le Christ, par lui seul, plutôt que par toutes les divinités païennes ! s'exclama Guenièvre avec une telle fougue que le vieillard ne put s'empêcher de sourire, avant de répondre doucement :

— Dieu est unique... il n'y a qu'un seul Dieu... Le dragon et la croix sont deux mêmes symboles qui traduisent les mêmes aspirations de l'homme pour l'infini !

— Ainsi ne seriez-vous pas contrarié de voir la bannière du Pendragon abandonnée au profit de la croix et des couleurs de la Vierge ? » interrogea ironiquement Guenièvre.

Merlin s'approcha du métier, caressa lentement les soies délicates et brillantes, puis murmura :

361

« Comme tout ceci est beau, et fait avec amour... Comment pourrais-je le condamner ? Certains aiment leur Pendragon, vous-même aimez la croix du Christ. Les Druides et les prêtres savent que la bannière n'est qu'une image, et une image est peu de chose. Mais le petit peuple, lui, ne comprend pas ces choses, et veut combattre sous la protection de son Dragon. »

Quelques instants, Guenièvre imagina ce petit peuple d'Avalon qui avait accouru des lointaines collines du Pays de Galles, armé de leurs haches de bronze, de leurs flèches aux pointes taillées dans le silex, le corps grossièrement peint de couleurs très vives, et elle frissonna en songeant que ces êtres combattaient aux côtés de son époux.

Merlin, qui avait sans doute deviné ses pensées, en interrompit affectueusement le cours :

« Mon enfant, vous devez vous rappeler que cette terre appartient à tous ses habitants, quels que soient leurs dieux. Nous combattons, tous ensemble, contre les Saxons, non parce qu'ils n'adorent pas nos divinités, mais parce qu'ils veulent brûler nos foyers, dévaster nos champs, s'approprier nos biens. Nous nous battons pour défendre la paix sur cette terre, chrétiens et païens unis dans une même volonté. C'est la raison, la seule, pour laquelle tant d'hommes sont venus rejoindre Arthur. Préféreriez-vous donc voir un tyran enchaîner nos âmes et les offrir à son seul Dieu ?... Non ! Cela, les César eux-mêmes n'ont jamais osé le faire. »

La quittant alors sur ces paroles, Merlin se leva et s'effaça dans l'ombre plus vite encore qu'il n'était apparu.

Cette nuit-là, Guenièvre fit un rêve étrange. Les serpents enroulés autour des poignets d'Arthur prenaient vie, grimpaient sur la bannière et la souillaient de leur bave. Indisposée par cette vision, elle se réveilla en sursaut et ne quitta pas son lit de la journée. Aussi, venant lui rendre visite en fin d'après-midi, Arthur ne manqua pas de remarquer son abattement.

« Cette vie confinée entre ces murs ne semble guère vous convenir, Guenièvre, murmura-t-il l'air préoccupé. Vous seriez tellement mieux à Camelot !... Ah ! Comme je voudrais que cette guerre s'achève ! » ajouta-t-il en tendant une main vers elle.

Mais en voyant les serpents se tordre au poignet d'Arthur, Guenièvre eut un mouvement de recul.

« Mon cœur, qu'avez-vous ? Cette solitude vous détruit, j'en suis sûr !

— Non, j'ai rêvé simplement... Un simple rêve, Arthur... hoqueta-t-elle, essayant en vain de refouler ses larmes tout en rejetant ses couvertures avec impatience. Je... je ne peux plus supporter les dragons ni les serpents... Mais, regardez plutôt ce que j'ai fait pour vous ! »

D'un bond, elle se leva et, pieds nus, l'attira jusqu'au petit métier où elle tissait la bannière de soie finement brodée.

« Elle est presque finie, dit-elle avec fierté, et dans trois jours vous pourrez la brandir à la tête de vos armées ! »

Tout ému, Arthur se tourna vers elle, la prit dans ses bras et la tint étroitement serrée contre lui.

« Oui, je la brandirai à la tête de mes chevaliers, Guenièvre, à côté de la bannière des Pendragon. Comprenez-le ! Je ne peux renoncer au serment que j'ai fait le jour de mon couronnement.

— Dieu vous punira si vous restez fidèle à la parole donnée à un peuple païen, cria-t-elle presque en éclatant en sanglots. Arthur, mon Roi, il nous punira tous les deux, vous et moi...

— Ma tendre, ma douce, murmura-t-il navré, vous êtes souffrante et désemparée. Comment s'en étonner avec la vie que vous menez ici ! Hélas, il est maintenant trop tard pour vous réfugier à Camelot : l'invasion saxonne est à nos portes. Je vous en prie, séchez vos larmes. Oublions tout ceci et laissez-moi aller : j'attends un messager. Demain, je vous enverrai Kevin : lui, saura vous distraire et adoucir vos peines. »

À deux reprises il l'embrassa longuement sur le front puis sortit rapidement, lui adressant de la main et des yeux un très tendre adieu.

Kevin le barde se présenta en effet le lendemain soir, aux premiers rayons du couchant, appuyé sur son bâton, sa harpe suspendue à l'épaule, ressemblant plus que jamais à ces êtres indéfinissables dont parlent les anciennes légendes. Il leva la main vers Guenièvre, et lui donna la bénédiction des Druides.

« Laissez-moi vous aider à porter votre harpe, maître Kevin », dit alors Elaine courtoisement, se signant intérieurement pour éloigner d'elle et de l'enfant de sa maîtresse une éventuelle malédiction.

Mais le barde la repoussa :

« Je vous dis un grand merci, Dame, mais je n'autorise personne à toucher ma compagne. Si je la porte moi-même, alors que je peux à peine me tenir sur mes jambes, c'est qu'il me faut obéir à d'impérieuses raisons. »

Elaine baissa la tête, consciente d'avoir agi trop vite. Kevin alors détacha les lanières de cuir qui retenaient la harpe à son épaule et la posa sur le sol avec précaution.

« Voulez-vous un peu de vin pour vous éclaircir la voix avant de chanter ? » demanda Guenièvre poliment, ne sachant trop que faire pour plaire à l'irascible artiste.

Loin de repousser l'offre, Kevin accepta sans trop se faire prier et, tandis qu'il portait la coupe à ses lèvres, fixa du regard la bannière tendue sur le métier :

« Vous êtes la fille du roi Pellinore, Dame, dit-il en s'adressant à Elaine. Votre père sans doute portera-t-il dans ses futurs combats la bannière que vous êtes en train de broder ?

— Cette bannière est destinée à Arthur ! » intervint Guenièvre promptement.

Le barde s'approcha du rectangle de soie bleu pâle rehaussé de fils d'or.

« C'est beau... très beau... dit-il du ton faussement admiratif qu'aurait employé un adulte pour complimenter un enfant. Mais je pense qu'Arthur néanmoins continuera de brandir la bannière des Pendragon, comme son père l'a brandie avant lui... Mais les dames n'aiment guère parler de batailles... Venons-en maintenant plutôt aux vraies consolations de la musique... »

Les mains de Kevin effleurèrent les cordes, et une mélodie suave s'éleva envoûtant peu à peu l'auditoire : Guenièvre perdue dans un rêve, Elaine les yeux mi-clos, la tête inclinée sur l'épaule, la servante aussi, ensorcelée par un charme qui la dépassait complètement. Les doigts de Kevin couraient sur les cordes ; le monde qu'elles évoquaient parlait d'universelle fraternité où païens et chrétiens se trouvaient réunis, à la lueur d'une flamme spirituelle brûlant comme une torche immense, qui s'élevait vers le ciel à l'assaut des ténèbres...

364

Lorsqu'enfin la musique cessa, l'ombre avait totalement envahi la chambre.

Revenant sur terre, Guenièvre exprima sa reconnaissance avec effusion :

« Aucun mot ne saurait exprimer tout ce que vous venez d'éveiller en nous, Kevin. Je peux seulement vous dire que jamais je n'oublierai...

— En musique, Dame, celui qui donne reçoit autant que celui qui écoute, répondit le barde sur un ton mi-figue mi-raisin. La harpe est le plus bel instrument du monde ; c'est pouquoi il est consacré aux Dieux... »

A ces mots Guenièvre fit une moue dubitative. L'évocation de ces divinités infernales s'obstinait décidément à la troubler sans cesse. Oui, ce barde était un étrange personnage : physiquement défavorisé par le ciel, son merveilleux talent de musicien le plaçait tout à fait en dehors de sa modeste condition de paysan. Or ce n'était guère l'instant de lui déplaire alors qu'il venait de leur offrir un ineffable moment de bonheur.

Comme elle s'avançait vers l'ouverture de la fenêtre en quête d'un peu de fraîcheur, un éclair de feu déchira le ciel, si aveuglant, si terrifiant, qu'elle poussa un cri. Elaine accourut, suivie de Kevin et de la servante, et tous regardèrent, stupéfaits, la fulgurante lumière céleste embrasant l'horizon.

« Qu'est-ce ?... N'est-ce pas un présage ? haleta Guenièvre.

— Les hommes du Nord disent qu'il s'agit de l'éclat des lances au pays des Géants, fit le barde de sa voix calme. Lorsque ces reflets sont visibles sur la terre, ils annoncent une grande bataille, sans doute celle où vont s'affronter sous peu les légions d'Arthur et les hordes saxonnes. Selon son issue, ou nous continuerons à progresser sur la voie du bien et de la civilisation, ou nous nous enfoncerons à jamais dans les ténèbres du mal et de la barbarie.

— Qu'est-ce qu'un barde peut savoir des batailles à venir ? questionna Guenièvre âprement

— Dame, je n'en suis pas a mon premier combat ! répondit Kevin piqué au vif. Ma harpe m'a été offerte par un roi, afin que ma musique l'accompagne sur les champs de bataille ! Non, ni Merlin, si vieux soit-il, ni moi-même ne fuirons le combat... Pour l'heure, je vous demande la grâce de me retirer.

Je vais rejoindre le roi et m'entretenir avec Merlin sur la signification précise de ces langues de feu. »

Ainsi, cet homme devant elle, cet homme que la nature, avait presque courbé en deux, avait, lui, le droit et l'honneur d'être constamment aux côtés de son roi, et elle, Guenièvre, qui portait l'héritier du royaume, devait rester cloîtrée dans une pièce étroite et insalubre ! C'en était trop ! Non seulement on ne lui témoignait aucun respect, mais on la traitait en épouse encombrante, en femme tout juste bonne, dans sa situation, à broder de jolies bannières qu'en définitive, on laisserait sans doute dans un coin d'écurie !

« Ma Dame, qu'avez-vous ? » demanda Kevin avec déférence, voyant Guenièvre soudain blêmir.

Tendant vers elle une main secourable pour l'empêcher de tomber, sa manche se releva laissant voir des reptiles, tatoués en bleu, s'enroulant jusqu'au repli de l'avant-bras.

« Non ! Ne me touchez pas !... Sortez ! hurla Guenièvre comme frappée brusquement de démence. Ne me touchez pas ! Retournez à l'enfer d'où vous êtes sorti et n'approchez jamais vos horribles serpents de mon enfant...

— Je vous en prie, seigneur Kevin, intervint Elaine tentant de calmer Guenièvre. La Reine est souffrante... Ne lui tenez aucune rigueur de ses propos...

— Comment ? explosa Guenièvre. Croyez-vous que je suis aveugle, que je ne vois pas la façon dont vous me regardez tous, comme si j'étais folle ! Pensez-vous que j'ignore le travail de sape auquel se livrent les Druides dans le dos des prêtres pour obliger Arthur à rester fidèle au Démon qui ne répand que le mal et le mensonge sur terre... Allez-vous-en, tous ! Vous surtout, afin que mon bébé ne puisse jamais vous ressembler. Je n'ai que trop vu votre horrible visage ! »

Kevin serra les poings, puis se détourna attrapant brutalement au passage sa harpe déposée dans un coin. Elaine s'élança à sa suite répétant d'un air égaré :

« Seigneur Kevin, il ne faut pas... Il ne faut pas lui en vouloir, elle est malade...

— Je sais, ne vous mettez nullement en peine, répliqua le barde en se hâtant. J'ai entendu toute ma vie des mots bien plus cruels encore... Dommage ! J'étais venu uniquement pour

366

vous offrir ma musique et vous distraire... uniquement pour votre plaisir... »

Tournant les talons, il s'éloigna alors et le choc régulier de son bâton se perdit peu à peu sur les dalles. Guenièvre, la tête dans les mains, secouée de sanglots, s'abandonnait aux terribles images qui l'assaillaient comme autant de coups de fouet, lui arrachant de temps à autre des gémissements incontrôlables. Kevin, c'était certain, lui avait jeté un mauvais sort : en elle grouillaient des serpents qui lui fouaillaient les entrailles, et la malédiction céleste la transperçait toute entière...

Guenièvre tendit brusquement les bras vers le ciel, comme pour supplier, ou se défendre, puis elle s'écroula, terrassée par ses visions. Affolée, Elaine se précipita à son secours tandis que la servante criait :

« Oh, regardez !... Il y a du sang !... Du sang par terre ! »

Guenièvre eut alors un dernier sursaut : se relevant avec peine, elle se traîna jusqu'à la bannière de soie, l'arracha du métier, s'y accrocha convulsivement. Puis, elle se signa plusieurs fois, parvint à gagner sa couche, s'y affala de tout son long et sombra dans l'inconscience.

Ce n'est que quelques jours plus tard, que Guenièvre apprit que, dangereusement malade, elle avait frôlé la mort, qu'elle avait perdu beaucoup de sang et que l'enfant qu'elle portait en elle depuis quatre mois était mort.

Ses hallucinations redoublèrent aussitôt. Dans un inextricable chaos s'enchevêtraient dans sa tête le corps et le visage de Kevin, des langues de feu zébrant un ciel d'encre et d'horribles serpents agglutinés en une masse immonde...

Lorsque enfin ses cauchemars se dissipèrent et qu'elle fut hors de danger, Guenièvre, refaisant peu à peu surface, se mit à errer comme une âme en peine, les épaules rentrées, les yeux vides, et les pas mal assurés. Hantée désormais par l'idée que son malheur était son œuvre à elle, et à elle seule, que jamais elle n'aurait dû rester à Caerleon, cloîtrée sans exercice, et sans air, son esprit vacillait, miné par la crainte lancinante de perdre bientôt la raison. Oui, le barde n'était pour rien dans sa détresse ; elle seule s'acheminait sans doute sur les pentes fatales de la folie...

Le prêtre qui lui rendait visite chaque jour, renforçait d'ailleurs sa propre conviction : Kevin était innocent de tout, car Dieu n'aurait jamais choisi des mains impies pour la châtier. Si faute il y avait, c'était donc la sienne et non pas celle d'un autre. Mais quelle faute ? Avait-elle sur la conscience un péché qu'elle n'avait pas avoué ?

Un péché caché ? Non... Elle avait confessé, il y avait bien longtemps déjà, son amour pour Lancelot, et le prêtre auquel elle s'était confiée, lui avait donné l'absolution. Depuis lors, elle avait de toutes ses forces fait l'impossible pour l'oublier, pour ne penser uniquement qu'à Arthur... Ce n'était donc pas là qu'il fallait chercher...

Peut-être alors... peut-être n'avait-elle pas su persuader Arthur d'abandonner l'emblème des Pendragon, et Dieu avait puni son enfant pour cela ? Elle avoua donc son tourment à son confesseur :

« Ne parlez pas de punition, répondit l'homme de Dieu. Votre enfant repose dans le sein du Christ. Si châtiment il y a, c'est Arthur et vous qui avez été punis. Vous seuls, pouvez en connaître la raison profonde !

— Comment racheter une faute que j'ignore ? implora faiblement la reine. Que puis-je faire pour donner enfin un fils à notre Roi, un héritier au royaume de Grande Bretagne ?

— Êtes-vous bien sûre, ma Dame, d'avoir tout fait pour que notre vieille terre s'unisse enfin derrière un souverain chrétien ? Ne refoulez-vous pas inconsciemment au fond de vous-même certains mots parce que vous préférez en prononcer d'autres qui plaisent davantage au roi Arthur ? » questionna le prêtre avec gravité !

Lui demandant d'interroger son âme en toute honnêteté, le prêtre prit congé d'elle, la laissant à loisir examiner sa conscience. Plongée dans ses douloureuses réflexions, Guenièvre, les yeux fixés sur la bannière, songea alors aux éclairs qui, presque chaque nuit maintenant, embrasaient l'horizon, présages de la grande bataille à venir. Jadis, un empereur romain avait également vu se dresser dans le ciel, à la veille d'un combat, une croix immense, et le sort d'une partie du monde en avait été bouleversé...

« Vite ! dit-elle soudain à sa servante. Je dois me lever, et terminer la bannière avant que le Roi ne parte pour la bataille. »

S'acharnant, tout le jour durant à la tâche, le soir venu, Arthur en lui rendant visite la trouva penchée sur son métier brodant fiévreusement à la lumière de deux lampes à huile.

« Quel bonheur de vous trouver levée à nouveau, et au travail, mon cœur aimé ! lança-t-il gaiement en l'embrassant. Il faut désormais oublier tous vos chagrins. Tout est de ma faute d'ailleurs, j'aurais dû exiger votre départ pour Camelot... Nous sommes encore jeunes, Guenièvre, et avons devant nous tout le temps d'avoir beaucoup d'enfants... »

Sous cette apparente bonne humeur, Guenièvre perçut cependant une grande amertume. Le prenant par la main, elle fit asseoir Arthur devant le métier et lui montra la bannière :

« Comment la trouvez-vous ? demanda-t-elle comme un enfant espérant recevoir des félicitations.

— C'est magnifique ! Je croyais n'avoir jamais vu un travail aussi réussi que celui-ci, s'exclama-t-il en désignant le fourreau brodé d'or d'Excalibur, mais le vôtre l'est encore beaucoup plus !

— Et ce n'est pas tout... voyez ! s'égaya la jeune femme. Chaque point représente une prière à votre intention, mon doux seigneur, et à celle de chacun de vos fidèles compagnons... »

Guenièvre s'arrêta brusquement, se mordit la lèvre puis reprit d'un ton suppliant :

« Arthur, écoutez-moi... Ne se pourrait-il que Dieu nous ait punis parce qu'Il nous trouve indignes de donner un héritier à ce royaume tant que nous ne le servirons pas comme Il le souhaite, tant que nous ne lui serons pas totalement fidèles, non pas à la façon païenne, mais à celle du Christ ? Toutes les forces du mal se sont alliées contre nous. Nous devons les combattre avec la croix !

— Mon cher amour, tout ceci est folie ! Vous savez que je sers Dieu du mieux que je le peux !

— Oui, mais vous brandissez à la tête de vos troupes une bannière impie où courent des serpents ! répliqua-t-elle en larmes.

— Guenièvre, je ne peux pas manquer à la parole donnée à la Dame du Lac le jour où je suis monté sur mon trône, tenta de la convaincre Arthur avec dans la voix des accents de détresse que ne sembla pas percevoir son épouse.

— C'est Dieu, et personne d'autre, qui vous a confié ce trône ! reprit-elle de plus belle. Ô, Arthur.. ! Si vous m'aimez vraiment, si vous désirez plus que tout un enfant, je vous en supplie, accédez à ma demande !... Ne comprenez-vous pas que Dieu vient de nous enlever notre enfant pour nous châtier ?

— Non, Guenièvre ! Ne parlez pas ainsi, c'est folie et superstition !... Mais brisons là. J'étais venu ce soir vous apprendre une grande nouvelle : cette fois, les Saxons sont là, ils approchent et nous allons leur livrer bataille à Mont Badon. Nous partirons tout à l'heure au lever du jour...

— Ainsi Dieu a voulu que j'achève ma tâche aujourd'hui même afin que vous puissiez emporter avec vous cette nouvelle bannière ! » triompha Guenièvre avec exaltation.

Puis, se jetant aux genoux d'Arthur, elle ajouta :

« Oh, je vous en supplie, mon Seigneur, brûlez votre Pendragon, oubliez tous les mages d'Avalon et combattez en roi chrétien ! Il y va de votre vie, il y va de notre espoir de donner enfin un héritier au royaume ! »

Perdu dans ses pensées, Arthur la regarda longuement en silence, cherchant visiblement les paroles qui pourraient la convaincre. Puis d'une main il lui leva doucement le menton, plongea ses yeux dans les siens et murmura très calmement :

« Ma bien-aimée, ma tendre, ma douce Guenièvre... Pensez-vous vraiment ce que vous venez de me dire ? »

Surprise malgré elle par la gravité et l'indulgente modération de sa voix, elle ne répondit rien, mais d'un mouvement très lent fit un signe affirmatif de la tête.

« Pour ma part, je pense que la volonté de Dieu ne s'inscrit pas dans la forme ou la couleur d'un étendard. Mais si cela représente pour vous tant de choses... Guenièvre, j'élèverai cette bannière du Christ et de la Vierge au-dessus de mes rangs, et elle seule. car je ne veux plus que ces beaux yeux versent des larmes. »

Guenièvre leva vers lui un visage illuminé : ainsi ses prières n'avaient pas été vaines ! Ainsi était-elle exaucée !

« Mon Seigneur, êtes-vous vraiment prêt à faire un tel sacrifice pour moi ?

— Oui, ma Reine, soupira Arthur. Je vous jure de porter cette bannière dans la bataille, cette bannière du Christ et de la Vierge, cette bannière que vous avez avec tant de ferveur brodée de vos mains. Je le jure. Elle seule se déploiera à la tête de mes armées. »

Tendrement il se pencha pour la relever, et pour la première fois, Guenièvre ne détourna pas les yeux des serpents bleus tatoués à ses poignets. Passionnément elle se laissa aller dans ses bras en balbutiant :

« Oh, mon Seigneur merci ! Je vous aime tant, je vais prier pour vous tellement fort... »

S'arrachant avec peine à cette douce étreinte, Arthur appela alors son écuyer, lui confia la bannière en lui ordonnant de l'élever à la plus haute tour du château :

« Elle flottera sur nos troupes demain, précisa-t-il. Je veux que tous voient l'oriflamme de ma Reine au-dessus de nos lignes !

— Sire... Que ferons-nous de l'étendard des Pendragon ? demanda l'écuyer avec étonnement.

— Qu'on le retire ! Nous marcherons désormais sous la seule protection de la Croix du Christ ! »

L'écuyer s'inclina et Arthur sourit à Guenièvre. Mais son sourire était un sourire de nostalgie.

« Je reviendrai bientôt. Ce soir, nous dînerons ensemble avec votre père et mes plus proches compagnons. A tout à l'heure, ma bien-aimée ! »

Il l'embrassa avec fougue mais s'en alla d'un pas rapide qui ressemblait à une fuite.

Le souper eut lieu dans l'une des salles de Caerleon car la chambre des femmes était trop exiguë pour recevoir tant de monde. Ce repas, malgré la frugalité du menu, parut un véritable festin à Guenièvre et à Élaine qui pour l'occasion avaient revêtu leurs plus beaux atours et passé dans leurs cheveux des rubans multicolores...

La plupart des rois alliés à Arthur étaient là, ainsi que ses fidèles compagnons et Merlin. Lancelot était arrivé parmi les

371

derniers avec son demi-frère Lionel, venu grossir à la tête de ses hommes les armées du Haut Roi.

« Comme j'ai été inquiet pour vous ! » murmura-t-il à l'oreille de Guenièvre, effleurant sa tempe d'un furtif baiser.

L'étreinte de son père, le roi Leodegranz, qui s'avançait à son tour pour l'embrasser, l'empêcha de répondre.

« Voilà ce que vous avez gagné, ma fille, à rester dans ces murs... Si j'avais été Arthur, je vous aurais envoyée de force à Camelot, attachée dans une litière ! Jamais Aliénor ne se serait permis de me tenir tête ainsi !

— Ne l'accablez pas trop, plaida Merlin en sa faveur. Elle a été suffisamment éprouvée comme cela !

— Quel est ce duc Marcus de Cornouailles ? demanda vivement Élaine, désignant un chevalier qui venait d'entrer dans l'espoir de dévier le cours de la conversation.

— C'est un cousin de Gorlois de Cornouailles qui mourut avant qu'Uther ne monte sur le trône, répondit Lancelot. Si demain nous gagnons la bataille, il demandera à Arthur le fief de Tintagel et la main de Morgane.

— Ce vieil homme ? s'étonna Guenièvre.

— Morgane est fine et cultivée, mais son genre de beauté n'attire guère les jeunes, expliqua distraitement Lancelot.

— Et vous, seigneur Lancelot, quand nous parlerez-vous de vos prochaines noces ? interrogea ironiquement Élaine.

— Le jour où votre père m'offrira votre main, Élaine ! Mais je pense qu'il préférera vous donner à un chevalier plus fortuné que moi ! »

Sa voix, comme toujours, vibrait joyeusement, mais chacun toutefois discerna aisément le voile de mélancolie qui marquait son visage.

« J'avais demandé à Pellinore de se joindre à nous, intervint alors Arthur, mais il a voulu rester avec ses hommes pour veiller aux préparatifs du combat : quelques chariots sont, en effet, déjà en train de partir... Regardez, mes amis ! Les langues de feu du Nord s'allument de nouveau à l'horizon !

— Pourquoi Kevin le barde n'est-il pas avec nous ce soir ? reprit Lancelot, l'air toujours aussi absent, sa musique manque à notre veillée

— Je lui ai demandé de venir, répondit Merlin, mais il a

refusé craignant que sa présence n'offense la Reine. Vous êtes-vous querellée avec lui, Guenièvre ?

— Je lui ai parlé un peu durement lorsque j'étais souffrante. Si vous le voyez, veuillez, je vous prie, lui dire que je le regrette infiniment. »

Avec Arthur et Lancelot si près d'elle, sachant la bannière du Christ flottant dans le vent au-dessus des tours de Caerleon, la jeune femme se sentait envahie d'une telle allégresse qu'elle était prête ce soir à aimer n'importe qui, même le barde. Tout à sa joie, elle remarqua à peine l'entrée, pourtant bruyante, de Lot et de Gauvain qui s'immobilisèrent face au roi en l'apostrophant vivement :

« Arthur, que se passe-t-il ? lança brutalement Gauvain. La bannière des Pendragon, que nous avions juré de suivre, ne flotte plus au-dessus du camp, et une préoccupante effervescence agite les Tribus. Qu'avez-vous fait ? »

Seule Guenièvre, et pour cause, imagina aussitôt l'embarras de son époux. Ce dernier répondit néanmoins avec calme :

« L'explication est simple, mon cousin : nous sommes un peuple chrétien et il nous faut à présent combattre sous la bannière du Christ et de la Vierge.

— Les archers d'Avalon parlent de se retirer, clama Lot à son tour. Brandissez la bannière du Christ si votre conscience vous l'ordonne, mais levez aussi celle des Pendragon, celle des serpents de la sagesse, sinon vos hommes vont déserter. Tenez-vous donc tant à décourager les Pictes, qui ont pourtant déjà fait des ravages chez les Saxons et sont prêts à en occire des légions ? Nous vous en supplions, roi Arthur, n'abandonnez pas cette bannière, symbole sacré pour tant de vos sujets !

— Comme l'empereur qui jadis vit un signe dans le ciel et déclara : « Par ce signe, nous vaincrons ! » nous aussi serons vainqueurs derrière la croix du Christ ! Vous, Uriens, qui marchez sous la protection des aigles romaines, vous connaissez les faits !

— Je les connais, Seigneur ! Mais est-il prudent de renier brutalement le peuple d'Avalon ? Comme moi, vous portez des serpents à vos poignets...

— Si nous gagnons cette bataille, l'interrompit Guenièvre,

cette terre connaîtra une résurrection. Si nous la perdons, hélas, avoir changé de bannière sera de peu d'importance.

— Je comprends ! J'aurais dû me douter tout de suite que c'était votre œuvre... gronda Lot d'un ton si lourd de reproches qu'un brusque malaise s'empara de toute l'assistance.

— Mon Roi et mon cousin, tonna Uriens à son tour, en tant que doyen de vos fidèles compagnons, jë vous conjure de porter haut la bannière des Pendragon dans cette bataille décisive, afin que tous ceux qui le désirent puissent d'un seul élan s'y rallier !

— Mon Seigneur, je joins ma voix à cette juste et ultime requête. Écoutez vos fidèles ! Moi, Lancelot du Lac, j'honore, vous le savez, la Dame d'Avalon... Au nom de celle qui a été votre amie et votre protectrice, je vous demande l'infime faveur de me permettre de porter en personne, sur le champ de bataille, le glorieux étendard des Pendragon. Ainsi, pourrez-vous rester vous-même fidèle à votre engagement, sans renier pour autant le serment fait au peuple d'Avalon. »

Le roi Arthur hésita quelques instants, Guenièvre remua ımperceptiblement les lèvres, et Lancelot interrogea du regard Merlin resté de marbre... Alors, interprétant le silence général pour un accord tacite, le roi, se dirigeant vers la porte, fit mine de sortir.

Lot l'arrêta d'un geste :

« Non, Arthur ! On ne murmure que trop sur les faveurs dont vous comblez Lancelot ! Le voir désormais porter dans la bataille l'étendard sacré ne fera qu'augmenter les dissensions et redoubler les divisions dans le royaume, entre la croix du Christ et le Dragon des Dieux...

— Tous ici avons nos propres préférences et affichons sans crainte nos couleurs ! protesta Lancelot avec fougue. Vous, Leodegranz, vous Uriens, vous, duc Marcus de Cornouailles, portez vos propres emblèmes ! Pourquoi donc n'aurais-je moi-même le droit d'arborer la bannière d'Avalon ?

— Il est dangereux, répliqua Lot, pour l'unité de notre terre de multiplier les symboles.

— Tu as raison, approuva Arthur, nous devons tous combattre sous une seule oriflamme. C'est pourquoi il faut suivre la croix du Christ. Lancelot, je ne peux, tu le comprends, accéder à ta demande. »

Lancelot s'inclina sans protester.

« Roi Arthur, il en sera fait selon votre volonté, soupira-t-il à regret. Mais, que va dire le peuple d'Avalon en apprenant la nouvelle ? »

De nouveau, ce fut le silence dans la haute salle, chacun s'interrogeant en lui-même sur les conséquences prévisibles de cette décision. N'était-ce pas là folie, bravade insensée vis-à-vis du destin ?

Guenièvre alors leva les yeux et lut dans ceux de Lancelot, embués de tristesse, toute l'incertitude de l'avenir qui les attendait.

XX

En fuyant Caerleon, Morgane avait l'intention de retourner auprès de Viviane dans l'Ile Sacrée, et de chasser à jamais Lancelot de son souvenir. Pourtant, tout en chevauchant vers le soleil levant, elle ne pouvait s'empêcher de penser à lui et au cruel affront qu'elle venait de subir. Irrésistiblement attirée vers lui, elle s'était offerte de toute son âme et de tout son corps, en toute innocence, et il s'était affreusement joué d'elle.

Le spectacle bucolique des collines et des vallées verdoyantes qu'elle traversait atténuait cependant quelque peu sa peine et ramenait ses pensées à de plus immédiates préoccupations : Quel accueil allait-on lui réserver à Avalon ? Non seulement elle avait quitté l'île en bafouant l'autorité de Viviane, et en abandonnant ses obligations de prêtresse, mais elle avait fait pire, en masquant délibérément, sous une frange de cheveux, le croissant bleu de sa destinée qui la marquait au front. Ainsi avait-elle été par trois fois infidèle : infidèle à elle-même, infidèle à sa foi, infidèle à ses serments... A moins, comme le disait Lancelot, qu'il n'y eût ni dieux, ni déesses, mais seulement faibles imaginations des hommes pour surmonter leur peur, en donnant une forme et un nom à ce qu'ils ne comprenaient pas.

Aucune de ces considérations cependant n'excusait sa faute : que la Déesse fût une création de l'homme ou le nom donné aux grands mystères de la nature, elle avait abandonné le temple, elle avait renié la vie à laquelle elle s'était consacrée, elle avait absorbé des aliments interdits, elle avait vécu de manière inconséquente, elle s'était offerte enfin à un homme faisant fi des volontés de la Déesse, recherchant le plaisir aux dépens du devoir... Qu'allait penser Viviane de ces inqualifiables égarements ? Et elle-même avait-elle seulement encore le pouvoir de parvenir jusqu'à l'Ile Sacrée ?

Aux vallonnements boisés avaient succédé maintenant des plaines mordorées où une brise légère inclinait doucement les blés. Les embrassant du regard, Morgane aspira à pleins poumons le souffle enivrant de la terre nourricière, mesurant à regret l'étendue du chemin parcouru hors des lois premières d'Avalon.

Même lorsqu'ils sont chrétiens, ceux qui cultivent la terre, pensa-t-elle, vivent loin d'elle car selon leur Dieu, l'homme a tout pouvoir sur la nature, sur tout ce qui jaillit et vit dans les champs et les forêts. Or, seule la nature nous domine ! Tout appartient à la Mère Déesse, tout lui est soumis. Sans elle, nous ne pouvons ni exister, ni subsister. Et lorsque enfin vient pour chacun de nous le temps de la mort, pour que d'autres, après nous, puissent trouver leur place sur cette terre, c'est encore la Déesse qui décide et ordonne. Non, elle n'est pas seulement la Dame Verte de la terre fertile, de la semence qui attend patiemment sous la neige, mais aussi la Dame Noire, celle qui commande aux corbeaux et aux vautours qui annoncent la mort et le retour aux profondeurs de la glèbe. Mère de toutes fins et de tous commencements, pourvoyeuse de vie, mère du ciel et des étoiles, Elle est tout, est et demeure à jamais en chacun de nous...

Ainsi songeait Morgane dans sa chevauchée qui, de plus en plus, la rapprochait de l'Ile Sacrée d'Avalon. Sa faute la plus grave, était-elle convaincue, n'était pas de s'être offerte à Lancelot comme elle l'avait fait, mais de s'être sciemment détournée de la Déesse, début et fin de tout, source et aboutissement de toutes choses. Qu'était donc, en regard de ces vérités éternelles, l'éphémère blessure faite à son orgueil de femme par le champion d'Arthur ?

Viviane allait-elle avoir pitié d'elle ? Peut-être consentirait-elle à la voir réparer ses fautes ; peut-être accepterait-elle qu'elle puisse continuer à vivre à Avalon en servante, ou en humble travailleuse des champs ?... Bien sûr, il lui fallait d'ores et déjà accepter de perdre ses privilèges anciens de Haute Prêtresse. Coupable et repentie, il ne lui restait plus qu'à espérer indulgence et clémence, et à jurer éternelle fidélité à la Déesse si indignement reniée.

Aussi, lorsqu'au soir se profila au loin le sommet du Tor, enveloppé d'une légère brume, dressant sa fière silhouette sur tous les alentours, ses yeux s'emplirent-ils de larmes de contrition et de bonheur. Enfin, elle était de retour, de retour au pays de son cœur. Bientôt elle se tiendrait debout dans le cercle de pierres, suppliant la Déesse d'absoudre ses trahisons, l'implorant de bien vouloir l'accueillir à nouveau parmi les siens, de recouvrer la place d'où l'avaient chassée son orgueil impie et son égoïsme...

Tantôt projeté vers le ciel comme un phallus en érection, tantôt dissimulé derrière les contreforts boisés ou sous une nappe de brouillard, apparaissant puis disparaissant, le Tor semblait jouer à cache-cache avec elle. La douce lumière du soleil couchant se reflétait dans les eaux miroitantes du Lac et les roseaux, faiblement agités par la brise, cachaient et révélaient tour à tour les rivages, à peine visibles, de l'Ile des Prêtresses.

Longtemps, très longtemps, Morgane, ayant mis pied à terre, resta immobile, sur le rivage, attendant, les yeux perdus dans les brumes irisées, qu'on vînt la chercher... Puis elle comprit que la barge ne viendrait pas, ni maintenant, ni plus tard.

L'eau du Lac avait viré au gris, et la lumière rose du couchant s'était dissipée. Insensiblement s'insinuait désormais une pénombre inquiétante engloutissant peu à peu formes et couleurs. Un instant, Morgane se demanda si elle n'allait pas faire demi-tour, oublier ses remords et renoncer définitivement aux mystères d'Avalon. Mais elle se reprit vite et décida d'essayer de gagner l'Ile Sacrée en empruntant le chemin secret qui serpentait à travers les marais. Menant son cheval par la bride, elle fit donc lentement le tour du Lac, à la recherche de cette sente connue des seuls initiés. Si elle venait à s'égarer, il lui faudrait alors passer la nuit à la belle étoile, pelotonnée contre l'encolure de sa monture, la tête enfouie dans sa douce crinière. Aux premières lueurs de l'aube, elle retrouverait ensuite son chemin.

Un calme étrange semblait de toutes parts l'encercler : aucune cloche ne tintait dans l'Ile des Prêtres, aucune voix ne se percevait dans le couvent, aucun oiseau ne chantait dans les arbres. Déjà, lui semblait-il, ses pas, l'un après l'autre, la menaient sur les traces magiques d'un pays irréel... Comme par enchantement, elle parvint tout à coup à l'endroit où naissait le layon mystérieux. La nuit était tombée. Les buissons et les arbres revêtaient des formes inquiétantes, se transformaient en monstres, grimaçants et en redoutables dragons. Mais Morgane n'avait pas peur : rien ici, elle le savait, ne pouvait désormais plus l'atteindre, rien si elle chassait de son esprit toute pensée pouvant incliner au mal.

S'avançant avec précaution, attentive à chaque bruissement dans les branches, consciente que la moindre erreur pouvait l'entraîner vers le cloître ou le potager des moines, elle allait les yeux mi-clos, insensible au froid et à l'humidité, uniquement guidée par une force infaillible et sereine ne pouvant la mener qu'au but qu'elle s'était assigné.

Quelques pensées fugaces parvenaient cependant parfois à troubler momentanément son recueillement : Gwydion, son fils, cet enfant donné à Morgause, Gwydion à la peau douce et aux yeux rieurs, le seul être au monde à lui avoir apporté sur terre une joie véritable ; Lancelot aussi, gravissant avec elle, leurs doigts entrelacés, le sentier serpentant jusqu'au sommet du Tor...

Avait-elle traversé les brouillards sans s'en apercevoir ? Soudain le sol, sous ses pieds, n'était plus marécageux, mais sec et ferme. Où était-elle ? Elle ne voyait ni le cloître des moines, ni la Maison des Vierges, ni même le verger d'Avalon. Et l'ombre, n'était-elle pas brusquement moins épaisse ? La lune blanche, si pleine, allait sans doute lui montrer le chemin.

Pourtant elle ne reconnaissait rien. Les buissons, les feuilles,

les sombres touffes d'herbe, elle ne les avait jamais vus. Mais fallait-il s'en étonner, après ces longues années d'absence ? Ou bien, s'était-elle, malgré elle, trompée par les brumes, écartée de l'énigmatique frontière séparant les deux mondes ? Non, Morgane y voyait maintenant presque comme en plein jour Une clarté laiteuse baignait un univers étrange complètement inconnu.

Déconcertée, elle leva les yeux au ciel. Il n'y avait pas un nuage, pas une étoile et la lune avait disparu. D'où venait donc alors cette immense clarté ? Un frisson glacial lui parcourut le dos ; des images surgies du plus profond de sa mémoire assaillirent son esprit...

Ce jour, ce jour lointain où elle était partie toute seule à la recherche des racines et des herbes ayant pouvoir, espérait-elle, de la débarrasser de l'enfant qu'elle portait, n'avait-elle pas déjà erré dans ce pays étrange, qui n'était ni celui des anciens peuples de l'Ile de Grande Bretagne, ni le monde occulte où les Druides avaient rejeté Avalon, mais un autre, plus vieux encore et plus mystérieux, là où n'existaient ni astre de la nuit, ni soleil, ni étoiles...

Le cœur battant, elle s'accrocha à la crinière de son cheval y enfouit son visage pour sentir sous sa joue, sous ses doigts, sa rassurante et chaude réalité... Tentant de se raisonner, elle sentit néanmoins une frayeur grandissante prendre possession de tout son être. Oui, elle était châtiée, définitivement rejetée de l'univers d'Avalon. Jamais plus elle ne trouverait son chemin à travers le brouillard qui séparait les mondes. Elle avait trahi la Déesse, trahi les enseignements sacrés des Druides ; elle était coupable, coupable à jamais et définitivement responsable. Non, elle ne retrouverait plus la route d'Avalon !...

Morgane savait pourtant que la panique était la pire des conseillères : imaginer le mal était l'attirer irrémédiablement sur soi. Les bêtes sauvages elles-mêmes, fuyant l'homme courageux, sentaient toujours les effluves de peur se dégager des faibles et ne manquaient alors de les attaquer.

Non, rien de mal ne pouvait ici lui arriver, même si elle était entrée sans s'en apercevoir au royaume des Fées. Celle qu'elle y avait rencontrée naguère, loin de la menacer, l'avait, au contraire, aidée à retrouver sa route. Essayant donc de conserver son calme et de réduire les battements de son cœur, Morgane vit tout à coup un point brillant scintiller devant elle, telle une flamme vacillante tantôt verte, tantôt jaune, qui s'allumait et s'éteignait à travers les arbres.

En fait, une torche approchait, brandie à bout de bras par un étrange petit homme à la peau sombre, portant autour de la taille et des épaules des lambeaux de peau de bête. Sur ses cheveux noirs longs et luisants était posée une couronne automnale de feuilles. « C'est un homme des Petites Tribus », se dit aussitôt Morgane, toute à l'écoute de la voix très douce, qui s'adressait à elle dans un dialecte très ancien :

« Ma sœur, soyez la bienvenue..., êtes-vous égarée ? Laissez-moi prendre votre monture et vous guider : je connais le chemin ! »

Comme dans un rêve, Morgane suivit le gnome le long d'une sente si bien tracée qu'elle s'étonna de ne l'avoir pas elle-même remarquée. La végétation dense, les nappes de brouillard semblaient s'écarter toutes seules pour leur livrer passage. De temps à autre, le guide mystérieux se retournait vers elle, le regard brillant, les dents étincelantes, comme pour lui dire : « Ne craignez rien, faites-moi confiance, je vous mènerai à bon port ! »

Morgane en le suivant avait perdu toute notion de temps et d'espace. Était-ce depuis des heures ou bien quelques secondes qu'elle marchait à sa suite ? Depuis quand les arbres avaient-ils fait place à ces hautes colonnes ? Elle était en effet maintenant dans une salle immense, brillamment éclairée, remplie d'hommes et de femmes couronnés de feuillages, de fleurs printanières ou de pâles guirlandes de boutons d'arbousier.

Aux notes harmonieuses d'une harpe le petit homme sombre entraîna Morgane devant une longue table. Une femme aux yeux gris y était assise et elle la reconnut aussitôt. Oui, ce visage serein, ce regard qui semblait refléter toute la sagesse du monde, appartenait à celle qu'elle avait rencontrée jadis, en franchissant par mégarde les frontières imprécises du Royaume des Fées. Sans un mot, la femme lui tendit une coupe, faite d'un métal inconnu, pleine d'un breuvage dont le goût amer lui rappela celui de la bruyère. Trop tard, elle se souvint du conseil maintes fois entendu : ni boire, ni manger dans le pays des Fées, sous peine de rester à jamais prisonnière. Se persuadant qu'il ne s'agissait là que d'innocents contes pour enfants, elle demanda alors non sans appréhension :

« Où suis-je ?

— Vous êtes au Château-Chariot, lui fut-il répondu. Soyez la bienvenue, Morgane ! Après un voyage si long, vous avez besoin de vous restaurer et de repos. Demain, nous vous conduirons là où vous le désirez. »

Une petite femme brune frappa légèrement dans ses mains, et apparut aussitôt un homme minuscule, agile et mince comme un korrigan, portant à bout de bras un énorme plateau couvert de fruits et de tranches de pain noir. Aux poignets fins de l'homme s'enroulaient, semblables à des serpents vivants, plusieurs cercles d'or. Morgane ne put retenir un frisson.

Où était-elle donc et en quelle compagnie ? Des ombres allaient et venaient en silence, échangeaient sans un mot mets, vases, et fleurs étranges. La tête couronnée d'osier, le cou orné d'un collier de minuscules coquillages en forme de vulve, une autre femme vint lui porter à boire. La musique s'était faite plus proche, plus envoûtante, ensorcelante comme l'indéfinissable parfum qui flottait dans l'air, rappelant la suave amertume du fruit inconnu qu'elle venait de porter à sa bouche.

Lorsqu'elle fut pleinement rassasiée, un petit homme lui mit entre les mains un curieux instrument de musique, ressemblant vaguement à une harpe primitive. Ses doigts effleurèrent les cordes et, presque sans le vouloir, elle se mit à chanter. Sa voix semblait à la fois plus grave et plus chaude que d'habitude, sous l'effet vraisemblable de la liqueur de bruyère qu'elle venait d'absorber.

Tandis que ses doigts s'activaient en cadence, et que sa voix s'alanguissait en douce mélopée, Morgane se sentit dériver dans un autre univers : une plage au soleil, un rivage de sable où s'enfonçaient délicieusement ses pieds nus, des visages, inconnus ou familiers, dansant autour d'elle. Quels étaient ces visages ? Les avait-elle croisés dans une vie antérieure, embrassés dans des rêves oubliés ? Puis, une grande cour ronde et un Druide en robe blanche se présentèrent à elle. Le Druide lui tendait d'étranges instruments et comptait les étoiles...

Enfin des chants magiques entrouvrirent des portes et un cercle de pierres où glissaient des serpents surgit des ténèbres...

Alors elle sombra dans un profond sommeil. Les murs de sa chambre, tapisseries de feuillages, bruissaient doucement dans le vent. Dans ses rêves émergeaient Gwydion, et très souvent un peu en retrait, Lancelot, au milieu de visages de femmes, qui voulaient lui parler, mais dont elle ne parvenait pas à saisir les voix...

Cette nuit-là, à plusieurs reprises, Morgane s'éveilla en sursaut. Hantée par tous ses songes, elle explora avec angoisse l'obscurité : pourquoi aucune étoile ne brillait-elle dans le ciel ? Pourquoi la lune elle-même avait-elle disparu ? Quelle était cette étrange clarté qui baignait toutes choses ?

Puis vint une nouvelle journée. Elle la passa avec dans les cheveux une guirlande écarlate de fleurs, signe, lui dit-on, que sa virginité s'était enfuie. Puis les jours et les nuits s'enchevêtrèrent dans sa tête dans une ronde sans fin.

L'univers dans lequel elle planait ne connaissait ni le feu du soleil, ni l'argent de la lune, ni la course du temps. Morgane mangeait quand elle avait faim, tendait la main vers les fruits quand elle avait soif, s'étendait sur une herbe printanière lorsqu'elle se sentait lasse, chantait ou jouait de la harpe dès qu'elle en éprouvait le désir. Dans un monde enchanté tout devenait possible...

Il lui arrivait aussi de vivre parfois des instants tout à fait insolites, presque incongrus, telle cette soirée étrange où elle se retrouva assise sur les genoux d'une des Dames de Château-Chariot, en train de lui téter longuement, tendrement, le sein avant de s'endormir sur son épaule... La femme, qui ressemblait à Viviane, ne la quittait pas, l'entraînait très souvent dans la forêt profonde aux arbres millénaires pour récolter baies et fleurs destinées aux guirlandes.

Un jour où elle déambulait le long d'une sente sans fin, son pied heurta quelque chose de dur qu'elle prit d'abord pour une simple pierre. Mais se penchant pour examiner de plus près l'objet, elle vit qu'il s'agissait d'un fragment de squelette d'un très gros animal. En fait, c'était une tête à laquelle pendait encore de longues lanières de cuir décoloré. « Mais, c'est mon cheval ! se dit Morgane. Que lui est-il donc arrivé et pourquoi ne m'attend-il pas tranquillement à l'écurie ? » Mais y avait-il une écurie à Château-Chariot ? Curieusement cette découverte ne l'affectait en rien. C'était sans importance. Danser, chanter, oublier le temps dans l'univers enchanté des Fées, suffisait amplement à occuper son esprit.

Une autre fois — elle se trouvait à la lisière d'un bois pour cueillir des baies, — le petit homme qui l'avait amenée, et dont elle ignorait le nom, surgit de l'ombre à sa rencontre :

« Vous portez un poignard sur vous, lui dit-il brièvement. Jetez-le, car, tout ce qui peut tuer doit être repoussé ! »

Obéissant, elle défit donc les liens de cuir qui retenaient le coutelas à sa ceinture et le jeta au loin. Alors, il vint à elle et l'enlaça voluptueusement. Sa bouche était de velours, sa peau tiède et, lorsqu'il l'étendit sur l'herbe, elle ne s'étonna nullement de se retrouver entièrement nue dans ses bras. Il était chaud et doux, et se sentir si soudainement chevauchée faillit lui arracher un long cri de plaisir. Ses mains puissantes et tendres s'attardaient sur ses hanches, ouvraient ses cuisses. Alors, tenaillée par un désir vertigineux et trouble, reconnaissante et gémissante, elle accueillit avec l'ardeur et l'impatience d'une bête sauvage le membre viril et fort qui la fit défaillir. Emportés tous deux par une houle irrésistible, celle des grandes pulsions de la terre et des océans, ils glissèrent enfin dans le paradis éphémère de toutes les félicités.

« C'est le temps du plaisir, lui souffla-t-il doucement à l'oreille. Donne-toi toute à moi sans souci du futur, sans crainte de recevoir les fruits naturels de l'amour. »

Mais Morgane ne s'appartenait plus. Sans réserve, consentante, elle s'abandonnait à toutes ses caresses, à toutes ses volontés. Et ce n'est qu'à l'instant où l'homme laissa s'échapper un long râle qu'elle devina, au sommet de son front, l'ombre d'une ramure. Ainsi, pour la deuxième fois, le Grand Cornu avait eu raison d'elle...

Ses errances au pays des Fées n'étaient pas pour autant terminées. A quelque temps de là, toujours dans la forêt, elle arriva au bord d'une vaste mare et s'y pencha. Du fond des eaux, une femme la regardait. C'était Ygerne, à coup sûr. Ses cheveux étaient presque tout blancs et de nombreuses rides creusaient son visage. Ses lèvres remuaient ; ses bras se tendaient, comme si elle appelait quelqu'un à son secours. Bouleversée, Morgane se releva, tenta de faire le vide dans son esprit, et se pencha une fois encore sur les eaux transparentes. Alors, elle vit Arthur, entouré d'hommes de guerre et de chevaux piétinant la poussière, puis Guenièvre aussi, épanouie mais lasse, Lancelot enfin qui lui disait adieu en lui baisant les lèvres. Un douloureux pincement au cœur, elle chassa alors cette dernière vision de son esprit...

Mais la nuit suivante, elle fut tout à coup réveillée par un terrible hurlement qui explosa dans le silence. C'était, lui sembla-t-il, au sommet du Tor, le cri terrifiant de Raven, qui résonnait d'un monde à l'autre...

« Le Pendragon a trahi Avalon... enchaînait comme en écho une voix lointaine. Le Dragon s'est envolé... la bannière sacrée ne flotte plus sur les troupes du Haut Roi... »

Un long sanglot suivit, puis des gémissements qui déchirèrent longtemps les ténèbres et lorqu'enfin le silence revint, Morgane était assise baignée d'une lumière blafarde, l'esprit lucide pour la première fois depuis son arrivée dans le monde des Fées.

« Depuis combien de temps suis-je ici, se demanda-t-elle : dix jours, dix mois, dix ans ? Pourquoi suis-je en ces lieux alors que tout le monde me cherche, alors que j'ai encore tellement à faire ? Il faut, sans plus attendre, fuir... Mais comment ? Je n'ai plus de cheval, plus de couteau, plus rien à moi. Qu'importe ! Cette fois, je le sens, je le sais, aucune force au monde ne pourra me retenir. »

Naturellement, comme si de toute éternité il était inscrit que son séjour chez les Fées avait effectivement pris fin, elle se leva, noua ses cheveux en une grosse natte, puis se couvrant les épaules d'une peau de bête, elle s'engagea résolument sur le chemin, le seul, elle le savait, qui cette fois allait la mener en toute certitude à Avalon.

Morgane parle :

« Au pays des Fées, le temps n'existait pas et je ne m'en souciais guère. Mais, revenue en ce monde, il me fallut bien constater que le visage de Guenièvre s'était marqué, que l'exquise fraîcheur d'Elaine s'était à jamais enfuie. Seule je n'avais pas vieilli, et mes cheveux, toujours noirs comme l'aile d'un corbeau, n'avaient pas un fil blanc.

« Un phénomène assez semblable se produisait à Avalon depuis que les Druides l'avaient isolé du monde des Chrétiens. Non que le temps se fût totalement arrêté comme au pays des Fées, mais parce qu'il s'écoulait à un rythme différent. Incontestablement, on voyait se lever tour à tour le soleil et la lune, se dérouler les rites à l'intérieur du cercle de pierres, un peu comme dans un rêve.

« Ainsi, pouvais-je moi-même rester un mois à Avalon et découvrir ensuite qu'une saison entière s'était écoulée dans le monde extérieur. Je séjournais d'ailleurs de plus en plus souvent dans l'Ile Sacrée, car le monde des Chrétiens ne m'apportait que tristesse et désillusion. C'est alors que chacun se mit à remarquer que le temps n'avait plus d'emprise sur moi. J'étais même de plus en plus jeune, et pour cette raison on commença à m'appeler Morgane la Fée. Le mot de "sorcière" vint aux lèvres de ceux qui ne m'aimaient pas. Pour les prêtres, bien sûr, c'était là un état appelant toutes les condamnations. »

Sans le cri de Raven, ce cri horrible dont le seul souvenir l'avait déterminée à revenir à Avalon, Morgane n'aurait probablement jamais quitté le pays des petits hommes sombres. Elle aurait même sans doute, partagé volontiers leur vie jusqu'à la fin de ses jours. Une existence sans heurts s'y déroulait, dans le plus grand mystère, sous les eaux des lacs ou sous les îles de la mer, sous les dolmens ou les combes sauvages, dans un domaine inaccessible aux mortels.

Comment oublier les instants d'ineffable émotion que lui avaient procurés la musique des Fées, l'incomparable saveur des fruits, ce langoureux enchantement de l'esprit et des sens, ce sentiment de si totale communion avec la nature, l'atmosphère surtout de tendresse et d'amour qui présidait au moindre échange entre les êtres, les plantes et les choses ?...

D'un pas ferme et assuré, Morgane cheminait donc vers Avalon sans cesser de s'interroger, presque douloureusement, sur la durée de son absence. Elle avait quitté Caerleon au milieu de l'été, et voilà que maintenant ses pieds glissaient sur des plaques de neige durcie. Tout un automne s'était-il réellement écoulé ?

Lorsqu'elle parvint enfin au bord du Lac, où l'eau, près des rives, était gelée, son interrogation tourna au malaise. Pourquoi, au sommet du Tor, voyait-elle soudain une nouvelle église ? Ne fallait-il pas des années pour construire un tel édifice en haut d'une montagne ? Mais alors, les jours, les mois qu'elle recomptait indéfiniment dans sa tête, avaient-ils échappé au grand livre du temps ? Plus elle tentait de démêler l'écheveau des saisons, plus elle s'embrouillait, plus elle essayait de comprendre, plus un vertige intérieur s'emparait de sa raison...

Indécise, après avoir longtemps erré sur les bords du lac, elle prononça enfin la formule magique qui devait lui ouvrir les portes d'Avalon. Mais en vain ! La barge fendant douce ment les brouillards dorés refusait d'apparaître et tout, sou dain, lui sembla si hostile, qu'elle décida de rebrousser chemin Sans doute tournait-elle le dos à l'Ile Sacrée. Demain, à l'aube, elle dirigerait ses pas vers la voie romaine qui la ramènerait au besoin jusqu'à Caerleon.

Ayant passé la nuit dans une hutte abandonnée, ouverte à tous les vents, elle repartit le lendemain et ne tarda pas à apercevoir derrière un bouquet d'arbres une petite ferme. Parvenue jusqu'à elle, elle poussa la porte. Un jeune garçon apparemment simple d'esprit, l'invita à prendre place près du foyer. Il préparait la nourriture de ses oies, et lui offrit sans cérémonie un morceau de pain sec pour calmer sa faim. Un peu réconfortée, elle reprit alors la route, prenant conscience de ses haillons, de ses cheveux emmêlés, de ses pieds écorchés...

La réalité de son état l'abandonna cependant vite lorsque, arrivée dans le pays de Caerleon, elle découvrit un spectacle d'indescriptible désolation : maisons détruites ou incendiées, moissons ravagées pourrissant sur pied dans les champs, fermes saccagées et désertes hantées par quelques poules indifférentes...

Attrapant sans difficulté l'une d'elles, elle lui tordit le cou, alluma un maigre feu derrière une grange épargnée, puis embrocha la volaille sur une tige de bois vert. Elle avait si faim qu'elle dévora à pleines dents la chair encore à moitié crue, suçant les os jusqu'à la dernière parcelle de viande. Revigorée par son festin, elle reprit courageusement sa route, un bâton à la main et marchait depuis peu lorsqu'elle entendit derrière elle résonner les sabots d'un cheval sur le sentier pierreux. N'ayant eu que le temps de se dissimuler derrière un buisson, la contrée devant être infestée de brigands et de pillards, elle vit approcher entre les branches un cavalier solitaire, enveloppé d'une cape grise, et portant en croupe un fardeau volumineux de forme allongée ressemblant à un cadavre dans son linceul. Prise de panique, Morgane se tassa de son mieux derrière sa cache, mais quelle ne fut pas sa surprise, lorsque le cheval parvint à sa hauteur, de reconnaître Kevin le barde, et sa harpe protégée dans son habituelle housse !

Surgissant de sa cachettte, Morgane courut à lui, qui, la prenant d'abord pour quelque mendiante chassée par la famine, s'empressa de la repousser :

« Arrière, femme !... Je n'ai rien pour toi ! Ote-toi de ma route ! »

Et il allait talonner sa monture pour forcer le passage, quand soudain, il reconnut la silhouette en guenilles :

« Morgane ! Est-ce vous ? s'écria-t-il. Que faies-vous ici, et dans quel état êtes-vous ? Mais enfin d'où venez-vous ? J'avais entendu dire que vous étiez à Tintagel lors de la maladie de la reine Ygerne, mais Guenièvre m'a appris ensuite qu'il n'en était rien...

— Que dites-vous... ma mère est-elle souffrante ? Mais... je l'ignorais ! Dites-moi tout... »

Descendant péniblement de son vieux palefroi, Kevin mit pied à terre et s'appuyant à l'encolure de la bête, lui apprit la nouvelle :

« Oui, Ygerne a été au plus mal. Tous les soins des sœurs hélas, ont été inutiles. Elles n'ont pu la sauver... Oui, Morgane, elle nous a quittés... Seule Guenièvre était auprès d'elle au jour de sa mort... »

Le cœur brisé, Morgane, resta sans voix. Ainsi, lorsqu'elle

avait entrevu l'image d'Ygerne dans la mare forestière, celle-ci appelait au secours, et elle ne l'avait pas entendue. Toutes deux avaient toujours vécu si éloignées l'une de l'autre...

« Quand cela s'est-il passé ? demanda-t-elle le visage baigné de larmes.

— Il y a un an, au printemps. Mais cette disparition appartient à l'ordre naturel des choses : Ygerne était déjà très vieille... »

Un an, au printemps ! Combien de temps alors était-elle restée absente ? Lorsqu'elle avait quitté la cour de Caerleon, Ygerne semblait en si parfaite santé ! Non, ce n'était plus en mois qu'elle devait mesurer son séjour chez les Fées, mais en années, en années entières...

« Comme vous êtes pâle, Morgane ! Prenez un peu de vin dans ma sacoche. J'ai du pain et du fromage aussi... Dites-moi, que faites-vous sur cette route solitaire revêtue de ces misérables loques ? »

Que pouvait-elle répondre ? Comment lui expliquer, sans mentir tout à fait, une vérité impossible à croire ?

« J'ai vécu dans la solitude... loin du monde... je n'ai rencontré aucun être humain depuis très longtemps...

— Ainsi, n'avez-vous jamais entendu parler de la grande bataille ?...

— Non, j'ai vu simplement cette région désertée, ravagée...

— Tout est arrivé il y a trois ans », expliqua Kevin.

A ces mots, Morgane eut un sursaut.

« Les Saxons ont envahi la région, pillant et brûlant tout sur leur passage. Arthur a été si gravement blessé qu'il a dû rester allongé pendant près d'une année. Mais rassurez-vous, il va bien désormais, poursuivit-il en voyant l'inquiétude se peindre sur le visage de Morgane. C'est alors que Gauvain est accouru du Nord avec les troupes de Lot pour défendre la contrée. Les Saxons ont été refoulés et nous avons connu la paix pendant trois bonnes années. Mais brusquement, l'été dernier, la lutte a repris de plus belle, et une terrible bataille s'est déroulée au Mont Badon. Lot y a trouvé la mort, mais une grande victoire a été remportée. Une si grande victoire, Morgane, que les bardes la chanteront pendant des siècles et des siècles à venir. Jamais on n'avait vu un tel affrontement

392

depuis l'époque des Césars. Grâce à cette victoire, nous avons enfin gagné la paix. Nous la devons au roi Arthur. »

Morgane, chancelante, absorba d'un trait le vin que lui tendait Kevin, mais elle toucha à peine au pain et au fromage. En retour, elle voulut lui offrir une cuisse de poulet, relief de son dernier repas.

« Non, merci, refusa-t-il poliment, j'ai fait vœu de ne jamais manger de chair animale. Lorsque je vivais sur l'île d'Avalon, les Druides disaient que l'homme pouvait raisonnablement goûter à tous les dons de Dieu, et que le pire n'était pas ce qui entrait dans sa bouche, mais ce qui en sortait ! Merlin dit la même chose, mais, quant à moi, je préfère renoncer à la chair car elle donne soif, et pousse à boire trop de vin... »

Morgane n'ignorait pas que le barde avait raison. Elle-même, lorsqu'elle buvait les décoctions d'herbes sacrées, ne pouvait manger qu'un peu de pain et des fruits. Mais c'était autrefois, il y avait très longtemps, à l'époque où elle était encore fidèle à ses vœux, alors que maintenant...

« Morgane, où allez-vous ? questionna à nouveau Kevin.

— Je vais à Caerleon...

— A Caerleon ? Pourquoi Caerleon ? Il n'y a plus rien, là-bas. Arthur a fait don de ce fief à l'un de ses chevaliers et il est parti avec toute sa Cour pour Camelot depuis plus d'une année. Mais j'y songe, si vous ignoriez tout de ce combat épique, vous ne savez sans doute pas davantage qu'Arthur a trahi Avalon et les Tribus ? »

Morgane tressaillit. Arthur avait trahi... Ainsi, Raven... le cri... chuchota-t-elle, intérieurement...

« A-t-il vraiment livré ses alliés aux troupes saxonnes ? s'entendit-elle demander le cœur battant.

— Non ! Mais sur l'insistance de Guenièvre, à la veille de la bataille de Mont Badon, il a abandonné l'emblème du Dragon pour celui de la croix du Christ... »

Se rappelant le couronnement d'Arthur et son solennel serment au peuple d'Avalon, Morgane leva vers Kevin un regard horrifié.

« Ainsi, il a osé trahir sa parole ! Les Tribus ne l'ont-elles pas abandonné ? demanda-t-elle d'une voix blanche.

— Certaines d'entre elles, si ! Le vieux Peuple des collines

393

galloises par exemple, voyant la croix brodée sur la bannière, a fait demi-tour sans que le roi Uriens parvienne à le retenir ! Mais la plupart furent pris entre l'enclume et le marteau : ou ils livraient bataille aux côtés d'Arthur et de ses chevaliers, ou ils tombaient irrémédiablement aux mains des Saxons... Viviane veut accuser Arthur de haute trahison, poursuivit le barde, mais elle éprouve quelque réticence à agir au grand jour devant le peuple entier. C'est pourquoi je me rends à Camelot : là-bas, je tenterai de faire revenir Arthur sur sa décision. S'il refuse de m'entendre, Viviane alors s'y rendra, en personne, afin de lui rappeler le châtiment réservé aux parjures. Personnellement, j'aurais agi beaucoup plus sévèrement, mais ainsi en a décidé la Dame du Lac... Voilà, Morgane, vous savez tout. Désormais il nous faut repartir. Mon cheval peut nous porter tous deux. J'aimerais arriver à Camelot dès demain !

— Merci, Kevin, mais je préfère marcher à vos côtés, répondit Morgane en aidant l'infirme à enfourcher sa monture. Ce dont j'ai pour l'instant le plus besoin, c'est d'un couteau car j'ai perdu le mien, et de quelqu'un qui puisse réparer mes bottes. »

A quelques lieues de là, ils trouvèrent bientôt, niché au creux d'une gorge solitaire, un hameau épargné où Morgane put faire arranger ses bottes et acheter une dague de bronze. Lorsqu'ils reprirent leur route, quelques flocons tourbillonnaient dans un ciel menaçant. Aussi, plutôt que de risquer d'être surpris en rase campagne par une tempête de neige, Kevin proposa-t-il de s'arrêter avant la nuit dans une étable abandonnée qu'il connaissait.

Côte à côte ils dormirent à même le sol, frileusement emmitouflés dans leurs vêtements. Morgane, en dépit de sa fatigue extrême, se réveilla aux premières lueurs de l'aube. De pâles rayons s'infiltrant à travers les pierres mal jointes lui révélèrent la repoussante saleté des lieux. Elle en eut la nausée. Elle, Morgane, duchesse de Cornouailles, prêtresse d'Avalon, avait passé la nuit dans cette étable ! Quelle déchéance !

« Qu'ai-je fait de ma vie ? s'interrogea-t-elle douloureusement, plus meurtrie encore dans son âme que dans son corps, frissonnant davantage d'angoisse et de remords, que de froid et de solitude. J'ai laissé ma mère mourir seule loin de moi, j'ai abandonné mon enfant, j'ai trahi Viviane, je me suis lâchement reniée moi-même... »

« Qu'avez-vous, Morgane ? » murmura tout près d'elle la voix douce de Kevin, en l'entendant pleurer.

Alors, pour toute réponse, Morgane éclatant en sanglots, se jeta dans les bras du barde.

« **Mon** Dieu, vous acceptez **de poser** votre tête sur mon épaule... chuchota-t-il tout ému, caressant tendrement ses cheveux. Vous ne me fuyez pas, comme toutes les autres, en dépit de mon corps difforme, de mes jambes tordues, de mes mains mutilées...

— Kevin... Kevin, vos mains créent la plus belle musique du monde ! Pourquoi donc vous fuirais-je ?

— Toutes les femmes hélas ne parlent pas comme vous, répondit le barde d'une voix si malheureuse que Morgane sentit ses propres chagrins fondre devant une telle détresse. Je leur fais peur, et même aux feux de Beltane, les servantes de la Déesse s'arrangent pour être loin de moi afin de ne pas se retrouver dans les bois en ma compagnie ! Ne voulant pas les obliger à supporter mes infirmités, je les fuis donc à mon tour. Voilà pourquoi il ne m'a jamais été donné d'aimer une femme... Jamais... Pardonnez-moi, je ne devrais pas vous dire tout cela... Mais avoir tout à l'heure senti votre tête sur mon épaule, votre corps contre le mien, m'a rendu si heureux... »

L'amertume de telles paroles, l'indicible douleur de son regard, remuèrent Morgane à tel point qu'elle se pencha spontanément sur son visage. Hormis ses cicatrices affreuses, il ne manquait ni de beauté, ni d'attrait. Ne pensant d'abord qu'à lui dispenser un peu de vraie tendresse, elle lui baisa le front, puis les joues et les lèvres. Mais, lorsqu'elle vit briller dans son regard l'étincelle d'un bonheur auquel le malheureux n'avait jamais goûté, un profond désir de lui faire don d'elle-même s'empara d'elle. Oui, lui aussi avait le droit de connaître le grand élan universel. Elle voulait, telle la Déesse généreuse, lui apporter la joie et la consolation...

Voilà pourquoi, Morgane la Fée, dans cette étable misérable

perdue dans la campagne, offrit ce matin-là à Kevin le barde sa première leçon d'amour...

« Morgane, lui demanda-t-il, rayonnant de joie au sortir de la grange, Morgane... dites-moi : où aviez-vous disparu toute cette éternité ?

— Je ne le sais exactement, éluda-t-elle. Loin, très loin, hors de ce monde, me semble-t-il. J'essayais d'atteindre Avalon, mais n'y parvenais pas : la voie m'était interdite ! Je me suis retrouvée alors ailleurs, en marge du temps, dans un monde de rêve et de sortilèges, un monde immobile, un monde d'amour et de musique...

— Moi aussi, me semble-t-il, j'ai séjourné un jour dans cet étrange au-delà, moi aussi j'ai entendu leur musique enchanteresse. Peut-être, y retournerai-je bientôt pour ne plus revenir. Là-bas, les femmes ne se rient pas de moi ; elles m'aiment pour ma musique... Mais allons maintenant, Morgane ! Ce soir nous devons être à Camelot ! Nous arriverons ensemble. Toute la Cour d'Arthur croira ainsi que vous venez d'Avalon en ma compagnie. »

Il s'arrêta un instant, la regarda longuement avec des yeux tout à la fois de vraie reconnaissance et de mélancolie :

« Morgane, merci ! Vous m'avez fait le plus beau des dons... »

C'est alors, comme il effleurait de ses doigts son front, l'arête fine de son nez, ses lèvres, la courbe délicate de son menton, que brusquement se produisit dans l'air une explosion de lumière. Morgane venait de détacher son regard du sien et elle entr'aperçut dans un éclair le visage ravagé du barde : entouré d'un cercle de feu, il paraissait brûler sous l'effet d'une douleur insoutenable. Puis les flammes envahirent tout son corps et il devint une torche vivante...

Morgane poussa un cri et arracha sa main de celle de Kevin qui parut stupéfait de la voir reculer :

« Morgane, qu'avez-vous ?

— Ce n'est rien... rien... je me suis tordu la cheville », murmura-t-elle en détournant la tête.

Mais Morgane ne connaissait que trop la fatale signification de cet éblouissement bref et cruel : elle avait vu la mort ! La mort par le feu ! Que signifiait donc cette vision ? Les traîtres eux-mêmes ne mouraient pas ainsi ! A moins qu'elle n'ait plongé sans le vouloir dans le passé du barde, quand le destin l'avait à jamais marqué dans sa chair ?

« Partons ! dit-elle si brusquement que Kevin sursauta. Partons ! Ne restons pas ici une minute de plus ! »

XXI

Guenièvre se réveilla la tête encore pleine de son rêve : Morgane l'entraînait par la main jusqu'aux feux de Beltane, et là lui ordonnait de s'allonger auprès de Lancelot. Souriant d'abord de cette vision nocturne, elle se demanda bientôt si ce songe ne lui avait pas été envoyé par le Diable. Curieusement, à chaque fois que lui venait une mauvaise pensée, Morgane y était intimement mêlée d'une manière ou d'une autre. Certes elle n'éprouvait aucune sympathie pour la prêtresse mais ne lui souhaitait pas pour autant le moindre mal. Elle espérait seulement qu'elle finirait par se repentir de ses fautes et trouverait la paix de l'âme au fond d'un monastère, le plus éloigné possible de Camelot !

Toute la matinée cependant, assise devant le linge d'autel qu'elle était en train de broder pour l'église, Guenièvre ne parvint à chasser de son souvenir les images de la nuit. Bien plus chaque point de son ouvrage où elle achevait une croix, une croix de fils d'or... semblait prendre un malin plaisir à coudre dans son cœur l'inoubliable visage de son chevalier nocturne !

Marmonnant du bout des lèvres quelques prières pour se faire pardonner, ses pensées la ramenèrent aux feux de Beltane. Arthur lui avait promis de les supprimer dans tout le pays, et sans doute l'aurait-il déjà fait si Merlin ne s'y était violemment opposé. Elle n'en voulait d'ailleurs pas au vieil homme d'avoir de telles réactions. Il était si bon et si doux que, chrétien, il aurait sans nul doute fait le meilleur des prêtres. Il avait simplement supplié Arthur de ne pas désespérer brutalement les adeptes de la Déesse, pour eux l'unique protectrice de la fécondité de leurs épouses, de leurs moissons et de leurs troupeaux. « Ces pauvres hères, avait-il ajouté, passent leur vie à retourner la terre pour ne pas mourir de faim. Ils ont bien d'autres préoccupations que de se complaire dans le péché ! » Mais pour une chrétienne convaincue comme Guenièvre, aller danser nue dans les champs et s'offrir à un inconnu, ne pouvait que conduire en enfer. Aussi en avait-elle fait la remarque à Merlin.

« Un roi doit protéger son peuple contre les envahisseurs comme un fermier doit défendre ses moissons contre les rats et les voleurs, avait répliqué Merlin. Il n'est pas du devoir d'un souverain d'imposer à ses sujets la conduite de leur conscience !

— Le roi est le protecteur de son peuple, avait-elle insisté avec la certitude d'être dans le vrai. A quoi lui servirait de protéger les corps s'il laissait les âmes tomber aux mains du Diable ? Merlin, de nombreuses mères m'envoient leurs filles pour les faire bénéficier de l'éducation de la Cour. Quelle reine serais-je si je les laissais courir aux feux de Beltane ou s'aventurer hors des murs du château avec un inconnu ? Ces mères me confient leurs filles parce qu'elles ont confiance en moi, elles savent que je les protégerai...

— Veiller sur la vertu de jeunes filles inexpérimentées est une chose, avait-il ironisé ; gouverner un royaume en est une autre !

— Mais Dieu n'a jamais dit qu'il existait une loi pour les gens de la Cour, et une autre pour ceux des campagnes ! Chacun doit rester fidèle aux mêmes commandements... Que se passerait-il si mes suivantes et moi-même nous nous égarions dans les champs pour y satisfaire nos quatre volontés, comme cela se pratique aux feux de Beltane ? Je ne peux croire...

— Mais, Guenièvre, l'avait interrompu Merlin avec douceur, la regardant au fond des yeux, comme pour lire dans son âme, pensez-vous vraiment qu'une simple interdiction de se rendre aux feux de Beltane nous empêcherait de répondre à l'appel de la Déesse, mère éternelle qui règne sur nos corps et nos âmes ? Écoutez-moi : il y a juste deux siècles, toutes les lois du Pays d'Été interdisaient formellement d'adorer le Christ, de crainte de porter tort aux dieux de Rome. Or, des chrétiens sont morts plutôt que de se prosterner devant des idoles, morts pour avoir refusé de renier leur foi... Guenièvre, ne me dites pas que votre Dieu est aussi un tyran, comme le fut jadis l'empereur de Rome ?

— Dieu est la réalité et la vérité. Les idoles ont été fabriquées par les hommes, avait-elle protesté.

— Ni plus ni moins que l'image de la Vierge Marie que vous avez brodée sur la nouvelle bannière d'Arthur, avait rétorqué Merlin non sans malice. Pour moi, toute matérialisation d'un dieu est inutile. Dieu vit en moi, il m'accompagne et me montre le chemin. Mais d'autres ressentent, au contraire, le besoin de placer leur Déesse dans des cercles de pierre, ou de voir leur Dragon flotter sur les bannières, exactement comme certains chrétiens ont besoin de la Vierge Marie ou de la croix sur leurs emblèmes. Vos chevaliers eux-mêmes ne portent-ils pas désormais cette croix sur leur bouclier ?... »

Des mois s'étaient écoulés depuis cette conversation, mais elle revenait sans cesse à la mémoire de Guenièvre. Nul doute que Morgane elle aussi, lui aurait conseillé de se rendre aux feux de Beltane pour retrouver Lancelot. Même Arthur ne lui avait-il pas promis de ne poser aucune question s'il apprenait un jour qu'elle portait enfin un enfant ? Ne lui avait-il pas, en d'autres termes, laissé entière liberté de prendre Lancelot pour amant...

Caï arriva à propos pour l'arracher à ses pensées honteuses : « Le roi vous demande de bien vouloir le rejoindre dans le champ clos. Il désire, je crois, vous montrer quelque chose. »

Guenièvre appela Elaine et Meleas, et les précéda dans le

grand escalier. Les dernières traces de neige avaient presque entièrement disparu des prairies entourant le château. Déjà quelques bourgeons d'un vert très tendre, illuminant les branches, annonçaient le printemps. Un tapis de fleurs multicolores envahiraient bientôt la nature et, dans le petit jardin qu'elle avait fait aménager au pied des murailles, avec l'aide du jardinier préféré du roi Leodegranz, s'épanouiraient dans quelques semaines de somptueux massifs et d'innombrables plantes potagères. Arthur, attentif toujours à ses moindres désirs, avait pour elle accepté d'installer à flanc de colline le champ réservé aux manœuvres militaires situé normalement dans l'enceinte du château. Ainsi, disposait-elle d'un plus vaste parterre spécialement aménagé à son intention.

Lancelot, si proche d'elle la nuit dernière, s'avançait à sa rencontre. Le cœur battant, elle prit son bras et le suivit jusqu'à la clôture de bois qui entourait le champ. Arthur avait fait placer plusieurs rangées de sièges.

Accoudé à la lice, il observait, en les attendant, une dizaine de chevaliers joutant à l'intérieur de l'enclos. Tous combattaient avec des lances de bois prévues pour l'entraînement, en se protégeant derrière des boucliers de cuir.

« Venez ! lança Arthur les voyant approcher. Venez ! Puis, s'adressant à Guenièvre, il désigna un jeune garçon en chemise safran. Ne vous rappelle-t-il pas quelqu'un ? demanda-t-il.

— Non, je ne vois pas... Il se bat comme un diable !... Qui est-ce ? »

Très juvénile, le visage ovale à peine ombré d'une barbe naissante, un adolescent se démenait furieusement dans la mêlée harcelant ses partenaires de si fougueuse manière qu'il se retrouva bientôt seul au centre d'un vaste cercle.

« Qui est-ce ? interrogea Guenièvre de nouveau. Comme il se bat avec ardeur !

— Il vient d'arriver à la Cour et a refusé de révéler son nom, répondit Lancelot sans le quitter des yeux. Caï l'a aussitôt envoyé aux cuisines où l'on se moque de lui en l'appelant « Beau Sire », à cause de ses mains blanches et de ses bonnes manières ! »

Guenièvre fixa à son tour le jeune homme avec attention. Son beau visage encadré de cheveux blonds rayonnait dans le vent léger. Ce front haut, large, ce nez volontaire, cette allure énergique...

« Il a quelque chose de Gauvain, avança-t-elle, se retournant vers ce dernier.

— Nous avons la reine la plus perspicace qui soit ! répondit joyeusement le chevalier. Ma Dame, vous avez raison. Ce jeune homme n'est autre que mon jeune frère Gareth...

— Et comment ce garçon se trouve-t-il à ma Cour à mon insu ? questionna sévèrement Arthur.

— Si je n'en ai rien dit, expliqua Gauvain l'air embarrassé, ce n'était nullement dans l'intention de tromper mon Roi. Mais Gareth m'avait expressément demandé de ne pas révéler son identité, se refusant à jouir des faveurs spéciales qu'aurait pu lui valoir sa qualité de cousin du Haut Roi. Il souhaite avant tout qu'on le distingue pour sa force, son courage et son adresse, et non parce qu'il est le fils de Morgause !

— L'intention est louable ! intervint Lancelot. Mais une année sous les ordres de Caï ne sera pas de trop pour faire de lui un preux. Il a encore beaucoup à apprendre. »

Et pour expliciter ses dires, Lancelot sauta la barrière, empoigna une lance de bois et se rua sur l'adolescent qui, fièrement campé sur ses deux jambes, le regarda venir avec étonnement.

Gareth en effet hésita. Bien qu'il eût une tête de plus que lui, fallait-il défier l'écuyer du roi ? Mais, voyant Arthur lui adresser un signe d'encouragement, il bondit, la lance en avant... pour ne trouver, à sa grande surprise, que le vide, car Lancelot, d'un saut de chat, s'était écarté, et contre-attaquant aussitôt, il l'avait touché à l'épaule, déchirant sa chemise.

Lancelot cependant avait glissé sur l'herbe mouillée. Un instant à genoux, vulnérable, il s'exclama :

« Attaque, mon garçon. Profite de la situation ! Tu as de la chance que je ne sois pas un Saxon, car voilà ce qui se passerait maintenant, regarde ! »

Se relevant d'un bond, Lancelot frappa comme la foudre. Du plat de sa lance, il lui asséna en travers de la poitrine un coup d'une telle violence que le garçon désarçonné mordit aussitôt la poussière à demi assommé.

« Pardonne-moi, lança Lancelot en se précipitant pour l'aider à se relever. Je voulais simplement t'apprendre à parer tous les coups.

— Vous m'avez grandement honoré, sire Lancelot, balbutia à grand-peine le jeune homme, tout étourdi par le choc, les cheveux en bataille. Nul doute que cette leçon me sera profitable.

— Nous ferons de lui un chevalier aussi adroit et fier que son frère, commenta Arthur à l'intention de Gauvain. Veille cependant à ne pas lui révéler que je connais son identité : les raisons qu'il a invoquées méritent le respect. Dis-lui seulement que je l'ai vu combattre et que je le ferai chevalier à la Pentecôte. »

Un sourire de gratitude illumina le visage de Gauvain.

« Voilà encore un homme prêt à donner sa vie pour le roi », songea Guenièvre. Décidément Arthur, par sa tranquille simplicité, savait inspirer amitié, enthousiasme, dévotion même. Généreux et serein, il attirait à lui toutes les énergies, conscient de ses très relatives aptitudes aux joutes si prisées par les siens.

Laissant les chevaliers et les dames d'honneur commenter avec passion les assauts de deux nouveaux qui venaient de faire leur entrée sur le terrain, Arthur prit la reine par la main et la conduisit lentement vers le mur fortifié protégeant le château et la cité de Camelot. De la hauteur, Guenièvre pouvait apercevoir au loin l'île de son enfance, le royaume de son père et, un peu plus au nord, une autre île ressemblant à un dragon endormi.

« Votre père vieillit... dit Arthur, plongé, lui aussi, dans la contemplation du paysage. Comme il n'a pas de fils, je me demande qui règnera après lui ?

— Le mieux ne serait-il pas de confier la régence de ce royaume à l'un de vos vassaux ? Car si j'en suis l'héritière unique, je me sens bien incapable de le protéger des convoitises qu'il suscitera après la disparition de mon père... Arthur, votre père, Uther Pendragon, a-t-il été fait roi, lui aussi, sur l'île du Dragon ?

— Oui, c'est du moins ce que m'a affirmé la Dame du Lac, répondit Arthur à mi-voix, et, ce jour-là, il s'est solennellement engagé à défendre l'ancienne religion et le peuple d'Avalon, comme j'en ai fait serment après lui. »

Un long moment, tous deux gardèrent le silence, Arthur perdu dans ses souvenirs, Guenièvre s'interrogeant sur les tenaces convictions héritées des païens, qui hantaient encore, même s'il n'en disait rien, les pensées de son époux.

« Arthur, dites-moi, n'est-ce pas le jour où vous vous êtes enfin tourné vers le vrai Dieu, insinua-t-elle, que vous avez chassé à jamais l'ennemi de notre sol ?

— Ne parlez pas ainsi, Guenièvre ! Personne ne sait quand un pays est définitivement délivré de ses ennemis !

— Dieu vous a apporté la victoire, Arthur, pour que vous régniez sur cette terre en roi chrétien. Si les mystères d'Avalon recelaient la moindre vérité, Dieu et la Vierge vous auraient-ils accordé une si éclatante victoire ?

— Mes armées ont chassé les Saxons en brandissant la bannière du Christ, je n'en disconviens pas, mais qui sait si, un jour, je ne serai pas châtié pour avoir failli à tous mes engagements envers Avalon ? »

A ces mots, Guenièvre détourna son regard vers le sud imaginant le clocher de l'église, dédiée à saint Michel, qui se dressait au sommet du Tor. Les religieuses de Glastonbury lui avaient raconté qu'autrefois la colline était couronnée de très hautes pierres que les prêtres avaient fait disparaître avec beaucoup de mal... Or n'avait-elle pas justement rêvé, une nuit, que Lancelot la menait par la main jusqu'à ces sombres rocs et qu'elle lui offrait enfin ce qu'elle lui avait refusé jusqu'alors ?...

La voix d'Arthur l'arracha brutalement à ses pensées :

« Guenièvre ... je vous parle et vous ne m'écoutez point ! Dites-moi plutôt : ne serait-il pas grand temps pour Lancelot de prendre femme ?

— Pourquoi ne pas attendre qu'il en manifeste lui-même le désir ? »

La voix de Guenièvre était calme, presque indifférente, et elle s'étonna malgré elle de la manière dont elle réussissait maintenant à dominer son émotion lorsque l'on prononçait devant elle le nom de Lancelot.

« Il ne m'en parlera jamais, poursuivit Arthur. Il ne veut pas me quitter et ne s'intéresse nullement au mariage. La fille

407

de Pellinore l'aime pourtant et le rendrait heureux. De plus il n'est pas riche et Elaine a du bien pour deux...

— Sans doute, avez-vous raison, Elaine en effet ne le quitte pas des yeux, reste sans cesse à l'affût du moindre de ses regards... »

« Comme je souffrirais de le perdre à jamais, disait en même temps son cœur, démentant aussitôt ce que sa bouche venait de dire, mais comme je me sentirais soulagée de le savoir marié ! Ainsi quitterait-il sans doute Camelot, et ne le voyant plus, mon âme échapperait au péché permanent qui me ronge... »

« Je crois que Lancelot accepterait plus facilement de prendre épouse si son mariage ne l'éloignait pas de la Cour, reprit Arthur. Comme il serait doux, pour nous tous, de voir ses enfants et les nôtres, car nous en aurons aussi un jour, grandir ensemble à l'ombre des remparts de Camelot !

— Dieu vous entende ! murmura Guenièvre en se signant.

— Oh, regardez ! s'exclama soudain Arthur en se penchant pour mieux voir le chemin sinueux qui montait au château, un cavalier arrive là-bas ! On dirait Kevin le barde... Il vient sans doute d'Avalon et, pour une fois, il a eu la sage idée de se faire accompagner d'un serviteur.

— Ce n'est pas un serviteur, rectifia Guenièvre les yeux fixés sur la mince silhouette assise en croupe derrière le harpiste. C'est une femme ! Et moi qui croyais que les Druides, comme les prêtres, se tenaient toujours à l'écart de la gent féminine !

— Pas tous, mon cœur, seulement ceux qui occupent d'éminentes fonctions : les autres se marient fréquemment. Mais, peut-être Kevin a-t-il simplement rendu service à une voyageuse de rencontre. Envoyez vite l'une de vos femmes prévenir Merlin de son arrivée, et une autre aux cuisines car je veux qu'on donne un festin en son honneur. Allons au-devant de lui, voulez-vous, allons tous deux accueillir notre poète et musicien favori ! »

Lorqu'ils atteignirent la haute porte, Caï était déjà là, souhaitant chaleureusement la bienvenue au barde qui, en les apercevant, s'inclina aussitôt devant eux. Mais Guenièvre n'avait d'yeux que pour la fragile silhouette qui se laissait glisser à terre le long des flancs du palefroi.

408

« Morgane, balbutia-t-elle, Morgane, est-ce possible ?...

— Oui, c'est moi. Me voici de retour, annonça-t-elle, les yeux brillants, en regardant Arthur.

— Ma sœur, quelle joie ! dit-il. Combien longue m'a paru votre absence !... Ne restez plus jamais si loin de nous, sans nous donner de vos nouvelles. »

Serrant à son tour Morgane dans ses bras, Guenièvre s'étonna de sa maigreur squelettique :

« Vous venez de bien loin ! me semble-t-il. Comme vous êtes maigre et pâle ! Où étiez-vous ? j'ai eu très peur de ne plus vous revoir.

— Oui, j'ai fait un très long voyage, et j'ai cru, moi aussi, ne jamais revenir ! » approuva Morgane d'un ton grave et désenchanté, ébauchant un sourire qui se figea soudain sur ses lèvres.

Sa robe était poussièreuse et déchirée, ses cheveux en désordre, ses bottes maculées de boue. Elle paraissait si lasse et si déterminée à la fois de n'en pas dire davantage, que tous sentirent qu'il était inutile pour l'instant d'essayer de lui arracher d'autres explications. Guenièvre donc l'accompagna jusqu'à la salle des femmes et ordonna qu'on lui apporte de l'eau, un peigne et des vêtements de rechange. La sœur du Haut Roi de Grande Bretagne se devait maintenant de reprendre apparence et maintien dignes de sa réputation.

Deux heures plus tard, en effet, Morgane était métamorphosée. Son entrée dans la haute salle où devait avoir lieu le festin commandé en son honneur et celui de Kevin, fit sensation. Une robe cramoisie, bordée de velours gris, et un voile assorti, rehaussaient superbement l'éclat de sa peau mate, de son ondoyante chevelure et de ses yeux de jais...

Très tard dans la nuit, se prolongèrent les festivités, chants et rires résonnèrent sous les voûtes immenses du château. Mais brusquement, à la lueur blafarde de l'aube, les agapes cessèrent, le roi Arthur, Merlin et Kevin ayant quitté la salle pour délibérer en secret. Nul ne sut jamais l'objet de leur conciliabule, mais Guenièvre pressentit aussitôt que la trahison d'Arthur à l'égard d'Avalon était au cœur de leur débat

A l'équinoxe du printemps se déclara une fièvre maligne qui gagna rapidement tout le pays. La Cour ne fut pas épargnée, mais grâce à la présence bienfaisante de Morgane qui dispensa nuit et jour autour d'elle décoctions d'herbes et potions, on y déplora beaucoup moins de victimes que dans le reste du royaume. Isotta, cependant, la demi-sœur de Guenièvre, succomba à la fièvre après une longue agonie.

Lancelot lui-même fut gravement atteint. Arthur le fit soigner au château par les femmes de Guenièvre qui, elle-même s'étant crue un moment de nouveau enceinte, redoublait de précautions. Mais, ses espoirs ayant été hélas une fois encore déçus, elle essaya d'oublier sa peine en se consacrant tout entière à soigner le malade.

Elle retrouvait souvent Morgane à son chevet et n'en finissait pas d'admirer sa sagesse et sa science en toutes choses : l'habileté avec laquelle elle distrayait Lancelot tout en l'obligeant à avaler ses médecines, la douceur et la profondeur de sa voix lorsqu'elle s'accompagnait à la harpe, sa sollicitude infinie pour devancer ses désirs qu'elle devinait toujours, comme si existait entre eux une indéfinissable connivence...

Un soir, alors que Morgane quittait la chambre en recommandant à Lancelot de dormir sans tarder, elle allait faire de même quand furtivement il la retint par la main, l'obligeant à s'asseoir sur le lit. Puis, d'un geste doux et décidé, il l'invita à s'étendre près de lui. Ayant enfin observé un instant de silence, Lancelot se souleva sur un coude, attira d'une main le visage de Guenièvre, l'embrassa soudain sur le front, sur les yeux, sur les lèvres...

« Mon amour, mon amour, supplia-t-il au creux de son cou, nous ne pouvons continuer à vivre ainsi... Laissez-moi partir, laissez-moi quitter la Cour du roi Arthur !...

— Pour quoi faire ? murmura-t-elle d'une voix étranglée, essayant toutefois bravement d'ironiser. Pour aller défier le dragon de Pellinore, sans doute ?

— Guenièvre, Guenièvre, mon amour, je vous en prie ! Ne me torturez pas ! Je n'aime que vous depuis le premier jour, depuis l'instant où mes yeux ont rencontré les vôtres, et n'aimerai jamais que vous... Si je veux rester loyal envers mon roi, je dois m'éloigner pour toujours du château. J'ai tant espéré mourir au combat, mais aujourd'hui l'ennemi s'est éloigné, et je ne peux plus vivre avec en moi cet amour sans espoir... Oh, si vous saviez ! Etre ainsi, près de vous, chaque jour, les yeux rivés sur vous sans pouvoir vous toucher, vous étreindre, en vous imaginant la nuit dans ses bras... Non, je ne peux plus ! Je ne peux plus le supporter...

— Alors, pars ... balbutia Guenièvre en fondant en larmes.

— Guenièvre..., Guenièvre, je ne veux pas que tu pleures. Qu'as-tu, mon amour, dis-moi ?

— Je sais, moi aussi, que je ne pourrai jamais vivre sans toi !

— Écoute alors... je ne suis pas riche, mais mon père m'a légué un fief dans son royaume d'Armorique au-delà des mers. Fuyons ensemble ! N'est-ce pas la seule solution vis-à-vis d'Arthur et de toute la Cour ? »

« Fuir ... avec lui... Que dirait-on dans le royaume de Grande Bretagne... La Reine en fuite, déshonorée à jamais... »

« Oui, partons, Guenièvre, partons pour ne plus revenir, jamais ! poursuivit-il, la voix empreinte d'une sourde détermination, prenant ses mains dans les siennes, avec dévotion. Sans doute serons-nous excommuniés, mais pour moi plus rien n'a d'importance. Mais toi ? Ai-je le droit de t'entraîner si loin dans le péché ?

— Mon pauvre amour, mon tendre amour, nous péchons depuis si longtemps...

— Sommes-nous donc damnés ? Voués aux enfers pour quelques baisers échangés ?... Guenièvre, je partirai si tu me le demandes, je resterai si tu le veux, mais je ne supporterai plus de te voir malheureuse ! » cria presque Lancelot, la couvrant de baisers, commençant à défaire les lacets de sa robe...

Mais un bruit de pas derrière la porte suspendit son geste. Guenièvre eut à peine le temps de bondir sur ses pieds qu'un serviteur entrait, apportant sur la recommandation de Morgane une tisane destinée à faciliter le sommeil du chevalier.

L'imminence du danger qu'ils venaient de courir fit recouvrer en un éclair son sang-froid à Lancelot.

« Dame Morgane a raison : je vais dormir maintenant, fit-il d'une voix très calme en prenant le breuvage, et vous aussi, ma Reine... Promettez-moi seulement de revenir me voir demain », ajouta-t-il, plongeant ses yeux dans les siens.

411

Inclinant doucement la tête en signe d'assentiment, Guenièvre quitta la pièce, précédée du valet portant très haut sa torche pour éclairer l'escalier. Son voile rabattu sur ses yeux rougis et ses cheveux défaits, elle écoutait son cœur battre avec une si douloureuse intensité, qu'un instant elle crut ne jamais parvenir à regagner ses appartements.

XXII

A la veille des feux de Beltane, Kevin le barde était de retour à Camelot, à la grande joie de Morgane qui avait trouvé le printemps interminable. Lancelot, guéri, était parti vers le nord et devait séjourner quelque temps à la Cour des Orcades ; quant à Guenièvre, elle se murait dans son silence et son chagrin. La femme-enfant enjouée et étourdie d'autrefois avait fait place à une adulte pensive, austère et pieuse. A tel point que Morgane la soupçonnait de passer ses journées en prières uniquement pour éviter de penser à Lancelot. Sans doute ne la laisserait-il jamais en paix, tout en se refusant toujours à l'entraîner dans le péché...

Morgane accueillit donc le barde avec un plaisir non dissimulé. En ce début d'été, montaient en elle d'irrésistibles ardeurs qu'elle comptait bien apaiser dans ses bras à la faveur des prochaines festivités rituelles. C'était un amant naïf et passionné, qui, de plus, la tenait au courant des affaires du royaume.

« Comment se porte Viviane ? s'enquit-elle avec impatience, l'aidant à se débarrasser de sa cape de voyage.

415

— Elle refuse la défaite et est toujours décidée à venir en personne voir Arthur s'il refuse de m'écouter. Il a bien fait cependant de ne pas supprimer cette année les feux de Beltane.

— Ses préoccupations sont grandes en ce moment, reprit Morgane. Vous savez que le roi Leodegranz vient de mourir ?

— Oui, j'ai appris sa mort à Avalon, celle de sa femme Aliénor aussi, emportée par les fièvres avec son dernier enfant quelques jours après lui. Il ne laisse donc pas d'héritier.

— Non, le royaume appartient désormais à Guenièvre, et Arthur lui a demandé son accord pour placer à sa tête l'un de ses vassaux, en attendant que leur fils soit en âge de régner. Hélas, j'ai bien peur que la reine n'ait jamais d'héritier... Elle a désormais vingt-cinq ans, et semble destinée à rester à jamais stérile !

— Comment l'expliquez-vous, Morgane ?

— Je ne suis en rien la Mère Éternelle... Tout ce que je sais, c'est qu'elle passe le plus clair de son temps à prier. Son Dieu cependant ne semble guère l'écouter !

— Si Arthur reste sans descendant, tout est à redouter s'il venait à passer. Les rois rivaux de Grande Bretagne risque- raient alors de renouer entre eux leurs vieilles querelles et de mettre le royaume pacifié à feu et à sang. Certes, Lot, le plus ambitieux, est mort, et Gauvain est fidèle à son roi. Le danger n'est donc pas de ce côté. Mais Morgause pourrait fort bien trouver un amant aux dents longues...

— Lancelot est justement parti à sa Cour. Il sera prochai- nement de retour...

— Sûrement pas avant la nuit de Beltane, l'interrompit le barde en souriant. Morgause et les femmes de Lothian ne vont pas laisser échapper un chevalier si séduisant !

— J'en doute. Lancelot est trop fervent chrétien pour se risquer dans pareille aventure. Son courage à la guerre est sans faille, mais vis-à-vis des femmes...

— Vous semblez parler en connaissance de cause, Morgane ? Est-ce grâce au Don que vous êtes si bien informée ? Quoi qu'il en soit, le danger pourrait venir de Morgause, trop heureuse de pouvoir compromettre le plus fidèle des chevaliers d'Arthur. Ainsi Gauvain se trouverait-il un peu plus près du trône ! Prenons garde aux appâts de cette séduisante coquette. Sans un seul cheveu blanc, elle est éblouissante...

— Elle n'a guère de mérite, trancha Morgane d'un ton caustique. Les marchands de Lothian l'approvisionnent sans cesse en baumes et en henné d'Égypte !

— Sans doute, renchérit-il, riant sous cape de sa taquinerie, mais sa taille, si fine, reste admirable. Certains prétendent — mais peut-être n'est-ce là que pure calomnie — qu'elle utilise des philtres pour s'attacher les hommes... N'empêche qu'elle gouverne fort sagement son royaume... Mais, trêve de badinage, Morgane, je ne peux faire attendre le Haut Roi ! Souhaitez-moi bonne chance, car il ne va, sans nul doute, guère apprécier la nouvelle que je lui apporte !

— Quelle est cette nouvelle ? demanda Morgane intriguée.

— Le peuple d'Avalon est à bout. Il ne supporte plus de voir Arthur se comporter uniquement en souverain chrétien. Il n'admet plus de voir les prêtres bafouer le culte de la Déesse et s'en prendre aux bosquets sacrés. Si Arthur persiste dans cette voie, j'ai ordre de lui transmettre le message suivant : « La main qui t'a remis Excalibur, l'épée sacrée des Druides, est prête à se retourner contre toi et à frapper ! »

Sur ces mots, Kevin quitta Morgane aussi vite que le lui permettaient ses faibles jambes. « Physiquement, la nature ne l'a guère favorisé, songea-t-elle en le regardant s'éloigner, mais quel amant ! Et puis les nuits sont trop longues sans la présence d'un homme... »

Caï venu lui annoncer l'arrivée de Balan, la trouva plongée dans ses voluptueuses rêveries. Le garçon avait tant grandi et forci qu'elle eut du mal à le reconnaître.

« Un nouveau dragon terrorise notre contrée, annonça-t-il d'emblée. Non pas un dragon imaginaire, comme celui de Pellinore, mais un vrai ! J'ai vu de mes yeux la traînée immense qu'il a laissée sur le sol, et ai parlé à deux témoins qui l'ont vu surgir du lac. L'horrible monstre a happé leur serviteur ! Je suis donc accouru demander main-forte à Arthur pour que cinq ou six de ses meilleurs chevaliers m'aident à l'abattre.

— Demandez-lui donc également le concours de Lancelot dès qu'il sera de retour, railla Morgane. Il a sérieusement besoin d'exercice. D'ailleurs, le roi Arthur essaie justement de le marier à la fille de Pellinore !

— Je plains celle qui épousera mon frère ! répliqua Balan sur le même ton. On dit à ce propos que son cœur est pris et que par conséquent les femmes ne l'intéressent pas...

— Que devient donc Balin, votre frère d'adoption ? interrompit Morgane, peu désireuse de s'attarder sur le sujet.

— Il allait bien la dernière fois que je l'ai vu, malgré la rancune qu'il nourrit toujours à l'égard de Viviane depuis la mort de notre pauvre mère. Il prétend que c'est la Dame du Lac qui l'a tuée, et a juré de se venger ! Lui aussi devrait venir ici pour la Pentecôte. Le Haut Roi, vous le savez, je pense, réunira à cette occasion ses compagnons fidèles de la Table ronde. De nouveaux chevaliers seront adoubés et chacun sera libre, seigneur ou paysan, de lui demander audience.

— Je le sais, répondit Morgane, prenant brusquement congé du chevalier. J'espère simplement que d'ici là Balin aura oublié ses idées de vengeance. »

De nouveau seule, ses pensées s'envolèrent vers l'Ile Sacrée. Là-bas, Viviane s'apprêtait donc à affronter le roi Arthur. Serait-elle là au rendez-vous, le jour de la Pentecôte, perdue dans la foule des pèlerins, pour faire triompher le Dragon de la Croix ?

Le soir venu, dans le grand silence du château endormi, Morgane se glissa hors de la chambre qu'elle partageait avec les suivantes de Guenièvre, pour rejoindre celle de Kevin. Elle n'en ressortit qu'aux premières lueurs de l'aube et regagna furtivement sa couche espérant profiter d'un court sommeil. Mais les confidences du barde l'en empêchèrent.

« Arthur a refusé de m'entendre, lui avait-il dit. Il m'a répété que le peuple de Grande Bretagne était désormais chrétien, et qu'il continuerait à défendre les prêtres et l'Église, sans pour autant persécuter ceux qui ne les suivraient pas. Il a envoyé un message à Viviane, lui proposant, si elle le désirait de reprendre Excalibur, se déclarant prêt à la lui remettre en main propre... »

418

Comment Arthur allait-il maintenant conserver son royaume s'il renonçait à son serment ? Beaucoup n'allaient-ils pas l'abandonner ?... Ne fallait-il pas essayer de lui parler, de le fléchir ? Non, c'était inutile. Elle n'était que sa sœur, qu'une femme, incertaine représentante de la toute-puissance d'Avalon... Il ne l'écouterait même pas ! C'était à Viviane, à Viviane seule, de s'opposer à lui, de le défendre contre lui-même, de l'empêcher de renier sa parole, de sauver avant qu'il ne soit trop tard les valeurs suprêmes de l'Ile Sacrée.

La tiède caresse, sur son épaule, d'un rayon de soleil éveilla Guenièvre. Mais elle referma aussitôt les yeux pour mieux sentir la douce chaleur envahir peu à peu tout son être. « Voici l'été, songea-t-elle, et voici Beltane... La nuit prochaine, des feux brilleront partout dans la campagne en l'honneur de la Déesse, et la plupart des habitants de Camelot dormiront dans les champs... » A minuit, elle le savait, nombre de ses suivantes se glisseraient en cachette hors des murailles du château, et au petit jour plus d'une femme reviendrait portant en elle la semence du Dieu...

C'était avant tout pour détourner l'attention du petit peuple de ces rites antiques indignes d'une terre chrétienne, et pour lutter contre les survivances du paganisme, que Guenièvre avait hautement incité Arthur à organiser ce jour-là une grande fête à Camelot. Des tournois, des divertissements, de multiples jeux seraient ouverts à tous. Oui, les vainqueurs recevraient leur prix des mains mêmes de la Haute Reine. Elle offrirait une coupe d'argent au meilleur cavalier, et à celui qui manierait le mieux la lance ou bien l'épée, un mouchoir brodé de sa main.

Les dames, bien sûr, ne seraient pas oubliées. Celle qui filerait la plus grande quantité de laine, ou réaliserait le plus grand nombre de points de tapisserie en une heure, recevrait un ruban tissé de fils d'or et d'argent entremêlés. On jouerait aussi de la harpe, on chanterait en chœur, on danserait... Oui, ce serait une belle fête...

Guenièvre se tourna sur le côté et considéra avec amour son

époux endormi. Sans doute l'avait-il dans un premier temps épousée en raison de sa dot, sans l'avoir jamais vue, mais depuis longtemps maintenant il la chérissait et l'honorait comme l'élue de son cœur. Pourquoi donc, en retour, la nature se montrait-elle si injuste envers eux, l'empêchant de remplir le premier devoir d'une reine : donner un héritier au royaume ? A qui donc revenait la faute ? A elle seule, ou à lui ?...

... Lancelot ?... Non ! Elle s'était juré de l'oublier à jamais... Hélas, en dépit de tous ses efforts, de ses prières, de ses pleurs, elle continuait à l'aimer de tout son cœur, de toute son âme, de tout son corps... Mais Lancelot, grâce au ciel, avait quitté Camelot depuis des mois. Dieu ! où était-il ? Que faisait-il ? Pensait-il à elle en cet instant, comme elle pensait à lui ?... Comme elle allait se sentir seule tout au long de ce jour, comme elle serait triste quand tous, ou presque, ce soir s'apprêteraient en secret à honorer la Déesse de la Fertilité. A qui pourrait-elle dire sa peine, qui pourrait la comprendre ?

S'étant levée sans bruit pour aller respirer la fraîcheur du matin Guenièvre, avant que la fête commence, retrouva Morgane dans les cuisines en train de humer un chaudron de cervoise qui avait tourné.

« Cette levure a suri pendant la nuit, expliquait-elle aux suivantes qui l'entouraient, il faut recommencer une autre cuvée. Mais nous ferons cela demain. Aujourd'hui c'est fête : allez vite vous habiller et vous coiffer ! »

Croisant l'essaim de jeunes femmes tout excitées qui se bousculaient en riant pour rejoindre leurs chambres, Guenièvre ne put s'empêcher d'apostropher Morgane d'insidieuse façon :

« Et vous-même, participerez-vous aux réjouissances ?

— Sans doute, puisque j'y suis conviée. Mais vous, Guenièvre, je m'étonne de ne pas vous voir consacrer cette journée au jeûne et à la prière, répliqua-t-elle avec une ironie mordante. Ce serait là pourtant occasion rêvée de montrer à tous que vous ne rendez nullement grâce à la Déesse ! »

Guenièvre sentit le rouge lui monter aux joues, mais ne voulant envenimer les choses, elle se contenta de répondre :

« Tout le monde peut fêter l'arrivée de l'été sans qu'il soit besoin de recourir à des rites païens. Croyez-vous vraiment que la Déesse seule possède le pouvoir de fertiliser les moissons et les corps ?

— C'est du moins ce qu'on m'a toujours enseigné à Avalon. Mais, contrairement aux chrétiens qui imposent leurs lois, je ne vous oblige pas à partager mes croyances, reprit Morgane en relevant le voile qui lui couvrait la tête. »

« Elle a six ou sept ans de plus que moi et est toujours aussi rayonnante, songea Guenièvre. C'est à croire que ces êtres ne vieillissent jamais... »

Morgane portait en effet une robe de fine laine bleue, très ajustée, qui laissait deviner les courbes harmonieuses de son corps. Ses seins, plutôt petits, mais haut placés, semblaient avoir gardé toute leur fermeté. Étroites, mais joliment dessinées, ses hanches voluptueuses devaient attirer plus qu'il ne le fallait la main des hommes... Il faut dire que sa sombre et éclatante chevelure, bouclée sur les oreilles et retenue au-dessus de la nuque par une épingle d'or, ses yeux de braise et son regard profond présentaient les atouts d'une insolente séduction. Et puis, Morgane savait tant de choses...

A côté d'elle, même Haute Reine de Grande Bretagne, on se sentait si ignorante, si démunie, si désarmée !

« Morgane... risqua-t-elle d'une voix hésitante, est-il vrai que vous connaissez... certains remèdes... certains charmes... contre la stérilité ? Peut-être pourriez-vous user de votre science en faveur de votre reine infortunée ? Il est si cruel pour moi de lire dans les yeux d'Arthur un reproche qu'il ne peut complètement me cacher malgré son indulgence. Je ne peux plus supporter ces regards, guettant d'une moue dubitative, le tour de ma taille qui n'augmente jamais. Ah, plutôt mourir que de continuer à vivre ainsi ! Morgane, je vous en supplie, aidez-moi... ! »

Émue, malgré elle, Morgane posa sa main sur le bras de Guenièvre :

« Certes nous possédons, à Avalon, certaines formules magiques qui peuvent venir en aide aux femmes qui éprouvent des difficultés à enfanter. Mais qui peut vous faire croire que la Déesse a le pouvoir de vous envoyer un fils, alors que votre Dieu, que vous prétendez tout-puissant semble incapable de vous exaucer ? »

421

Blessée au plus profond d'elle-même, Guenièvre sentit les larmes lui venir aux yeux :

« Peut-être notre Dieu ne prête-t-il pas assez d'attention aux femmes ? balbutia-t-elle d'une voix pitoyable. Tous nos prêtres sont des hommes et les Saintes Écritures présentent souvent les femmes comme des instruments du démon... Si notre Dieu refuse de me venir en aide votre Déesse ne pourrait-elle, en cette unique circonstance, faire un geste pour moi ? »

Et soudain, dans un irrépressible mouvement de déception et de révolte, n'écoutant plus que sa lancinante détresse, elle résolut de mettre Morgane au défi :

« Morgane, lança-t-elle, je vous en conjure, aidez-moi ! Sinon, j'irai ce soir à l'Ile du Dragon. Un serviteur m'y conduira dans une barge... et par les feux de Beltane, je supplierai la Déesse de me donner un enfant ! Oui... Elle suivrait dans la lumière des flammes, un étranger dont elle ne verrait pas le visage. Il la prendrait dans l'herbe sous les ramures... »

Mais Morgane l'empêcha de poursuivre :

« Non, Guenièvre, vous ne prendrez nulle part aux feux de Beltane, vous n'en avez aucun besoin. Arthur peut vous donner un enfant puisqu'il a déjà engendré un fils ! »

Guenièvre la regarda avec stupéfaction :

« Comment ? c'est impossible ! Lui-même m'a dit qu'il n'avait jamais eu d'enfant !

— Sans doute ignore-t-il son existence, mais j'ai vu ce garçon de mes propres yeux : il a été confié aux soins de Morgause. Ne m'en demandez pas davantage car je ne peux parler. Cependant une chose est certaine : Arthur n'est pas le seul responsable de votre infortune.

— Le suis-je donc ? Trois fois c'est vrai, j'ai porté dans mon sein un enfant, trois fois je l'ai perdu, sanglota Guenièvre, en se tordant les mains. Ah, Morgane, si je m'offre maintenant à la Déesse, aura-t-elle vraiment pitié de moi ?

— Ses desseins sont impénétrables, mais je vous déconseille formellement de le faire, car vous le regretteriez jusqu'à la fin de vos jours. Un charme peut sans doute vous aider à mettre au monde un enfant, mais je tiens à vous en avertir, Guenièvre : les lois de l'univers ne se conforment pas toujours aux désirs des humains. Prenez garde de ne pas regretter à jamais une imprudente décision !

— Si j'ai la moindre chance de donner un enfant à Arthur, alors je suis prête à tout !.. »

L'ouverture des jeux, annoncée par des trompes, vint mettre un terme à leur brûlante conversation.

S'étant rendues ensemble en bordure du champ clos, elles s'assirent côte à côte, faisant mine de s'intéresser au babillage des dames d'honneur. L'une et l'autre cependant n'en poursuivaient pas moins le cours tumultueux de leurs pensées. D'un même mouvement pourtant, elles relevèrent la tête en entendant Élaine, au comble de l'agitation, s'écrier :

« Lancelot ! Regardez ! Là-bas, le cavalier qui va affronter Gauvain.. C'est Lancelot !

— Il est revenu, il est revenu... » murmura Guenièvre en plissant les yeux pour mieux distinguer les deux cavaliers qui entraient en lice sous le soleil étincelant.

Comme elle aurait voulu crier sa joie. Toutes ses angoisses s'évanouissaient en le revoyant. Lancelot était plus beau, plus émouvant que jamais. Une nouvelle balafre sur la joue gauche accentuait encore son allure de chat sauvage. Il faisait tellement corps avec sa monture que, lorsqu'il se rua à l'assaut, tout le monde crut assister à la charge d'un centaure.

Sans détacher son regard du spectacle, Guenièvre porta la main à son cou pour vérifier la présence du mince ruban qui retenait, entre ses seins, le petit sac de cuir que Morgane venait de lui donner et dont elle ignorait le contenu. Étrangement les paroles d'Arthur lui revenaient en mémoire : « Si vous me donnez un enfant, je ne poserai aucune question Avez-vous bien compris ce que je vous dis là ? » Oui elle avait compris : le fils de Lancelot pourrait être l'héritier du royaume. Dieu ! Cette nouvelle tentation l'accablait-elle parce qu'elle venait de succomber au péché en implorant l'aide de Morgane ? Morgane-la-Fée, Morgane-la-sorcière...

« Regardez ! Gauvain est à terre ! hurla Élaine. Personne ne peut résister à Lancelot ! »

D'un seul élan tous les spectateurs s'étaient levés. Lancelot mettait tant de fougue et de témérité au combat qu'il semblait invincible. De longues ovations saluèrent sa prouesse.

Puis vint l'instant où Guenièvre lui remit sa coupe, la coupe d'argent destinée au vainqueur. L'arrêtant d'un geste déférent, il refusa la récompense :

« Gardez ce trophée pour l'un de mes valeureux compagnons ou pour orner la table royale, et faites-moi l'honneur, Ma Dame, je vous en prie, de m'accorder en échange le ruban de soie que vous portez à votre cou. Il sera mon porte-bonheur et le symbole de ma fidélité éternelle envers vous. »

Déconcertée, affreusement troublée, Guenièvre effleura le ruban d'un doigt tremblant :

« Non, mon ami... votre bravoure mérite mieux que ce simple ruban. Prenez plutôt ceci en gage de ma confiance et de mon amitié, acheva-t-elle offrant à Lancelot le voile bleu pâle rehaussé d'or et de perles qui couvrait ses épaules.

— Que voilà un cadeau légitime ! » s'exclama Arthur, l'air joyeux, en serrant la main de la Haute Reine. Quant à Lancelot, il s'empara du carré de soie, l'embrassa dévotement et l'enroula autour de son heaume. « Mais, ami, tu n'es pas quitte ! Ce soir nous t'attendons à notre table. Nous avons hâte d'écouter tes exploits après une si longue absence ! »

Le tournoi ayant pris fin et la fête battant son plein, Guenièvre éprouva une peine infinie à attendre le soir. Toutefois elle trompa son impatience en se conformant avec grâce à ses devoirs de maîtresse de maison et à remplir ses strictes obligations de souveraine. Lorsqu'elle put enfin rejoindre sa place à la table royale, la nuit tombait déjà et plusieurs convives semblaient fortement éméchés.

« Voyez, ma Dame, voyez ! Nos feux de Beltane commencent... même à l'intérieur du château ! lança Arthur d'une voix passablement embarrassée par l'abus de cervoise.

— Mon roi ! Prenez garde à la boisson ! coula-t-elle doucement à l'oreille en s'asseyant à ses côtés.

— Ma reine... Vous avez raison... Mais nous avons combattu victorieusement les Saxons pendant bien des années, et ce soir nous voulons jouir en paix du vin, de la cervoise et de la musique... A propos, où est passé Kevin le barde ?... Pourquoi n'est-il pas présentement à ma table ?

— Tel que nous le connaissons, sa harpe rend grâce et honore sûrement la Déesse sur l'Ile du Dragon ! intervint Lancelot en riant aux éclats.

— Me priver de musique un tel jour de fête, mais c'est une trahison ! Qu'on le fasse quérir sur-le-champ ! tonitrua le roi frappant du poing sur la table.

— Mon frère, oubliez-vous que Kevin est Druide ? Il est libre de rendre grâce à la Déesse si bon lui semble, protesta fermement Morgane, l'une des rares convives à être restée sobre. D'ailleurs, ce soir, tout le monde a trop bu pour apprécier pleinement ses mérites. »

Un ronflement intempestif venant de sous la table vint appuyer, fort à propos, son intervention. C'était Gauvain qui dormait sur le sol affalé de tout son long. Morgane fit un signe à deux chambellans qui relevèrent péniblement le jeune homme, pour le remettre sur ses pieds. Les cheveux ébouriffés, l'œil vague, Gauvain adressa un salut des moins protocolaires à son roi et se laissa entraîner au dehors sans aucune résistance. Levant haut sa coupe dans sa direction, Lancelot la vida d'un trait, et lança à son tour d'une voix empâtée :

« Bonne nuit, compagnon ! Si tu rêves de tournois... n'oublie pas de te garder à dextre sinon tu mordras la poussière !.. »

Puis, se levant non sans difficulté, il ajouta :

« Arthur, puis-je vous demander, moi aussi, d'aller prendre quelque repos ?... Je suis à cheval depuis le point du jour et me sens plus fourbu qu'après une vraie journée de bataille ! »

Cette façon désinvolte d'appeler le Haut Roi, « Arthur », incita Guenièvre à penser que Lancelot n'avait pas, lui non plus, lésiné sur les boissons fortes. D'ordinaire, il disait respectueusement « mon Roi » ou « mon Seigneur ». Tout juste se permettait-il parfois de risquer « mon Cousin » lorsqu'ils étaient seuls à seuls. Mais, à cette heure tardive, personne ne remarqua ce léger écart de langage. Arthur, en tout cas somnolait, les yeux mi-clos, et parut n'y prêter la moindre attention. Il faut dire que Guenièvre pour ne pas être en reste avec ses hôtes, s'était laissée aller, elle aussi, à boire plusieurs coupes d'un nectar très sucré qu'on réservait aux dames. Sentant le feu lui monter doucement aux joues, du bout des doigts elle jouait distraitement avec le petit sac de cuir caché entre ses seins, songeant qu'Arthur en cet état ne serait sans doute pas, cette nuit, en mesure d'honorer sa femme. Croisant au même instant le regard de Morgane qui l'observait avec un étrange sourire, elle se souvint alors des paroles énigmatiques que celle-ci avait prononcées le matin même : « Les lois de l'univers ne se conforment pas toujours aux désirs des humains. » Qu'avait-elle voulu dire par là ? Mais ce n'était ni l'heure, ni le lieu, de lui poser pareille question... Non, il n'en était plus temps !

A cet instant, Lancelot qui se retirait, se penchant sur la table, souffla à son oreille :

« Je crois que tout le monde mérite le sommeil, notre roi plus que tous. Peut-être pourriez-vous maintenant, renvoyer vos suivantes et donner le signal du départ aux invités. Pendant ce temps, je vais aller chercher deux hommes pour aider le roi à regagner discrètement ses appartements.

— Oui, mon ami, vous avez raison. Il n'est que temps de mettre fin à ces libations », répondit Guenièvre en se levant.

Mais, la tête lui tournant légèrement, elle dut rester quelques instants les mains appuyées sur le bord de la table avant de retrouver son équilibre. Et c'est d'un pas très incertain, sous le regard narquois de Morgane qui ne la quittait pas des yeux, qu'elle s'éloigna lentement pour prendre congé de ses hôtes.

Lancelot la rejoignit dans le grand vestibule :

« Les hommes de la garde du roi sont introuvables, lui dit-il, et les chambellans se sont tous évanouis... A croire que tous les serviteurs du château sont partis prendre part à la nuit de Beltane...

— N'avez-vous pas trouvé au moins Balan ? Je l'ai aperçu ici tout à l'heure.

— Non, lui aussi a disparu je ne sais où ! Tant pis, je vais accompagner moi-même le roi jusqu'à sa chambre...

— Mais Arthur est trop grand et trop lourd, vous n'y parviendrez jamais seul ! fit-elle en revenant avec lui dans la salle à présent déserte.

— Essayons tout de même, murmura Lancelot en se penchant sur Arthur : Venez, mon cousin, il est tard. Venez, prenez mon bras... Appuyez-vous sans crainte sur moi », ajouta-t-il comme s'il s'adressait à un enfant malade.

Arthur ouvrit les yeux et se leva péniblement en s'accrochant à l'épaule de Lancelot. Guenièvre les suivit se demandant lequel des deux, au juste, soutenait l'autre. « Le souverain de Grande Bretagne et son plus proche compagnon incapables de marcher droit, pensa-t-elle, quel spectacle, pour leur entourage ! Espérons qu'il n'y aura personne dans le grand escalier. »

Une fois dans sa chambre, Arthur parut se dégriser un peu. Saisissant sur un coffre une aiguière d'argent remplie d'eau fraîche, il but goulûment plusieurs gorgées, s'aspergea longuement le visage, puis s'assit sur le bord du lit en disant :

« Merci Lancelot, merci mon frère... Guenièvre et moi nous ne te remercierons jamais assez pour ton affectueuse fidélité. »

Lancelot, au supplice, jeta à la dérobée un regard à Guenièvre. Il balbutia :

« Voulez-vous... mon seigneur, que je tente de quérir un valet pour vous aider à vous déshabiller ?

— Non, reste un moment encore, je voudrais te parler Si je ne profite pas de cet instant d'ivresse, je n'en retrouverai plus jamais le courage. Assieds-toi près de moi, ami... Vous aussi, ma douce, ma tendre, et écoutez-moi tous les deux. Vous connaissez ma peine : n'avoir pas d'héritier pour le royaume... Or vous le savez aussi, l'ardeur de vos regards ne m'a pas échappé. A plusieurs reprises j'ai évoqué cette... situation avec Guenièvre. Mais Guenièvre est si pure, si fidèle, si pieuse, qu'elle a refusé de m'entendre... Pourtant un vieux dicton prétend que l'ami véritable est celui qui accepte en toutes occasions de prêter son épée et parfois même son épouse... »

En entendant ces mots, le visage de Guenièvre s'enflamma de honte. Elle baissa les yeux, croisa les mains sur ses genoux... La foudre semblait frapper son cœur. Mais Arthur, imperturbable, reprit :

« Entends-moi bien Lancelot : si grâce à toi, Guenièvre peut me donner un fils, il sera l'héritier du royaume... Sinon, le trône reviendra aux fils de Lot... Je sais, l'évêque Patricius clamerait sûrement que c'est là péché impardonnable, mais je pense, je crois, moi, Arthur, Haut Roi de Grande Bretagne, qu'il est encore plus grave de laisser le royaume sans héritier, car il risque de retomber ainsi dans le chaos... Mon ami, mon cousin, qu'en dis-tu ? »

Guenièvre, se sentant défaillir, se cramponna au bord du lit, ferma les yeux. Alors Lancelot répondit d'une voix blanche :

« Mon roi... ce n'est un secret pour personne... Oui, je le confesse, j'aime Guenièvre de toute mon âme... mais je vous aime aussi et vous respecte plus que tout être au monde... Je ne peux, je ne sais que vous dire... Dieu seul sait... »

Guenièvre n'entendait plus... Rêvait-elle, vivait-elle encore, entrait-elle à son insu dans le val céleste d'où l'on ne revient pas ? Pourtant, le regard brûlant que Lancelot posait sur elle était lui bien réel...

En entendant Arthur souffler à son oreille :

« Et vous, ma Dame, que pensez-vous ? C'est à vous de parler maintenant », elle eut un bref sursaut, se raidit longuement.

Arthur avait retiré ses chausses et sa pourpre de fête. En cottes légères, il étendit les bras et attira Guenièvre sur ses genoux :

« Mon doux cœur, ma vie, vous ne saurez jamais à quel point je vous aime... Vous êtes mon bien le plus précieux, le plus irremplaçable. »

L'émotion qui lui nouait la gorge l'obligea à reprendre son souffle :

« Jamais sans doute ne vous aurais-je parlé ainsi sans ces feux de Beltane... Pendant des siècles et des siècles nos ancêtres se sont livrés aux jeux de l'amour, sans honte, à la face de leurs Dieux... Écoutez-moi, ma très aimée : si ce soir je suis ici avec vous, Guenièvre, et si un enfant est engendré aujourd'hui, sur cette couche, vous pourrez jurer, sans mentir, que ce fils a été conçu dans le lit de votre époux. Personne ne pourra mettre votre parole en doute... Guenièvre, mon cher amour..., parlez-moi, dites-moi... »

Mais Guenièvre, le cœur battant à se rompre, était incapable d'articuler le moindre mot. Après des années de mariage, elle se sentait soudain plus vulnérable, plus éperdue qu'une vierge affolée. Lentement, lentement, cependant elle avança sa main à la rencontre de celle de Lancelot, et ferma les yeux... Comme un encouragement, elle sentit la caresse d'Arthur sur ses cheveux, sa nuque... et, brusquement, la bouche de Lancelot s'écrasa sur la sienne avec passion. Dans un ultime réflexe de pudeur, elle lui échappa en se rejetant en arrière... Mais Lancelot, se penchant à nouveau, reprit aussitôt possession de ses lèvres. Alors, dans un éclair de joie, prenant à son tour l'initiative, elle lui rendit son baiser avec fougue...

Après tout, n'avait-elle pas souhaité de toute son âme que vienne cette nuit ? Oui, elle allait avoir un enfant de Lancelot, sans perdre son honneur, conformément au désir et à la volonté de son époux. Pour ce petit être à venir, si désiré, tant attendu, porteur de tant d'espoirs, elle était prête à tout donner, tout, sa vie même, s'il le fallait après ces fugaces instants d'éternité dans les bras de Lancelot...

D'une main tremblante, elle délaça fiévreusement sa robe... jamais elle n'avait été dévorée d'une telle fièvre, d'un tel désir, d'une telle soif de l'autre. Un désir si fort que tout son corps lui faisait mal...

Maintenant elle était nue. Comme la peau de Lancelot était douce contre la sienne. Elle avait toujours pensé que tous les hommes ressemblaient à Arthur, avec sa peau hâlée et rêche. Oh ! ce corps... ce corps... plus lisse et tendre que celui d'un enfant... Comme elle les aimait tous les deux ! Oui elle aimait Arthur, si bon, si généreux... comme il devait l'aimer, lui aussi, pour accepter cela...

Éperdue de désir, elle s'offrit à leurs baisers, à leurs caresses, sans trop savoir à qui était cette bouche tiède, quel était ce souffle brûlant qui explorait le creux de son cou ? A qui appartenait cette main qui remontait le long de sa cuisse... ? Était-ce celle de Lancelot qui lui emprisonnait tendrement le sein ?... Oh, elle était si douce...

« Qu'avez-vous là, Guenièvre ? chuchota Lancelot, sa bouche sur ses lèvres découvrant le petit sac de cuir suspendu à son ruban.

— Rien... ce n'est rien, mon amour... une babiole... un souvenir que m'a offert Morgane. »

D'un geste vif, elle arracha le ruban, lança le charme à

l'autre bout de la pièce, puis, la gorge palpitante et les reins en feu, elle s'abandonna tout entière aux caresses confondues de son mari et de son amant...

Le petit matin les surprit tous trois endormis dans la couche royale : Guenièvre et Lancelot tendrement enlacés, Arthur reposant calmement à leurs côtés. Guenièvre fut la première à s'éveiller, mais elle se garda bien de bouger. Elle aurait voulu sentir éternellement le corps de Lancelot contre le sien.

Mais Lancelot, lui, assoiffé de pureté et de vérité, écartelé sans cesse entre son inébranlable fidélité au roi et sa dévorante passion, comment allait-il réagir ? Et Morgane dans tout cela ? Quel était donc son rôle, son intention finale ?

Présente de tout son corps, Guenièvre sentait son âme cependant sombrer dans un océan d'ombre et de lumière, d'azur et de ténèbres : Avalon, Excalibur, le Christ, Arthur, Lancelot s'entrecroisaient étrangement, puis s'éloignaient dans son esprit...

L'avenir de sa lignée, le destin de sa race étaient-ils donc en marche ? N'était-elle que fragile instrument entre les mains de Dieu ou jalon dérisoire dans celle de la Déesse ?

Dehors pointait déjà dans le lacis des arbres, une lueur diaphane et cristalline. Un jour, un autre jour, naissait imperceptiblement. Alors dans la frémissante torpeur de l'aurore, s'éleva, très haut dans le ciel, le chant matinal d'une alouette. Tout à son nouveau bonheur, Guenièvre crut qu'il s'agissait là d'un heureux présage...

Voir chez le même éditeur la suite des Dames du Lac *parue sous le titre* · Les Brumes d'Avalon.

*Achevé d'imprimer en août 1987
sur presse CAMERON,
dans les ateliers de la S.E.P.C.
à Saint-Amand-Montrond (Cher)*

N° d'Édition : 262. N° d'Impression : 1480.
Dépôt légal : janvier 1986.
Imprimé en France